여성의 문학,
문학의 여성

여성의 문학, 문학의 여성

조미숙 지음

한국학술정보㈜

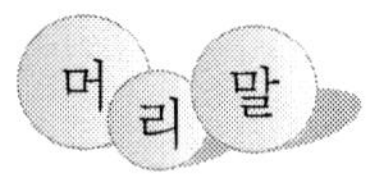

여성과 문학

　페미니즘feminism은 '여성feminine' + ' − ism'의 조어로 이루어진, '여성주의, 여성해방론, 남녀 동권주의'의 의미를 갖는 단어이다. 사전에 그것은 "여성억압의 원인과 상태를 기술하고 여성 해방을 궁극적 목표로 하는 운동 또는 그 이론"이라고 정의되고 있다. 이 단어가 함의하는 뜻은 '여성의 인간화', 곧 '남성과 같은 인간으로서의 여성학'으로 인간학일 것이다. 한마디로 말하면 여권론적인 것 또는 남성 중심적Androcentric인 데 대해서 일어난 여성 중심적Gynocentric인 투쟁, 포고를 의미한다. 용어의 도발적 성격 때문에 아직도 반감을 가지고 보는 이들이 많지만 의외로 페미니즘은 우리 주위에서 많은 변화의 동력이 되면서 함께하고 있다.

　여성이 글 쓰는 것이 특별하던 시기, 버지니아 울프의 '여성 작가는 남성 작가보다 더 많이 보며 남성 작가가 볼 수 없는 것까지 본다'(『자기만의 방A Room of One's Own』, 1929)는 식의 강변을 통해 여성에게는 글쓰기의 알리바이가 성립되었다. 여성 작가들의 글쓰기가 때로 저항적 성격을 띨 수밖에 없었던 것은 전통의 억압에서 벗어나야만 글을 쓸 수 있었기 때문이다. 전통적으로 글 쓰는 행위는 비논리적이게도 펜, 페니스의 연상에 의하여 남성의 것으로 인식되어 왔다. 그러한 사회에서 여성 작가의 작업은 외면되기 십상이었고 그것은 여성 독자에게도 그대로 교육되어 여성 독자조차 남성 작가의 작품에 전제된 남성 독자처럼 글을 읽으며 여성 작가들의 작품에는 남성 독자의 시각으로 재단하였다. 여성 작가들의 작품에 뭔가 남다른 것이 있으면 그것은 곧 결함이었고, 그것은 여성 작가의 한계처럼 파악되었던 것이다. 하지만 이제 글 쓰는 행위는 펜에 의존하기보다 컴퓨터 자판에 의하는 행위가 되었다. 남근 중심적 글쓰기는 오히려 여성 중심적 글쓰기로 해체되고, 글쓰기는 여성에 더 가까운 행위가 된다.1) 여성 작가들의 언어가 갖는 '여성만의 특징'이 있다면 그것은 그간 그들이 침묵을 강요당하거나 말할 기회를 빼앗겨 왔기 때문은 아닌가 생각해 보아야 한다. 쇼월터의 말대로 여성은 언어에 다가갈 기회를 더 많이 가질 수 있어야 하고 여성으로 하여금 언어 능력을 키우는 것을 거부하는 사회의 감추어진 검열을 제거해야 할 것이다. 여성 언어에 관한 연구는 프랑스 페미니즘의 중심 문제였는데 이는 여성언어 Woman's Language의 특별성에 관심을 가지는 것으로 줄리아 크리스테바의 업적에 힘입은 바 크다. 그녀는 자크 라캉의 상상계와 상징계

---

1) 이에 관한 흥미 있는 연구 가운데 케티 콘보이 외 엮음, 『Female Embodiment and Feminist Theory』(조애리 외 역, 『여성의 몸, 어떻게 읽을 것인가?』, 도서출판 한울, 2001) 나 엘리자베스 그로츠 지음, 『Volatile Bodies: Toward a Corporeal Feminism』(임옥희 역, 『모비우스의 띠로서 몸』, 도서출판 여이연, 2001) 등을 들 수 있다.

이론을 받아들이되 'le semiotique'와 'the symbolic'으로 다시 쓰며, 후자가 상상계와 분리되어 선택적 양도가 되는 것으로 보지 않고 상상계와의 상호작용 질서로 보았다. 이는 어머니 영향하의 언어, 플라톤의 코라와 비슷한 세미오티크의 격상을 가져왔으며 상징적 질서, 아버지의 질서만을 우위에 두는 이론에 이의를 제기하는 것이다. 여성문학의 심리분석적 작업에서는 길버트와 구바, 낸시 초도로우, 엘리자베스 아벨 등의 작업이 선구적이다. 이들을 비롯한 정신분석학적 페미니스트 이론은 매우 훌륭하고 설득력 있는 독해를 가능하게 한다. 그러나 문제가 없는 것은 아니다. 남성 중심 문화에서 배태된 전통적 프로이트 이론을 극복하는 등 필요한 작업이 남아 있는 것이다. 여성의 심리 분석에 더욱 무게를 두는 연구가 필요하다. 쇼월터는 보다 완전하고 만족할 만한 방법론은 이 문화적 방법론이라고 하였다. 여성 차별이 발생하는 원인은 생물학적 성에 있는 것이 아니며 언어상 특징이나 심리적 독특성 때문도 아니고 바로 사회적 배경에 있으므로 그에 대하여 연구하는 과정에서 여성에 대한 문화적 왜곡을 바로잡아야 한다는 것이다. 그는 또 지배적인 영역에서 밀려난, 황무지와 같은 것이 바로 여성적인 것들의 상태이므로 보다 집중적인 방식으로 천착되어야 하는 것이 여성에 관한 연구라고 하였다.

　여성 작가에 관한 본격적 연구를 의미하는 여성중심비평은 한마디로 "여성적 차이를 구명하려는 노력이었으며 가부장제가 폄하해 버린 여성적인 것을 재평가하려는 시도였다."[2] 우리 현대문학에 여성 작가가 등장한 1920년대 이후 여성의 글쓰기는 많은 사회적 편견과 싸우는 과정이어야 했다. 나혜석, 김명순, 김일엽 등의 작업부터가 그러했다. 당시 그들의 글쓰기는 남존여비, 칠거지악, 삼종지도 등 구습 지배의 폐쇄적인 문화적 토양을 근본적으로 위협하는 '독한' 것으로 인식되었다. 그들의 글쓰기를 도전으로 받아들인 남근 비평가들에 의해 그들은 습작기 작품까지도 평가의 도마 위에서 온갖 모욕과 비난의 도구가 되어야 했다. 남근 비평가들은 자신들의 잣대로 여성들의 글쓰기를 규정하려 하였다. 당시 한 남성 비평가는 "여성 자신의 문제, 여성이 아니면 쓸 수 없는 것, 즉 감성에서 우러나는 작품"이 여성적인 작품이라면서 "여성 작가는 작가인 동시에 철두철미 여자이어야 하며 남자 이상으로 타락해서는 안 되고 남자보다는 좀 순결하다고 할 때 여류작가의 작품을 읽을 의미가 생긴다."는 궤변으로 여성적 글쓰기를 제한하려 하였다.

---

2) 정순진 『한국문학과 여성주의 비평』, 국학자료원, 1993, 218면.

　억압의 주체는 억압의 대상에 대한 배려가 어려워서 그를 고려하
거나 관찰할 수 없지만 억압되어 온 당사자는 억압의 상황에서 억압
주체도 억압의 대상도 더 진지한 시선으로 더 잘 살필 수 있다. 전
통적인 억압 대상이었던 여성 작가의 글이 특별한 것은 그 때문이다.
한국문학에서 『절반의 실패』, 『혼자 눈뜨는 아침』, 『무소의 뿔처럼
혼자서 가라』, 『서 있는 여자』 능 여성 주인공 소설의 아린 맛은 이
들이 여성 글쓰기 역사의 씁쓸한 터널을 통과한 때문이다. 80년대
페미니즘의 선봉에 선 이들 소설에 많은 이들이 공감했지만, 전통적
교육에 익숙한 이들은 그들의 이야기를 몸으로 받아들이기 어려워했
던 것이 사실이다. 그러나 시대와 감각의 변화에 따라 그러한 담론
은 점차 자연스러운 것이 되고 있다. 그래서 여성문제를 다룬 작품
들의 시대적 연구가 되는 이 글은 문학적 여성운동의 변천사에 관한
보고서라 할 수 있다.

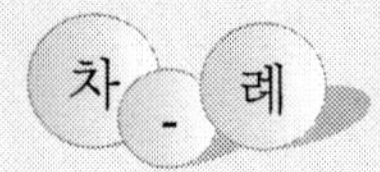

머리말 · 여성과 문학 | 5

제1장 현대문학 초창기부터 시작된 여성의 부정, 신여성에 관한 글쓰기

1. 서론: 한국문학의 여성상

「단군신화」의 웅녀를 비롯하여 연인인 여성을 그리며 읊은 유리왕의 「황조가」, 아름다운 수로부인이 주인공이 되는 「해가사」나 「헌화가」, 죽은 여동생을 그린 「제망매가」 등 고대문학에서부터 여성은 문학의 중요한 대상이었다. 그렇다면 여성이 문학 속에 그려지는 방식은 어떠한가 하는 문제가 발생한다. 근대문학의 여성상을 논하는 자리에서 구인환은 '구원의 여인상, 발생적 비극, 파산의 의미'라는 범주 아래 각각 이광수『사랑』의 순옥, 김동인「감자」의 복녀, 염상섭「두 파산」의 정례 어머니와 옥임을 대표적인 인물로 들면서 한국적 고유의 서정적 인물, 수동적 과정을 통하여 비극으로 전락하고 마는 인물, 파산이라는 한계적 상황에서 자아를 지키고 못 지키는 인물 등으로 갈래지었다.[1] 동서양을 막론하고 여성은 낭만적 사랑의 대상

---

1) 구인환, 『한국 근대소설 연구』, 삼영사, 1977, 90~100면 참고.

으로, 신비스러운 존재로 그려지기도 하고 때로는 상황에 수동적으로 끌려가서 자신의 정체성을 잃는 존재로서 희화화되거나 부정되기도 하여, 매우 극과 극의 현상을 보이는 것을 알 수 있다. 후자는 물론이고 전자 역시 여성의 진정성을 왜곡시키는 것이 아닐 수 없다.

우리나라에서 지식인 여성의 면모가 본격적으로 다루어지게 되는 것은 신여성의 시기에서부터라고 볼 수 있다. 그 이전의 인물들은 현모양처의 모습 등이 강조되면서 지적인 부분이 곁들여지는 정도였다. 신여성이라는 단어는 다분히 과거 부정적이다. 격변의 시대상황에서, 오래된 것은 악이며 새것만이 선이라는 흑백논리가 대두되었고 동시에 당시의 모든 것 앞에 '신' 자를 붙이는 유행이 여성의 경우에도 적용되었던 것이다. '신남성'이라는 말이 없는 것에서 알 수 있듯 남성에게는 교육이나 문화가 전혀 새로운 것이 아니었고 여성의 경우에만 이례적인 현상이었다. 전통적이고 보수적인 당시 사회에서 근대화라는 사실도 도전적이었는데, 그것이 가장 폐쇄적이고 억압되어 왔던 여성에게서 가시화되었다. 여성의 지위로서는 '격변'이라 할 일 - 교육, 유학, 자기주장 - 이 근대화로 인하여 비로소 가능하게 되면서, 근대화의 모순, 근대화에 대한 보수적 저항까지 여성들은 한 몸에 안아야 했다.[2] 개화기 신문화에 눈을 뜨고 신학문을 배운 여성들을 가리키는 말인 '신여성'은 근대화의 최전선에서 보수적 잣대로 철저히 재단될 수밖에 없는 상황이 되었던 것이다. 이런 사회학적 시각에서 다시 살펴본다면, 보수에 의하여 재단되고 그릇 인식된 당시 신여성들의 참된 면을 찾을 수 있을 것이다.

---

2) 우리나라는 식민지 치하에서 근대화를 겪게 된다. 일본에 의하여 이루어진 근대화이다 보니 당시 근대화의 최전방에는 일본 유학생들이 위치할 수밖에 없다. 적국에 의하여 교육을 받은 이들이 앞장선 근대화는 어쩔 수 없는 괴리를 안고 있다.

2. 신여성의 역할, 지식인과 선각자의 문제

박종화는 지식인들이 이론적 성향이 짙으며 이에 따라 뜻이 얇고 행동력이 약함을 지적하면서 ① 생활을 위해서 사는 지식인 ② 진리를 위해서 사는 지식인으로 대별한 바 있다.[3] 사르트르의 지식인론[4]과 크게 무관하지 않은 이 논리는 지식인의 현실 대처 양식에 의한 구별로 볼 수 있다. 이때 '생활을 위해서 살다'는 의미가 현실 속에서 자신의 눈앞에 놓인 명제밖에 보지 못하는, 미시적인 시각의 지식인을 가리키는 말이라면, '진리를 위해서 사는' 지식인은 자신의 현실적 이익보다 대승적인, 보다 높은 이상을 좇는 지식인을 일컫는다. 식민지 치하의 지식인들은 자신의 아는 비를 행하는 것이 불가능한 시대상황 때문에 행동반경이 더욱 좁았고 그 때문에 소시민으로 안분지족함으로써 현실과 타협해 버리거나 카프 등 투쟁적 경향을 띠다가 강압적으로 전향하는 방식이 되었음은 역사 속에서 우리가 익히 알고 있는 바이다. 일본에게 나라를 빼앗긴 상태에서 적국이 베푸는 교육을 받아 성장하게 된 지식인들은 교육 수혜자가 적국이라는 사실에서나 배움이 곧 신분적·금전적 보상으로 돌아오지 않는다는 면에서나 괴리를 가질 수밖에 없다.

---

3) 박영희, 「조선 지식 계급의 고민과 기 방향」, 『개벽』, 1935. 1, 4~5면 참고.

4) 사르트르적인 의미로서의 지식인은 실천적 의미의 기술자(학자, 기사, 교수, 법률학자)를 포함한 지식전문가이다. 그들은 ① 먹여 살려주는 지배계급의 이익에 봉사하며 ② 인류가 바라는 보편적 진리를 추구하기도 한다. 이 두 가지는 나란히 가지 않을 경우가 많은데 ②를 위해 ①을 포기하는 지식인과 그렇지 못한 지식인이 있다. 부르주아적인 자기를 거부하면서도 결코 노동자나 무산계급이 될 수 없기 때문에 또 한 번 모순을 갖게 되는데 모순 속에서 갈등하며 고뇌하는 지식인을 고뇌의 인간형으로 설정하기도 한다.

위에 서술한 바와 같이 신여성은 한국 여성의 지위 면에서 충격적인 사건이었고 커다란 도전이었다. 초창기란 과도기를 의미한다. 그것도 미증유의, 여성에 대한 교육이었으니 그 시기의 혼란상은 가히 짐작할 수 있다. 전통적으로 배제되었던 공적 영역에 나아감에 있어서 절룩거림이 어찌 없었을 것인가. 원칙적으로 지식인은 단순한 지식 습득 외에 지식인으로서 자신의 위치와 사명을 깨닫지 않으면 안 되고 지식과 각성, 그것이 동시에 갖추어져야 참지식인일 수 있겠지만5) 신여성에게는 진정한 의미의 지식이라기에는 부족한, 과도기적 현상이 그들에게 어찌할 수 없이 나타났을 것이다. 그렇기 때문에 초창기 신여성은 지식은 습득하였으되 진정한 선각자의 면모를 갖추지 못하는 양태로 나타나거나 갖추었다 하더라도 그들을 이해할 시각이 정비되지 않았기 때문에 왜곡될 수밖에 없었다. 그리고 어느 정도 과도기를 거친 뒤에야 지식인으로서 선각자의 면모까지 갖춘 인물로 여성 지식인 인물이 형상화될 수 있었을 것이다. 전통이 없는 상황에서 처음부터 그들에게 선각자적 면모까지 기대한다는 것, 사회가 아무런 편견 없이 그들을 선각자로 받아들이기를 기대한다는 것 모두 시기상조였다.

1920～30년대의 소설 속에서 지식인 여성상이 선각자의 면모까지 갖추고 있는가 여부를 나누어 살피는 과정에서 흥미로운 것은 두 가지 모두 직접적 모델을 가지고 있다는 것이다. 이때 희화화의 대상으로 쓰인 모델소설은 신여성에 대한 작가의 조소를 보다 적나라한 방식으로 구현하기 위하여 인물에 대한 공개적 모욕, 인격적 모독과 인권 유린까지 하는 행위가 되기 때문에 중요한 문제가 된다.

---

5) 공자는 배우기는 하되 생각을 하지 않으면 몽매함과 같으며 생각만 하고 배우지 않으면 위험하다고 하여 학문과 각성이 같이 이루어지는 것이 진정한 의미의 지식이라고 강조한 바 있다.

3. 신여성에 내려진 과소평가 - 부족한 지식, 깨달음 부재나 오류의 신여성상

1) 모델소설 - 김동인과 염상섭의 경우

같은 작가로서 신여성들과 일본 유학 등 가까이 교류한 이광수와 염상섭, 김동인, 전영택 등이 신여성을 모델로 한 소설들을 쓰게 되었는데,[6] 특별히 김동인과 염상섭의 작품들에서 신여성의 희화화는 가장 많이 이루어지고 있다.

초기작 「암야」, 「제야」, 「해바라기」 등에서 동료 여성 작가 나혜석[7]을 묘사하고 있는 염상섭은 신여성의 성적 문란함과 타산적인 성격 등을 강조한다. 「제야」의 최정인은 타산적이고 물욕이 과도한 편이다. 「해바라기」의 최영희도 돈 계산에 의해서 남자를 선택한다. 필요에 의해서, 편안히 지내고 싶어서, 곧 '밥을 먹기 위해서' 결혼하고 그의 돈을 이용하려 한다. 남편을 동반하고 결혼 전 사귀었던 남자의 고향을 찾아 그의 비석을 만들게 하는 등 그녀가 보여 준 행위는 남존여비의 사회에서 여성의 정조가 최고의 가치가 되었던 시절,

---

6) 이들의 주된 모델이 되는 것은 나혜석, 김명순 등이다. 이광수는 「어린 벗에게」와 「그의 자서전」에서, 염상섭은 「闇夜」, 「除夜」, 「해바라기」, 「追悼」 등에서 나혜석을 모델로 하고 있고 전영택의 「김탄실과 그 아들」, 김동인의 「김연실전」은 김명순을 모델로 하고 있다. 많은 작가들이 이들을 모델로 신여성상을 그려내었다는 것은 이들이 당시 사회에 얼마나 큰 파장으로 작용하였는가를 여실히 보여 주는 것이다.

7) 나혜석은 진명여고보를 수석으로 졸업하였고 동경유학을 한 신여성으로 최초의 여성 화가이며 시인, 소설가, 희곡작가, 수필가, 논설가이다. 그녀는 뚜렷한 자기주장을 가지고 페미니즘의 이론까지 펼친 선진적 여성이다. 그녀의 현부양부 이론이나 여성에게만 강조되는 정조관념의 부당함을 지적하는 글들은 매우 논리 정연하며 오늘날까지도 설득력을 갖는 선각적인 글이다.

가부장 이데올로기에 대한 중대한 도전이 아닐 수 없다. 작가는 최정인의 성적 분방함을 강조하기 위하여 그녀의 부모 행실까지 거론하고 있다. 곧 최정인의 성욕은 피에 원인이 있는 유전적, 생래적인 것이라 못 박고 이것이 스스로 어찌할 수 없는 병이라고 규정하는 것이다. 이는 여성의 돌출적 행위, 안정된 사회에 공격을 가할 수 있는 행위를 병적인 것으로 규정하여 이를 지극히 사소한 개인의 차원으로, 이상행위로 몰아가려는 작가의 의도를 보여준다. 이러한 작가의 태도는 남성의 영역에 도전하는 여성을 사회 전체가 배제하도록 함으로써 전통적 사회를 견고히 하려는 남성 중심 이데올로기를 반영하는 것이다.

악의 어린 모델소설의 최고봉은 김명순8)을 모델로 한 소설 「김연실전」이다. 김연실의 부친은 돈으로 지위를 사서 한때 흥했으나 새 시대 분위기에 휩쓸려 지금은 별 볼 일이 없어진 김영찰, 모친은 소실 퇴기이다. 그녀의 학문적 계기, 일본 유학마저도 집이 싫어서, 집 아닌 곳을 지향하다 보니 학교로 가게 됐기 때문, 지적인 호기심에서 비롯된 것이 아니다. 김연실에게 있어 신사상의 전부이며 여성해방의 길은 자유연애이고 '연애의 실체물'로만 문학은 이해된다. 연실은 동경 유학 시절 조선에서 일어난 3·1운동이라는 역사적 대사건에 대해서도 "그것이 문학과 관계없고 연애와 관계없는 이상" 아랑곳할 것이 없다고 생각한다. 생모는 죽고 적모 아래에서 생활하면서 연실은 웬만한 일에 눈물을 보이지 않을 정도로 불행에 익숙한 소녀였지만 "눈물이 연해 그의 눈에서 흘렀다."라는 부분이 있다. 그것은

---

8) 탄실 김명순은 1916년 11월 『청춘』지의 현상문예에 「의심의 소녀」가 당선되어 문단에 등단하고 1921년에는 『개벽』지에 「칠면조」를, 1925년에는 『조선문단』에 「꿈 묻는 날 밤」을 발표하는 등 소설가로서 자리를 잡은 인물이다.

평소에 점잖은 척하는 중로의 아버지가 어린 첩에게 어리광을 부리며 '인생의 가장 추악한 면'을 연출한 때이다. 이러한 사건이 연실에게 트라우마로 작용하여 그녀를 정상적이거나 보통의 삶을 살 수 없게 만든다고 이야기하기 위한 설정이기도 하다.9) 작가는 그녀가 다니던 진명학교가 기생집이나 소실의 딸들이 다니는 학교였으며 그곳에서 학문보다는 왜곡된 성적 정보를 얻게 되었기 때문에 연실이 성적으로 문란하게 되었다고 다시 강조한다. 김동인은 일제 치하 민족을 생각하고 앞날을 위해 학교를 설립, 교육하려는 학교 설립자(의도적으로 안창호를 가리키는)에 대하여도 매우 시니컬한 묘사를 하고 있다. 이는 김동인의 반역사성의 소산이거니와 그런 그가 여성 선각자에 대하여서만 유난스러운 이해를 보였을 리가 없고 보면 그의 신여성에 대한 왜곡된 표현은 당연한 결과처럼 읽힌다. 당시 여성에게 교육을 베푼다고는 하나, 조선시대의 유습으로 여성이 학교에 가는 일은 쉽지 않았다. 그러다 보니 비교적 신분이 자유로운 계층에서 먼저 근대교육기관을 접하게 되었던 것은 주지의 사실이다. 결국 연실이 다니게 된 진명학교의 학생들이 대부분 기생이나 소실의 딸들로 아버지가 없는데 그들은 하나같이 성적 왜곡이나 부모에 대한 존경심이 없다는 설정은 김동인이 파악한 당대 교육 계층 여성에 대한 편견과 재단이다. 교육이란 출신성분과 상관없이 그 교육의 주체를 변화시킬 수 있는 것이다. 그럼에도 불구하고 출신성분을 문제 삼고 교육의 효과를 부정하는 김동인의 태도는 긍정하기 어렵다. 여성 교육의 초창기에 교육 받는 여성들의 신분부터 문제 삼고 그들에 대한

---

9) 이는 나혜석의 성적 방종을 문제 삼으면서 그것이 부모의 성적 문란함이 유전된 것이라 한 염상섭과 일치하는 부분이다.

교육적 효과를 부정하며 그 안에서 김연실이 더욱 나쁜 영향을 받았다(교도소 효과)는 김동인의 주장은 여성 교육의 현장을 악의로 해석하려는 작가의 의도를 보여 줄뿐이다. 김동인이 그려낸 김연실은 작가의 악의의 구현에 다름 아니었던 것이다. 일본 유학을 위해 일어를 배우다가 친구의 오라비에게 정조를 잃으면서 시작된 연실의 성생활은 문란 그 자체였다. 그리고 이는 송안나[10]를 중심으로 한 '조선 여자 유학생 친목회' 회원들의 공통점이었다. 그들은 "현대 신여성에게 짊어지운 커다란 사명이며, 선각자로서는 마땅히 겪고 극복하여야 할 일"을 성개방과 동일선상에 두고 있었던 것이다.

이러한 인물들은 그 외 여러 작품들에서 빈번히 등장한다. 「만세전」의 '형'의 후처, 「너희들은 무엇을 어덧느냐」의 덕순과 리마리아, 「진주는 주엇스나」의 조인숙, 『사랑과 죄』의 정마리아, 『이심』의 박춘경, 『광분』의 민경옥, 숙정 등의 인물들과 『삼대』의 김의경 등은 모두 여학교 중퇴 이상의, 심지어 유학까지 다녀온 당대의 인텔리들이다. 그들은 작품 속에서 하나같이 지적인 면모가 강조되기보다는 자유연애라는 미명 아래 정욕에만 몰두하는 "서구지향적인 낭만적 환상주의자"[11]들로 그려진다. 『사랑과 죄』의 주인공 마리아는 서양 부인 선교사의 수양딸이 되어 그의 원조로 공부한 뒤, 선교사의 눈 밖에 나서 지원이 끊어지게 되자 생활의 유지를 위하여 비정상적인 방법으로 돈을 벌게 된다. 돈을 위하여 마리아는 증산이라는 일인 경무관, 류백수라는 회사 사장 등 여러 남자들과 불륜을 맺으며 증

---

10) 송안나는 여러 남자를 편력하던 끝에 전 애인이 죽은 후 자기와 결혼한 남자를 데리고 그 애인의 고향을 찾고 비석을 만든다. 이 작품에서 송안나는 나혜석을 모델로 하고 있는 것이다. 남성 작가들이 앞다퉈 소재화하려 할 만큼 당시 나혜석의 일거수일투족은 사회적 관심사였다.

11) 정호웅, 「염상섭의 광분 연구」, 『국어국문학』 95호, 국어국문학회, 1986, 702면 참조.

산의 권력에 빌붙기 위하여 "일본 총독부의 스파이" 노릇까지도 서슴지 않는다. 수단 방법을 가리지 않는 마리아의 처세술에 대하여 작가는 "굴러다닌다."는 표현을 하고 있다.

김동인의 「약한 자의 슬픔」의 주인공은 신여성의 비주체적 삶의 모습을 보여 준다. 가정교사를 할 정도로 지식은 가지고 있지만 무기력하게 강간과 모욕을 당하고 강간의 결과로 갖게 된 아이를 유산하게 되는 순간까지 현실을 직시하지 못하는 강엘리자베스는 지성이 여성에게 아무런 삶의 도움이 되지 못한다는 것을 강조하기 위한 장치라고 할 수 있다.

김동인과 염상섭이 파악한 당시 신여성들의 모습은 지식은 얻었으나 아무런 비판의식이 없는, 껍데기뿐인 지식인이다. 그런데 작품 전체에 가장 강조되어 있는 신여성들의 성적 문란함이라는 문제는 신사상과 성적 해방을 등가에 놓는 근대화 초기 지식인들의 공통된 오류였음을 생각해 볼 필요가 있다. 이것은 당대의 신문화주의자들인 이들이 엘렌 케이와 구리가와 박사의 사상을 왜곡시켜 받아들인 결과이다. 김동인을 비롯한 지식인 남성들이 성적인 문란함 등의 면에서 비판을 받기도 하였지만 행동방식과 문학적 업적 면에서 적극성을 보이면서 삶의 진정성을 추구하는 작업이 평가되고 있는데, 그러한 사항을 신여성의 경우로 한정하여 그들을 싸잡아 비판하고 희화화하는 것은 남성 중심 이데올로기의 재생산에 지나지 않는다. 오늘날 많은 연구 성과에서 밝히고 있는 것처럼, 신여성의 대표주자로 인식되어 있는 김명순과 나혜석은 남성 작가들이 그려 놓은 것처럼 문학적 소양이 전혀 없거나 의식이 전혀 각성되지 못하여 성적 개방성만 문제 삼을 인물들이 아니었다. 그들의 학문과 문학적 소양에 대한 과소평가는 남성들의 전유물이었던 신학문에 뛰어든 이단자 여성들에 대한 마녀사냥이었을 뿐, 여성이 아니었더라면 작품에서 그렇게까지 매도되지 않아도 되었을 문제였다. 결국 작품 도처에 강조되어 있는 지식인 여성 인물들의 비현실적인 행위[12]는 신여성을 비판하고, '집 밖'에 나온 여성을 재단하기 위한 남성들의 방어기제라고 할 수밖에 없다.

2) 신사상과 인습 사이의 괴리 – 강경애와 박태원의 경우

강경애 소설에서 신여성이 차지하는 비중은 매우 작다. 농민과 노동자의 문제점을 인식하는 듯 보이는 「그여자」의 마리아는 자기 자신의 지식과 남들의 인지도에 대하여 심각한 자아도취에 빠져 있으며 하층계급에 대하여 자신만이 우월하다는 선민의식을 가지고 있다. 지주 정덕호의 딸 옥점(『인간문제』)은 신철을 유혹하는 데에만 관심을 쏟을 뿐 지식인으로서의 면모는 보이지 않는다. 그들의 신여성다운 모습이라곤 여러 사람 앞에서 과감히 이야기할 수 있는 언변이나 당참, 정욕의 과감한 표현 등으로 나타날 뿐, 그들에게서 아무런 시대적 자각을 찾을 수가 없다. 이들은 한마디로 강경애가 자전적 소설 「원고료 이백원」에서 '나'의 남편 입을 통하여 이야기한, "머리를 지지고 복고, 상판에 밀가루칠을 하구 금시계에 금강석 반지에 털외

---

12) 신여성의 비현실적인 태도의 한 예는 「진주는 주엇스냐」의 문자의 자살 배경에서도 볼 수 있다("명예의 훼손 – 그것이다 학교에서 축출을 당하고 M에게와 가명에 변명할 여지가 업게 되엇다는 것이 비상히 그의 마음을 쓰리게 한 모양이다 그리고 그것으로 말미암아 자기의 몸을 처치할 곳이 업는 것이 여간한 고통이 안인 눈치다……." 「진주는 주엇스냐」, 85회) 신여성으로서의 여왕의식은 명예의 훼손만으로 목숨을 끊게 할 정도였던 것이다.

투를 입고 입으로만 아! 무산자여 하고 부르짖는" 지식인상이다. 그러면 당대의 지식인 여성 강경애는 왜 이렇듯 이론과 현실이 괴리된 지식인 여성들을 그렸을까. 강경애는 '집'을 지키면서 어머니로서의 미덕만을 갖춘 평판형의 여성 인물들을 중요하게 생각하는 작가이다. 「번뇌」의 계순과 「어머니와 딸」의 산호주, 「지하촌」의 칠성 어머니, 「마약」의 보득 어머니를 비롯한 어머니들이 이에 포함된다. 계순은 남편의 부재로 시어머니와 단둘이 살면서도 여성으로서의 부덕을 고루 갖추고 살며 남편을 기다린다. 남편의 동지인 R은 그녀가 빨래를 희게 하고 밥을 정하게 하는 것에서 호감을 갖는다. 『인간문제』의 선비를 비롯한 긍정적인 여성 인물들은 하나같이 이러한 미덕을 갖추고 있다. 강경애는 근본적으로 빨래를 잘하고 밥을 잘하는 것을 여성의 부덕 1순위로 꼽는 전통적 여성관을 가지고 있다. 전통적이고 봉건적인 여성관은 「원고료 이백원」에서 보이는 남편과의 주종관계에서도 나타난다. 이것은 문자적 의미에서 신여성 강경애로서의 한계점이라 아니할 수 없다.[13] 신여성 강경애가 당대의 신여성들을 편파적으로 그려내었다는 점은 당시 남성 작가들의 신여성에 대한 편견, 가부장 이데올로기에서 강경애도 그다지 자유롭지 못했음을 보여 준다. 지식인의 대망론을 가졌던 강경애지만, 그녀의 작품에 나타난 신여성은 '대망'의 대상인 지식인의 범주에서 제외되어 있었던 것이다.

박태원 소설에 나타난 지식인 여성의 한계점은 사회의 격변기에

---

13) 강경애가 「지하촌」, 「소금」, 「마약」과 같은 작품들에서 보여 주는 어머니의 애달프기까지 한 따뜻한 사랑은 어린 날 강경애가 어머니를 기다리며 모성의 가치를 크게 인정하게 되었으며 그로 인한 강렬한 모성 체험이 심리적 기원이 되고 있는 것으로 볼 수 있다(송인화, 「하층민 여성의 비극과 자기 인식의 도정」, 『문학과 의식』, 백문사, 1995, 59면 참고).

괴리되는 여성 인물들에서 나타난다. 대표적인 것이 「수풍금」의 '여인'과 「여인성장」의 숙자이다. 이들은 모두 평범한 가정집에서 곱게 자라 여학교까지 마친 인텔리 여성들이다. 그런데 이들 모두 전통적 관습에 의하여 맥없이 무너지는 삶을 살아간다. 「수풍금」의 '여인'은 남자에게 버림받았다는 상상만으로, 「여인성장」의 숙자는 실절이 여성의 전부를 잃는 것이라는 관념에 의해 자신의 삶의 의지나 주체적 자각을 버린 채 자포자기하며 살아가는 것이다.

박태원이 그려 낸 신여성상은 모순적인 인물들이다. 삶에 있어서 주체성을 깨닫지도 못하고 피동적이기만 하다. 신교육과 신사상을 수혜하였으면서도 전통적 인습의 틀에서 한 발짝도 나아가지 못한다. 이들의 삶에 지성은 아무런 기여를 하지 못하고 있다. 전통적 일부종사 관념과 개방적 사회변화 사이에서 수동적으로 흔들리고 있는 것이다. 이는 박태원이 신여성의 배움에 대하여 회의적이었음을 보여준다.(다음 장에서 상론하겠다)

4. 신여성에 대한 기대지평의 변이 – 지식인인 동시 선각자로서의 신여성상

1) 모델소설 – 심훈의 경우

"가장 밑바닥에 깔려 신음하며, 동포의 대부분을 차지하는 농민의 참담한 현실 속에서, 탈부유층의 일대 전기를 그림으로써 참된 실천운동으로서의 참여의 방향을 분명히 밝힌"14) 것으로 평가되어 온 『상록수』는 1935년 동아일보 신춘문예에 당선된 심훈의 장편소설이다. 주인공 채영신을 통하여 심훈은 신시대 지도자적인 사명감을 가지고 있는 여성상을 구축하고 있다. 『상록수』는 모델소설로 알려져 있는데, 심훈이 향리로 내려갔을 때 공동경작회 회원들과 가까이 지내면서 소재를 얻었으며 채영신의 모델이 된 것은 경성농업학교 출신으로 그곳에서 공동경작회를 주동하고 있던 심재영이라는, 작가 심훈의 큰조카라고 한다.15)

　영신의 지적인 신여성으로서의 모습은 여성 편견에 대한 자기의 의견을 단호하게 밝힐 수 있는 당당함에서 두드러진다. 그런데 영신은 일제라는 한계적 상황에서 한가하게 공부를 하는 자신을 부끄럽게 여기고 자신의 앎에 대하여 겸손할 줄 아는 여성이다. 그녀는 식민지 치하 자신의 지식을 사회에 환원하기 위하여 "수천수만이나 되는 장래의 어머니"를 가르치겠다고 결심한다. 여성 교육, '장래의 어머니' 교육, 그것은 곧 민족 교육이 되는 것이다. 교육에 의하여 민족의 문제가 해결될 수 있음을 깨달을 정도로 영신은 선각자적 면모를 보인다. 영신에게 있어 연애는 정력의 소모일 뿐이고 결혼과 개인만의 안락한 생활은 시간 낭비에 지나지 않았다. 영신은 대다수가 불행한 일제 치하 민중의 삶 앞에서 개인의 안온한 삶을 거부하는데, 그것은 부유한 약혼자 김정근과 헤어지는 행동으로 외면화된다. 대승적 삶을 선택한 그녀이기 때문에 동지로서 박동혁을 선택한다. 박동혁은 영신에게 힘을 주고 자극을 주는 존재로, 그와의 관계는 정

---

14) 김붕구, 『작가와 사회』, 일조각, 1973, 421면.
15) 이어령, 『한국작가 전기 연구(상)』, 동화예술공사, 1975, 201면 참고.

력의 소모나 시간의 낭비가 아닐 수 있었기에 영신은 그와 결혼도 결심하기에 이른다. 미래를 약속한 파트너 동혁은 영신에게 있어 훌륭한 경쟁자였다. 3년이라는 시기를 정해 놓고 어느 정도 보람을 본 후에 결혼하기로 한 두 사람은 서로의 자리에서 최선을 다해 일을 한다. 무엇인가 가시적인 성과를 이루어 놓지 않고서 결혼을 하는 것은 서로에게 대승적 삶을 포기시키는 것임을 두 사람은 잘 알고 있었던 것이다.

대부분 남성 작가들의 작품을 볼 때, 자신의 지식을 민족과 나라라는 고귀한 가치를 위해 사용하겠다는 『상록수』의 신여성상은 매우 이례적이다. 이는 심훈이 당대 작가들에게 고정된 신여성상에서 자유로웠다는 것을 뜻한다. 심훈은 김동인, 염상섭, 박태원과는 다른 방향으로 민족혼을 강조하는 작가였다. 마찬가지로 민족을 중요하게 생각하는 작가인 강경애마저 작품에서 강한 지식인 여성상을 제시하지 못하고 여성이라는 이유로 머뭇거리고 있는 사이, 심훈은 질곡에 빠진 민중을 위해 해야 할 중요한 일이 지식인들의 몫이며 그를 위해 남성과 여성을 가리지 않고 노력해야 한다고 설파하였던 것이다. 『상록수』에서 여성을 통하여 당대 사회가 나아갈 방향을 제시하고 있다는 것은 심훈이 지식인 여성의 당대 위상과 역할의 중요성을 인식하고 있었음을 알게 한다.

2) 각성의 생략 또는 내면화 - 강경애와 박태원의 경우

각성의 결과가 나타나지는 않지만 지식인으로서의 일정한 특성을 지니는 여성 인물들이 있다. 강경애의 작품 중에서 「유무」, 「동정」, 「번뇌」, 「산남」 등에서는 방관적인 입장을 견지하는 인텔리들이 등장한다. 작품 내에서 이들의 역할은 다른 이들의 이야기를 들어주고 이야기를 진행시키는 것이다. 이들은 하나같이 자기 이외의 일에는 방관적이고 무관심한 편인데 그것이 결국 다른 이들의 불행을 막아내지 못하고 오히려 방조하는 결과를 초래하자 뼈아프게 자기반성을 하고 있다.

박태원 작품 속에서도 긍정적 유형의 지식인들은 그 지성과 선각자로서 면모보다 삶에 적응하는 면만이 강조된다. 『천변풍경』의 한약국 집 며느리와 『여인성장』의 숙경 정도를 예로 살펴볼 수 있는데, 이들은 격변 사회를 살면서 능동적이고 적극적인 태도로 삶을 영위하고 있는 이들이다. 한약국 집 며느리는 작품 내 위상은 미미하지만 마을 사람들에 의하여 조화적인 인물로 묘사된다. 완고의 대명사와도 같은 한약국 집에 시집온 그녀는 구세대와 마찰 없이 웃어른에 대한 공경을 잘하여 시부모들로부터 칭찬을 듣는가 하면 동부인 외출로 상징되는 남편과의 평등한 위상 확립도 이루어 낸 것으로 보인다. 이로써 추론할 수 있는 한약국 집 며느리는 지식인이지만 전통과 부딪치기보다 그를 잘 극복해 나가는 방안을 모색하여 조화로운 삶을 구축하고 있는 여성이다. 『여인성장』의 숙경은 영어와 일본어를 자유로이 구사하고 서재의 한국문학전집을 다 읽을 정도로 문학에도 해박한 지성의 소유자이다. 성격은 자유로우면서 사교적이고 자신의 감정에 충실하며 직설적인 편이다. 자신이 평소 좋아하던 소설가인 김철수가 자기 집을 찾아오자 적극적으로 접근하고 자꾸 기회를 만들어 그를 만나고자 한다. 숙자와 철수의 과거 일을 들었을 때 숙경은 그 "급하고 괄괄한" 성격 탓에 크게 실망하고 문제를 확대시키기도 하지만 정공법으로 일이 깨끗한 해결을 보도록 한다는 점에서 그녀의 외향적 성격이 두드러진다. 이들의 공통점은 이화전문으로 상징되는 당대 신식 교육을 수혜하였고 남존여비라는 전통적 사상 굴레에서 벗어나 자유연애와 적극적 자기주장을 갖는다는 것이다. 그러나 이들의 경우 신여성으로서 자아각성 같은 것은 생략된 채 지성을 소유하면서도 구세대와 마찰 없이 혹은 적극적으로 살아가는 면만 강조된다.

박태원은 당대의 바람직한 신여성상으로 능동적이며 적극적인, 그러면서도 구세대와 대립되지 않는 인물을 내세우고 있다. 강경애가 관찰자로서의 신여성을 그리는 데 그치는 데 비해 박태원이 신여성을 긍정적으로 묘사하고 있다는 사실은 모더니스트 박태원이 당대의 다른 작가들과 구별되게 여성에 대하여 지성을 인정하려는 가능성을 보이는 부분이다. 그러나 그 지적인 면이나 선각자의 면보다 대타적 관계 속에서 이상적 신여성의 모습을 찾고 있다는 점에서 작가 박태원의 한계를 읽을 수 있다.

3) 여성 각성의 도정 - 염상섭과 김남천의 경우

신여성의 부정적 면을 부각시키는 데 몰두하였던 염상섭의 작품들 가운데 비교적 여성의 각성 가능성을 보이고 있는 작품들이 있다. 『사랑과 죄』의 지순영과 『삼대』의 필순, 경애 등은 수동적이며 나약하게 삶에 끌려가고 있는 인물들이다. 지순영은 어머니와 오라비의 생계를 혼자 담당하면서 착취당하다가 마침내 팔리듯 시집을 가게 될 지경에 처한다. 현실 감각 없는 사회주의자로 돌아다니며 술이나 얻어먹고 감옥에 들어가곤 하는 부친과, 한숨만 쉴 뿐 대책을 마련하지 못하는 모친 사이에서 필순은 학교를 그만두고 공장을 다녀 생계를 유지하고 있다. 홍경애는 부친의 가산 탕진에 외삼촌의 횡령, 그리고 딸의 몸을 수단화하는 모친의 암묵적 승인하에 친구의 아버지이자 가장 믿고 존경했던 상훈에 의하여 정조를 잃고서 인간에 대하여 크게 절망한다. 순영은 진명여학교를 나왔고 경애는 여학교를 나와 교사를 할 정도이며 필순은 고등과 2년 중퇴라는 학력을 가지고 있지만 이들에게서는 세련되고 당당한 당대의 신여성으로서의 면모를 찾아볼 수 없고 희생양적 면모만 강조되어 있다. 희생양이라는 것은 인물이 지적인 면과 무관하게 현실에 압도되어 버린 것을 의미한다.[16] 사신이 삶의 주체가 되지 못하고 타자에게 이용되는 삶을 영위한다는 점에서, 그들은 지식인으로서의 면모를 보이지 못한다. 그러나 그들은 그러한 상황에 대한 극복 의지를 가지고 있는데 그 극복의지를 갖게 하는 것은 사회주의이다. 그리고 사회주의를 습득시키면서 자아 각성의 촉매제 역할을 하고 있는 것은 남성들이다. 순영은 사회주의자인 한희와 호연의 감화를 받고 그들에게 자기의 생을 걸어도 좋다고 생각할 만큼 경도되어 있다. 그런 감화의 도움이 그녀를 자기의 미모를 믿고 경박하게 행동하지 않게 하고, 상황에 대한 무지로 인한 희생양으로서 더 이상 전락하는 일을 막을 것을 예견하게 한다. 경애 역시 외삼촌과 연계선상에서 피혁, 병화의

---

16) 희생양적인 그들의 모습은 현실이 어려워지면 여성의 학업부터 완성하지 못하게 만들거나 여성의 배움이 경제적 가치와 직결되지 못하는 당대 사회적 모순과 문제점을 보여 주는 동시에, 배움마저 포장하여 여성을 상품화하려 하거나 배운 여성들을 성적으로 소유함으로써 자신의 세력을 과시하려는 사회의 검은 세력 때문이다.

이념운동을 돕는 일에 가담하면서 상훈에 대한 고압적 복수심을 버리고 병화를 도우려는 일로 삶의 좌표를 바꾼다. 필순은 사회주의자인 부모와 병화를 비롯하여 집에 왕래하는 다른 이념자들과의 교류를 통하여 어느 정도 사상적으로 경도되어 있었는데 그것이 구체적으로 행동화하자 적극성을 보이게 된다. 무턱대고 돈 많은 덕기를 지향한다는 점에서 미래의 경애가 될 것 같았던 필순이지만 이념에 의하여 자각에 이르게 되는 것이다. 이들에게 있어 이념은 지식인으로서 갖지 못했던 선각자적 시대 사명감을 깨닫게 하는데 이들의 각성 과정에 남성의 역할이 중요함을 알 수 있다.

전향자들을 다루고 있는 작품들에서 김남천은 지식인 여성의 의식 형성 과정을 탐구한다. 1930년대 카프 전향자들의 생존을 위한 검토를 하고 있는 이 작품들에서 전향자는 때로 작품 내 미미한 존재로, 때로는 생략되기까지 하고 그들의 빈자리는 여성 인물들이 대신하도록 설정되어 있는 것이다.

전향자의 허위의식을 고발하는 「처를 때리고」에서는 소시민적 수준으로 내려앉은 과거 공산주의계 거물 차남수와, 남편 차남수의 빈자리를 채워가며 현실적 개안을 하게 된 정숙이 대조적으로 그려진다. 제목은 '처를 때리고'이며 남편의 입장에서 쓴 것 같지만 이 작품의 무게는 철저히 정숙에게 있다. 이 작품에서 가장 중요한 것은 정숙의 개안 과정인 것이다. 사회 부적응자이며 출감 후 마침내 전향의 길을 걷고 있는 차남수는 "계급적 자각이 없고 자기의 의식과 표식을 가지지 못한 엉터리꾼들로 노동운동상 아무런 공헌도 주지 못하는 인물"17), 룸펜에 다름 아닌 존재이다. 그런 남수를 대신해 현

---

17) 「모던어 점고」, 『신동아』 1932. 3.

실을 담당하는 존재가 바로 아내 정숙이었던 것이다. 이 작품에서 정숙은 생계를 위해 현실의 전초병으로 우뚝 서 있는 존재이다. 남편 차남수가 허창훈에게 돈 이야기를 하지 못하는 것은 그가 아직 체면을 더 중시하는 전근대적 사고방식의 소유자임을 보여준다. 이에 비해 남편이 하기 어려워하는 말을, 그것고 낯선 남자를 찾아가 대신하면서까지 생계를 꾸려가는 데 적극적인 정숙의 모습은 그녀의 근대적 성격을 잘 보여주는 것이다. 근대적 리얼리스트로서 정숙의 면모는 허창훈의 음욕에 불쾌함을 느끼면서도 그가 주는 돈을 챙기는 장면에서 절정을 이룬다. 물론 그녀는 허창훈의 유혹을 거부함으로써 성을 수단으로 돈을 버는 여성들과 구별된다. 당대의 지식인인 정숙은 공부도 했고 사회운동에도 참가했지만 각박한 현실 속에서 이론과 다른 현실을 파악하고 사회수의이념의 허구성을 통찰한다. 이상보다 중요한 현실의 이름을 그는 부정할 수 없었던 것이다. 이에 정숙은 사상적으로 남수와 갈라져 나왔고 차남수의 사회주의를 아이디얼리즘이라 매도하며 현실의 이름으로 비판하였던 것이다. 이는 작가 김남천도 자유로울 수 없는, 가슴 아픈 자기 검토의 과정이다. 그러한 자기 검토의 과정을 여성에게 담당하게 함으로써 김남천은 당대 지식인 여성에 대한 작가로서의 기대를 보여준다.

「맥」에서 가장 빛을 발하는 부분은 이관형이 열정적으로 자신의 철학을 이야기하는 부분이라 할 수 있다. 대학강사라는 직업을 가졌던 지식인이었으나 현재 데카당스의 상징처럼 무위도식하는 광인 이관형이 자신의 철학을 논리 정연하게 설명하는 이 장면은 「맥」의 핵심이라 할 수 있다. 이때 이관형으로 하여금 자신의 죽었던 지성을 살려내게 하는 것은 최무경이었다. 최무경은 상대의 지성을 끌어내고 그리고 그와 나란히 앉아 자신의 사상과 논리를 주장하고 토론한다. 전통적으로 사상이나 형이상학적 문제에서 여성들이 항상 한 걸음 뒤에 물러서 왔던 것을 생각하면 이 장면은 매우 진취적이고 고무적인 장면이 아닐 수 없다.

오랜 기간 여성들에게 금지되었던 학문이며 사상에 대한 교육이 바야흐로 시작되고 있는 근대 초기에 여성들의 각성은 어디에서 올 수 있는가. 여성들은 공교육기관을 통하여 비로소 서구적 학문에 눈을 떠가고 있는 상황이었기 때문에, 영어며 수학은 배울 수 있었으나 아직 가치를 통찰하는 힘을 가질 겨를이 없었다. 각성은 누가 가르치는 것이 아니라 오랜 사고의 결과이며 사고의 힘은 상황을 넓게 인식하는 데에서 오는 것이기 때문이다. 그렇다면 비제도권의 지식, 다시 말해 제도권의 영역에 도전할지도 모르는, 그러나 상황인식에 절대적으로 필요한 주변적 가치들을 여성은 어디에서 배울 수 있을까. 그것은 오랜 학문적 전통을 가진 남성들, 이미 깨우쳐진 선각자들을 통하여 가르쳐지는 수밖에 없었다.

이 지점에서 먼저 사상과 철학에 뛰어들어 깊은 사고를 하고 있으며 여성을 동지적·동반자적 존재로 인식하는 남성들의 역할이 필요하다.[18] 이들의 존재는 신여성의 주변에 있는 사회주의자 남성 인물들에게서 찾아진다.

이때 문제는 여성들에게 사상과 가치를 전달하는 역할을 했던 남성 지식인들이 끝까지 자신의 관념과 주의를 관철하지 못하고 속된 현실과 타협하거나 현실을 떠나 버리곤 했다는 것이다. 그렇다면 이

---

18) 그것은 현진건의 작품들에서 보는 것처럼 구식여성은 말이 안 통하며 신식여성은 가벼운 말 상대쯤으로 보는 피상적 여성 인식에서 나아가 여성 역시 자신처럼 학문을 하고 사고를 하며 고민도 하는 동지적 인간이라는 인식인 것이다.

때 남겨진 여성들은 그 각성을 이어 가느냐, 뿌리째 흔들리느냐 하는 문제가 남게 된다. 김남천의 여성 인물들은 대부분이 전자에 속한다. 각성을 이어가고 보다 발전시키는 수준에까지 나아가게 하는 것이다. 이는 여성의 지식의 힘을 긍정적으로 파악한 김남천의 진보적 사상의 소산이라 할 것이다. 김남천 소설 속에서 남성에게 여성은 편견의 대상이 아니라 동지적 인간으로 설정되었던 것이다.

5. 신여성에 대한 양가 감정, 지식인 여성에 대한 극과 극

1920~30년대 한국의 지식인 소설에서는 시류에 부합히지 못하는 허위의 지식인을 비판, 풍자하거나 지식인이 관련된 갈등의 상황, 식민지 치하의 현실사회에 살아가는 당대 지식인들의 대응방법 등이 그려지게 된다. 그렇다면 1920~30년대 소설 속의 지식인 여성상은 어떻게 그려지고 있는가. 초창기의 경우 유독 신여성만은 비판, 풍자의 대상이 되어야 했다. 그것은 소설상에 실명을 거론하거나 실명이 아니라 하더라도 작품의 앞뒤를 살피면 누구나 알 수 있는 방식으로 노골화하는 등 매우 악랄한 방식이기까지 했다. 그 선봉에 있는 것은 김동인이었고 그다음이 염상섭이었다. 그리고 그런 여성 작가에 대한 거부감은 신여성 전반에 대한 불신으로 확대 재생산되어 작품 내 등장하는 신여성들은 하나같이 변태적이거나 병적이었던 것을 부정할 수 없다. 그들이 앞다퉈 비난의 화살을 퍼부었던 김명순이나 나혜석 같은 여성 작가들의 작품이 오늘날 페미니즘 문학의 선구적

인 것으로 평가되는 것을 생각해 볼 때, 작품상에서 여성 작가들에 대한 평가절하를 일삼았던 행위는 남성 작가들의 독선에 지나지 않는 것이었다고 판단된다. 근대화의 선봉에 어쩔 수 없이 전초적인 역할을 했던 동경 유학생 그룹에 같이 포함되어 있던 여성 작가들을 백안시하는 남성 작가들의 일련의 작업은 남성의 영역으로 되어 있던 문학과 학문의 세계에 도전장을 낸 초창기 여성들에 대한 강한 위기감을 느낀 보수적 남성들이 자행한 마녀사냥으로밖에 볼 수 없다. 염상섭의 몇몇 작품에 등장하여 지식인으로서 자각에 이르게 되는 여성들은 오히려 예외적이다. 이때 그들은 신여성으로서가 아니라 희생양으로 상황에 압도되는 면이 강조되었다는 것을 상기해 볼 때, 작가가 지식인 여성상에 변화를 주고 있는 것이 아님은 확연하다.

박태원과 강경애는 신여성에 대하여 양가감정을 가지고 있었다. 모더니스트 박태원은 모더니즘의 특성상 신여성에 대한 거부감을 극복할 수 있었을 것이며 강경애는 자신이 속해 있는 지식인 여성을 강하게 부정할 수만은 없었을 것이다. 박태원과 강경애가 부정하는 신여성은 지식을 자신의 욕망 충족을 위하여만 사용하거나 신구의 갈등에서 좌초되는 모습이고 현실과의 조화로운 관계 속에서 일정 부분 역할을 하려는 신여성들에 대해서는 강한 긍정도 부정도 하지 않고 있는 것처럼 보인다.

심훈과 김남천의 소설은 그런 점에서 보면 매우 이례적이다. 그들의 소설에서 지식인 여성은 동반자로 그려진다. 여자의 팔자는 결혼이 좌우한다는 이데올로기하에서 결혼으로 신분을 상승시키려는 많은 여성들이 있음에도 불구하고 이들은 결혼을 통하여 부를 축적하거나 신분을 상승시키려 하지 않는 여성들이다. 이미 각성을 한 지식인 여성은 민족을 위하여 헌신하는 데 시너지 효과를 내기 위하여 부에 의해서가 아니라 동반자로서 배우자를 선택하고, 현실 개안을 하고 있는 지식인 여성은 자신에게 현실 인식의 안목을 길러준 남자의 옥바라지를 하는 데 헌신적이며 정신적 지주인 남성을 발전적으로 극복하고 있다. 근대화, 여성 교육의 초기, 현실 개안을 하는 데 절실한 것은 미리 학문적 전통에 길들여져 있었던 남성 지식인이 아니면 안 될 것인데, 식민지 치하에서 그들은 변절, 전향하거나 현실을 도피하기도 한다. 정신적 지주들인 남성 지식인들이 부재하게 되는 상황에서 지식인 여성들은 마찬가지로 방향성을 잃고 방황하기도 하지만 김남천의 소설 속 여성들은 극복, 발전의 길을 걷는 이례적 행보를 보인다. 여기에 김남천의 진가가 있다. 김남천의 독서는 매우 폭넓었으며 특히 사회주의 여성운동의 구체적 실전에 관심이 많았다. 그는 부르주아 가족제도에 대하여 신랄한 비판을 하며 자유연애와 단기 결혼을 주장한 마르크스 페미니스트인 콜론타이로부터 영향을 받아 여성문제에 대한 선구적 시각을 갖게 되었던 것이다.

심훈과 김남천은 소설 안에서 여성을 남성과 동등하게 당대 중요한 동반자로 설정하고 여성의 지식인으로서의 각성을 문제 삼고 그것을 천착하고 있다. 이는 이들이 당대로서는 새로운 시각을 견지한, 신여성에 대한 당시의 편견과 고정관념을 과감히 거부하는 작가임을 잘 보여 준다. 사실 당시는 엄연한 식민지 치하, 민족 해방이라는 당면과제 앞에서 남성과 여성을 편가를 겨를이 있을 턱이 없다. 몇 작가들의 견해를 문학사의 당연한 평가처럼 받아들여 온 오류를 극복하고 지식인 여성상에 대한 정당한 자리매김이 절실하다.

제2장 일제 강점기 여성상의 의미
—1930년대 박태원 소설의 여인상

1. 서론: 강점기하의 여성 인물 탐구 의미

문학이 궁극적으로는 인간을 탐구하고 인물을 창조해 나가는 세계인 이상 소설에 나타난 인물을 연구하는 것은 소설 연구에 있어서 가장 중요하고 또 우선적인 위치를 가지는 것이 아닐 수 없다. 그것은 서사문학인 소설에 있어서 사건의 주체로서 인물이 점하는 중요성을 음미할 때 더욱 확연해진다.[1] 그러면 사건 주체로서의 인물은 어떻게 창조되는가, 이것에 관한 이론 가운데 가장 전통적인 것의 하나가 바로 모델이론이다. 이는 한 시대를 살아가는 작가의 눈에 비친 직접 간접의 현실적 체험세계로부터 작중 인물이 만들어지게 된다는 것이다.[2] 문학은 결국 사회의 표현이므로 소설에 형상화된 세계와 인물을 연구하는 것은 소설 당대의 시대사 연구와 맥을 같이 하는 것이 된다.

---

1) 조남현, 『소설원론』, 고려원, 1983, 133면 참고.

2) 위의 책, 132면 참고.

주지하다시피 구보 박태원은 모더니스트이다. 구인회에 가입하여 소설 한 편을 발표할 때마다 형식적인 면에서의 실험성을 추구하는 것이 그의 소설의 특성이다. 소설의 역사가 반소설의 역사라는 말은 박태원에게 있어서 몸으로 실현되고 있다고 할 수 있는 것이다. 그의 소설을 범박하게 「소설가 구보씨의 일일」의 시기, 『천변풍경』 이후의 시기, 월북 전후의 시기, 월북 후 대하소설을 쓰는 시기로 나누어 볼 때, 형식 면의 실험성은 첫 번째 「소설가 구보씨의 일일」의 시기에 국한된다고 할 수 있다. 『천변풍경』을 분수령으로 하여 박태원의 소설은 세태소설로 방향을 전환하고 있는 것이다. 그의 세태소설은 특별한 의미를 갖는다. 그 하나는 서울 출신의 중산층 작가라는 점이다. 염상섭과 마찬가지로 박태원은 한국 문단에서 드물게 서울 출신으로 '경아리어'라고 일컬어지는 표준어를 자유자재로 구사하면서[3] 계층 면으로는 중산층에 속하여 이 계층의 특성 가운데 하나, 곧 당대의 현실을 직시하는 문제라든가 새로운 사상을 받아들이는 데에 있어 유리하였던 것이 사실이다. 박태원은 세태소설을 쓰기 시작하면서는 다른 데에 별로 눈을 돌리지 않은 것으로 보인다. 그것은 식민지를 살고 있는 작가로서 당대 얼룩진 사회를 '있는 그대로' 그려낸다는 사실의 중요성을 깨달았기 때문이 아닌가 한다. 그가 세태소설을 포기하는 것은 한국어 창작이 금지되고 일본어를 사용하여야 하는 일제 말기부터이다. 그것은 그로 하여금 '소설 쓰기'를 포기하고 중국 고전 번역 등의 '글쓰기'를 택하게 하였던 것이다. 일면 가벼운 몸놀림으로 명명되는 박태원의 이러한 자세 바꾸기는 해방공간에서 다시 한 번 실행되고 그것은 월북이라는 행위로 나타났다.[4]

---

3) 염상섭의 문체에 대하여는 졸저, 『인물묘사 방법론』, 372면 참고.

박태원 세태소설의 또 하나의 의미는 자칫 무미건조해지기 쉬운 암울한 현실 반영을 기법으로 메우고 있다는 점이다. 박태원이 창작 초기에 경험했던 모더니즘이 그의 세태소설에 개성을 부여하고 있다는 것이다. 그래서 그의 작품은 리얼리즘과 모더니즘이 교묘히 맞닿는 자리에 있는 것이 사실이다. 모더니즘의 기법을 실험하는 가운데에서도 세태를 그리는 데 소홀하지 않았다. 그의 소설이 탄력을 잃지 않으며 많은 독자층을 확보할 수 있었던 것은 이 때문이라 할 것이다.

일제 치하에서 보다 굴절된 삶을 살아야 했던 것은 여성이었다. 식민지 국민으로서 남성들은 일제에 의해 헤게모니를 빼앗기고 사회로의 통로가 두절되는 직접적인 수탈을 당해야 했던 것이라면 여성들은 이중삼중의 간접적 착취를 당해야 했던 것이다. 식민 치하에서 무기력하게 쓰러지고 뒤로 물러앉은 남성들을 대신해 사회로 나와야 했고 식민지 사회의 여러 병폐 현상에 신음하여야 했던 것이다. 비록 대다수의 작가들이 경제적·성적 착취의 장본인으로 일본인들을 설정5)하는 과감성은 보이지 않고 있지만 일제 치하에서 여성이 담당하였던 질곡과 고통은 광복 이후에도 여러 가지 사실로 뚜렷이 나타나는 바 있다.

여기에서는 모더니즘과 리얼리즘의 변증법적인 합이 기대되던 당대의 유명작가 박태원이 그려낸 1930년대 여인상을 중심으로 일제 강점기 여성 인물들의 굴절된 삶의 양태를 고찰하여 보고자 한다.

---

4) 김윤식, 「갑오농민 전쟁론」(『동서문학』, 1990. 1)을 참고할 것.
5) 염상섭의 『이심』은 이런 점에서 예외적인 작품이다(졸저, 『인물묘사 방법론』, 학술정보원, 2007, 191면 참고).

이는 모더니스트가 포착한 강점기 비참한 현실의 고발에 다름 아닐 것이기 때문에 더욱 중요한 의미를 갖는다.

2. 박태원이 포착한 당대 여성상

박태원 소설에서는 '빈:부＝선:악' 혹은 '선:악＝미:추'의 기존 문학에서 보여 온 공식들은 거의가 극복되어 있다. 이것은 20년대 소설까지도 조금씩 잔존해 있던 것이다.

'소설은 작중 인물의 신분 하락 과정'이라는 말은 박태원의 경우에도 적용된다. 그의 작품을 보면 전대의 작가들보다 훨씬 낮은 계층의 인물들이 대거 등장하고 있는 것이다. 거기에다 상류층의 인물들과 행랑어멈, 안잠자기, 식모, 여급 등의 하류층 인물이 공존한다는 점은 스타일 혼합 현상을 확인시켜 준다. 숭고한 것과 기괴한 것의 혼합, 곧 스타일의 혼합mixing of style은 사회 현실이나 인물의 성격을 객관적으로 묘사하는 것에 치중하여 스타일 분리를 완전히 파기하고 그 정신을 역전시키면서 산문을 배타적으로 채용한 소설의 현대적 특성에 그대로 연결되는 것이다. 계층의 다양성에 주의하면서 박태원의 여성 인물들을 살펴보면 주요 인물들은 대체로 두 가지로 나누어진다. 그 하나는 지식인형 인물들이고 다른 하나는 여급형의 인물들이다.

박태원이 활동했던 1930년대는 이른바 '지식인 소설의 개화기'였다. 이 시기에는 지식인이 주인공이 되어 그 삶의 양상, 사상과 삶의 역학 관계, 그리고 다른 계층과의 원근 관계 등이 도시 소설의 형태로 나타나는 소설이 많았다.6) 이와 연관되어 박태원의 작품에는 특수 직업여성, 여급이 빈번하게 등장한다. 현진건의 작품에서 볼 수 있는 것처럼 1920년대의 작품들에서는 기생이 등장하여 지식인들의 말상대역을 맡곤 하였는데 1930년대에는 지식인들이 주로 출입하는 곳이 재래의 술집에서 카페로 바뀐 것과 관련하여 지식인 상대 여급이 많이 출현하는 것이다. 기생이나 여급 등 특수 직업여성들은 변환기 사회의 '안정판 역할'을 감당해야 했던 여인들이다. 이들은 당시 닫힌 사회에서 하나의 분출구로서 술집과 카페가 빈번히 사용되면서 지식인 남성들의 상대역으로 중요한 역할을 하게 된다.7) 당시 지식인 남성들은 식민지 치하에서 사회적 억압이나 기능적 무질서와 긴장에 대하여 현실 도피라는 현실 대응 방식을 취하여 술집과 카페에서 소일하는 것으로 나날의 삶을 대신하였다. 거기에 반해 식민지 치하를 살아가는 여성들은 비정상적 사회 구조 속에서 가난을 책임지기 위하여 성이라도 상품화해야 했고 그렇기 때문에 기생이나 여급이 될 수밖에 없었다.8) 여기에서는 박태원 여성 인물들 중 보다 빈도가 높은 여급형 인물을 먼저 살펴보고 다음으로 필부형 인물, 그리고 그 안에서 지식인 여성 인물까지 살펴보도록 하겠다.

---

6) 이형기 외, 『한국문학개관』, 어문각, 1988, 194면 참고.

7) 김용숙, 「한국 여속사」, 『한국문화사 대계 IV (상)』, 고대 민족문화 연구소 출판부, 1978, 327면 참고.

8) 이재선, 「1930년대의 도시소설」, 『월북 문인 연구』, 문학사상사, 1990, 130면 참조.

1) 여급형 인물

박태원의 작품 속에서 지식인들은 자전적인 인물들과 비자전적인 인물들로 유형 지어 살펴볼 수 있다. 자전적 인물들의 경우는 다시 미혼의 경우와 기혼의 경우, 두 부류로 나뉘어 살펴진다. 미혼남이 주인공이 되는 경우, 「피로」, 「소설가 구보씨의 일일」, 「거리」 등의 작품들에서 볼 수 있는 것같이 삶의 주변을 겉도는 인물들로 설정되고, 기혼남이 주인공이 되는 「성군」, 「음우」, 「투도」, 「채가」, 「재운」 등의 작품들에서는 소시민적인 모습으로 나름대로 자기의 삶을 성실히 살아가는 인물들이 등장한다. 비자전적인 지식인이 등장하는 경우에는 아내를 비롯한 다른 인물들의 경제력에 의지하여 살아가는 무기력한 인물로서 지식인의 모습이 설정된다. 여급과의 연계선상에서 논의될 수 있는 작품은 마지막 경우이다. 그들은 아내나 가족이라는 것으로 상징되는 '현실'로부터 도피하고 싶은 심리로 술을 찾고 위안을 얻기 위해 여자를 찾곤 하는 행동을 보인다. 박태원의 작품에서 지식인과 여급의 동거 유형이 자주 나타나는데 그 경우 상호 역학관계는 여러 가지로 나타나는 것을 볼 수 있다.

(1) 구원의 여인상, 정의로운 여급 인물

「보고」(『여성』 1권 5호, 1936. 9)에 나오는 여급 인물은 이름이 명시되지 않는다. 다만 작중 화자 '나'에 의하여 '정인'이라고만 일컬어질 뿐이다. 여급 인물과의 거리는 그만큼 먼 것이다. '나'는 최군이라는 친구가 있다. 그런데 최군은 유부남이면서도 집을 나가 다른 여자와 살림을 차렸다. 이 소식을 알려 주는 최군의 동생은 '나'에게 최군을 설득하여 가족의 자리로 돌아오게 해 달라고 부탁한다. '나'는 그 임무를 띠고 막중한 책임감으로 최군과 정부, 두 사람의 살림집 관철동 33번지를 찾는다. 살림살이가 매우 궁색한 것을 보면서도 "이만 고생은 지극히 당연한 것이라 할 것"이라 생각한다. 그두 사람에 대한 고압적 자세가 그들의 경제적 어려움마저도 당연한 것으로 여기게 하고 나아가 "이러한 곳에서나마 그들을 용납하여 주는 것"은 "우리들의 「윤리도덕」을 위하여 크게 옳지 않은 것"이라고 여기게 하는 것이다. 그런 '나'는 막상 최군의 정부, 당사자를 보면서 생각이 달라지기 시작한다. '정부'라는 말 대신 '情人'이라는 용어를 사용해 최군의 정부에 대한 '나'의 감정이 서서히 변하고 있음을 보여 준다. '나'는 그들의 집에 있으면서 "최군 가정의 평화와 행복을 깨뜨려 놓은 그 張本人의 몸에서 결코 소홀히 볼 수 없는 미점을 발견"하게 된다. 흔히 볼 수 있는, 여자가 개입되어 일어나는 가정 파괴의 구조 - 여자가 돈을 목적으로 남자를 유혹하고 이에 유혹당한 남자는 앞뒤 가릴 줄 모르고 여자에게 모든 것을 다 바치는 - 와는 전혀 다른 것이 '나'가 발견한 그들의 생활이었던 것이다. 최군은 직업도 없을 뿐 아니라 폐병을 앓고 있다. 아무것도 대가를 받을 수 없는 상황에서 최군의 '情人'은 그에게 헌신적으로 대한다. 돈 없고 병든 남자에 대한 그녀의 헌신적 정성은 사랑이 전제되지 않으면 불가능한 것이라는 것을 '나'는 알아차린다. 여인의 착한 마음씨에 '나'는 감동까지 하고 마침내는 최군과 '情人'의 행복을 바라고 그것을 위해 다른 것이 희생되어도 할 수 없다고 결론을 내린다. 최군의 가족이 불행하든, 최군과 여인이 불행하든 마찬가지가 아니냐고 자문할 정도로 두 사람의 동거에 대한 '나'의 인식이 정반대로 전환된다. 이것은 자기에 대하여 악감정을 가지고 출발한 사람을 감동시킬 정도로 작중 여급 인물의 성품이 곱고 바르다는 것을 알게 한다. 「보고」는 다시 「윤초시의 상경」이라는 작품으로 반복될 정도로 박태원이 의미를 두고 있는 구조이다. 다만 「윤초시의 상경」에서는 여급 인물이 숙자라는 명명을 부여받고 그의 성격을 알려 주는 여러 일화가 작품에 나타나는 데에서 여급 인물과 작가, 그리고 초점 화자와의 거리가 가까워진 것을 알 수 있다. 「윤초시의 상경」에서 윤초시는 자기의 제자였던 홍수가 처자를 버리고 여급과 동거를 하고 있다는 사실을 홍수의 친구로부터 듣게 된다. 제자가 그릇된 길을 걷고 있으니 마땅히 제자리로 돌려놓아야 한다는 생각에 윤초시는 노구를 이끌고 낯선 서울을 찾는다. 낯선 서울 거리를 헤매고 있을 때 윤초시를 도와준 건 나와 있겠다던 자신의 제자가 아니고 처음 보는 여자였다. 그녀는 참으로 상냥하게 처음 보는 노인에게 친절을 베풀었고 윤초시는 그녀의 도움으로 홍수를 찾을 수 있었다. 각박하다는 서울 인심을 걱정하며 올라온 윤초시로서 그녀는 은인인 셈이다. 그런데 알고 보니 그녀가 바로 윤초시가 찾는 홍수의 정부 숙자였다. 「보고」에서의 '情人'과 거의 같은 인물인 숙자는 역시 동거인인 홍수를, 지금은 아무런 경제력도 없고 병을 앓고 있을 뿐인 한 남자를 병구완하며 보살펴 주고 있다.

> 제가 폐병쟁이루 회사도 못 댕기구 이렇게 밤낮 누워 있는데, 얼굴 한 번 찡그리는 일 없이, 참말 지성껏 간호 해 주죠. 저도 인물루나 뭣으루나 남만 못헌 터가 아니니, 이해타산을 허구 덤빈다면, 대체 뭘 바라구 제 옆에 가 붙어 있을 겝니까?[9]

자기의 스승이었던 윤초시에게 흥수가 숙자의 사람됨을 설명하는 부분이다. 이미 숙자의 어진 마음씨를 알고 있는 윤초시는 흥수의 말을 듣고 더욱 난감하다. 가족을 버리고 다른 여자와 살림을 차리고, 또 그 여자로서는 엄연한 유부남을 유혹하여 살림을 차리는 일이 잘못된 것임을 훈계하러 찾아온 윤초시이다. 본가의 부탁을 받은 윤초시의 입장에서 흥수의 상대방 여자는 응당 악마 같은 이미지의 소유자여야 한다. 그런데 숙자는 오히려 병든 흥수를 간호하는 천사 같은 이미지를 가지고 있다. 여기에서 윤초시는 갈등하게 된다. 흥수를 데리고 귀향하는 것은 착한 숙자를 불행하게 만드는 일이 될 것이 뻔한 일이고 착한 사람을 불행하게 하는 것은 내키지 않는 일이어서 윤초시는 흥수의 귀향을 적극적으로 추진하지 못한다. 그때 숙자가 나서서 자기 역시 그래야 마땅하다고 생각했다며 흥수에게 윤초시를 따라갈 것을 권한다. 흥수에 대하여 숙자는 아무것도 바라는 것이 없고 그가 옆에 있기만 하여도 그녀는 행복할 수 있다. 그렇지만 자기 한 사람의 행복을 위해 흥수의 부모나 처자의 행복을 저버릴 수 없다는 것이 숙자의 기본적인 생각이다. 의가 전제되지 않은 행복은 무의미하다고 보고 숙자는 자신 하나의 희생으로 만인이 행복하게만 된다면 웃으면서 흥수를 보낼 수 있다고 말한다. 이 작품의 원제목이 '만인의 행복'이라는 점을 감안한다면, 만인이 행복하기 위해서 숙자의 희생이 전제되어야 한다고 작가는 보고 있는 듯하다.

「보고」와 「윤초시의 상경」에서 공통되는 것은 제삼자에 의하여, 그것도 좋지 않은 선입관을 가지고 관찰하는 타인에 의하여 여급 인

---

9) 「윤초시의 상경」, 『한국 해금 문학 전집』 3, 삼성 출판사, 1988(이하 전집이라 함은 이를 말하는 것임), 415면.

물이 긍정적으로 묘사된다는 사실이다. 이들이 여급이 되어야 했던 과정 등은 작품상에 전혀 나타나지 않는다. 다만 여러 정황으로 미루어 이들이 어려운 가정환경 등으로 인해 여급이 될 수밖에 없었을 것을 짐작할 뿐이다. 유교적 조선 사회에서 외면당할 수밖에 없는 직업여성이 된 이들은 그러한 환경에서도 인간다움과 따뜻한 마음씨를 잃지 않고 살아가는 인물들이다.

『천변풍경』에서 기미꼬는 의협심의 발휘 등 적극적 행동으로 작품 내에서 남성적인 이미지의 여성으로 그려진다. 카페는 일본인들이나 일본말을 구사하는 조선인들이 주로 드나드는 장소이어서 카페의 여급은 일본 이름으로 명명되었던 것이 당시의 유행이었다. 여급인 기미꼬는 아름답지도 젊지도 않으며 애교 부릴 줄도 모르지만 평화카페 내에서 가장 인기가 좋다. 여급으로서는 매력이 적은 그녀이지만 그녀에게는 손님이 많다. 그 이유는 그녀가 여급으로서가 아니라 인간적인 매력을 가지고 있기 때문이다. 내면적인 매력, 그것이 그녀의 장점이며 그 가운데 하나가 어려운 사람을 보면 참지 못하고 도와주고야 마는 협기이다. 『천변풍경』에서 기미꼬의 협기는 두 가지 면에서 잘 나타난다. 그 하나가 금순에 관한 일이다. 금순은 취직시켜 준다는 꼬임에 빠져 인신매매범을 따라 서울에 올라온 시골 여인이다. 그런 그녀의 소식을 우연히 접하게 된 기미꼬는 금순을 구출해 내려 한다. 뜻하지 않게 금순을 잃게 된 인신매매범이 기미꼬를 찾아오자 기미꼬는 당당히 맞서 그를 제압한다.

"대체 처음 들어가는 길루 하루에 2원 70전씩 준다는 공장은 어디 있는 무슨 공장이에요? 금순이는 그만두구래두, 우선 나버텀 좀 너주슈. 카페 여급 노릇두

　기미꼬가 여자라는 것에 만만히 보고 자신 있게 접근한 인신매매범 사내는 "경우에 따라서는 남자 외딴치게 꿋꿋하고 사나운" 그녀의 위력에 눌려 금순을 포기하고 만다. 그녀는 금순에게 좋은 '언니'가 되어 주며 금순의 현재뿐 아니라 미래를 생각할 정도로 사려가 깊다. 여급이라는 일이 험하다는 것을 생각하여 금순을 절대로 카페에 가까이할 생각도 하지 못하게 하는가 하면 그녀에게 좋은 짝을 맺어 주려 애를 쓴다.

> 그야 금순이도 좀 더 청춘을 즐기고 싶기야 하겠지. 허지만 청춘이 인생의 전부는 아니다. (중략) 금순이 같은 그다지 어여쁘지 못하고, 또 반절 하나 깨치지 못하고 한 여자를 도리어 위하여 줄 줄 알게요. 또 금순이는 그 타고나온 착한 마음으로 전실 아이를 참말 귀애 줄 줄 알게요. 그래 가지고 그들은 좀 더 서로 행복일 수 있지나 않을까?11)

　재산이나 외모가 결혼을 위한 충분조건이 아니고 결혼을 위해서 진정 필요한 것은 서로 위하고 아껴 줄 수 있는 마음이라는 기미꼬의 결혼관을 볼 수 있다. 기미꼬의 면모를 볼 수 있는 또 하나는 하나꼬에 관한 일에서이다. 하나꼬는 기미꼬와 같은 카페의 여급이다. 그녀는 가난한 환경에서 벗어나고 싶다는 생각에 자기로 인해 빚어지는 남의 불행이라든가 앞으로 자기의 인생이 어떻게 전개될지 하는 것에 관한 깊은 생각 없이 유부남과의 결혼에 몸을 던진다. 그녀가 결혼하고자 하는 최진국은 부잣집 아들이지만 자식까지 있는 유

---

10) 전집 3, 157면.
11) 위의 책, 262면.

부남이었던 것이다. 하나꼬가 그와 결혼하면 최진국의 본부인과 그 아이들이 불행해지는 것은 어찌 보면 당연하기까지 한 일이다. 앞뒤 생각 없는 하나꼬와 달리 냉철한 기미꼬는 재물만 보고 결혼할 경우의 문제점에 관하여 경고한다. 그러나 이미 마음을 굳힌 하나꼬는 기미꼬의 말을 듣지 않았고 결국 최진국과 결혼한다. 결혼이 확실해지자 기미꼬는 다시 하나꼬에 대해 따뜻한 조언을 아끼지 않는다.

> "그저 모든 사람에게 책 당할 일, 흉잡힐 일, 그런 걸 해선 안 된다. 늬가 그냥 여염집 색씨가 아니구 여급을 댕기던 여자래서, 그래 모든 사람들이 으레 색안경을 쓰구 볼게니라. (중략) 그저 할 말루 말하자면, 마음을 바로 가져 지성으루만 대해라. 그래두 저편에서 알어주질 못허면, 그건 저편 허물이지, 내 잘못은 아니니까……."12)

여기에서 기미꼬는 하나꼬의 결혼생활이 순조롭지 못할 것 - 여급에 대한 사회의 시선과 여급 출신의 여자가 겪어야 할 힘든 시집살이 등 - 을 정확히 예견하고 있다. 현실에서 도피하고자 하는 욕구가 너무 승하여 다른 것을 볼 안목과 여유가 없는 하나꼬와는 사뭇 대조적인 양상이다. 결혼 후 여급 출신의 하나꼬가 겪게 될 주변 사람들과의 어렵기만 할 관계 등을 냉철하게 바라볼 수 있을 정도로 사리 분별 능력을 갖춘 것이 기미꼬였던 것이다.

기미꼬에 대한 작가의 시선은 매우 긍정적이다. 또 인물과 작가와의 거리도 가까운 것을 볼 수 있다. 작가는 여러 차례 "우리 기미꼬"라는 표현을 써 작가의 존재를 드러내면서까지 기미꼬에 대한 친근감을 강조하고 있는 것이다.

---

12) 위의 책, 184~5면.

(2) 당대 물질만능의 가치관을 대변하는 여급 인물

박태원의 작품에 등장하는 여급 인물이 모두 긍정적인 인물은 아
니다. 부정적으로 형상화되는 경우는 「비량」의 영자가 대표적이다.
지식인과의 동거 유형인 이 작품 「비량」에서, 영자는 집에서 내쫓기
다시피 한 승호와의 삶이 어쩔 수 없이 궁핍해지자 다시 여급 일을
시작하고 심지어 남자를 집에 끌어들이기까지 한다. 승호가 영자와
동거를 시작한 것은 영자를 죽도록 사랑해서, 조건을 뛰어넘는 사랑
이 있어서가 아니었다. 그것은 오로지 감상적 영웅주의의 발로에 지
나지 않는 것이었다. 승호는 혜숙을 만나기 전에 영자라는 여급과
교류가 있었다. 부잣집 딸이고 인텔리 여성인 혜숙과 영자 사이에서
승호는 조건이 더 좋은 혜숙을 선택할 수가 없었다. 그것은 승호로
서는 왠지 자기의 타산적 성격을 드러내는 것 같았던 것이다. 이때
승호가 조건이 좋지 못한 여성 영자를 선택한 것은 자신이 결혼으로
써 낮은 계층 여성을 구제할 수 있다는 혹은 해야 한다는, 일종의
값싼 영웅심의 발현이라 볼 수 있다. 승호와 동거를 하고 있는 영자
의 승호에 대한 마음은 승호의 지식과 풍족한 가정환경에 호기심을
느끼는 것에 지나지 않는 것이고 보면 둘의 삶은 굴절이 예고되어
있는 것이다. 현진건의 「그리운 흘긴 눈」에서도 등장하는, 집에서 내
쫓긴 부잣집 아들이자 지식인인 남성과 하층 여성의 동거는 당시 작
가들이 작품의 모티브로 즐겨 삼을 정도로 당대 유행하던 현상이었
던 듯하다. 어찌 되었든 차츰 영자는 가정으로부터 고립된 승호에게
싫증이 난다. 그러한 그녀의 심리는 토정비결 책을 읽을 때의 행동
으로 외면화된다.

영자가 그 말에는 아무 대답 없이, 바로 그곳에 씌어 있는 것을 무슨 참된 운명의 계시나 되는 것 같이 눈을 반짝거려 가며 몇 번인가 되풀이하여 또박또박이 읽고 또 읽고 하였을 때, 승호는 어느 틈엔가 또다시, 불유쾌한 감정이 가슴 한 구석에 이는 것을 깨달았다.[13]

현재의 처지에 만족할 수가 없으며 그러한 삶에서 벗어나고자 하는 영자의 원망 심리가 보이는 것이 이 부분이다. 자기의 미래가 보다 더 나아지기를, 새로운 사람도 만나고 돈도 벌게 되기를 바라는 마음이 있다는 것이 토정비결 책을 들추고 또 그러한 내용의 글귀에 솔깃해하는 행동을 통하여 잘 나타나는 것이다. 영자의 신수는 새해에 혼인을 할 것과 김가 성을 가진 이로부터 도움을 받는다는 내용인데 영자는 그것에 대단한 흥미를 보인다. 그런가 하면 그녀는 "강 건널 낯이 없는" "패군한 장수"로 나타나는 승호의 신수를 매우 비웃으며 꺼린다. 영자는 집에서 쫓겨난 승호를 인격적으로 무시한다. 동거인인 그가 있건 없건 간에 남자를 끌어들이는 면에서는 이상의 「날개」의 '아내'를 떠올리게 한다. 그런가 하면 저녁 값을 주어야 하느냐고 물을 정도로 승호에게 경제력이 없다는 사실을 영자는 알고 있다. 그러면서도 승호에게 같이 사는 방의 방세를 물라고 종용한다. 영자의 이러한 행동은 승호를 모욕하고 고통을 주려는 행동이 아닐 수 없고 보면 이용 가치가 없어진 남자를 구박하고 내치려는 여성의 심리로밖에 볼 수 없다.

『천변풍경』의 안성집이나 「애욕」의 '모던 걸' 등의 인물들도 영자와 같은 유형의 인물들이다. 다른 사람을 진정으로 위하여 주는 마음을 갖기보다는 그를 이용해 금전적·신분적 이익을 얻고자 하는

---

13) 「비량」, 전집 4, 375면.

인물들인 것이다. 이들은 당대의 물질만능적인 가치관을 대변함으로써 사회의 악을 한 몸에 지니는 부정적 인물들로 그려진다.

(3) 가정 내 파르마코스형 인물들의 불행한 삶

여성은 집 안에 있어야 하고 밖으로 나가 돌아다니는 것을 금기시하는 전통적 유교 사회인 조선에서, 집 밖에 나가 술을 파는 기생이나 여급의 일은 여성에게 모험과도 같은 일이었다. 주위의 냉혹한 시선은 물론이고 결혼 등의 장래도 불투명하게 되는 것이기 마련이었던 것이다. 이러한 상황에서 여급의 길을 선택해야 하는 여성은 흔히 가족의 생계를 위해 자기를 희생해야 하는 경우가 많다. 박태원의 여성 인물 가운데 이러한 파르마코스형 인물들은 『천변풍경』의 하나꼬, 「성탄제」의 영이, 「골목안」의 정이, 술집 작부가 된 「점경」의 정순, 기생인 『여인성장』의 강순영 등이다.

하나꼬의 부모는 손수레꾼·안잠자기 등의 직업을 가지고 있지만 "또 돈 좀 해 달라구 왔나?" 하고 재봉이 추측하는 데에서 알 수 있는 것처럼 수시로 하나꼬를 찾아와 돈을 요구한다. 하나꼬가 최진국이라는 젊고 돈 많은 유부남의 유혹에 무방비 상태로 빠져들어 간 것은 "불행한 사람은 유혹에 빠지기 쉽다."는 작가의 말처럼 하나꼬가 극도로 불행하였기 때문이다. 그런데 하나꼬의 결혼은 전적인 파르마코스적 결혼은 아니다. 그녀의 아버지 교통사고 때 도와준 사람과 최진국 두 사람 가운데에서 그녀가 최진국을 선택했다는 사실이 이러한 판단을 가능하게 한다. 하나꼬는 자기의 가난으로 점철된 삶의 질곡에서 벗어나고자 기꺼이 최진국의 유혹을 받아들이려 했던 것이다. 그리고는 더 나아가 최진국에게 본처와 이혼할 것을 요구한다. 기왕 결혼을 하기로 맘먹었으면 정실부인으로서 출발하고 싶은 욕망이 있었던 것이다. 이와 같이 하나꼬가 최진국과의 결혼을 결심한 것이 그에 대한 깊은 사랑 때문이 아니라 야망 충족이 원인이기 때문에 하나꼬는 이 문제에 관한 한 맹목적일 수 있었다. 결혼을 통해서 그녀를 둘러싸고 있는 열악성에서 벗어날 수 있을 것이라는 계산이 하나꼬의 이성을 가리고 만 것이다. 하나꼬가 그토록 좋아하고 의지하던 기미꼬의 충고조차도 귀여겨들을 수 없었던 것도 이런 이유에서이다.[14] 전통적 사회에서 이혼이란 여성에게 정상적 삶을 영위하는 것조차 어렵게 만드는 일이었다. 그런 상황에서 칠거지악이라는 악습에 의하여 여성을 내쫓는 행위도 절대 온당한 일일 수 없다. 그런데 이 작품에서 최진국의 본처는 전혀 아무런 잘못이 없는 인물이다. 그런 본처를 내쫓으라고 종용하는 하나꼬의 행위는 온당한 것으로 볼 수 없다. 이는 하나꼬가 부모의 계속적인 착취 등 어려운 삶 속에서 벗어나고자 하는 욕망으로 인해 기본적인 인간성 같은 것을 돌아볼 겨를이 없었던 때문으로 볼 수 있다.

「성탄제」의 영이 역시 하나꼬와 같이 가족의 희생양격의 인물이다. 그녀가 여급이 된 것은 우선적으로 가족의 생계를 위하여서이다. 그녀로서는 여공도 여사무원도 될 수 없다. 여공의 벌이로서 충당할 수 있기에는 살림이 너무 어려웠고 여사무원이 되기에는 그녀의 배

---

14) 충고하는 기미꼬에 대한 하나꼬의 생각은 다음과 같다. "역시 여자에게는 남의 행복에 대한 부러움과 새움이 있어, 그것은 아무러한 기미꼬로서도 어찌는 수 없이, 그래 그러는 것일 게다. 기미꼬의 용모와 연령을 가지고는 영구히 그러한 기회를 만나보지 못할 것이다. 그러한 자기 몸에 비겨, 사랑하는 동료에게 던져진 행복에 대하여 끝없는 샘을 가진다더라도, 그것은 깊이 책망할 것이 못 되지 않느냐? ……."(166면)

움이 전혀 없었던 것이다.

> "뭐요? 그만해 두라구요? 동네가 부끄럽다구요? 이렇게 딸년을 망쳐 논 게 누
> 군데 그러우? 어머니유, 어머니야. 바로 어머니야. 툭하면 얘, 쥔이 방세 재촉
> 또 하더라. 쌀이 떨어졌다. 나물 또 들여놔야 한다. 김장도 담가야 한다. ……나
> 는 무슨 화수분인 줄 알았습디까? (중략) 아, 아니야, 어머니도 조년하고 다아
> 한패야, 다아 한패야, 아버지두 한패야. 셋이 다아 한패야. 그래 셋이서 나 하나
> 만 가지구 들볶는 거야."15)

가난에 대한 대응 방식이 폭력으로 나타나는 남성의 경우와는 달
리, 여성은 종종 매춘을 비롯하여 여러 가지의 성 상품화 방식을 택
하게 된다. 영이 역시 가난한 가족의 생계를 혼자 다 담당해야 했고
턱없이 많은 돈을 요구하는 부모로 인해 매춘이 종용되었던 것이다.
영이가 더 많은 돈을 벌어야 했던 것은 동생 순이의 교육 문제도 한
원인이 된다. 영이 자신은 학교 문턱에도 가보지 못하였으면서 동생
순이는 고등학교까지 보내고 있다. 자식 하나를 희생하더라도 다른
하나라도 성공시켜 질곡에서 벗어나려는 목적에서 비롯된 부모의 왜
곡된 교육열에서거나, 동생만이라도 적어도 자신처럼 굴절된 삶을
살지 않기를 바라는 영이의 바람에서 비롯된 것일 수 있다. 한마디
로 영이는 가족들의 희생양으로 인식되어야 했다. 그런데 그런 영이
를 동생 순이는 이해하기보다 비난하기에 급급하다. 순이는 언니 영
이가 여공이나 여사무원이 되지 않고 여급이 된 것이 순전히 영이의
쾌락적인 성향 탓이라고 파악한다. 동생에게조차 이해받지 못하던
영이는 어느 날 사생아를 임신하고 산후 양육비조로 약간의 돈을 받

---

15) 「성탄제」, 박태원, 『성탄제 외』, 동아출판사, 1995, 340면.

는 상황에 처한다. 그런데 영이가 임신하고 아이를 낳고 산후조리를 하는 사이에 순이마저 영이와 같은 매춘의 길에 들어서게 된다.

영이가 돈벌이를 못하는 사이에, 이번에는 순이에게 부모는 돈을 요구하였던 것이다. 「성탄제」에서 식물처럼 그려지고 있는 부모는 두 딸을 차례로 팔아 생계를 유지하고 있다. 딸의 매춘을 사주 내지는 방관하는 인물들인 영이, 순이의 부모는 내면 묘사가 전혀 이루어지지 않고 말 한마디 작품상에 나타나지 않는다. 그저 영이의 말 속에서 알 수 있듯이 딸들에게 자꾸 돈 이야기를 꺼내 일종의 압력을 가하고 딸이 몸을 판 다음 날 아무렇지도 않게 '짜장면'을 먹고 있을 뿐이다. 부모 자신들이 경제 행위를 하거나 경제적 궁리를 하고 있다는 증거는 작품 어디에도 드러나지 않는다. 언니가 쾌락적 성향 때문에 매춘을 한다고 비난하던 동생 순이를 바로 그 매춘의 길에 들어서게 하는 데에서 이 작품은 매춘을 권하는 사회의 구조적 모순을 여지없이 드러내고 있는 것이다.

「골목안」의 정이 역시 여급이면서 매춘 행위를 겸하고 있다. 집을 나가거나 권투 선수가 되려는 자신의 꿈을 키우고 있는 오빠들을 대신해 생활 전선에 뛰어들어야 했던 정이는 "딸이 아들 외딴치게 돈을 잘 벌어들인다."는 소리를 들으며 산다. 그것은 정이의 외박과 무

---

16) 위의 책, 323면.

관한 것이 아니다. 그런데 정이는 부모의 마음을 아프게 하지 않으려고 술 핑계를 대며 거짓말을 한다. 정이가 외박을 하면서 그 외박에 거짓 알리바이를 대어야 한다는 것과 동네 사람이 딸을 칭찬하는 말에 가슴 아파하는 집주름 영감의 모습에서, 최소한 정이의 부모는 하나꼬나 영이의 부모처럼 딸의 매춘을 드러내 놓고 방조 내지는 사주하지 않는다는 것을 알 수 있다. 부모의 딸에 대한 냉혹성뿐 아니라 당자의 인생관 면에서도 정이는 하나꼬, 영이와 구별된다. 정이는 자신의 형편과 현 상황에 의하여 압도당하거나 매몰되지 않는다. 자기의 현실을 도피하려고도 않고 책임 전가하며 한숨 쉬고 있지도 않는 것이다.

정이는 양반 상놈을 따지며 옛말하기를 일삼는 부모와는 달리 현실 감각을 가지고 있다. 자기가 비록 여급 일을 하며 때로 매춘 행위까지 해야 하는 형편이지만 정이로서는 그것이 가족을 먹여 살리는 일이기 때문에 부끄러울 것 없고 당당할 수 있는 것이다. 정이는 리얼리스트이다. 정이 역시 여급으로서 사회에서 어떠한 아픔을 겪었다는 것이, 동생 순이가 부잣집 남자와 교제하고 있다는 사실을 알게 되었을 때 보여 주는 정이의 행동에서 알 수 있다. 일부러 명랑한 척하고 편지를 건네주면서도 정이는 술을 찾는다. 그리고 진지한 표정으로 순이에게 무언가 이야기하려고 한다. 그것은 자기가 입

---

17) 「골목안」, 전집 3, 385면.

었던 어떠한 마음의 상처 같은 것에서 비롯되는 행동일 것으로 추측된다. 그렇지만 정이는 술독에 빠져 살거나 자포자기하는 여인이 아니다. 자신이 입은 상처를 통해 그녀는 자신을 더욱 성장시키려 한다. 그리고 동생이 자신의 전철을 밟지 않도록 하기 위해 조언도 아끼지 않는다. 그녀는 적극적이고 밝은 인생관을 가지고 있는 인물인 것이다.

『여인성장』의 강순영은 부친의 파산으로 인해 남동생과 부친의 생계라는 절박한 문제를 안고 기생이 되어야 했다. 순영은 진명학교를 다니던 몸으로 학교를 그만두고 "어떠한 경우에도 몸은 깨끗이 가질 결심"으로 기생의 길에 들어섰다. 그러나 순영은 유부남에다가 한량에 지나지 않는 사람에게 정조를 잃고 아이까지 갖게 된다. 순영은 크게 절망하고 눈물로 세월을 보내게 된다. 그러던 어느 날 학교 선생이었던 아버지의 옛 제자 철수라는 사람을 만나고 그의 도움으로 위자료도 받고 아이도 보내게 된다. 순영은 어느새 자신의 일을 깊이 도와준 철수에게 연정을 느끼게 된다.

> "아직 독신이랬지?" "네." "차차 결혼을 해야 할 게 아닌가?" "뭐 아직 급하진 않습니다." (중략) 순영이는 그때까지 철수의 옆얼굴을 적지 않은 긴장으로 지켜보고 있었던 것이 분명하다. 철수와 눈이 마주치자 순영은 순간에 얼굴을 붉히고 황망히 석쇠 위의 고깃점을 뒤집었다.[18]

철수에게 순영은 결혼 상대자가 아니었다. 기생이라는 신분과 사생아를 낳은 순영은 가부장적 사회의 이데올로기 안에서 여자로서는 결격 사유를 가진 것으로 재단된다. 그러한 사고방식이 너무나 당연

---

18) 『여인성장』, 전집 4, 323면.

한 사회 속에서 순영의 삶은 힘겨운 것일 수밖에 없다. 완전한 인물처럼 그려지고 있는 철수에게조차 순영은 철수에게 옛 스승의 딸로 동정의 대상일 수밖에 없었던 것이다. "순결은 한 번 잃으면 영원히 잃는 것이다."라는 남성 지배적 사고에 비추어 볼 때, 아무리 이상적인 구원의 남성상으로 그려지고 있는 철수라 하더라도 정조를 잃은 여인을 연애나 결혼의 대상으로 받아들일 수는 없었던 것이다. 이것이 가족의 희생양인 순영이 감당해야 하는 또 하나의 비극이다.

가족의 희생양적 면모는 생략되어 있지만 「길은 어둡고」의 향이와 「향수」의 향월 역시 동정적인 여급 인물들이다. 두 사람 모두 작품 내에서 남자로부터 배신당하게 된다.

향이는 어려서 부모를 여의고 고아로 살아왔다. 아버지가 젊은 여자와 집을 나간 뒤 어머니가 혼자 아이를 키우다가 죽기 때문이다. 「미녀도」의 보배 역시 향이와 같은 환경의 인물로 설정되어 향이는 그녀 하나로 끝나는 것이 아닌 사회적 의미 안에서 해석될 것으로 보인다. 향이는 혼자 살아왔기 때문에 인간 사이의 정에 주려 있다. 그런 그녀는 누군가가 자기와 함께 있는 것이 행복의 전제조건이 된다. 향이는 혼자가 아니라 다른 누군가와 함께 있고자 하는 바람이 너무 컸기 때문에 남자의 접근 앞에서 앞뒤를 재고 이성적인 고찰을 할 여유가 없었다. 그런 향이였기 때문에 유부남에게 쉽게 속았고 마침내 동거를 시작하게 되는데, 나중에 그가 유부남이며 아이가 셋이나 딸려 있다는 사실을 알고 나서도 향이는 남자를 믿고자 한다. 하나꼬와 달리 향이가 유부남인 상대방에게 바라는 것은 조강지처와의 이혼도 아니고 단지 그와의 사랑이 변치 않고 그의 곁에 머무를 수 있게 되는 것뿐이다. 이것은 결손 가정에서 자라난 향이로서는 어쩌면 당연한 바람일지도 모를 것이다. 그런데 동거를 하면서 얼마의 시간이 지나자 남자는 향이와의 생활에 권태를 느끼게 된다. 향이는 그런 그의 마음을 눈치 채고 괴로워한다. 밤마다 악몽에 시달리고 술집에 일하러 나가서도 그 생각뿐이다. 향이로서는 그와 헤어져서 살 수 없지만 사랑하는 남자가 자기로 인해 괴로워하고 자기와의 삶을 후회한다면, 남자를 위해서 자기가 떠나야 한다고 생각한다. 그러던 중에 향이는 그를 떠날 기회를 만나게 된다. 지방의 술집에서 그녀를 스카우트하였던 것이다. 이를 기회로 향이는 남자와의 생활을 청산하고자 그 제의를 받아들인다. 향이의 남자에 대한 생각은 선급비조로 돈을 받았을 때 잘 드러난다.

> 그 돈을 갖어 男子와 둘이서 單 한 일헤라도 마치 祝福받은 愛人끼리나 같이 손을 맞잡어 本町으로 百貨店으로 또 劇場으로 모든 시름을 잊고 가장 豪華스러웁게 돌아단여 보았으면 하고 그러한 생각만 일어나는 것은 어인 까닭일까……19)

　향이는 돈을 보자 그와의 단란했던 기억과 미래에 대한 희망이 되살아나고 그가 자기에게 잘해 주었던 일만 모두 떠오른다. 그리고는 자기에 대한 남자의 마음이 변했다는 아무런 증거도 없는 상태에서 그를 떠난다는 것이 그에 대한 도리가 아니라고 생각하고 군산행 기차에서 내리고 만다. 그러나 집을 향해 가는 향이의 모습은 마치 앞이 안 보이는 안개 속을 걷는 것처럼 묘사되고 있어 그녀 앞날의 굴절된 삶이 예고된다. 변심한 남자를 믿고 싶어 하고 그에 대한 미련을 버리지 못하는 향이의 우유부단한 성격은 그녀의 어릴 적 가정환

---

19) 「길은 어둡고」, 「개벽」, 1935. 3.

경과 밀접한 연관이 있는 것이기 때문에 여급으로서의 향이는 속죄
양적 형태를 띠는 것이다.

「향수」의 기생 향월 역시 동정적 인물이다. 그녀는 '나'에 의해
모든 것을 잃는다. '나'는 그녀에게 고국으로 데려다 준다고 유혹하
여 향월의 열과 성을 다한 정성을 받지만, 고국으로 돌아올 무렵
'나'는 그녀가 아무 이유 없이 싫어져서 혼자 귀국하고 만다. '나'는
자기가 유혹할 때는 생각지도 못한 채 '나'를 붙잡는 향월을 더욱
천하게 여기고 외면하는 것이다. 향월은 '나'에게 있어서 유학 중 심
심파적으로 이용되었을 뿐이다. 이 작품에서는 향월에 초점이 맞추
어지지 않아서 그녀의 자세한 면모는 알려지지 않지만 그녀의 속죄
양적 측면은 미루어 짐작될 수 있다.

어넌 넌에서 보넌 여급형 인물들은 당시 시대적 맥락 속에서 고찰
하여 볼 때 대부분이 파르마코스형 인물이라 볼 수 있겠다.

2) 필부형 인물

평범한 여인의 경우 조선 전통적인 수난형 인물과 부적응 인물로
나누어진다.

(1) 수난형 인물

조선시대는 유교가 성행하면서 남존여비, 삼종지도, 칠거지악, 가
부장제 등의 사회적 의식과 제도하에서 여권이 가장 약화되었던 시
대라 할 수 있다. 이러한 상황에서 남편과 자식의 온갖 횡포를 담당

하고 사회의 기초적 안정을 지지하는 것은 모두 여성의 몫이었다. 박태원의 작품 속에 나타나는 수난적인 필부형 인물은 이러한 전통적 여성상이다. 『천변풍경』의 만돌어멈, 결혼 후의 하나꼬, 이쁜이, 이쁜 어머니, 「사계와 남매」의 옥순 어머니, 「길은 어둡고」의 향이 어머니, 「미녀도」의 보배 어머니 등이 여기에 포함된다. 이들은 아내와 며느리로서 남편과 시어머니로부터 학대를 받는 경우와 가난한 결손 가정에서 삶을 담당하다 보니 굴절되어야 했던 경우로 나누어 볼 수 있다. 전자에는 『천변풍경』의 만돌어멈, 하나꼬, 이쁜이 등이 포함되고 후자에는 이쁜 어머니, 옥순 어머니, 향이 어머니, 보배 어머니 등이 포함된다.

『천변풍경』의 만돌어멈은 가난과 남편의 학대로 고통받는 인물이다. 그러면서도 만돌어멈은 물정 어둡고 착하기만 하여 남편에게 반항 한 번 하지 않는다.

> 고생은 날 적부터 타고나온 제 팔자다. 가난한 것은 이미 아무렇게도 하는 수 없는 것이었고, 잘못 만난 서방 탓으로 밤낮 속을 썩히는 것에도 이제는 완전히 익숙하였다. 그러나 그래도 '내 사내'라고 받들어 왔던 남편이 드디어 딴 계집을 얻어 가지고 그대로 차고, 때리며, 나가라 구박이 자심할 때, 한때는 죽어 버릴까 하고 그렇게 모진 마음조차 먹어 보았던 것이나(후략)[20]

남편은 이런저런 일로 늘 만돌어멈 속을 썩여 왔다. 가난한 살림을 돌아보기 위해 일을 하는 것도 아니다. 가난을 담당하는 것은 늘 만돌어멈의 몫이고 남편은 현실 생활에 무관심하였던 것이다. 게다가 남편은 외도를 하며 여자를 집으로 데리고 오기까지 한다. 조강

---

20) 『천변풍경』, 42면.

지처를 구박하며 심지어 폭력을 휘두르고 내쫓을 정도이다. 만돌어 멈은 남편이 바라는 대로 두 아들까지 데리고 집을 나와 서울에서 남의 집 드난살이를 시작했는데 남편은 다시 만돌어멈을 찾아내고 변하지 않은 외도와 폭행으로 만돌어멈을 괴롭게 한다. 살기 어려워 서 찾아온 형편이면서도 만돌어멈 위에 군림하고 폭행과 외도를 계 속 하는 만돌어멈 남편으로 인해 그녀의 불행은 극에 달한다. 견디 다 못해 만돌어멈은 자식들한테까지 숨기고 가출하려 하는데 이를 눈치 챈 아이들이 울며 매달린다. 아이들 걱정에 결국 가출을 포기 하고 여전히 폭력에 시달리는 만돌어멈은 하루하루를 '종말 없는 비 극'으로 살아간다.

오랜만에 만난 한약국 집 며느리의 눈에 비친 만돌어멈의 모습이 다. 신여성인 한약국 집 며느리의 눈에 그녀는 한심하게, 또는 이해 할 수 없는 사람으로 보인다. 이렇듯 온갖 수난을 인내하고 견디며 가정을 지키는 이들이 작가 박태원이 발견한 1930년대 평범한 여인 들의 모습이었던 것이다. 비록 근대의 시기라고는 하나 평범한 여인들 에게는 전통적 유교사회와 다를 바 없는 삶이 주어져 있었던 것이다.

『천변풍경』의 이쁜이와 하나꼬는 결혼으로 수난이 본격화된다. 두 사람 모두 결혼 전에는 가난하나마 그럭저럭 큰 걱정 없이 살았었다. 앞에서 살펴본 하나꼬의 경우도 여급이라는 전력이 문제된 시집살이

---

21) 『천변풍경』, 73면.

가 아니고 며느리 학대 제도의 반영이라고 볼 수 있다. 이쁜은 아이러니하게도 홀어머니가 간절히 바라던 결혼이 이루어지면서 불행이 시작된다. 이쁜은 홀어머니와 단둘이 살지만 사랑으로 감싸주는 어머니 곁에서 별 어려움 모르고 자랐다. 결혼 상대자 강석주의 결혼식 날 태도에서 이쁜의 불행은 예고된다. 그는 자기의 결혼식 날임에도 불구하고 늦게 나타나고 또 빨리 자기 집으로 가려고 안절부절못한다. 왜냐하면 그는 이쁜을 아내로 맞아들인 후에 시즈꼬라는 식당 종업원과 신정옥이라는 같은 공장 여공을 사귀면서 일처이첩이 되었다고 즐기며 만족해하는 인물이기 때문이다. 게다가 이쁜의 시어머니는 이쁜에게 혹독한 시집살이를 시킨다.

시집을 가서 한 번의 친정 나들이를 하지 못하는 이쁜이를 동네 사람이 데리러 갔을 때, 이쁜이가 겪고 있는 삶의 척박함은 명백히 드러난다. 이쁜의 시어머니는 멀쩡하게 앉아서 장기를 두고 있는 영감을 와병중이라는 핑계로 며느리를 놓아 주려 하지 않는다. 결국 이쁜은 시집에 사람이 없는 틈을 타서 도망치듯이 친정으로 오게 된다. 그리고 모처럼 실컷 자고 어머니에게 떠밀리다시피 시집으로 되돌아가면서 어머니에게 매달려 "왜, 왜, 날 여자로 낳았수."라고 오열한다. 이것은 가부장제 사회 속에서 여성으로서 겪어야 했던 수난

---

22) 위의 책, 같은 면.

인 것이다. 이쁜은 어머니의 말을 듣고 온갖 학대를 참으며 살아가려 하였으나 그런 생활은 오래가지 못하였다. 외간 남자 입에서 이쁜이라는 이름이 나왔다고 하여 이쁜의 남편은 자기 아내의 정조를 의심하고 이혼을 요구한다. 실질적인 첩을 둘이나 두고 있는 남편으로부터 이쁜이 이혼당하고 마는 것은 유교 전통적 삶이 야기한 아이러니한 모습이다.

아내로서, 며느리로서 여성에게 내려졌던 고난은 자식을 위한 희생으로 이어지기 마련인데 여기에 포함되는 인물은 이쁜 어머니, 옥순 어머니, 향이 어머니, 보배 어머니 등이다.『천변풍경』의 이쁜 어머니와 「사계와 남매」의 옥순 어머니는 남편을 일찍 잃고 10여 년간 삯바느질로 생계를 꾸리고 있다. 이들은 어려운 가운데에서 자식의 행복한 미래에 자신의 모든 것을 걸고 살아간다. 그리하여 자식의 결혼을 정성껏 준비하고 지성으로 사윗감과 주위 하객들에게 대한다. 이쁜 어머니가 시집을 나온 이쁜이를 안쓰러워하면서도 그날로 돌려보내는 것도 이쁜이가 아무쪼록 안정되기를 바라기 때문이다. 그러나 결국 남편의 구박과 시어머니의 학대 속에 고통받아 어머니의 애를 끓이던 이쁜이는 시집에서 쫓겨나게 된다. 어머니의 바람과 노력에 반하는 이쁜의 계속적인 불행은 희생적인 어머니의 수난을 무의미하게 만들고 더 가중시키는 것이다. 옥순 어머니는 가난 속에서도 온화한 성품을 잃지 않으며 항상 자식들을 사랑으로 감싸주는 인물이다. 홀어머니가 삯바느질로 장애를 가진 옥순이와 형제들을 키우는 어려운 형편에 큰아들의 경우 없음까지 겹쳐 옥순 어머니의 삶은 곤핍하기만 하다. 결혼 문제에서 큰아들은 당시로서는 돈이 더 많이 드는 신식 혼인을 고집하고 자기 친구들 접대비 20원까지 아무렇지도 않게 어머니에게 요구한다. 옥순 어머니는 아들의 요구대로 결혼식을 지성껏 준비하고 그를 위해 폐병에 걸린 몸으로 밤늦도록 재봉틀을 돌리고 그로 인해 결국 죽게 된다. 폐병으로 인한 죽음은 향이 어머니와 보배 어머니의 경우도 마찬가지다. 젊은 여자와 바람이 나서 집을 나간 무책임한 남편 때문에 혼자 생계를 꾸리고 자식을 키우느라 득병하고 끝내는 병으로 인해 죽고 마는 것이다.

> 향이가 네 살이나 그밖에 안 되었을 때 어떤 노는 계집과 손을 맞잡고 滿洲라든가 어데라든가로 도망간 아버지는 그 뒤 영영 消息을 끊었고 아즉도 젊은 어머니는 오즉 향이 하나를 키우느라 十年이나 煙草 工場에를 다니다가 이내 그 저주할 肺病을 얻어 돌아갔고23)

향이 어머니는 이렇다 할 이유 없이 남편으로부터 버림받았다. 남편이 버린 가정을 지켜 내는 일은 향이 어머니로서 매우 어려운 일이었기에 그녀는 결국 병에 걸리게 된다.

> 원래 주색을 질기는 아버지는, 좀 있던 가산을 기생 오입에 모조리 끼불려 없애고 마침내는 기생에서 한칭 격이 떨어져, 송월동인가 어디 사는 무당 퇴물과 함께 서울에서 종적을 감추어 버렸던 것이다.24)

보배 어머니 역시 다른 여자와 함께 집을 나간 남편을 대신하여 자식을 키우고 살림을 하느라 온갖 고생을 다하는 인물이다. 보배어머니는 남편의 아저씨뻘 되는 이가 근처에 살면서 이런저런 도움을 주려 하지만 도움 받기를 꺼려 왔다. 그녀는 언제든 남편이 돌아오

---

23) 「길은 어둡고」, 35면.
24) 「미녀도」, 「조광」 5권 8호, 1939. 8. 66면.

리라 믿으며 스스로의 힘으로 보배를 키우며 살아가야 한다고 생각하는 것이다. 그러나 남편은 돌아오지 않고 온갖 고생 끝에 병을 얻어 보배 어머니는 죽고 만다. 죽어가면서야 보배 어머니는 자신의 장례비와 보배의 교육비를 내놓고 보배를 아저씨에게 위탁한다. 그런데 여기에서 유의할 것은 위에서 고찰한 향이와 보배의 유사성이다. 아버지의 가출 동기와 어머니의 병으로 인한 사망, 보배가 향이와 다른 것이라고는 작품이 미완이어서 성장 후를 알 수 없다는 것뿐이다. 보배가 정에 약한 성격이면 향이와 마찬가지로 굴절된 삶을 살게 될 수도 있다. 게다가 보배 아버지가 인신매매범이 되어 자기 친딸을 잡아가려고 보배를 찾는 것으로 보아 보배의 인생도 평탄하지 못할 것이 짐작된다. 젊어서는 아내와 며느리로서, 나이가 든 후에는 어머니로서 자식을 위한 고생으로 수난받고 그 자식에게마저 고통이 계속되는, 2대에 걸친 수난은 모두 가정을 지키지 않는 남편과 아버지로 인해 야기되는 것이다.

박태원의 작품 속에서 남자의 외도는 빈번히 나타나는 모티브이다. 장편 『천변풍경』의 경우만 해도 민주사, 신전집 주인, 만돌아범, 강석주, 최진국 등의 인물들에게서 가정의 참된 의미를 파악하지 못한 채 성욕에만 집착하여 가정을 등한히 하는 남성들의 모습을 찾을 수 있다. 가부장제와 남존여비, 여성을 부수적 존재로 보는 사회 제도 속에서 여성들의 삶의 질곡은 극심했던 것이다.

(2) 가해자형 인물, 부적응자

가난으로 인한 성격 파탄 또는 변화하는 시대에의 부적응, 이것이 여기에 해당하는 인물들의 특성이다. 가난한 생활 때문에 "아무 데로나 치워" 버리듯 결혼을 해야 했고 그 때문에 이중적인 생활을 해야 했으며, 또 가난 때문에 남의 물건에 손을 대는 탐욕과 교활함을 보이기도 한다.

「음우」의 '아내'는 19세의 나이에 14세 신랑과 결혼을 하여 가정보다는 외도를 일삼음으로써 조혼제도의 불합리함을 보여 주는 인물이다.

> 여인의 나이 열아홉이면 이미 음양의 이치를 깨다른 뒤지만 열네 살짜리 어린 남편은 아직 인도를 알기 멀었다. 아직 인도를 모르기 때문에 신랑은 나이 많은 신부가 오직 징그러웁게 싫었고 이미 음양의 이치를 깨달았기 때문에 신부는 너무나 어린 신랑을 안타까웁게 미워하였다.[25]

조혼제도의 불합리성은 『천변풍경』의 금순에게도 나타났던 것인데 금순과 달리 「음우」의 '아내'는 그 욕구불만을 '잦은 나들이'로 해소하려 한다. 아내의 친정 나들이를 오히려 기뻐 반기는 어린 남편은 아내를 '아내'로 받아들이지 못하고 있음을 보여 주는 것이다. 19세의 아내는 정욕의 해소를 위해 나들이를 하는데 그 장소가 친정이라는 것은 친정 쪽에서도 그 일을 묵과하고 있다는 것을 증명한다. 아내의 부모는 조혼으로 인해 딸이 불행하게 살아가고 있는 것을 잘 알았을 것이다. 딸의 행복을 위해서든 혹은 남자로부터 대가를 받아서든 부모는 자신들의 집을 딸의 외도의 장소로 내어주고 있었던 것이다.

세월이 흘러 '나'도 성에 눈을 뜨게 되었고 자식도 얻게 되었다.

---

25) 「음우」, 「문장」 1권 9호, 1939. 9. 104면.

그렇지만 '아내'는 여전히 '얼굴에 분 바르고' 친정 쪽으로 나들이를 가서 외간 남자와 정을 통한다. 남편과 자식들에게 일말의 죄책감을 갖지 않는 '아내'의 행동은 어린 신랑과의 삶을 '결혼' 생활로 인식하지 못했기 때문으로 보인다. 그녀에게는 정부와의 삶도 어느덧 일상이 되어 버렸던 것이다. 그것은 아들의 급작스러운 관격으로 공장에도 못 나간 남편이 병든 아들을 위해 급히 아내를 데리러 갔을 때, 아내의 친정 안방 문을 열었을 때의 광경이 증명하는 것이다.

<blockquote>
안해는 웃목에 가 앉아서 버선짝을 깁고 있었던 모양이다. 그것은 물론 책잡을 일이 아닐 것이다. 그러나 아랫목에가 - , 그의 처가집 안방 아랫목에가, 이부자리를 펴놓고 그 속에서 한참 곤한 듯, 코를 골고 있는 한 삼십 되어 보이는 남자의 존재는 너무나 당돌한 것이었다.[26]
</blockquote>

남편이 보기에 윗목에 앉아서 바느질을 하고 있는 아내의 남편은 문을 열고 들여다보고 있는 자기가 아니라 아랫목에 누워서 아무렇지도 않게 곤하게 잠을 자고 있는 남자인 것만 같이 생각된다. 불륜임에도 너무나 자연스러워 보이는 가정의 풍경, 이는 그들의 관계가 일시적인 '바람'의 관계가 아니라는 것과 '나'의 처가인 '아내'의 친정에서 묵인되고 있다는 것을 웅변으로 증명하는 것이기도 하다. 엄연히 결혼하여 이미 아이가 있는 딸의 불륜을 묵과하는 친정 부모의 모습은 자신들에게 다소라도 경제적 이익을 준다면 자식이 어떠한 일을 하더라도 묵과해 버리는 「성탄제」의 부모를 떠올리게 한다. 그들은 가난으로 인해 팔아넘기듯이, 그야말로 아무렇게나 딸을 치워 버리고는 딸의 욕구불만 해소를 위해 불륜까지도 방관하고 있는 것

---

26) 「음우」, 「문장」 1권 10호, 1939. 10. 52면.

이다. 그 부모와 함께 아내는 '나'의 입장에서 가해자인 것이다.

「재운」의 행랑어멈은 다른 사람들에게 없이 물질적 정신적 피해를 주면서도 아무런 죄책감을 느끼지 못하는 인물로 설정되어 있다. 지금 행랑어멈의 신분에는 맞게 행동하지 않는 그녀는 과거 지향적 인물이다. 잘 살았던 과거에 미련을 두고 살면서 다른 사람들을 모두 아랫사람 대하듯 하고 있는 것이다. 품격 있는 행동을 보이느냐 하면 그것도 아니다. 주인집으로부터 고추장이나 된장, 숯, 구공탄 같은 자질구레한 것들을 갚을 생각 없이 계속 빌려 가는 것도 모자라 몰래 훔치기까지 한다. 그러면서도 그녀는 자신의 행동에 아무런 가책을 느끼지 않는다. 이런저런 핑계를 대며 행랑살이라는 자신의 직분에도 충실하지 않다. 게다가 이기적인 성격을 가지고 있는 인물이다. 자신만의 운수를 위해 다른 사람의 기분 같은 것은 아랑곳하지 않는 것이다.

「골목길」의 불단집 할멈은 과거에 살면서 현재를 인정하지 않으려는 인물의 또 다른 예가 된다. 그녀는 과거에 양반이었다는 사실 하나만으로 현실감각이 전혀 없다. 큰아들이 여자 때문에 집을 나가면서 망하기 시작하여, 지금은 몸을 파는 일까지 겸하는 여급 생활을 하는 큰딸의 벌이로 온 가족이 살아가야 할 정도로 몰락해 버린 상황에서도 자신은 다른 사람들과는 다르다는 의식에 사로잡혀 있다. 딸이 다른 사람에게 행실이 정하지 못하다고 비난받고 또 그런 상황에서 자기보다 훨씬 나이 많은 사람에게 해라를 하며 딸이 싸울 때, 할멈은 마땅히 자기 딸의 행실을 단속하고 다른 사람에게 대한 태도를 가르쳐야 할 것이다. 그런데 할멈과 영감은 하층민과 자신을 다르게 생각하고 편견을 갖는, 근거 없는 댄디즘을 표출하고 있다. "개

두 그만 분별은 있을 아이가, 그래 그런 상것허구 욕지거리를 허구 그러다니……." 하는가 하면 "그렇죠. 그렇구말구요. 쌈을 허드래두 같은 양반끼리 해야지, 그런 것허구 허는 건, 꼭 하늘 보구 침 뱉기지, 그 욕이 다아 내게 돌아오지 소용 있나요." 하는 두 노인의 대화는 시대적 부적응의 단면이다. 양반이었다는 단 하나의 사실만으로 딸의 추락과 비참한 현실을 애써 인정하지 않은 채 다른 사람들 위에 군림하려는 이들의 모습은 반상의 구별이 세습에서 재산의 유무로 대치된 근대라는 새 시대에 적응하지 못함을 보여 주는 것이기도 하다.

3) 지식인형 인물

박태원의 작품에서 지식인형 인물은 수적으로도 적지만 작품 내 비중도 크지 않다. 이것은 비단 박태원에게 국한되는 것이 아니라, 당시 많은 작가들에게서 공통되는 형상이기도 하다. 그 이유는 식민 통치기에 지식인이 사회적이나 경제적인 면에서 제 몫을 담당해 내는 것도 불가능했고 그만큼 작가들이 지식인을 주인공이나 주요 인물로 등장시켜 리얼한 방식으로 지식인의 이상과 좌절 등을 그려낸다는 것도 불가능했기 때문으로 볼 수 있다.[27] 그런데 박태원의 작품 속에서 지식인은 보토모어류의 지식인과는 거리가 멀다. 지식인이란 다양한 개념에 대하여 연구하고 명료하게 인식하기 위하여 학문적 관심을 이어가는 인물이라 할 수 있다. 명료하게 상황을 인식

---

27) 조남현, 『한국 지식인 소설 연구』, 일지사, 1984, 9면 참조.

하고 깨달음을 가져야 하는 지식인이지만 박태원의 작품 속 지식인들은 그러한 연구적 태도나 명료한 인식과 깨달음을 보이는 경우가 매우 드물다.

(1) 신구의 조화를 이루어 가는 지식인

박태원 작품 속에서 긍정적 유형의 인물들의 특징은 지식인이며 선각자로서의 면모보다 삶에 적응하는 면만이 강조된다는 것이다. 『천변풍경』의 한약국 집 며느리와 『여인성장』의 숙경 정도가 이에 포함될 수 있는데 전자의 경우는 이름도 밝혀지지 않을 정도로 작품 내 위상이 미미하다. 이들은 격변 사회를 살면서 능동적이고 적극적인 태도로 삶을 영위한다. 이들의 공통점은 '이화전문'으로 상징되는 당대 신식 교육을 수혜하였고 남존여비라는 전통적 사상 굴레에서 벗어나 자유연애와 적극적 자기주장을 보인다는 것이다. 그러나 이들의 경우 지식인으로서 자아각성 같은 적극성이 작품상에 드러나는 것은 아니고 그저 구세대와 마찰 없이 조화를 이루며 살아가는 것뿐이다. 진취적이고 적극적인 여성 지식인상은 박태원의 작품에서 전무하다. 이것은 작가 박태원이 이상적인 지식인이라고 생각하는 인물에 대한 기대가 어떤 것인지를 알게 한다. 즉 박태원은 배웠어도 배운 체하지 않고 묵묵히 살아가는 여성을 이상적인 지식인 여성으로 보고 있다는 말이다. 그렇다면 여성의 배움이 삶에 있어서 별다른 효과를 거두지 않는다는 말과 같다는 점에서, 작가 박태원이 여성의 지식에 대하여 별 기대를 하지 않음을 잘 보여준다. 이는 근대 지식인 박태원의 작가의식 면에서의 한계라 할 수 있다.

한약국 집 며느리는 작품 속에서 부각되지도 않고 그의 개인사를 비롯한 개인적 생활조차 생략된다. 서술의 거리도 멀어서 자세한 그녀의 면모는 알 수 없지만 마을 사람들에 의하여 그녀는 조화적인 인물로 묘사된다. 완고의 대명사와도 같은 한약국 집에 시집오게 된 그녀는 구세대와 마찰 없이 웃어른에 대한 공경을 잘하여 시부모들로부터 칭찬을 듣는다. 남편과의 관계도 그러하다. 연애결혼이 잘되기는 어려운 일이라고 숙덕거리는 동네 사람들의 말과 달리 동부인 외출로 다른 이들의 부러움을 받게 되고 새 시대의 부부상을 보여주면서 그녀는 '행복'의 전형으로 비추어지기 시작한다. 이로써 추론할 수 있는 한약국 집 며느리는 지식인으로 전통과 부딪치기보다 그를 잘 극복해 나가는 방안을 모색하여 조화로운 삶을 구축하려 하는 여성이다.

박태원의 지식인 여성 가운데 비교적 서술 거리가 가까운 인물에 속하는 『여인성장』의 숙경은 부잣집 큰딸로 세련된 신여성이다. 그녀는 영어와 일본어를 자유로이 구사하고 서재의 한국문학전집을 다 읽을 정도로 문학에도 해박한 지성의 소유자이다. 성격은 자유로우면서 사교적이고 자신의 감정에 충실하며 직설적인 편이다. 갓 시집온 올케 숙자에게 대하는 허물없는 태도에서 숙경이 전통적인 시누이상과는 거리가 먼 것, 즉 인간으로서 올케를 대하고 있는 것을 알 수 있다. 숙경의 성격이 보다 잘 나타나는 것은 김철수와의 관계에서이다. 자기가 평소 좋아하던 소설가인 김철수가 자기 집을 찾아오자 적극적으로 접근한다. 숙경은 자기 쪽에서 자꾸 기회를 만들어 그를 만나고자 한다. 그러나 그것 때문에 숙경은 자존심이 상하기도 하고 섭섭해하기도 한다. 그렇다고 좋아하는 사람을 포기하지도 않는다. 숙경은 자존심이 세면서도 적극적인 미래 지향적 성격의 소유자인 것이다. 숙자와 철수의 스캔들을 들었을 때 숙경은 그 '급하고 괄괄한' 성격 탓에 크게 실망하고 문제를 확대시킨다. 그런데 이때 숙경이 혼자 속으로 끙끙 앓았으면 일은 풀리기는커녕 점점 꼬여 버렸을 수 있다. 작품 속에서 여인의 숨겨진 과거란 덮을수록 문제가 되기 마련이기 때문이다. 숙경은 이러한 사실을 어머니에게 털어놓고 오빠가 알게 하고 마침내 당사자 철수까지 모두 알게 한다. 외향적인 그녀의 성격을 알 수 있다. 그런가 하면 자기의 오해임이 드러나자 자기의 잘못을 인정하는 데에도 숙경은 솔직 담백하다. 그리고 철수의 자기에 대한 마음이 확인되자 이번에는 자존심이라든지 하는 것을 내세우지 않고 부끄러움을 무릅쓰고 철수에게 다가간다. 매사에 적극적이며 활동적인 세련된 신여성상이 숙경을 통하여 그려지는 것이다.

작가는 당대의 바람직한 신여성상으로 전통적 인습에 얽매여 주체로서의 삶을 살지 못하는 것이 아니라 능동적이며 적극적인, 그러면서도 구세대와 대립되지 않는 인물을 내세우고 있다. 한계를 보이기는 하지만 신여성을 때로 긍정적으로 그리고 있는 것은 박태원이 당대의 다른 작가들과 차이를 갖는 부분이다. 김동인, 염상섭 등의 작가들의 작품에서 신여성은 부정적으로 형상화되곤 하였다. 김동인 「약한 자의 슬픔」의 강엘리자베드를 비롯하여 염상섭의 작품에서도 대부분의 신여성은 부정성을 띠고 있다. 당대의 인텔리이면서도 신여성들은 하나같이 지적인 면모보다 자유연애라는 미명 아래 정욕에 눈먼 낭만적 환상주의자들로 성적인 면에서의 부정적 양상, 성적 타락에 수반되는 금전적 타락상과 아울러 결혼 문제에서도 굴절되어 있으며 자신의 목적을 위해서는 남을 곤경에 빠뜨리는 음모도 서슴지 않는 인물들로 나타날 뿐이다.[28] 강경애의 경우 지식인의 대망론을 가졌던 작가임에도 불구하고 그의 작품 속 신여성은 전통적 인습을 깨뜨리지 않고 그 안에 순종하며 살아가는 인물과 우연스레 문인이 되어 남으로부터 떠받들리는 여왕의식의 소유자로 양분될 뿐이다. 그런 점에서 보면 박태원의 신여성을 긍정하는 태도는 비록 미온적이고 한계를 갖는 것이지만 매우 독특한 것이라고 볼 수 있다.

(2) 신구 가치관 사이에서 방황하는 지식인

박태원 소설에서 지식인 여성이 부정적으로 나타나는 경우는 그 지식인 여성이 자신이 받은 교육이나 신사상과는 별개의 전통적 가치관을 고수하고 있는 경우이다. 지식인 여성인 그들은 격변하는 사회 속에서 새로운 사상이나 교육을 활용하는 삶을 영위하기는커녕 극히 전통적인 인습에 의해 지배되는 모습을 보이는 것이다. 대표적인 것이 「수풍금」의 '여인'이다. 그녀는 "부자랄 건 없어두 지내기에 어렵진 않은" 가정환경에서 부모에게 극진한 사랑을 받으며 아무런 걱정 없이 여학교까지 졸업하였다. 인텔리인 그녀는 결혼에 있어서 매우 전통적인 형식을 밟는다. 여인은 매파를 통하여 사진을 건네받고 그 사진만으로 그에게 정을 느끼고 혼자 애를 태운다. 상대방 남자가 일본에서의 실연 때문에 독신을 고집하자 여인은 전혀 모르는 남성의 삶에 구속되기를 자처하고 자기 역시 독신을 선언한다. 삶에 있어서 주체성을 갖지 못하는 전통적 여성의 인습을 고스란히 답습

하고 있는 것이 바로 이때 여인의 행동이다. 여인은 사진만으로 남자에게 마음을 주고는 그 상대에 대하여 정조를 지키려는 마음을 갖게 된다. 이는 그녀가 조선시대 유교적 사고방식을 극복하지 못하고 있음을 보여주는 것이다. 그녀가 보여주는 아이러니함은 그녀의 청혼을 거절했던 남자로부터 역으로 청혼을 받았을 때 나타난다. 남자는 자신이 겪었던 실연의 아픔을 극복하고 새 생활을 시작하기 위하여 그녀에게 청혼을 했던 것인데 이때 그녀는 그 청혼을 거절한다. 여인은 그 남자의 실연과 그것으로 인한 상처를 아름다운 일로 생각하고 감상하고 싶었던 것이었으니 실연을 극복한 남자에게 호감을 가질 수 없었던 것이다. 그래서 여인은 그 청혼을 거절한다. 그렇다면 여인은 이제 남자와는 무관한 삶을 살아야 할 것인데도 그러지 못했다. 감상적인 그녀는 전혀 주체적인 삶을 살지 못했던 것이다. 그렇기 때문에 남자가 다른 여인과 결혼하여 행복하게 산다는 소식에 그토록 좌절하게 되었던 것이다. 그리고 "제 자신 행복을 구혈 방도를 채리지 못하고" 자포자기 상태에서 "장안에서두 이름난 부랑 소녀"가 되고 만다. 결국 여인은 전통적인 일부종사 관념의 극단화 경향이 답습된 데다가 신문물 아래에서 부정적으로 콤플렉스를 표출하게 된 것으로 해석해 볼 수 있으며 신여성으로서 자각도 인식도 하지 못한 데에서 기인한 모순적인 여인상인 것이다.

부정적이라고까지 할 면모는 없다 하더라도 신여성으로서 삶에 대한 주체적 자각을 하지 못한다는 점에서 『여인성장』의 숙자도 이와 비슷한 경우이다. 그녀는 타인의 삶을 대신 살아주는 것 같은 태도로 자기 삶을 영위하고 있다. 어리석음과 자포자기 그리고 도피, 그것이 그녀의 생활방식이다. 숙자는 원래 김철수와 연인이었다. 그런데 어느 날 돈에 매수된 사촌오빠 내외의 꼬임에 빠져 상호에게 순결을 빼앗기고 만다.

> "저희는 그 사람의 별장으로 갔습니다. 식후에 제게도 포도주를 권해요. 저는 물론 싫다고 하였습니다마는 오라범댁이 자기도 먹으며 자꾸 한 잔만 먹어보라는군요……. 그도 다아 한속이었어요……. 제가 먹은 포도주는 그게 그냥 포도주가 아니었던 모양이에요."[29]

외부적 여건으로 인해 일어난 일이지만 이후 숙자의 삶은 완전히 방향을 잃고 만다. 숙자는 자포자기의 상태로 결혼하고 상호의 이런저런 애정 표시 요구에 "그보다 더한 것도 온갖 것을 모두 이 남자에게 허락한 터가 아니냐." 하면서 자기 의사와 반하는 행동을 하면서 살아간다. 위의 인용문은 숙자가 철수에게 고백하는 부분인데 이런 고백을 하려면 결혼 전에 했어야 했고 상의를 했어야 했을 것이다. 이미 결혼을 한 상태에서 시어머니에게 쫓겨나자 철수를 찾아가고 결혼 배경을 변명하는 숙자의 행동은 앞뒤가 맞지 않는 것으로 보인다. 철수와 만난 자리에서 숙자는 현실에 충실하라고 말하는 철수[30]에 반해, 과거로 돌아가고 싶다는 다분히 감상적인 태도를 보인다. 숙자는 자신의 애인이었던 철수에게 접근하는 숙경을 보며 마음 아파하면서 질투하는가 하면 자기의 결백도 당당히 주장하지 못하고 남에게 미루고 만다. 그녀가 현실에 눈을 돌리게 되는 계기에도 문제가 있다. 옛 애인 철수의 말을 듣고야 그에 대한 미련을 버리고 현

---

29) 『여인성장』, 전집 4, 294면.

30) 철수는 숙경에게 대하여 "우리는 반드시 우리를 사랑해 주는 사람에게 그와 똑같은 사랑을 주어야 할 의무는 없을지 모릅니다마는, 부부 사이에는 정녕코 그 의무가 있는 것이라 믿습니다."(『여인성장』, 299면 참고)라고 말하며 현실지향적인 태도를 보인다.

실성을 찾게 되는 것이다. 이렇듯 모순적이며 소극적이고 피동적인 숙자의 태도는 신여성으로서의 바람직한 면이라고 할 수 없을 것이다.

이들은 모두 신교육과 신사상을 수혜하였으나 교육된 것들이 삶에 적용되지 못한 삶을 영위하고 있는 것이다. 전통적 인습의 틀을 한 발짝도 벗어나지 못하고 있는 이들은 지식을 받아들였으되 지식인에 이르지는 못한 모습이다. 이는 당시 지식의 한계를 보여준다. 당시 조선 사회에서 여성들에 대한 교육이 아직도 봉건적, 가부장적 요소를 청산하지 못하고 있었다는 것을 보여준다. 동시에 여성이 지식을 습득하는 것에 부정적인 박태원의 가치관도 볼 수 있다. 여성교육의 한계성, 여성교육의 무용성을 통해 박태원은 역으로 자신이 가지고 있는 전통적 여성에 대한 지향을 보여주는 것이다.

3. 결론: 일제 강점기 여성 인물 포착의 의미

전쟁이나 식민 치하라는 한계적인 상황에서 여성은 보다 굴절된 삶을 살아야 했다. 남성들은 사회적 진출이라는 헤게모니를 빼앗기고 좌절과 방황 속에서 현실감 없이 대처하고 있는 반면, 여성들은 먹고살아야 한다는 1차적 명제 앞에서 생계의 책임을 지게 되었다. 쌀독을 긁어 생계의 어려움을 몸으로 확인하는 것은 여성이었으므로 남성들보다 여성들이 절실한 현실감각을 가질 수 있었던 것이 그 한 원인이 된다. 그리하여 사회에 나간 여성들은 생물학적 약자로서, 또 전통과 인습에 의한 비난에 고통받으면서까지 남성의 빈자리를 채워

나가야 했다. 식민 통치하의 우리나라 여성들이 당한 이중삼중의 간접적 착취는 그것을 증명한다.

박태원의 작품에는 특수 직업여성, 여급이 빈번하게 등장하여 삶의 굴곡을 여실히 묘사한다. 이때 여급이라는 것은 여성을 부수적인 존재로 파악하는, 여성은 위안을 주어야 하고 남성은 위안을 받아야 한다는 식의 남성 중심 사상의 산물이다. 조선이라는 여성에게 특히 폐쇄된 사회에서 직장 여성, 특히 이런 직업에 종사하는 여성에게 쏟아지는 편견이 어떠했으리라는 것을 추측하는 것은 어려운 일이 아닐 것이다. 그렇기 때문에 경제적인 이유로 여급이라는 직업을 택해 삶을 영위하려 했던 인물들은 경제적인 이유뿐 아니라 그 외 여러 가지 면으로도 많은 갈등과 상처를 입어야만 했다. 삶의 삭막함 중에도 자기 삶의 정체성을 회복하고 자기 자신을 인간답게 만드는 인물들이 있고 그런 삶에 의하여 파괴되는 인물, 그 파괴의 정도가 비인간적인 지경까지 이르는 인물들이 있다. 이러한 상황에서 여급의 길을 선택해야 하는 여성은 흔히 가족의 생계를 위해 자기를 희생해야 하는 경우가 많다. 박태원의 여성 인물 가운데 희생양적 요소가 강조되는 파르마코스형 인물들은 『천변풍경』의 하나꼬, 「성탄제」의 영이, 「골목안」의 정이, 술집 작부가 된 「점경」의 정순, 기생인 『여인성장』의 강순영 등이다. 이들은 자기의 의지와는 상관없이 불행한 삶을 영위하게 되며 불투명한 미래 앞에 놓여 있다는 점에서 속죄양적 인물이라 할 수 있다. 그러나 여급형 인물이라고 하여 모두가 희생양적 성격을 띠는 것은 아니고 자기보다 더 어려운 사람에 대한 인정을 소유하고 있는 인물들도 있으며 금전적·신분적 이익을 얻고자 다른 사람들을 수단화하는 여급형 인물들도 등장한다.

평범한 여인의 경우 수난형 인물과 부적응 인물로 나뉜다. 전자는 우리 사회에서 흔히 전통적인 여인상이라고 명명되는 것으로, 조선시대의 남존여비, 삼종지도, 칠거지악, 가부장제 등의 사회제도하에서 모든 불평등과 고생을 감내하고 인종하는 인물들을 가리킨다. 박태원의 작품 중에서 『천변풍경』의 만돌어멈, 결혼 후의 하나꼬, 이쁜이, 이쁜 어머니, 「사계와 남매」의 옥순 어머니, 「길은 어둡고」의 향이 어머니, 「미녀도」의 보배 어머니 등이 여기에 포함되는 인물들이다. 반면에, 낡은 제도하에서 희생되기도 하고 변화하는 새 시대에 대처하지 못한 나머지 과거에로의 강한 집착을 보이는 부적응형 인물들이 있다. 조혼 제도 아래서 이중생활을 하는 「음우」의 '아내', 과거에 잘살았었다는 것 때문에 현재의 생활을 현실감 없이 받아들이며 부유하는 인물인 「재운」의 행랑어멈과 「골목길」의 불단집 할멈 등이 여기에 포함된다.

박태원 작품 속에서 여성이 지식인이며 선각자로서의 면이 강조되는 것은 별로 없다. 『천변풍경』의 한약국 집 며느리와 『여인성장』의 숙경처럼 작품 내 미미한 정도로 그려진다. 박태원의 경우 지식인 여성의 부정성은 격변하는 사회 속에서 적응하지 못하고 전통적 인습의 굴레로 왜곡된 삶을 사는 것으로 나타나는데, 「수풍금」의 '여인'과 『여인성장』의 숙자가 이의 예가 된다. 지식인 여성의 긍정성이 약한 것처럼 부정성도 여급형 인물이나 필부형 인물보다 약화된다. 지식인이면서 자기 삶의 정체성조차 자각하지 못하고 '부랑 소녀'라는 자포자기의 형태로 자기 삶을 이끌어 가거나 또 자기 삶에서 주체적 태도조차 갖추지 못하고 수동적이며 피동적인 방식으로 삶을 영위하는 것이 이들의 공통점이다. 신교육과 신사상을 수혜하였으면서도 이들 지식인 여성들은 전통적 인습의 틀 안에서 괴리로 갈등하여야 했고 그 갈등을 최소화한 여성들은 그나마 긍정성을 획득한 드문 경우가 되었다. 이는 작가 박태원이 여성의 지식에 대하여 당대 다른 작가들처럼 부정적이지는 않지만 그렇다고 하여 여성의 지성에 별다른 기대를 보이는 것은 아니었음을 알게 한다.

인물 유형과 상관없이 긍정적인 인물, 곧 작가가 긍정하고자 하는 인물과 부정적인 인물, 곧 작가가 부정하고자 하는 인물들의 잣대는 돈에 대한 태도가 된다. 돈과는 상관없이 자기 이상을 추구하고 사랑을 좇는 인물들을 작가는 긍정적으로 보고 있고 돈이 삶의 목표가 되어 그 외 다른 것들을 수단화하는 인물들을 작가는 부정하고 있는 것이다. 박태원이 당대에 만연한 물질 만능, 이기적인 태도를 배척하고 이타적인 도덕판을 강조하려 하였던 것이다. 아울러 작가 박태원은 여성의 극단적인 이분법에서도 자유로우며 '집 안에 있는 여성＝천사, 집 밖의 여성＝악마'라는 식의, 당시 많은 남성 작가들이 가지고 있었던 극단적 편견에서도 벗어난 사고방식의 소유자임을 알 수 있다.

제3장 김남천과 여성 — 전향소설에 나타난 여성 자각의 과정

1. 서론: 카프와 전향의 문제

우리나라 프로문학의 많은 작가들은 전향하게 된다. 프로문학 위기의 상징적 표현이라고 할 카프의 해산은 조선 공산당 재건 사건에 관련되어 무혐의로 넘어간 1931년의 제1차 검거사건과 신건설사 사건이라 불리는 1934년의 2차 검거사건으로 이루어진다. 이때 카프 간부 태반이 검거된다. 그중 23명이 치안유지법 위반으로 기소되고 많은 카프의 요원들이 실형을 받고 수감경험을 하게 된다. 옥살이란 '사회로부터의 고립'으로 '지배층과 피지배층과의 간격은 영원한 것이라는 감정'에서 비롯되는 '무력감'을 주는 것이었다.[1] 이들은 대부분 항소심에서 집행유예로 풀려나는데, 집행유예란 일제가 카프라는 반체제 그룹을 전향시키기 위해 마련한 악랄한 장치였다. 옥살이 경험과 집행유예 장치를 통하여 대부분의 프로문학 작가들은 전향의

---

1) 조남현, 『한국 지식인 소설 연구』, 일지사, 1984, 215면 참고.

길을 걷게 된다. 전향이란 넓게 말하자면 '사상적 회전 전반'을 의미하는데 보통은 '공산주의를 비롯한 당대 진보적 사상의 포기'를 의미한다. 이는 '자기 성장에 의한 사상의 굴절'을 의미하기도 하고 '권력에 의해 강제되어 일어나는 사상의 변화'의 경우도 있다.[2] 일제 강점기 우리 문학에서 전향이 문제가 되는 것은 대부분의 우리 지식인들이 적국 국가권력에 의하여 강제로 사상적 변화를 일으켰다는 데 있다.

전향소설의 많은 부분을 형성하는 지식인의 수감경험 모티브 소설들은 출감 후 전락해 가는 모습을 그리는 데 중점을 둠으로써 당대 지식인들의 소외현상을 충분히 연민의 정으로 바라보는 효과를 거두었다.[3] 대개의 한국 전향소설에서 작가는 생활 묘사의 수준으로 내려앉아 그 안에서 작가의 날카로운 세계관과 현실인식은 거의 소멸, 간접화되곤 하였던 것이다.[4] 이 부분에서 김남천의 문학이 중요한 의미를 갖는다. 그는 30년대 우리 문학에서 이론과 실천이라는 인식론상의 개념을 확립하고 그것이 리얼리즘의 최고 수준을 보이게 한 작가[5]인 동시에 전향의 문제, 사상의 고민을 전면에서 다루었던 작

---

2) 김윤식, 『한국근대문학 사상비판』, 일지사, 1978, 229면 참고.

3) 조남현, 앞의 책, 229면 참고.

4) 식민지 치하 한국인으로는 전향했을 때 돌아갈 국가개념이 있을 수 없었다. 따라서 식민지 한국인으로서의 계급사상으로부터의 전향은 필연적으로 군국 일본 파시즘에 귀착된다는 사실이 한국 전향소설을 이해하는 데 중요한 사항임을 기억하여야 한다(김윤식, 『한국근대문학 사상비판』, 235~6면 참고).

5) 김윤식, 「자기 고발과 주체성 재건에 대하여」, 이상갑 편, 『김남천』, 새미, 1995, 86면 참고. 김남천은 「물」(『한국근대소설2』, 한국현대소설학회, 이회, 1999)에서 이념과 실제 사이의 고민을 리얼하게 그리고 있다. "똥통과 이불 새에 허리를 펴고 누워서 『강담전집』을 읽으면서 이따금 버드나무를 그린 부채로 무릎을 따딱 치고 있었다. 그러더니 그만 이미와 콧잔등에 구슬 같은 땀방울을 만들면서 잠이 들고 말았다."(158면) "그 옆에 바로 똥통과 타구가 놓여 있는 앞에 앉아 있는 간도 친구는 『속수국어독본』을 엎어 놓고 불알과 사채기에 다무시(백선) 약을 바르고 있었다."(158면) "나의 눈은 명백히 활자의 하나하나를 세었다. 꼬박꼬박 활자

가이기 때문이다. 그는 사상의 문제를 은폐 혹은 외면한 채 전락하는 지식인들을 묘사하면서 그에 대한 동정적 결론을 내리는 데 급급하기보다는 당대 사상가로서 최소한의 현실타협과 그의 사상적 배경을 논리적으로 나타내면서 인물들의 가치관·세계관의 형성과정을 묘파하는 데 주력하고 있다.

2. 김남천 문학과 여성

효식 김남천은 평안남도 성천 출생으로 평양고보를 거쳐 일본 법정대학에 수학하였다. 1911년에 태어나 16세가 되는 1926년경부터 그는 문학에 뜻을 두기 시작한다. 같은 반에서 작문을 잘하는 6~7명이 뜻을 모아 『월역』이라는 잡지를 만들고 아리시마 다케오, 톨스토이, 르누아르, 세잔 등의 예술에 접할 기회를 많이 가졌다. 그는 아쿠다가와 류노스케, 시가 나오야를 거쳐 요코미츠 리이치 등 일본 신감각파의 글에서 나아가 정치·사상적 서적들을 대하면서 신흥문학과 새로운 사조에 관심을 가지기에 이른다. 특히 사회주의 여성운동의 구체적 실천을 주도하였고 부르주아 가족제도에 대하여 신랄한 비판을 하며 자유연애와 단기 결혼을 주장한 마르크스 페미니스트인

를 줍듯이 나의 정신은 그것에 집중하였다. '미네르바의 올빼미는 닥쳐 오는 황혼을 기다려서 비로소 비상하기 시작한다.' 그러나 십 분도 못 계속하여 나는 내가 글을 읽고 있는 것이 아니라 활자를 읽고 있는 것을 깨닫는다. 나는 그 활자가 무엇을 말하고 있는지를 모르고 읽고 있는 것이다.”(160면) 작품 내에서 세 번이나 되풀이하는 이런 삽화는 경험이 선험을 압도한다는 것을 보여 주기 위한 장치이다. 사회주의자의 경전이나 다름없는 독일 철학자 헤겔의 『법철학』(1820년) 서문의 구절을 인용하고 그것을 덮어 버리는 인물의 행위는 하부조직의 현실적 욕망은 이데올로기나 형이상학 같은 상부구조를 능가하는 것임을 보여 준다.

콜론타이6)의 영향은 그로 하여금 여성문제에 대한 선구적 시각을 가질 수 있게 하였다. 1929년에 그는 마침내 신학문의 요람이었던 동경으로 가게 된다. 그리고『월역』동인이었던 연줄로 카프 동경 지부에 가입하게 되어 그 기관지인『무산자』에 임화, 안막, 이북만 등과 함께 가담하였다. 그는 법정대학 내에서도 여러 가지로 정치적 활동을 수행하며 1930년 봄 안막, 임화 등과 함께 조선 내 프로 예술운동의 볼셰비키화와 신간회 해소에 열중하기도 한다. 1931년 카프 2차 방향전환기, 곧 볼셰비키화 시기에 귀국하여 공산당 재건을 위한 '영등포 회의'에 참가하기도 하다가 1차 카프검거사건(종로사건) 때 검거되었다. 1933년부터『조선중앙일보』기자를 역임하고 해방 후 조선문학가동맹 중앙집행위원회 서기국 서기장을 맡았다가 월북한다.

1930년『중외일보』에「영화운동의 출발점 재음미」를 발표하므로 문자 활동을 시작한 김남천은 조선어가 전면적으로 사용 금지되는 1942년까지 꾸준히 창작과 평론 활동을 병행 전개하여 50여 편의 소설, 1편의 희곡, 100여 편의 평론을 남긴다. 그런 김남천의 작품에 관한 평가는 다른 카프, 해금 작가들에 비해 비교적 많이 이루어졌다.7) 그것은 그의 작품의 한국문학사적 중요성을 웅변으로 증명하는

---

6) 알렉산드라 콜론타이는 최초의 여성 외교관으로 엘렌케이와 함께 1920년대 우리나라 신여성 계를 뒤흔들었던 여성해방의 선구자이다. 그의『붉은 사랑Vasilisa Malygina』(1923)은 한때 우리나라 독서계를 풍미하였다.

7) 단행본 자료로는 김재남의『김남천』(건국대학교출판부, 1994), 신상성 편저의『김남천 연구』 상, 해(경운출판사, 1990, 1991), 이상갑의『김남천』(새미, 1995), 이재인의『김남천 문학』 (문학아카데미, 1996) 등이 있고, 박사학위논문만 해도 김재남의「김남천 문학 연구」(세종대 학교 박사학위논문 1991), 이덕화의「김남천 연구」(연세대학교 박사학위논문 1991), 김외곤 의「김남천 문학에 나타난 주체 개념의 변모과정 연구」(서울대학교 박사학위논문 1995), 채 호석의「김남천 문학 연구」(서울대학교 박사학위논문 1999), 하응백의「김남천 문학연구」 (경희대학교 박사학위논문 1993) 등이 있으며 90년대 이후로 50여 개에 달하는 석사논문들

것이다.

 김남천의 작품 형성과정은 "정치운동의 문화적 방식이라 할 수 있는 볼셰비키적 문학론에서 출발하여 발자크적 리얼리즘–작가의 주관과 체험을 배제한 몰주체의 리얼리즘–에 이르는 양상"[8]이라 할 수 있다. 정치적 목적으로 시작하되 나중으로 가면서 충실한 문학적 경향을 띠게 된 것이 그의 문학적 향방이었던 것이다. 김남천은 창작방법론과 실제를 결부시켜 함께 전개한 독특하고 중요한 작가이다. 그의 창작방법론은 여러 단계를 거치는데 작가 내부의 소시민성을 고발하는 사소설적 성격을 갖는 자기고발론에서 시작하여 모럴론, 풍속론, 로만개조론, 관찰문학론 등의 전개가 그것이다. 이전 프로문학의 관념적 이상화와 추상적 인간 창조의 위험을 경계하면서 김남천은 그 위험에서 벗어나기 위해 주로 지식인의 고민, 회의, 불안, 유약성과 양심을 거론하는 지식계급 자신에 대한 용감하고 준열한 가면 박탈, 자기 폭로, 자기 격파를 주장하였다. 자기 격파란 결과적으로 현실의 폭넓은 문맥을 스스로 제한하는 소시민의 문제로 귀착되기 때문에 이를 극복하기 위해 고발문학론을 제기하였던 것이다. 자기 변호, 자조, 자기 경멸의 문학에서 리얼리즘을 변호하고 그것을 시대적 감각의 구체성에서 발전시킬 수 있으리라는 기대에서 출발한 것이 바로 관찰문학론인 것이다.[9] 이처럼 김남천은 철저한 발전의 과정을 거친 소설 이론을 갖춘 소설가였다.

 김남천의 소설은 크게 3분하여 생각해 볼 수 있다. 소년을 주인공

   이 발표되었다.

 8) 채호석, 「김남천 창작방법론 연구」, 이상갑 편, 『김남천』, 새미, 1995, 178면 참고.

 9) 이상갑, 「자기 검토와 개조의 의미」, 이상갑 편, 앞의 책, 18면 참고.

으로 하는 「소년행」 계열, 전향자들의 삶과 애환이 드러나는 전향자 주인공 작품 계열, 그 외 다양한 형식적 실험을 보이는 작품들이 그 것이다. 그런데 주목할 만한 것은 여러 계열 중 어느 것도 여성문제 와 무관한 계열이 없다는 사실이다. 「소년행」 계열에서는 당대 사회 의 부조리함 속에서 여성의 희생양적인 성격이 강조되고 「장날」, 「 이리」 등의 기타 작품들에서도 직접 혹은 간접적인 방식으로 여성문 제에 대한 인식이 드러나고 있다. 무엇보다 특기할 만한 것은 그의 전향소설들이다. 그의 전향소설 계열에서는 여성의 의식 자각 과정 이 치밀하게 드러나는 것이다.10) 여성의 지식 습득 과정과 자각 과 정이 천착되는 김남천의 일련의 작품들은 근대문학 초기 부정되어야 했던 여성의 지성이 본격적으로 긍정되는 면모를 보이고 있다. 여기 에서는 「생일 전날」, 「처를 때리고」, 「맥」 등 김남천의 전향소설들 을 대상으로 지식인의 전향 이후 여성들의 변화에 초점을 맞추어 살 펴보고자 한다. 곧 김남천 '자기 검토'의 과정으로 알려져 온 전향소 설에 나타나는 여성 인물들을 중심으로 여성의 지성이 부담스럽게 여겨졌던 1930년대, 어떻게 여성들이 지식을 습득하고 자각에 이르 게 되었는지 하는 과정을 천착해 보려는 것이다.

---

10) 「소년행」 계열에 속하는 「무자리」, 「오월」, 「항민」, 「단오」, 「남매」, 「누나의 사건」 등은 여성들의 희생이 크게 나타나는 작품들이다. 동생을 공부시키거나 가족을 부양하기 위하여 여성들은 상급학교 진학을 포기하고 술집 기생이 되거나 첩이 되는 길을 택한다. 이외에 전 향자 계열에 속하는 「처를 때리고」, 「경영」, 「맥」 등과 나머지 「생일 전날」, 「어머니 3제」, 「장날」 등에서도 여성의 역할이 매우 크게 나타나면서 여성문제가 짙어지게 된다.

3. 김남천 문학에 나타난 전향과 여성 자각의 과정

김남천의 전향자 소설은 흔히 '훼손되지 않은 자아의 재등장'으로, 암흑기 직전의 그것이 김남천다운 특징을 갖는다고 평가된다. 그것은 관찰문학론에서 덮어두는 식으로 해결해 버렸던 주체의 문제를 다시 제기하는 것이고 파시즘 시기의 소시민의 생존방식을 진지하게 질문하는 것이며 형상의 가치를 염두에 두고 현실을 구체적으로 드러내는 결과를 보인다는 것이다.[11] 김윤식은 김남천의 「처를 때리고」, 「춤추는 남편」, 「맥」, 「경영」, 「낭비」에 이르는 준엄한 자기고발, 자기 허위성 적발의 전향문학이 전향사상 소설의 육체를 충만히 획득한 작품들이라고 하였다.[12] 전향자들의 문제를 다루고 있는 이들 작품에서 김남천은 1930년대 카프 전향자들의 생존을 위한 삶의 방식을 치열하게 검토하고 있다. 이때 전향자의 자기 검토는 비교적 객관적인 시각으로 그려진다. 그런데 전향자는 때로는 작품 내 삽화처럼 미미한 존재로, 때로는 작품 속에 등장하는 법 없이 대개의 경우 간접적으로 그려진다. 중요한 점은 그 자리를 여성 인물들이 대신한다는 것이다. 그렇다면 전향소설에서 방점은 여성 인물들에게 놓여야 한다는 말이 된다.

---

11) 문영진, 앞의 글, 201~3면 참고.

12) 김윤식, 「자기 고발과 주체성 재건에 대하여」, 앞의 글, 95면 참고.

1) 전향자의 이상과 현실의 괴리, 여성의 현실에 대한 개안-
   「처를 때리고」

「처를 때리고」에서는 전향자의 모습이 작품에 드러나면서 전향자
가 가지고 있는 허위의식이 고발된다. 이 작품의 1부분은 아내의 독
백으로 이루어지고 2부분은 남편 남수의 부분이며 3은 남수 쪽에 가
까운 전지적 시점으로 전환된다. 이러한 소설 내 시점에 대한 실험
적 방식은 「장날」에서도 이어진다. 한 사람의 입장에서 검토하고 다
음 다른 이의 입장도 살펴보지만 어느 것도 정답일 수 없는 방식으
로 전개되는 이런 방식은 객관성의 유지와 함께 일종의 미스터리 효
과를 갖게 된다.13)

「처를 때리고」는 액자 형식으로 되어 있다. 준호와 정숙의 데이트
를 둘러싼 남수의 질투심과 배신감이 표면적인 이야기(외화)라면 정
숙이 고백하는 허창훈 변호사의 비리가 내화이다. 39세의 차남수와
35세의 최정숙은 혼외 부부관계이다. 공산주의계 거물 차남수는 본
처가 있는 사람으로 첩인 정숙과 지내다가 감옥에 갔고 감옥에서 나
온 뒤 3년간 무위도식하다가 신문기자 준호, 변호사 허창훈 등의 제
안으로 새로운 출판 사업을 도모하게 된다. 그런데 이상주의자인 남
수는 비생활인이다. 그가 전향 전 꿈꾸었던 거대 이데올로기는 주변
의 사소한 일에 눈이 멀도록 만들어서 생계라든지 가족과 아내에 대
한 현실적 생각은 논외의 것이었고 아내에 대한 질투심 같은 것도 있
을 리 없었다. 그런 그는 전향하고 출감한 후에도 현실성을 획득하지

---

13) 이 작품의 미스터리는 준호에 대한 정숙의 감정과 자각의 과정이라 할 것이다.

못하고 3년이 지나도록 집안의 경제를 돌보지 않는다. 가부장제적 사회에서 가장이라는 책임감도 의식하지 않은 채 룸펜 생활을 하면서 아내를 시켜 허창훈에게 돈을 얻어 먹고사는 기생충 같은 생활을 영위하고 있다. 아내가 키울 능력 없을 것을 걱정하며 아이를 지우고 비굴하게 남에게 돈을 얻어 와야 생계가 유지되는 현실에 그는 고의로 눈을 감고 있는 것이다. 그런 그가 준호와 정숙 사이를 의심하는 것은 전향하면서 생활에 대한 현실감각은 없는 채로, 소시민적 고민 수준에 내려앉은 전향자의 모순되는 모습을 보여 주는 일례라고 할 것이다.14) 그의 소시민성은 돈에 대한 욕망으로도 나타난다.15)

남수는 아내가 성적으로 모욕당한 일을 듣고도 돈을 위하여 참으려 결심한다. "허창훈 - 너는 돈을 가졌고 김준호 - 나는 너의 기술이 필요하다. 자본가를 끌기 위해서는 김준호 - 네가 꼭 있어야 한다."(271면) 이 부분에서 그는 현실성을 얻은 것처럼 보인다. 돈의 효용성에 현실적 인식을 하고 있는 것 같다. 그러나 그는 이용당하

---

14) 이러한 상황을 단적으로 보여 주는 부분은 다음과 같다. "그러나 옥중에 있는 동안 참말로 말할 수 있다만 나는 그것을 생각해 보고 안타까워하며 몸이 달아 한 적은 한 번도 없었다. 그런데 이것이 웬일이냐. 나는 오히려 세상에 나와서 안해를 내 옆에 놓고 가끔 그것을 느끼니 이것이 대체 어찌된 일이냐."(「처를 때리고」, 김남천, 한국해금문학전집5, 삼성출판사, 1988. 265면. 이하 김남천 작품 인용은 모두 이 책)

15) 엄격한 의미에 있어 소시민도 민중이지만 소시민 의식은 본질적으로 반민중적이고 참다운 비판 정신이 결여되어 있는 것이라 할 때, 소시민 수준으로 전락하는 전향자의 모습은 노동자니 민중이니 하는 거대 담론의 포기를 보여 주는 것이다.

16) 「처를 때리고」, 266면.

는 것이 그들이 아니라 바로 자신이라는 사실을 끝내 인식하지 못하였다. 준호는 "제가 먼저 제안하고 제가 선두에 서서 일을 꾸며 놓고는 그 뒤에 숨어서 그는 취직 운동을 하고" 일이 "막 되어 가려고 할 즈음에 돌연히 뱀장어 모양으로 빠져나가" 버린다. 허창훈은 남수가 도모하는 '사업'보다 정숙의 젊은 육체를 탐하였기에 남수에게 아무런 도움이 되지 못한다. 어수룩한 전향자 남수는 배반이 가시적으로 되어야만 상황을 판단하게 된다.

이런 상황에서 정숙의 개안이 중요하다. 현실적이지 못한 남수가 "구구한 말을 하기 싫어서 돈 관계엔 늘" 뒷전인 동안 아내 정숙은 현실의 전초병이 되어야 했다. 그녀는 허창훈이 그녀를 자기 집으로 불러 돈을 주며 비굴하게 만드는 것도 견뎌야 했고 그가 술기운을 빌려 희롱을 하려 하는 상황에서도 돈을 받기 위해 견딜 수밖에 없었다.

> 나는 울면서 한참 그 자리에 서 있었다. 비는 더 세게 내렸다. 그래 그 봉투를 어떻게 했는지는 네가 잘 알게다. 배추를 사고 무를 사고 고추를 사고 소금을 샀다. 아니 마늘도 사고 미나리도 사고 굴도 샀다. 젓국도 샀다. 오늘 저녁 짠김치는 너도 먹었고 나도 먹었다.[17]

돈의 효용성에 관한 한, 정숙은 리얼리스트이다. 성적 희롱을 당하면서까지 받아낸 돈이지만 그녀에게 돈은 배추와 무, 고추, 소금, 마늘, 미나리, 굴, 젓국을 살 수 있는 '현실'이었던 것이다. 남편 남수가 감옥에 가 있는 동안 정숙은 그의 본처와 본가로부터 온갖 비난의 화살을 맞아야 했다. 장본인이 슬쩍 빠져 있는 상황에서 정숙 혼

---

17) 「처를 때리고」, 262면.

자 불륜녀라는 이름으로 세상의 비난을 받아야 했던 것이다. 그녀는 그 비난 속에서도 남편 감옥 뒷바라지와 구명 운동이라는 '현실'을 외면하지 않았다. 그를 위해 동분서주하면서 정숙은 현실적으로 변화될 수밖에 없었다. 그런 그녀는 아이디얼리즘으로서의 사회주의를 현실의 이름으로 재단한다.

> 흥 사회주의 이름은 좋다. 그 철없는 것들이 웅게중게 모여들어 선생 선생 하니 그게 그리 신이 나던가. 우쭐해서 갈팡질팡. 드럽다 드러워. 제 여편네 젖통 만지는 건 모르구 눈앞에 내놓는 지펫장만 보이나. 징역이나 치른 게 장한 줄 아는가. 거지에게 돈 한 푼 준 게 10년 뒤에도 적선인 줄 아는가.[18]

정숙은 감옥에서 나온 전향자의 부박한 영웅 심리를 꼬집는다. 이것은 당대 다른 작품에서 볼 수 있는 것처럼, 무지하며 참고 견디는 것만이 미덕으로 고양되었던 아내 등장 작품들과 구별된다. 신여성인 그녀는 공부도 했고 사회운동에도 참가했지만 한 걸음 물러서 바라보면서 그 허구성까지도 일찌감치 알아채는 안목을 가지고 있다. 계속해서 정숙은 강하게 비난한다.

> 야 사회주의자 참 훌륭하구나. 20년간 사회주의나 했기에 그 모양인 줄 안다. 질투심, 시기심, 파벌 심리, 허영심, 굴욕, 허세, 비겁, 인치키(속임수), 브로커, <u>네 몸을 흐르는 혈관 속에 민중을 위하는 피가 한 방울이래도 남아서 흘러 있다면 내 목을 바치리라.</u> 정치담이나 하면 사회주인가. 사국담이나 지껄리고 다니면 사회주인가. 10여 년이 하루같이 밥 한술 못 먹고 10여 년 동안 몸을 바친 제 여편네나 때려야 사상간가.[19](밑줄–인용자)

---

18) 「처를 때리고」, 262면.

19) 「처를 때리고」, 263면.

표면적으로 이 작품에서 무게는 정숙보다 남수에게 주어져 있는 듯이 보인다.[20] 감옥에 간 남수의 뒷바라지라는 여성의 희생적 노력도 매우 가볍게 지나가면서 남수의 내면에 대한 묘사는 있어도 정숙의 내면 묘사가 없다는 점에서 그러하다. 하지만 여기에서 비난되는 남수의 모습이 작가 김남천을 비롯한 전향자들의 외면이라면, 비난하고 있는 당사자 정숙은 그들의 내면 목소리가 될 수 있음을 주목한다면 문제가 달라진다. 인용문의 밑줄 친 부분에서 볼 수 있는 사회주의의 허구, 그리고 민중과의 괴리라는 문제는 당시 전향자들의 전반적인 고민이었는데 그것이 정숙에 의해 발화되었다는 것은 작품 내 주제가 정숙 쪽으로 기울게 한다. 아울러 이 작품이 식민지시대 여성의 의식 획득 과정을 매우 리얼하게 그려내고 있음도 발견할 수 있다. 남성들이 맹목적으로 이상을 좇으며 감옥을 들락거리고 출감해서도 현실감을 갖지 못할 때, 여성은 옥바라지와 구명운동, 그리고 생계유지라는 온갖 현실적 뒤치다꺼리를 하는 과정에서 돈의 리얼리티라든가 때로는 성욕적 인간까지 발견하며[21] 현실적인 안목을 확보하게 되었던 것이다.

---

20) 사회주의자인 남편이 의견의 차이로 아내를 구타하는 모티브는 강경애의 「원고료 이백원」과 비슷하다. 다만 강경애의 작품에서 남편은 대승적 목적보다 일신의 안녕만을 도모하는 아내를 벌한 것으로 그 결과가 아내의 회개로 나타난 반면 이 작품에서는 옳은 말을 하는 아내에 대한 자기 방어로서의 구타가 나타난다. 그래서 남수는 아내를 때렸지만 자기가 맞은 것같이 마음이 아프다. 그리고 아내는 반성이 아니라 더한 비판을 가한다. 그것이 구구절절 옳기에 남수는 정곡을 찔린다.

21) 정숙이 허창훈의 음욕을 알면서도 그를 역이용하려는 생각을 하거나 남편에게 사실을 이야기하지 않은 것은 그녀에게 이런 유혹이 낯선 것이 아님을 유추하게 한다.

2) 초조하고 불안한 전향자의 심리, 여성이 느끼는 사회 불평등-
   「생일 전날」

참다운 주제의식을 읽어내기가 모호한 작품, 「생일 전날」에서 전향자는 매우 미미한 존재로 나온다. 이 작품의 주인공은 서분이라는, 전향자의 누이이다. 서분과 인숙은 자매간이다. '서분'은 딸을 낳은 것이 섭섭하다 하여 지어진 이름이고 그 동생 이름은 세련된 신여성의 이름 '인숙'이다. 서분, 인숙, 인호의 아버지 이주사의 50세 되는 생일날에 모처럼 재회를 하지만 자매간의 사이는 좀처럼 가까워지지 않는다. 그런 중에 서분의 아이(복손)와 인숙의 아이(명자) 간에 싸움이 붙는다.

> 모자를 뒤통수에 재쳐 쓰고 아무 말 없이 서 있던 복손이는 명자가 주먹으로 찌르는 바람에 자꾸만 뒤로 밀려간다. 그러나 그는 넘어질 듯 넘어질 듯하면서도 손을 조끼에 박은 채 무표정에 가까운 낯짝으로 비실비실하기만 한다. <u>서분이는 다소 가슴이 설레는 것을 느꼈으나 그대로 천연한 표정으로 이것을 보고만 있다.</u> 명자는 복손이가 비실비실 피하면서도 아무 말도 못하는 것이 재미나서 옆에 선 아이와 연신 웃어가며 자꾸만 대든다. 드디어 손가락으로 복손이의 볼편을 찌르고 또 눈알을 찌르려고 하는 순간이다. 여태껏 아무 말 없이 죽은 듯이 서 있던 복손이가 두 손을 조끼에서 뽑아 휙 둘러치는 바람에 눈알을 찌르려던 명자는 허리를 끼풀하고 마당에 엎어진다.[22](밑줄-인용자)

밑줄 친, 서분이 '가슴이 설레는 것'을 느낀다는 부분이 주의를 요한다. 그녀에게 복손이와 명자의 대결은 단순한 사촌 간의 낯선 만남을 의미하는 것이 아니다. 그것은 빈자 대 부자의 싸움이며 프롤

---

22) 「생일 전날」, 296면.

레타리아와 부르주아의 결투 알레고리였다. 부를 상징하는 명자가 옆에 친구를 세워두고 복손이를 모욕한다. 복손이는 "넘어질 듯 넘어질 듯하면서도" "비실비실하기만" 할 뿐 넘어가질 않는다. 그러다 복손이의 작은 저항만으로 명자는 넘어지고 만다. 이 작은 마찰을 바라보는 서분의 시선을 통해 김남천은 사회 전반에 만연한 빈부격차와 프롤레타리아의 잠재력을 보이려고 하였던 것이다.

<blockquote>
서분이는 아무도 돌아보지 않고 세 사람 사이를 헤치더니 복손이의 멱암치를 잡아 끌어낸다. 울음보가 터지려다 겨우 참고 있던 복손이의 울음이 '앙' 소리를 치기 전에 서분이의 주먹은 그의 볼편을 난장치듯 짓갈기고 있었다. <u>이 소란스런 풍파를 인호는 불안스러운 마음을 누르고 담배가 다 탄 줄도 모른 채 멍하니 창문을 넘어 바라보고만 있다.</u>[23](밑줄—인용자)
</blockquote>

서분의 분노는 이름에서부터 시작된 부조리한 삶[24] 전반에 대한 분노였고 그것은 인용의 뒷부분처럼 인호를 당황하게 하고 불안하게 한다. 인호는 몇 년 전 동경 대학생의 모습이 아닌 노동자의 모습으로 큰누이 서분의 집을 찾아서는 돈과 먹을 것을 얻어 먼 길을 떠났다가 경찰에 잡혀 4년간 감옥살이를 하고 나온 전향자이다. 전향자 인호가 현실을 불안하게 바라보는 행위는 배워서 가지게 된 신념과 다른 현실, 그리고 제도적 강제에 의해 신념을 버릴 수밖에 없었던 당시 전향자들의 불안하고 초조한 의식 상태를 잘 보여 준다. 아버지 생일에 친구를 초대하라는 어머니의 말에 인호는 "이 고을 안엔 옛날같이 친히 지낼 친구가 이전 하나두 없어요. 장사하구 관청 댄

---

23) 「생일 전날」, 같은 면.
24) '서분'은 딸로 태어난 자식이 섭섭하다 하여 붙인 이름이다.

긴다구야 나무래겠수, 해두 그 사람들 모두 도박이나 하구"(294면)라
고 말한다. 그가 말하는 이전에 친하던 친구, 지금은 관청에 다니며
장사하고 도박을 하는 친구들이란 전향하여 생활에 자리를 잡은 이
들을 말한다. 일제에 의해 신념마저 빼앗겨야 했던 전향자들은 현실
차원으로 주저앉아 소시민적 돈벌이에 종사하였다. 그러나 그러한
현실 속에서 만족할 수 없었던 전향자들의 심리는 그들이 하고 있다
는 도박 행위를 통해 드러난다. 뜻을 꺾인 전향자들은 도박을 하며
세월을 보내고 있다고 함이니 이는 당시 진보적 사상자들이 보이는
퇴행적 행위를 보여 주는 것이다.

그런데 이 작품에서 전향자를 관찰하고 있는 것은 서분이라는 점
이 주목을 요한다. 사상의 전향을 보인 문제적 인물을 관찰하는 것
이 당시 사회에 대하여 인식하고 해석할 만한 지적 능력을 가지지
못한 인물이었던 것이다. 그녀는 동생을 바라보고 있다. 동생은 대학
생이었다가 노동자의 모습을 하고 나타나 쫓기고 감옥살이를 하고
나와서는 무위도식하며 매사에 시들하고 식욕도 없으며 무력하기만
한 것이다. 그러는 과정에 서분은 점차 자신의 동생이 변화하여 가
는 모습을 통해 막연하게나마 사회의 부조리를 인식하기 시작한다.
가난한 자작농에게 시집가서 굶어죽지 않기 위해 부지런을 떨어야
했던 서분에게 먹고산다는 당면 과제는 삶의 중요한 인식을 가리고
있었다. 그러한 사회의 구조적 모순에 대한 인식이 동생의 변화를
통해 서분에게 인지되기 시작한다. 그것은 서분이 친정에 오면서 비
로소 맛있는 것, 좋은 옷으로 상징되는 부유한 생활이 있음을 상기
하면서부터이다. 그녀는 새삼 가난한 자신과 부유한 인숙과의 사이
에 형성되는 모순과 부조리, 그리고 빈부 문제와 착취구조에 대해

자각하고 분노하게 된다. 그리고 그 계기가 되는 것은 전향자 동생의 존재이다. 사실 '빈:부= 선:악'의 구조로, 또는 콩쥐팥쥐형 모티브를 가지고 있는 이 작품은 매우 모호한 주제의식을 보이는 것일 수 있다. 이 작품에는 전향자에 대한 서술이나 묘사도 적고 자매간 적대 의식을 통해 빈부 갈등을 그린다는 것은 무리한 설정이라 할 수 있기 때문이다. 그러나 전향자의 주변에서 일어나는 자연발생적인 의식상승을 통하여, 그 의식상승을 지켜보는 전향자의 시선을 통하여 강제에 의해 전향하지만 프롤레타리아의 투쟁은 영원하리라는 전망을 보이고 있다고 해석해 볼 수 있다.

3) 전향자의 사상 읽기, 여성의 구체적 자각의 과정 -「맥」

「처를 때리고」와 마찬가지로 전향자가 애인의 도움으로 출감하고 그 후 경제적으로 나아가 살 길을 도모하는 것이 「맥」의 세계이다. 감옥에 있을 때 자신에게 헌신적인 정성을 쏟았으며 자신이 전수한 사상을 떠안고 힘겨워하는 최무경을 외면하고 오시형은 아버지로 대표되는 기존 이데올로기에 함몰된다.

> 2년 동안 독방 안에서 경험하는 내면생활에 대해서 밖의 사람은 단순한 해석밖에는 가지지 못한다. 아버지, 여태껏 무슨 큰 원수나 되듯이 생각하여 오던 오시형이의 아버지가 아들의 출감을 듣고 상경하여 아파트를 찾아왔을 때에 시형이의 내부 생활의 복잡한 면모는 하나의 표현을 보였다. 그는 당장에 아버지와 타협한 것이다. (……) 결정적 원인을 지은 것은 오시형이의 가슴에 아버지까지를 포함시켜 그가 여태껏 상대해 오던 일체의 '대립물'을 받아들일 만한 준비가 되어 있었다는 점일 것이다.[25]

사상적 전향을 다루는 이 작품에서 전향자의 전향 동기와 과정이 나타난다. 오시형의 전향 동기는 영웅 심리의 소멸과 고독감이다. 전편격인 「경영」과 함께 「맥」은 전향자와 전향자 애인과의 심리적 긴장 가운데 새로운 전망을 열고 있다. 이 작품에서는 전향의 문제를 본질적으로 문제 삼으면서 사상적으로 각성해 가는 무경을 통해 전향자 시형의 실체가 여지없이 폭로된다. 이 소설은 딜타이의 인간주의에서 허무주의와 하이데거의 실존주의로 편력해 가는 전향자 오시형의 사상과 동양학 건설, 다원사관 인정의 과정이 옛 애인 최무경의 시선을 통하여 드러난다는 점에서 '전향자의 자기 검토' 역할을 하고 있다. 오시형으로 대표되는 다원사관과 회의론자 이관형에 의해 부분적으로 대표되는 일원사관을 대립시키고 그 사이에 방향을 가늠하고자 노력하는 최무경으로 대표되는 지식인 일반을 놓음으로써 균형 감각을 살리고 있는 것이다.[26] 그런데 이 작품에서 작가가 긍정하고 있는 것은 최무경뿐으로 회의하는, 모색하는 젊은 지성을 작가가 이상적으로 보고 있음을 알 수 있다. 이것이 전향자 스스로 검토한 결과, 작가가 내린 뼈저린 결론이다.

작품상의 주제는 제목과 연관시켜 볼 때 '보리의 의미'와 가까운 것이 될 것이다. 반 고흐를 인용하며 최무경에게 이관형이 들려준 보리에 관한 아포리즘은 세 사람의 가치관을 그대로 보여 준다. 오시형의 입장은 어차피 될 바에야 당장 갈려 빵이 되겠다는 것이라면 최무경의 입장은 갈릴 때 갈리더라도 꽃을 피워 보자는 것이고 회의론자 이관형은 어느 것이나 마찬가지라고 한다. 여기에서 보리의 의

---

25) 「맥」, 303면.
26) 김윤식, 「자기 고발과 주체성 재건에 대하여」, 앞의 글, 99면 참고.

미는 상징적이다. 겨울을 견디고 곡식이 되는 식물은 보리뿐이라고 할 때, 보리는 수난을 참고 견디는 식민지 지식인의 상징이라고 할 수 있다. 외부적 압력에 의하여 갈리기 마련이라면 정신적 신장은 의미 없다는 시형의 입장이 전향자들의 식민지시대에 대한 비관적 성찰의 결과라면, 그렇다 할지라도 일단 꽃을 피워 보겠다는 무경의 입장은 미래지향적인 낙관론을 대변한다. 작가가 긍정하는 인물이 무경이라는 사실은 김남천의 사상적 결론이 낙관에 있음을 알려 준다.

작가는 지나가는 말처럼 오시형을 다룸으로써 전향자 오시형에 대한 경멸을 보이고 동시에 건강하게 사상을 탐구하는 최무경에 대한 애착을 보인다. 오시형은 내면이 그려지지 않은 채 무경의 정신구조 재현에 마치 '숨은 신'처럼 작용한다. 이관형의 경우에도 내적 묘사가 없다. 그들은 모두 초점화자 최무경에 의하여 관찰되거나 이야기될 뿐이다. 「맥」에서 최무경에게 중요한 사상적 원천을 제공한 것은 오시형과 이관형이지만 그들에 의하여 인간적으로 성숙해 가는 최무경에게 무게가 보다 더 실려 있다. 정신적 지주라 할 시형과 어머니가 그녀를 떠나게 되는 극한 상황에서도 최무경은 절망하거나 분노하기보다 "나는 혼자서 산다. 혼자서 살아갈 수 있다."(301면)고 생각하며 독립을 결심한다.

> 사람은 제 앞에 부딪쳐 오는 어려운 문제를 회피하지 않고 그것을 맞받아서 해결하고 꿰뚫고 전진하는 가운데서 힘을 얻고 굳세지고 위대해진다고 생각해 본다. 어떻게도 할 수 없는 난관에 부딪치고 함정에 빠져서 그가 생각해 본 것은 모든 운명의 쓴 술잔을 피하지 않고 마셔 버리자 하는 일종의 '능동적인 체관'이었다.[27]

---

27) 「맥」, 303~4면.

무경은 변심한 애인과 상황을 읽어낼 능력 배양을 위해 공부로 방향을 돌린다. 이와나미 철학 강좌28)를 통하여 철학과 경제학을 공부하면서 정신적 성장에 힘쓴다. 오시형의 영향으로 경제학을 배우고 전향한 그를 따라 철학을 배웠지만 무경에게 있어 그 배움은 맹목적인 추수, 수동적 주입이 아니었기에 그와 헤어진 뒤에는 "너를 따르고 너를 넘는다!"(309면)며 학문을 계속할 수 있었던 것이다. 그 결과 최무경은 "주판알처럼 사무에 밝은" 당당한 직업인이며 남자의 방을 방문할 때 스커트 자락과 구두를 먼저 들여보내는 세심함이라든지 손님을 대하는 매너 등에서 매우 세련된 매너를 보이는 교양인, 대학강사 이관형과 철학을 논할 정도의 지식인의 면모를 고루 갖춘 인물이 된다. 가치란 하나의 존재가 자기의 존재를 넘어서서 그쪽을 향하여 가고자 하는 바의 것을 존재의 미로서 가지고 있으며 "가치가 부여된 존재는 모두 '……을 향한' 자기의 존재로부터의 이탈"29)이라고 할 때 때로는 경제학으로, 때로는 철학으로 자기라는 존재의 정체성을 벗어나서 끊임없이 자신을 성장시키려고 노력하는 무경은 우리나라 문학사에서 매우 가치 있는 작중인물임에 틀림이 없다.

그녀는 사회주의 사상이나 사상가들에 대하여 객관적인 시각을 가지고 있다. 괴상한 행동거지를 하고 있는 이관형에 대해서도 냉철히 판단한다.30) 전향하며 보낸 시형의 편지에 대하여 "나는 나 자신을

---

28) 이와나미 시게오岩波茂雄(1881~1946): 도쿄제국대학 철학과를 중퇴한 후 교직에서 물러나 간다에서 고서적상 이와나미 서점을 창업하였다. 그 후 양심적인 출판과 '이와나미 문고', '이와나미 신서' 등의 염가판으로 고금동서의 양서를 보급하여 국민양식의 향상에 기여하였다. 그 공적으로 1946년 출판인으로서는 최초로 일본의 문화훈장을 받았다(엠파스 백과사전 참고).

29) 사르트르, 양원달 역, 『존재와 무』, 을유문화사, 1968, 150면.

30) 사내들이란 어떤 커다란 문제 앞에 서면 저렇게 평상과 같지 않은 행동을 가지게 되는지도 모른다. 그러다가 아주 그러한 구렁텅이에 굴러떨어져 버리면 타락자가 되고 낙오자가 되어

위하여 생활을 가져보자!", "구렁텅이에서 나오고" 전향의 문제 앞에 "그로 하여금 그의 문제를 처리케 하라! 새로운 사상의 체계를 세워서 생명의 구원을 받게 하라!"(307면)라는 냉정하고도 객관적이며 이성적인 태도를 보인다. 정신적 스승과의 변절 이후 완전한 타락을 보이는 여타 전향소설들의 여주인공[31]과는 매우 다른 양상이 아닐 수 없다.

「맥」에서 가장 빛을 발하는 부분은 데카당스의 상징 같은 문란주 같은 인물과 가까이하며 대학 강사라는 직업이 무색할 만큼 무위도식하며 광인처럼 살고 있는 이관형이 무경에게 자못 진지하게 자신의 철학을 논리적으로 펼쳐 내는 부분이다. 최무경은 매사 의욕 없는 이관형에게 지적 자극을 주고 생각하여 스스로의 의견을 당당히 이야기하게끔 유도해 내는가 하면 자신의 뜻도 냉철하게 조리를 갖추어 주장한다. 대체로 사상이나 형이상학적 문제에서 여성들이 항상 한 걸음 뒤에 물러서 왔던 것을 생각하면 매우 진취적이고 고무적인 장면이 아닐 수 없다.

4. 결론: 김남천 전향문학과 여성소설

식민지 치하의 지식인들은 카프 해산이라는 공권력에 의한 문화 억압으로 인하여 지식인의 한계와 의미를 오히려 깊이 있게 성찰하

버리고 마는 것일까(「맥」, 322~3면).

31) 그러한 예는 쉽게 찾아볼 수 있다. 이를테면 한설야의 「뒷걸음질」이나 「교차선」의 여주인공들.

게 된다. 김남천의 소설들이 바로 그러한 예가 된다. 그의 전향소설은 다른 작가들의 전향소설과 달리 보다 직접적으로 전향이라는 사상적 문제에 천착하고 있다. 전향으로 생활의 수준으로 내려앉은 인물들을 그리다 보니 전향 지식인 주변의 여성을 다루게 되고 이로써 여성의 문제가 드러나게 된다. 전향자 소설에서 특히 여성 인물들의 의식 상승 과정이 두드러진다. 이는 김남천의 자기 검토 소설들이 주로 여주인공을 화자로 하여 세계에 대한 인식의 폭을 넓히는 것이 많기 때문이다.

먼저 전향자의 이상과 현실, 허세의 남성을 폭로하는 「처를 때리고」에서 여성 인물의 현실성 획득 과정이 나타난다. 이 작품의 정숙은 이상을 좇아 표류하는 남성에 비해 매우 중립적이고 냉철한 인물로 설정되어 있다. 그리고 「생일 전날」에서는 전향자가 보여 주는 일선에서의 후퇴로 인한 문제점이 불안한 심리 묘사와 함께 고발되면서, 강경애의 『인간문제』나 「소금」에서 보여 줬던 자연발생적인 의식 각성을 문제 삼고 있음을 볼 수 있다. 「맥」으로 가면 전향한 남성 인물은 아예 작품에 등장하지도 않는다. 다른 전향소설에서 유례를 찾기 어려울 정도로 사상 문제를 직접적으로 다룬 이 작품에서 전향자는 존재가 없고 전향자로 인해 사상적 방황을 하는 민중의 문제, 여성의 자각 문제가 보다 뚜렷이 대두되고 있다. 지식인을 논리로 공격하려면 현진건 소설들의 아내에게서 보인 신구의 소통 불가의 방식으로는 안 되고 여성도 지식인이 되어야 했던 것이다. 전향의 문제점이 보다 날카롭게 지적되기 위해서 여성들은 지식인이 되어야 했고 그 지식 습득 과정이 논리적으로 설명되지 않으면 안 되었던 것이다. 자각한 여성들에 의하여 신랄하게, 가슴 아프게 전향 지식인에 대한 공격이 이루어지고 있는데, 이처럼 전향 지식인들이 여성들에 의하여 신랄하게 비판당하게 놓아두는 장치를 통하여 작가는 가슴 아픈 '자기 검토'를 하였던 것이다.

김남천의 전향소설에 나타난 여성의 의식 자각 과정을 보면, 구식 여성의 경우 매우 자연발생적인 형태를 띠면서 나타나는 반면, 신여성인 경우는 사회의 부조리와 사상의 문제에 대한 안목이 동반자에 의하여 길러지고 그를 극복하여 발전되는 것을 볼 수 있다. 남성들이 사상과 신념을 꺾고 있는 이 시기, 여성 인물로 하여금 그러한 문제를 비판적으로 성찰할 수 있는 안목을 갖게 하였다는 것은 김남천 문학의 중요한 장점이 된다. 당대 많은 작가들의 여성 지식인에 대한 시선과 구별된다는 점에서 특히 그러하다. 나아가 지식인이 전향하고 후퇴한 자리에 새로운 여성 지식인들을 두어 후일을 기약하게 만들었다는 것은 김남천 문학이 성취한 또 하나의 장치라 할 것이다.

제4장 여성 작가들의 지식인 여성상 사적 고찰

1. 서론: 지식인과 여성, 여성과 지식인

한국문학에서 지식인의 문제를 짚어 볼 때는 식민지 치하에서부터 고찰하여야 한다. 일본에게 나라를 빼앗긴 상태에서 적국이 베푸는 교육을 받아 성장하게 된 지식인들은 교육 수혜자가 적국이라는 사실에서나 배움이 곧 신분적·금전적 보상으로 돌아오지 않는다는 면에서나 괴리를 가질 수밖에 없다. 비판정신이 지식인의 본령임에도 불구하고, 배움과 지식이 기득권 계층에 대한 날선 비판으로 이어질 수 없는 좁은 행동반경 내의 식민지 지식인들은 아는 것이 오히려 짐이 되는 삶을 영위하여야 했다. 그리하여 대부분 소시민으로 안분지족함으로써 현실과 타협하는 상황에서 극소수 지식인들이 저항하며 투쟁적 활동으로 지식인다움을 시도하다가 일본의 무력에 의하여 저지, 전향하는 방식이 되었다. 이러한 굴절상이 우리나라 근대 지식인의 원형적 모습이며 그것은 지식인의 역할 면에서 우리 지식인들에게 하나의 트라우마로 작용하는 기제가 되었다.

한계적인 상황에서 시대와 역사의 호출에 계급운동 혹은 민중·농민운동 등의 방식으로 응답한 우리 지식인들의 존재를 기억하지 않으면 안 되겠다. 비록 대부분 실패로 끝나 버린, 미완의 저항이었지만 일제의 무력 앞에 굴하지 않은 정신만은 우리 문학의 중요한 정신사를 구성하는 것이기에 소중하지 않을 수 없다. '글자 살이'를 하며 문화생활을 주도하는 이들은 부정할 수 없는 지식인이고 이들은 특히 한계적 상황 속에서 자신의 글쓰기와 관련하여 지식인의 사명, 지식인의 역할에 관한 고민을 문학작품 속에 표현하였다. 본 연구는 한국의 지식인, 그 고민이 여성상을 통하여 어떻게 구현되고 있는가를 살펴보는 데 목적을 두고 있다. 문학작품에서 여성성을 찾는 작업은 결국 여성의 이미지를 찾는 작업이며 여성성의 탐색은 곧 여성 정체성의 탐색인바, 여성상을 통하여 여성성을 살핌으로써 여성 정체성, 여성 지식인의 정체성까지도 탐색하고자 한다. 그를 위하여 전통적으로 여성 억압적인 한국 권력의 장 안에서 하위 장으로서의 문학 장 안에서 여성의 이미지는 어떻게 그려지고 읽혀 왔는가, 지식인 여성들의 문학작품 내 역할이 어떤 식으로 문학 장을 반영하고 있는가를 부르디외의 '장'과 '아비투스'1) 개념과 연관시켜 살펴보고

---

1) 피에르 부르디외는 아리스토텔레스의 '관습' 개념을 받아들여 개인의 생활양식으로 기능하면서 생활양식을 성립시키고 있는 개인의 관습과 행동을 통일·생성하는 원리를 아비투스라고 하였다. 곧 아비투스는 '당연한 것으로 인정된 성향체계의 형태로서 사회구조가 체화된 것'을 의미한다. 문화 관습에 의한 '오인'임에 지나지 않는 현상을 자연스러운 인지나 신체의 필연적 소산으로 생각하게 하는 아비투스는 첫째, 그 성원이 집단 밖으로 나가는 것이나 밖에서 아비투스의 집단 안으로 들어올 때 제어하는 배타적인 성격을 가지고 있으며, 둘째, 그럼에도 불구하고 나가거나 들어오려는 사람에게는 자신의 신체 인식을 근저로부터 뒤엎을 것을 요청하는 상징적 폭력성을 가지고 있다. 상징적 폭력이란 물물교환에서 이루어지는 눈에 보이지 않는 폭력을 이야기하는 것으로, 부르디외는 여성과 남성 사이의 상징적 폭력을 강조하고 있다. 그에 의하면, 문화적으로 남성적인 것이라고 규정된 행위가 여성들의 일과 대립되고 있을 때에 비로소 지배의 원초적 형태가 발현되며 남성적 지배의 효과가 사회적으로 기능한 것은 지배관계가 육체적 관습 속에 각인되어 있기 때문이다. 지배관계는 노동분업이나 여성들의

자 한다. 그를 위하여 신여성으로서 작가 자신이 형성하는 지식인 여성상인 신여성상에서 시작하여 1950년대 여성 작가들의 지식인 여성상까지 사적으로 고찰하도록 하겠다.

2. 지식인 여성상의 배경

한국의 문학사에서, 여성들은 배제되어 왔다. 미국의 문학사에 여성 작가가 적은 현상을 니나 베일은 비평가들의 편견, '탁월함'이라는 상대적 개념, 남성적인 후대 비평이론 등에 원인이 있다고 하였는데,[2] 이러한 현상이 우리나라의 경우에도 적용될 수 있을 것이다. 우리 근대문학 비평계를 보면, 여성 작가의 작품은 극히 드물게 다루어지며 작품을 다루는 자세도 본격적이라기보다 사변적인 양상으로 다루는, 성차별적 경향이 나타난다. 그러한 현상이 후대로 자연스럽게 이루어져 남성 중심적인 정전들로 우리 문학사와 문학전집이 이루어지게끔 하였고 이것이 또 예비학자나 비평가에게 자연스럽게

존재양태 또는 육체적 기능에 관하여 사회적인 규범을 여성들이 아무런 저항 없이 받아들이도록 만드는 '신비한 힘'에 의해 가능한 것이다. 육체를 통한 지배의 관계는 그런 의미에서 제로섬의 상태가 아니라, 인정과 오인의 과정이 혼합된 복합적인 인간관계라 할 것이다. 특별히 여성이 사회로 진출하려는 경우에 아비투스는 극도의 긴장과 불안감을 유도하며 여성이 자신 속에 새겨져 있는 배제를 승인하는 것을 그만둘 것을 강요한다(이에 관한 논의는 피에르 부르디외, 신미경 역, 『사회학의 문제들』, 동문선, 2004, 125~150면: 홍성민, 『문화와 아비투스』, 나남출판, 2000, 38~166면 참고).

2) 니나 베일, 「곤경에 처한 남성이 펼치는 멜로드라마」, 한국여성연구회문학분과 편역, 『여성해방문학의 논리』, 창작과 비평사, 1990, 105~8면 참고. 그녀는 여성적인 것을 배제하는 독서통제 이론 등과 함께 인간 사회의 상징으로 바느질 모임보다는 고래잡이배를 우위에 두는 방식으로 문학적 기준에 있어 남성적인 것을 우위에 두는 현상이 여성 작가의 작품을 정전에서 배척하게끔 하였다고 분석하였다.

흡수되어 정전의 흐름을 형성하였다.3) 일반적으로 정전이라고 받아들여지는 수없이 많이 논의된 작가들의 작품들은 하나의 장을 이루고 있으며 그것은 일종 배타성을 띠기도 한다. 고전 작품에 대한 이해의 지평을 넓히고, 이들 작품이 우리의 문학적·사회적 사고에 미친 영향을 이해하며 정전이라는 제도 내에 여성의 작품을 포함시킴으로써 여성의 시각을 첨가하고 개별 작가 하나하나를 띄우거나 이미 알려진 여성 작가가 여성의 작품과 주제에 대한 일반적 경시로 인해 제대로 인정받지 못했음을 보여 주는 등의 방법을 통하여 정전을 수정하는 것은 페미니즘적 비평의 목표4)에만 국한되지 않는다.

전통적인 사회에서 지식은 여성성을 감하는 요인으로 인식되었다. 여성에 대한 이분법, 집 안의 천사 아니면 집 밖의 마녀라는 관점에서, 교육을 받고 각성을 하며 선구적 역할을 행하는 여성은 마녀로 재단되고 사회의 마녀사냥의 대상이 되어야 했다. 서구의 지식인 여성들은 때로 마녀사냥의 대상이 될 정도로 지성을 밖으로 표현하는 경우가 있었지만, 우리 조선의 여인에게는 그조차도 불가능했다. 여성을 배제하는 집 밖의 논리가 너무나 완강했기 때문이다.5) 조선의 여인들에게 '배움'과 '집 밖'은 철저히 배제되었으며 삼종지도니, 칠거지악 등의 가부장적 인습이 부여한 성 역할에 길들여져 이것으로 세상을 보았다. 그녀들은 여성의 사회 도전 불가능성을 이미 간파하

---

3) 서점에서 팔리고 안 팔리고 하는 문제뿐 아니라, 교육과 연구(관습적인 교육과 연구라고 할 수 있을 것이다)를 통해 특정 작품이 정전으로 제도화되는 것이다(릴리언 S. 로빈슨, 「텍스트의 반란」, 일레인 쇼월터 엮음, 신경숙 외 옮김, 『페미니스트 비평과 여성문학』, 이화여대출판부, 2004, 134~5면 참고).

4) 위의 책, 139면 참고.

5) "여자는 제 고을 장날을 몰라야 팔자가 좋다.", "여인은 돌면 버리고 기구는 빌리면 깨진다.", "암탉이 울면 집안이 망한다." 등의 속담에서 알 수 있듯이 여성들에게 지식이나 말하기는 마이너스적 요인으로 인식되었다.

게 되었고 때로 지성을 가진 여성들은 그들의 지성을 달리 표현할 길을 도모하였으니 황진이나 허난설헌, 신사임당의 예에서 짐작된다. 그들의 지식 활용 방안은 지극히 사적이고 소극적인 것이었다. 황진이는 기생 신분으로 남성 지식인들과 지적 희롱을 하는 것으로 지식을 사용했고 허난설헌은 자신의 지식을 방 안에서 소모하는 데 그쳤으며 신사임당은 자식을 가르치는 전범처럼 후대에 전해지고 있는데, 이들의 공통점은 그들의 지식이 전혀 가부장적 이데올로기를 위협하는 것이 아니었으며6) 그 때문에 아이러니하게도 그들이 오히려 높이 칭송받을 수 있었다. 그들은 공히 '집 안의 지식'이었던 것이다. 그러나 닫힌 사회에서 여성이 자신의 정체성에 눈을 뜨고 여성의 문제를 탐색하기 시작했다는 점에서 그들의 선구성은 되짚어질 만한 의미를 갖는다.

근대화라는 변혁기에 여성들은 민감하게 반응하여 그간 여성에게 배제되었던 '배움'과 '집 밖'에 눈을 돌리기 시작하였는데, 그런 그들을 부르는 코드는 '신여성'7)이었다. 전통적이고 보수적인 사회에서

---

6) 허난설헌은 신동으로 소문난 조선 최고의 여성문인이었다. 그녀는 자신의 사회적으로 지성을 사용할 길이 없음에 현실 부적응자로 살았다. 그리고 그의 지성은 자신의 규방에서만 펼쳐졌다. 수많은 한시와 서화는 그녀의 천재성을 십분 보여 주는 것이지만 스스로 자신을 고립시키는 길을 택하여 한평생 고독하게 살았다고 한다(김종택, 『조선의 여인』, (새)문화출판사, 1984, 230~1면 참고). 황진이는 스스로가 송도삼절의 하나라고 자신할 만큼 대단한 여성이다. 시와 노래에 뛰어났다는 것은 그녀가 어느 정도 교육을 받았음을 알 수 있다. 그러나 여성이 재주를 가진다고 조정의 대신이 될 수도 없는 닫힌 사회임을 알고 스스로 진사의 딸 자리를 박차고 나와 기생이 되었다. 이는 그녀가 자신의 지성을 사회로 펼쳐 보임으로써 남성 중심 이데올로기에 도전하고 핍박받는 삶을 거부하였음을 알 수 있게 한다(같은 책, 229~30면 참고). 신사임당은 현모양처처럼 교육의 사표가 되어 있으나 율곡 외의 다른 형제들이 그리 비범하지 않았다는 점, 남편에게 그리 순종적인 아내가 아니었다는 점에서 그것은 부정되어야 한다고 생각한다. 다만 그의 예술성이 높이 살 만한데, 사회규범에 얽매이지 않고 자기실현에 앞장선 그녀는 남성들의 그늘에 가려 사는 것을 과감히 거부한 여성이다. 다만 그러한 재능을 사회적으로 발산하지 않고 예술로 승화시킴으로써 가부장 이데올로기와 나름대로 타협을 하였던 것이다(같은 책, 227~8면 참고).

7) '신남성'이라는 말이 없는 것에서 알 수 있듯 남성에게는 교육이나 문화가 전혀 새로운 것이

근대화라는 사실도 도전적이었는데, 그것이 가장 폐쇄적이고 억압되어 왔던 여성에게서 가시화되고 여성의 지위로서는 '격변'이라 할 일 — 교육, 유학, 자기주장 — 이 근대화로 인하여 비로소 가능하게 되면서, 여성들은 다시 근대화의 모순, 근대화에 대한 보수적 저항이라는 외부적 이율배반까지 한 몸에 안아야 했다.8) 개화기 신문화에 눈을 뜨고 신학문을 배운 여성들을 가리키는 말인 '신여성'이라는 코드는 근대화의 최전선에서 보수적 잣대로 철저히 재단되었던 것이다. 이런 사회학적 시각에서 다시 살펴본다면, 보수에 의하여 재단되고 그릇 인식된 당시 신여성들의 참된 면을 찾을 수 있을 것이다. 원칙적으로 지식인은 단순한 지식 습득 외에 지식인으로서 자신의 위치와 사명을 깨닫지 않으면 안 되고 지식과 각성, 그것이 동시에 갖추어져야 참지식인일 수 있겠지만9) 초보 지식인인 여성, 신여성에게는 진정한 의미의 지식이라기에는 시기상조, 과도기적 현상이 어쩔 수 없이 나타났을 것이다. 그렇기 때문에 초창기 신여성은 지식은 습득하였으되 진정한 선각자의 면모를 갖추지 못하는 양태로 나타나거나, 갖추었다 하더라도 그들을 이해할 사회적, 제도적 시각이 정비되지 않은 탓에 왜곡되어 해석될 수밖에 없었다. 그런 탓에 식민지 시기의 문학에서 신여성들은 여러 작품들에서 희화화되기도 하였고 과소평가의 대상이 되어야 했으며 지독한 사회의 지탄을 한 몸

아니었고 여성의 경우에만 이례적인 현상이었다. '신여성'이라는 단어는 과거 부정적인 개념이다. 그들이 부정하고자 한 과거는 남성중심적 구태의연함이요, 식민지 치하의 전근대성이었으며 새로운 시대 문화의 주체로, 도전적으로 살아가겠다는 의지의 표명일 것이다.

8) 우리나라는 식민지 치하에서 근대화를 겪게 된다. 일본에 의하여 이루어진 근대화이다 보니 당시 근대화의 최전방에는 일본 유학생들이 위치할 수밖에 없다. 적국에 의하여 교육을 받은 이들이 앞장선 근대화는 어쩔 수 없는 괴리를 안고 있다.

9) 공자는 배우기는 하되 생각을 하지 않으면 몽매함과 같으며 생각만 하고 배우지 않으면 위험하다고 하여 학문과 각성이 같이 이루어지는 것이 진정한 의미의 지식이라고 강조한 바 있다.

에 받아야 했다. 식민지 치하 지식인 여성, 신여성이 그렇듯 이중고를 겪어야 했던 것은 아비투스의 제어와 상징폭력이 중층적으로 그들에게 작용하였기 때문이었다.

3. 한국의 근대, 식민지 치하의 지식인 여성상

체제를 위협하는 수준이 아닐 경우 제국주의는 식민지 원주민에게 제한된 범위 내의 미나 문화적 자율성을 허용한다. 식민지 치하에서 글쓰기의 장은 합법적 공간이지만, 어쩔 수 없이 저항의 전선이 내밀하게 형성되는 이중적 특성을 띠는, 식민제국과 피식민지 지식인 간의 타협의 공간이다.[10] 식민지의 지식인은 근대의 장치 속에서 자신의 글이 합법적이 되도록 하면서도 지식인인 이상 자신이 아는 것을 표현하게 되는, 이중의 갈래에 서 있는 존재였던 것이다. 한국의 근대 저널리즘은 정치적 관심을 억제당한 채 신여성의 행태를 흥미 위주로만 보도했고[11] 지식인들은 그런 자료들을 토대로 지식인 여성으로서 신여성을 흥미의 대상으로서만 바라보았으며 그런 관점으로 지식인 여성인물들을 구현하였다. 그 부조리함을 인식한 초창기 여성 작가들은 그런 시각을 교정하는 노력까지 하지 않으면 안 되었던 것이다.

---

10) 최익현, 「1930년대 염상섭의 글쓰기와 만주행의 의미」, 문학과비평연구회 편, 『1930년대 문학과 근대체험』, 이회, 1999, 60면 참고.

11) 이상경, 『한국근대여성문학사론』, 소명출판, 2002, 78면 참고.

1) 김명순과 나혜석의 경우

『김연실전』과 「해바라기」의 모델인 김명순과 나혜석은 신여성을 모델로 한 몇 개의 작품들을 남겼다. 여기에서는 그중 신여성의 정체성에 육박하고자 하였던 소설들, 김명순의 「돌아다볼 때」와 나혜석의 「경희」를 살펴보겠다.

「돌아다볼 때」의 소연은 한 번 본 송효순을 사랑한다. 그녀는 그에 대한 자신의 감정을 안으로 키우는 스타일이다. 지식인임에도 불구하고 그녀는 첫째, 수동적이다. 송효순의 학문을 좇고 그를 기다리면서 전통적인 인고의 여성상을 답습하는가 하면, 송효순이 그녀의 사회적 가치를 인정하면서 그녀의 결혼에 반대하자 사회에서 일할 것을 결심하기도 한다. 둘째, 그녀는 자기 삶에 대한 자각이 없다. 영어선생으로 당당한 사회인임에도 그녀는 독립적이지 못하고 그녀를 이용하려는 고모 류애덕의 말대로 삶을 살아가는, 인형과도 같은 존재이다. 월급이 적다고 부자에게 시집보내 경제적 이익을 보고자 하는 고모의 말대로 결혼을 한다. 그녀가 당대의 지식인 여성이라는 점은 그의 고민과 삶의 좌표 결정에 아무런 도움이 되지 않고, 송효순과 하우프트만의 작품에 관하여 토론할 때나 지성이 사용될 뿐이다. 여성의 지식이라는 것이 사회적으로는 아무런 쓰임이 없고 남자와의 대화에나 사용된다는 것은 여성의 타자성을 강조하는, 작가 김명순이 여성의 학문에 대한 사회의 인식에 동화되어 있음을 보여 주는 부분이다. 그런데 그녀의 수동적이고 움츠리는 행동의 배경에는 바람기 많은 아버지와 이유 없이 한숨짓다 일찍 죽은 어머니가 가로

놓여 있고 그것이 효순을 억압하는 기제가 되고 있다. 소연 어머니 한숨의 의미에 관해 텍스트에서는 전혀 조망하지 않고 있지만, '자기'에 대한 자각도, 사랑이나 행복도 없이 일평생을 한숨으로 살았던 여성 삶의 한스러움을 표상하는 것, 여성 특유의 '이름이 없는 문제'[12]라고 읽어도 무방할 것이다. 소연이 가장 두려워하는 것은 어머니와 같은 삶이었음에도 불구하고[13] 그런 삶을 살게 되는 상황에서 아무런 자기방어를 하지 못한다. 아비투스로서 주위의 수군거림이 그녀에게 공격을 가하기 때문이다. 그러나 그녀는 들어오지 않는 남편의 빈자리를 보며 여성의 문제에 눈을 뜨고 '어머니의 삶'을 거부하고 집을 나갈 것을 결심한다. 부르디외는 모든 장에서는 하나의 투쟁을 발견할 수 있으며, 독점권을 주장하며 경쟁을 배제하려는 지배자와 장에의 입장을 금지하는 빗장을 터뜨리고자 하는 새로운 신참자들 사이의 투쟁이 띠는 특수한 형태를 강조하였다.[14] 여성을 얽매는 이데올로기로 가득한 장, 그 금기를 위반하는 여성에게 주어진 것은 "그중 아름다운 것을 욕하는" 사람들의 비난이었을 것이다. 그들은 '유전' 때문에 간음을 할 수밖에 없는 여성으로 소연을 이름붙일 것이다.[15] 집 떠나는 소연의 일화는 환상적인 방식으로 결말을

---

12) 여성만의 문제는 '이름이 없는 문제'로 지칭된다. 이는 남성 중심의 가치관에서 형성된 언어 세계에서 여성들이 말을 빼앗긴 결과라 할 수 있다.

13) 그녀는 아무런 주체성 없이 수동적으로 살아가는 삶에 대한 두려움에 가위 눌린다. 정처 없이 떠내려가는 뗏목 위의 여인, 그것이 소연이었다.

14) 부르디외, 앞의 책, 126면 참고.

15) 오랫동안 여성에게 금기되어 왔던 성욕의 문제는 흔히 그것이 온당한 것이 아님을 강조하기 위하여 여성 인물의 혈통을 문제 삼는다. 그러나 부르디외는 성욕은 타고나는 게 아니라 핵가족과의 개인적 만남을 통하여 어린아이에게 사회가 강요하는 역할을 대리 수행하는 부모이자 부부인 어머니 아버지에 의해 가동되는 상징적 체계와의 만남을 통해서 발전되는 것이라 하였다.

맺음으로써 가부장 이데올로기와의 타협을 보이는데, 이는 자각의 우연성과 함께 이 작품의 일정한 한계가 된다.

「돌아다볼 때」의 여성이 소극적이고 수동적인 방식으로 집을 나가려 한다면, 나혜석의 「경희」는 적극적이며 능동적인 방식으로 자각을 하고 그 결과로 집에 안주함을 과감히 거부한다. 「경희」는 신여성과 교육에 대한 여성 학문의 필요성에 관한 계몽적 내용이 주를 이루는 소설이다. 여성이 벼슬도 하지 못하는 사회에서 공부를 해서 무엇 하느냐는 사돈마님의 질문은 공부하는 여성들을 향한 사회 전반의 채근이었다. 그런 질문을 경희는 이미 인식하고 있었고 여러 가지 방식으로 그에 응답한다. 우선, 경희는 생각으로 답을 대신한다. 여성이 '말하는 것'에 대한 우리 사회의 아비투스를 알기 때문이 아닐까 생각된다. 여성이 말을 잘하면 오히려 비난의 대상이 될 뿐이다. 다음으로 경희는 상대방에 대한 자신의 답을 말이 아닌 행동으로 보여 주고자 한다. 그녀는 바느질을 잘하므로 사돈마님의 신여성에 대한 생각을 바꾸려 노력하고 김치를 담그는 등 쉬지 않고 여공에 힘씀으로써 떡장수와 아랫사람을 감동시킨다. 학문의 실용성을 강조하는 것이다. 그런데 이 지점에서 남성에게는 당연한 학문이, 여성은 상대를 설득하고 여성의 일로 되어 있는 것들도 다한 다음에나 당위성을 인정받게 된다는 점에 주목해야 한다. 여성이 학문을 하는 길은 수많은 질문자들에게 대답하는 과정이어야 했던 것이다. 학문에 성실하고 현실적 여공도 잘하는 만능의 여인, 쉬지 않고 응답하는 과정을 보이는 경희는 여성 학문 무위론에 대항하는 작가 나혜석의 방법론이었다. 이러한 경희에게 결혼제도란 그녀의 사회성을 결박하는 행위에 다름 아니다. 여성이 공부하는 길이 질문에 답하는 과정이라면 결혼한 여성이 공부하는 길은 물어볼 것도 없이 부정되는 것이 당시의 사회였기 때문이다. 양반가의 딸로서 부잣집에 시집가 산다면 경희는 편한 생을 살아갈 수 있다. 많은 여인들이 살아왔던 것처럼 무자각의 상태로서 말이다. 이때 "결혼"/"독신"의 이항은 "사람이 번 쌀, 사람이 먹고 남은 밥찌꺼기를 바라고 있는"/"제 힘으로 찾고 제 실력으로 얻는", "금수"/"사람"의 삶의 차이이다. 극단적인 이항대립이 문제이긴 하지만 당시 상황에서는 여성의 정체성을 찾는 삶이 결혼 후에는 불가능했을 것이라는 작가의 판단을 보여 준다. 그녀가 자신의 정체성을 위해 혼자 사는 길을 택한다면 여성이 혼자 지내는 것을 금기시하는 사회에 의해 그녀는 경제적인 문제, 사회적인 압박감, 모욕을 받게 될 것이다. 경희의 독신선언, 집을 포기하는 행위는 당시의 가부장 이데올로기에 전면 도전하는 것인데, 그를 위한 합리화 방안으로 종교를 선택하고 있다. 곧 그녀는 '김부인 이철원의 딸'이라는 가정의 삶이 아니고 '하나님의 딸'이라는 결심을 보이면서 집을 나가려 시도한다고 설정된다.

2) 최정희와 강경애의 경우

최정희의 '삼맥'은 전형적으로 여성적 문제에 천착하고 있다. 「지맥」의 은영은 두 번째 부인이라는 이유로 남편 사후 시집의 배척을 받으며 혼자 살아가느라 갖은 고생을 한다. 그러던 중 옛 애인을 만나고 그로부터 프러포즈를 받지만 그와 결혼할 경우, 자신의 아이들이 홍가에서 이가로 성이 바뀌어야 하는 것, 피가 섞이지 않은 아이에 대한 남자의 사랑이란 한계가 있는 것임을 인식하고 그와의 사랑을 포기하고 떠난다. 그녀는 남자와의 사랑보다 아이들을 우선 선택하고 집을 지키면서 궤도를 벗어나지 않고 살아갈 것을 결심하는 것이다. 「천맥」의 연이도 은영과 같은 상황인데, 그녀는 아이에게 아버지와 부유함을 만들어 주기 위해 허진영이라는 의사와 재혼을 하게 된다. 간호부라는 직업을 가지고 있음에도 생계에는 턱없이 부족한 보수 때문에 결국 연이는 재혼의 유혹을 이기지 못하는데 재혼 후에 은영의 고민은 계속된다. "여자는 행주치마 입은 맵시가 제일 아름답다."는 전남편 상수를 통해 내면화된 여성 이데올로기로 인해 사회생활보다 가정일을 선호하는, 가정 지상주의자 연이는 자신의 아이를 위해 선택한 재혼이 오히려 아이에게 불행을 안겨다 주는 것임을 파악하게 된다. 연이가 허진영과 헤어지고 아이와 함께 고아원을 찾는 것은 「지맥」의 은영과 같은 맥락이다. 고아원에서 연이는 다시금 '어머니 되기'에 관한 고민을 반복한다. 그것은 '어머니'가 아닌 강대산 선생과의 대조를 통해 더욱 선명해지는데, 다른 아이들과 자식 진호와 차별 없이 희생적으로 대하는 참어머니가 될 것을 연이는 스스로 줄곧 세뇌한다. 연이가 아이들에게 진심으로 모성을 베풀자, 문제아이던 진호의 행동이 바뀌는가 하면 '별스런 아이들'이 변화되는 것이다. 문제는 모성에 대한 과대한 강조이다. 연이는 자신의 본능이나 주체성에 관하여 고민을 하게 될 때마다, 모성으로 눌러 버리는 방법을 사용한다. 성우 선생을 사랑하게 되는 자신의 마음도 모성으로 은폐한다. 모성으로 모든 것이 해결된다는 것은 판타지에 불과하다. 진심에서 우러난 것이 아니고 강제된 모성, 문제를 은폐하고 겉으로 전경화될 뿐인 모성은 행복과는 무관한 것이다. 모성에 대한 강조로 일관된 이 작품에서 연이가 모성으로 억누를 수 없는 남성에 대한 그리움을 아들과의 대화로 풀려고 하자 아들의 바이올린 줄이 끊어진다. 그러자 연이는 정신을 차리며 "자기가 잘못한 모든 죄를 대가(代價)하리라." 생각한다. 여성적 욕망을 잠시라도 가진 것은 잘못이며 아이들에 대한 헌신과 희생으로 죄사함을 받아야 한다는 설정인 것이다. 이성에 대한 욕망을 모성으로 억압하고 종교를 통해 승화시키는 이 소설적 장치는 「인맥」에서도 볼 수 있다. 선영은 자신의 지성이 친구 남편까지도 유혹할 수 있으리라고 생각할 만큼 자신만만한 지적 여성이다. 하지만 친구의 남편을 사랑하는 일은 허락될 수 없는 일이어서 그녀는 병이 들고 만다. 병이 되어 서울로 요양을 간 뒤 허윤상에게 고백을 하지만 허윤상은 자신의 자리를 지키는 것이 인간의 도리라고 가르칠 뿐이다. 집을 비운 남편을 원망하며 다른 남자와 살림을 차린 선영은 허윤상이 찾아와 아름다움은 오래 지키는 데 있으며 사랑하는 사람의 정숙과 행복을 바란다고 이야기하자 다시 자신의 가정으로 돌아간다.[16] 결국 배울 만큼 배운 신여성 선영은 허윤상이라는 교사를 통해서야 세상의 이치를 알게 된다는 것이다. "세상의 우(愚)도 그이로 해서 배웠지만 지혜(智慧)도 그이로 해서 배운 것 같았습니다.", "나는 그이로 해서 분명히 선(善)과 악(惡)을 판단하는 지혜까지도 배운 것입니다."라는 부분은 선영이 스스로를 남성 의존적이며 대타적인 존재로 만들고 있는 부분이다. 선영은 결국 「지맥」과 「천맥」의 인물들처럼 두 번째 부인처럼 살아간다. 남편과의 사이에서 낳은 아이에게서까지 허윤상의 모

---

16) 이혼을 하겠다는 선영에게 허윤상이 "아무나 건드릴 수 있는 당구장의 공과 같은 여자가 되는 것이 원입니까?"라고 하는 부분은 이혼녀에 대한 사회적 통념을 반영하는 부분이다.

습을 찾으며 그에게 가는 상상만으로 행복해하는 이율배반적 삶을 사는 것이다. 그리고 그녀는 그러한 자신의 삶의 허위성을 종교를 빌려 은폐하고 있다. 최정희의 '삼맥'에 나오는 인물들은 신여성이지만 자신의 주체성이나 욕망보다는 여성에게 내면화된 전통적 남성지배이데올로기의 가치에 충실한, 수동적이고 소극적인 여성들임을 알 수 있다.

강경애의 작품 중에서 신여성이 주요 인물로 그려지는 것은 「그여자」와 『인간문제』 정도이다. 「그여자」의 마리아는 자기 자신의 지식과 남들의 인지도에 대하여 심각한 자아도취에 빠져 있으며 하층계급에 대하여 자신만이 우월하다는 선민의식을 가지고 있다. 지주 정덕호의 딸 옥점(『인간문제』)은 신철을 유혹하는 데에만 관심을 쏟을 뿐 지식인으로서의 면모는 보이지 않는다. 이들의 신여성다운 모습이라곤 여러 사람 앞에서 과감히 이야기할 수 있는 언변이나 당참, 정욕의 과감한 표현 등으로 나타날 뿐, 그들에게서 아무런 개인적, 시대적 자각을 찾을 수가 없다. 이처럼 신여성 강경애가 당대의 신여성들을 비판적으로 그려내었다는 점은 당시 남성 작가들의 신여성에 대한 편견, 가부장 이데올로기에서 강경애도 그다지 자유롭지 못했음을 보여 준다. 지식인의 대망론을 가졌던 강경애지만, 그녀의 작품에 나타난 신여성은 '대망'의 대상인 지식인의 범주에서 제외되어 있었던 것이다. 강경애는 지성과는 무관하게 '집'을 지키면서 어머니로서의 미덕만을 갖춘 평판형의 여성 인물들을 중요하게 생각하는 작가이다. 그녀는 근본적으로 빨래를 잘하고 밥을 잘하는 것을 여성의 부덕 1순위로 꼽는 전통적 여성관을 가지고 있다.[17] 전통적이고

---

17) 「번뇌」의 계순과 「어머니와 딸」의 산호주, 「지하촌」의 칠성 어머니, 「마약」의 보득 어머니

봉건적인 여성관은 「원고료 이백원」에서 보이는 남편과의 주종관계에서도 나타난다. 이것은 신여성 강경애로서의 한계점이겠다.[18]

3) 근대 여성 작가의 여성의식

3·1운동을 전후하여 등장한 1세대 신여성들은 부르주아 계몽주의자로서 자신감과 서슴없는 양태를 '집 나가는 여성'들로 표현하였다. 1대 신여성들의 집을 나가는 행위는 2대에 오면 다른 양상으로 나타난다. 전대와는 달리, 여성은 소극적이며 수동적이어야 한다는, 현모양처이어야 한다는 전통 이데올로기에 순응하는 인물들이 그려지고 있다. 최정희와 강경애의 인물들이 그러하다. 이상 작가들의 여성인물들을 정리해 보면 다음과 같다.

를 비롯한 어머니들이 이에 포함된다. 계순은 남편의 부재로 시어머니와 단둘이 살면서도 여성으로서의 부덕을 고루 갖추고 살며 남편을 기다린다. 남편의 동지인 R은 그녀가 "빨래를 희게 하고 밥을 정하게 하는" 것에서 호감을 갖는다. 『인간문제』의 선비를 비롯한 긍정적인 여성 인물들은 하나같이 이러한 미덕을 갖추고 있다.

18) 강경애가 「지하촌」, 「소금」, 「마약」과 같은 작품들에서 보여 주는 어머니의 애달프기까지 한 따뜻한 사랑은 어린 날 강경애가 어머니를 기다리며 모성의 가치를 크게 인정하게 되었으며 그로 인한 강렬한 모성 체험이 심리적 기원이 되고 있는 것으로 볼 수 있다(송인화, 「하층민 여성의 비극과 자기 인식의 도정」, 『문학과 의식』, 백문사, 1995, 59면 참고).

작품명	결혼 양태	현실적 고민	해결방안	지성적 면모	비고
소연(「돌아다볼 때」)	미혼	효순에 대한 짝사랑	그를 찾아 집을 떠남	남자와 대화할 때뿐	집에 안주하지 않음
경희(「경희」)	미혼	결혼과 독신	독신 결심	일에의 즐거움	집에 안주하지 않음
은영(「지맥」)	과부	생계 문제, 첫사랑 재회	남의집살이	이성적으로 해결	사랑 포기 집을 지킴
연이(「천맥」)	과부	아이 양육의 문제	재혼, 고아원	아이들에 대한 이해심	사랑 포기 모성에 안주
선영(「인맥」)	기혼	친구 남편에 대한 연정	직접 이야기함	드러나지 않음	사랑 포기 집을 지킴
마리아(「그 여자」)	미혼	없음		사람들 앞에서 강연	여성 작가의 부정적신여성상을 대표함
그 외(강경애의 다른 작품)	기혼	자신의 고민 적음			집을 지킴

마리아(「그 여자」)의 경우, 여성이 똑똑하고 분명하게 이야기하는 것을 신기해하는 이들의 물리적 폭력에 의해 상처를 받게 되는데, 이것은 여성의 지성을 낯설어하는 장에서의 외현적 폭력이라 할 것이다. 그러한 사회적 아비투스를 내면화한 작가 강경애 역시 마리아에게 부정적 시선을 보이고 있다.

1세대 신여성들의 작품에서는 집에 안주하지 않는 여성들 - 경희와 소연 - 에게 당대의 남성 작가들처럼 '집 밖에 나서면 마녀'라는 식의 여성의 사회적 위치를 부정하는 논의는 전혀 없다. 여성들은 집 밖에 나서기 전 자기에게 쏟아질 사회의 상징폭력을 알고 있으며 그에 당당히 맞설 것을 결심하기도 한다. 그 다음 대의 작가들은 근대적 교양과 사유방식으로 무장하고 코기토의 확실성을 인식하는 주체로서, 성찰적 인간으로서의 행동인의 방식을 따르는 근대인의 집단이었으며 1세대에 대한 반성적 성찰과 당대 현실에 대한 과학적 합리적 판단이 가능했고 소설가로서의 자의식을 보였다[19]고 평가된다. 그럼에도 불구하고 그들의 작품이 1세대에 비해 여성성의 면에서 후퇴한 듯한 양상을 보이는 이유는 무엇인가. 하나는 1세대 여성들에게 내려진 상징폭력들의 영향이 후대 여성 작가들에게 가부장 이데올로기의 벽을 증명하였다는 사실이다. 그리하여 기혼여성들을 그리고 있는 최정희의 '삼맥'과 강경애의 작품들에서, 여성은 집 안에 안주하여야 할 것을 강조한다. 「지맥」에서처럼 이혼녀나 과부로서 사는 삶이 어렵다는 것을 강조하는 것도 그런 맥락이다. 선영은 과부가 되어 생계를 걱정하는 처지가 되고 부용은 집을 떠난 여인에게 냉혹한 사회현실 앞에 외로이 살아간다. 선영은 아이를 빼앗긴 부용과 어머니가 떠난 뒤 방황하는 하순의 경우를 교훈삼아 집을 지킬 것을 결심한다. 모성으로써 모든 어려움과 고통을 은폐하고 모성이 승리하는 것으로 그리는 이들 작품은 삶의 주인으로서 여성의 주체성에는 둔한한 것으로 보인다. 쾌락의 성을 억압하고 생식·모성으로서의 성만 강조하는 것이다. 모성과 함께 종교의 힘으로 여러 문제를 은폐하고 있는데 이는 개화기 이후 기독교 중심의 여성교육이 가부장제와 결합하여 고전적인 모성애를 강조한 결과이다. 다음으로는 계급의식의 면에서 그 이유를 찾을 수 있다. 30년대 여성 작가들은 시대적 외압에 대항할 사상적인 무기로 진보와 개혁이라는 정치적 이념인 사회주의에 쉽게 동조했다. 최정희는 근대인으로 속류 마르크시스트의 길을 선택한 작가이고 강경애는 가난한 소작인의 딸이라는 계급의식에서 스스로 소작인의식과 이념이 철저하였던 마

---

19) 문학과 비평 연구회 편, 앞의 책, 133면 참고.

르크시스트였다.[20] 이들에게 여성적인 문제는 계급의식보다 앞선 것일 수 없었다. 마지막으로는 일제의 여성정책에서 원인을 찾을 수 있다. 일본은 한일합방 후 황국여성을 만들기 위해, 철저한 복종형 여성상을 이상적인 것[21]으로 보면서 여성의 모성을 강조하였는데 그러한 결과 여성은 자신의 주체성보다는 가족과 모성 이데올로기에 압도될 수밖에 없었다.

4. 한국의 현대, 1950년대 지식인 여성상

식민지 치하에서 저자세로, 도피로 생존해 온 우리 지식인들은 광복 후에도 그 양상이 나아지지 못했다. 광복 이후 문단은 해방의 감격과 새로운 창작 의욕이 팽배하였으나 극단적인 좌우익의 대립으로 이분법적 재단 사회로 들어가기 때문이다. 이때 작동된 반공 이데올로기는 작가들로 하여금 움츠러들게, 말할 것을 자신 있게 말할 수 없게 하는 기제로 작용하였던 것이다. 이때 대부분의 여성문인들은 분파싸움의 주변인물로 머물러 개인적 창작활동에 몰두하게 된다.

그렇다면 식민지로 황폐화된 상황에서 광복이 되었지만 다시금 전쟁이라는 한계상황을 겪은 1950년대 한국소설에 나타난 여성상은 어떠한가. 50년대 남성 작가들은 모성을 강조한다. 그것은 아비 부재의 전쟁 상황에서 아버지의 자리를 대신하는 존재로 어머니가 설정

---

20) 위의 책, 147~8면 참고.

21) 정세화, 「한국근대 여성 교육」, 한국여성사 편찬위원회 편, 『한국여성사 Ⅱ』, 이화여대, 1972, 330면 참고.

되곤 하기 때문이다. 그런가 하면 여성들 대부분은 피해자들로 설정된다. 전쟁이라는 것은 여성의 이중적 착취를 야기하는 것이다. 여성들은 전쟁으로 인해 가부장이 부재한 상황에서 미처 준비할 겨를도 없이 가부장의 역할을 대신해야 하는가 하면 성적 착취에 쉽게 노출된다.

한국문학은 50년대 중반부터 지식인 사회에서 문학이 가장 사랑받게 되면서 여류문학도 '최고의 번성기'를 맞이한다. 소설계에서는 손소희, 박경리, 임옥인, 한무숙, 강신재 등 여성문학가들이 대거 등단하여 가족 문제나 부부간의 갈등 등 여성의 문제에 본격적인 천착을 보인다. 이 장에서는 50년대 작품들을 통해 광복 이전 답보 상태였던 여성 운동의 향방을 가늠해 보고자 한다.

1) 박화성과 최정희의 경우

박화성의 『바람뉘』와 최정희의 『끝없는 낭만』은 1950년대의 여성 소설 중에서 여성의 의식 성장을 다루고 있는 작품들이다.

'바람뉘'라는 말은 큰바람, 폭풍을 일컫는 말이다. 당대의 역사에 관심을 갖는 박화성은 『바람뉘』에서 역사의 폭풍, 6·25전쟁과 그 와중의 삶이라는 폭풍 같은 삶 속에서 초점화자 장운희의 여성적 삶과 의식의 성장을 다루고 있다. 주인공 장운희는 의사인 남편과 오빠가 북으로 끌려간 뒤 홀로된 어머니와 자식 부양이라는 문제에 정면으로 부딪치게 된다. 그런데 그러한 삶의 와중에 그녀는 점차 당연히 여성의 특성으로 되어 있는 아비투스를 인식하게 된다. 그리고 그러한 제반 여건에 저항하려 한다. 운희의 자각과정에 결정적인 역할을 한 것은 황석이라는 남자의 존재였다. 아버지의 기일을 맞아 어머니와 만나 며칠을 보내면서도 어머니를 뵈러 자주 내려오지 못하는 자신을 한탄하는 데 그쳤었는데, 그날 밤 찾아온 황석을 계기로 운희는 각성을 하게 된다. 여성은 남성을 통해야만 주체를 자각하게 된다는 공식을 답습하면서 지나치게 작위적으로 설정되었다.[22] 그녀는 어릴 적 친구 황석을 보자마자 감정의 동요를 느끼는가 하면 주위 사람들의 오해에 밀려 "이런 누명을 쓰려거든 차라리 일이나 저질러 버릴까부다." 하는 식으로 감정적으로 대처하려 한다. 이 소설에서 여성에 대한 편견이 드러나는 부분이 있다. 하나는 지식인 여성에 대한 사회적 편견을 재생산하고 있는 부분이고 또 하나는 여자 팔자는 뒤웅박 팔자라는, 남편만 잘 만나면 성공할 수 있다는 식의 논리가 드러나는 부분이다. 대학 교육을 받지 못한 것을 안타까워하는 운희는, 그럼에도 불구하고 시부모에게 더욱 귀염을 받았으며 올바른 사고방식을 가졌다고 묘사된다. 그 이면에는 배울 만큼 배운, '전날의 유학생' 운희의 동서들에 대한 상대적 부정성이 부각되고 있다. 운희와 남편, 가족들 사이를 이간질하거나 한가하게 육체적 고독만을 호소하는 지식인 여성들의 모습은 여성의 배움이 냉철한 이성이나 삶에의 자각으로 이어지는 것이 아님을 강조하며 '여성

---

[22] 자기가 아는 사람들이 귀빈들 모임에 가는 광경을 보고 운희는 "조금 전까지 조심조심 비비적이며 뚫어가던 사람의 틈을 거칠게 밀치며 나갔다. 눈에 아무것도 보이지 않았다. 오직 돌진이 있을 뿐이었다. 운희는 팔꿈치로 좌충우돌하면서 자기의 길을 텄다." 하며 "내 앞길도, 내 생활의 개척도, 이렇게 내 힘으로 용감하게 뚫고 나가야겠다."(한국문학전집12, 삼성출판사, 1986, 289~90면)라고 한다. 시숙집안들, 자기보다 공부를 못하던 친구들이 잘되어 있는 것에 대한 분노가 거리에 있는 사람들에게 투사되는 것이다. 삶에의 적극적 태도로의 변화를 가시화하기 위한 이런 부분은 어색하기만 하다.

의 적은 여성'이라는 것을 확인하려는 듯하다. 귀빈들 사이에 끼어 들어감으로써 "급 중에서 열등생으로 유명했건만 사회에 나와서는 분명 승리자의 한 사람"이 되어 있는 운희의 친구는 여자의 팔자는 스스로가 개척하는 것이 아니라 남편을 잘 만나고 못 만나는 데 달려 있는 것이라는 것을 강조한다. 그런가 하면 남성 인물들에 대한 작가의 시각은 매우 긍정적이다. 만난 지 얼마 안 되어 운희에게 사랑의 감정을 느끼게 하는 대학교수 황석은 물론이고 운희를 괴롭히는 동서와 달리 운희에게 자상하고 따뜻하게 대해 주는 김창수, 바라보기만 하여도 믿음직한 아들 준식 등의 강조는 작가의 시각이 섹시즘에 입각되어 있음을 보여 준다. 이것은 '남성:이성 = 여성:감성'의 공식을 보여 줄 뿐이다. 여성의 의식 성장을 다루고 있기는 하지만 사회의 아비투스를 답습하는 탓에 한계를 보이고 있다.

이차래라는 소녀의 성장소설인 최정희의 『끝없는 낭만』은 주체성을 가지려 하는 여성이 역사 앞에 얼마나 나약한가를 보여 주고 있다. 이차래는 광복과 6·25전쟁의 역사적 사건 앞에 맞서 살아가야 했다.[23] 갑자기 삶의 터전을 잃은 이 땅의 부모들은 삯빨래 등의 낯선 생업을 갖게 되면서 정신적인 혼란을 경험하고 있었으므로 이때는 신세대들의 몫이 중요했던 시대이다. 그러나 이차래는 지식인 여성으로서의 책임을 각성하지 못하고 있다. 『바람뉘』의 운희가 아이들을 데리고 주체성을 지키며 살기 위해 노력한 것과 달리, 차래는

---

23) "나라에 사변이 생기지 않았더라면 죠오지 뭐라는 미군이 한국에 올 리가 없을 것이고 문제도 생기지 않았을 것이 사실입니다. (……) 당신 조상의 어느 한 분과도 같지 않고 당신과도 같지 않고 조국 땅 안에 사는 우리 민족의 어느 한 사람과도 같지 않은 ─ 백색 피부와 음팍 들어간 눈과 우뚝히 높은 코를 가진 아이를 차래 씨가 안고 앉은 것을 보았기 때문입니다. 그러한 아이를 안고 앉은 당신은 정녕코 불행한 여인임에 틀림없다는 단안을 내리게 되었습니다."(『끝없는 낭만』, 166면)와 같은 표현은 그것을 잘 보여 준다.

아버지와 어머니의 부양이라는 일 앞에 고민하기보다 미군과의 사랑이 가능한가, 양공주가 되느냐 마느냐 하는 것을 고민한다. 약혼자 곤에 대한 감정으로 비롯된 그녀의 성적 욕망은 캐리 죠오지라는 미군의 경제력에 대한 동경으로 환치된다. 캐리 죠오지의 접근에 지나친 거부감의 표현은 그에 대한 성욕을 검열하는 것이었다.24) "털끝 하나 다치지 않고 돈을 물 쓰듯 해 주"는 '진국'인 캐리 죠오지의 일방적인 물량공세에 그녀가 거부하지 못하는 것은 물질적 욕망으로 환치된 성욕 때문이었다. 물질적 욕망은 그녀로 하여금 감상적이고 허영심을 갖게 작용한다. '늘 이런 아름다운 세계에서만 살 수 없을까요?' 하는 식의 낭만적 삶을 꿈꾸는 환아적인 성격의 소유자인 차래는 미군의 돈으로 집을 사고 도배를 하면서 한편으로 그것을 즐기고 있다. "캐리 죠오지가 다녀가고 나면 나는 무척 많이 지식이 느는 것 같은 흐뭇한 느낌을 가지게 되었어요. 그의 높이 풍기는 기품에 저절로 고개가 수그러져 가는 나를 발견했습니다."라는 부분은 캐리의 물질에 압도당한 자신을 지적 허영심으로 위장하고 있는 부분이다. 이런 그녀의 허영심을 외면화하는 것은 그녀 주위의 바람이다. 그녀는 하늘에 대하여 동경하는 마음을 가지고 있는데 그것은 바로 캐리의 눈 색깔이 하늘색이었기 때문이다. 그녀가 하늘색 방으로 만들고자 했던 것도 하늘에 대한 동경도 모두 캐리에 대한 심정의 외면화이다. 그녀의 허영심은 마침내 그녀로 하여금 그토록 거부하던 양공주의 삶이 되게끔 만들었다. 양공주와 다를 바 없는 남자의 물질적 원조에 대한 방기, 그녀의 지성만이 양공주와 자신을 등가에

---

24) 차래는 미국 사람이람 모두 사족을 못 쓰냐고 어머니에게 소리를 지르는데 이는 스스로의 검열의 결과라고 할 수 있다. "어머니한테 빽 지른 소리는 나 자신에게 지른 소리일지도 모른다는 생각을 이어 나는 했던 것입니다."(위의 책, 99면)

두는 것을 거부하게 하였을 뿐, 상황은 같다. "차래 씨는 양갈보가 아니라고 자신을 변명합니다만 양갈보들에게 이야기시켜 보더라도 역시 차래 씨와 똑같은 말을 할 겁니다. 사랑하기 때문에 같이 산다고."라는 영훈의 지적은 그것을 증명한다. 무조건적인 부정과 허영심은 미군과 결혼하고 그의 아이를 낳은 그녀로 하여금 "아무렇게나 사는 수밖에. 나 같은 건 아무렇게나 마구 살아도 괜찮어." 하는 식의 자포자기를 낳고 마침내 양공주의 비극 속에 같이 함몰되게 한다. 그녀는 주체성을 가지려고 애를 썼지만 그 기반이 낭만적이고 감성적인 것이어서 사회의 아비투스를 견뎌낼 만큼 강력하지 못하였고 때문에 호프만콤플렉스에 문제해결을 기대하다가 죽고 만다. 이 작품에서 캐리와 배곤이라는 이상적 남성들은 이차래의 가변성에 비해 지나치게 평면적으로 이상화되어 있다. 양공주를 무시하는 차래에게 캐리 죠오지는 "그 사람들 중에도 생명을 내걸고 사랑하는 사람이 있고, 차래. 그런 생각일랑 버려요. 누구는 낮고 누구는 높고 누구는 깨끗하고 누구는 더럽고 하다는 생각 말이오."라며 성인군자처럼 말하고 있다. 사실 죠오지는 미국에 간 뒤에도 차래를 버린 것이 아니었고 차래가 지레 겁을 먹은 것뿐이다. 양공주를 양산한 미군들의 경우 미덕만을 강조하고 시대의 희생양이 되어 버린 한국의 지식인 여성 차래를 회의와 흔들림의 대명사처럼 그린 것은 반공주의자인 최정희의 한계점이 아닐 수 없다. 한편 차래가 죽은 날 눈을 치우면서 배곤이 "길을 터놔야 하지 않겠는가? 어디라두 갈 수 있는 길 말이야."라고 말하는 부분은 혼란에 빠진 이 땅의 젊은이들에게 길을 열어 줄 수 있는 것은 남성이라는 상징이라고 할 수 있다. 한편 이 소설에서는 차래의 친구인 상매라는 지식인 여성의 존재가 주목을 요한다. 상매는 현실적응력이 뛰어나고 상황을 논리적으로 인식할 줄 알기 때문에 감상적인 배타가 아닌, 정확한 판단을 하고 있다. 그것은 여성의 '타락'이라는 문제에서 집약된다. 곤이 살아 있으면 바른 길을 갈 것 같고 그렇지 않으면 타락할 것 같다는 차래에게, 상매는 타락하고 안 하고는 자기에게 달린 것이라고 냉철하게 이야기한다. 곤의 약혼자이며 한국의 인텔리 여성 차래에게 좀 더 냉정히 현실을 바라볼 것, 무조건적인 미군에 대한 존경심을 경계할 것을 가르친 것도 그녀였다.

2) 한무숙과 한말숙의 경우

한무숙의 「감정이 있는 심연」과 한말숙의 「신화의 단애」는 여성의 성, 성욕의 문제를 다루고 있는 작품들이다.

한무숙의 「감정이 있는 심연」은 제목에서 암시되는 것처럼 인간의 본능과 원초적 죄의식을 다루고 있다. 작가는 이 작품에서 여성이 성적인 것에 대해 지나친 죄의식을 갖는 것을 교육 때문으로 보고 있다. 이 소설의 관심은 전쟁으로 인한 가치관 변화의 시기에 어떻게 살아가는가를 다루는 데에 놓인다. 소설에서 전쟁은 에피소드처럼 가벼이 다루어지면서 '나'와 윤전아, 두 사람을 극명하게 대조한다. 전쟁은 모든 사회적 기반을 무너뜨려 새로운 가치관을 만드는 장치이다. 그 와중에 열심히 살아낸 '나'는 주위의 부러움을 받는 자리에 오르게 되고 전통적 가치관에 짓눌려 살던 윤전아는 병이 들고 만다.[25] 그녀의 정신상태를 일목요연하게 보여 주는 것은 그녀의 그림이다. 성기를 상징하는 그림을 그리면서 그녀는 자신의 성욕을 인정하고 객관화한다. '성욕', '성기'와 같은, 금기였던 문제들을 정면으로 타진하는 이 소설에서는 여성의 두 가지 얼굴이 등장한다. 하나는 "노상 햇죽햇죽 웃고만 있던 그녀의 어머니의 해말간 얼굴"이고 다른 하나는 "「뉘우쳐라, 뉘우쳐라.」하고 이를 악무는" "그녀의 큰 고모의 험한 얼굴"이다. 그것은 각각 인간의 강박증적 정신병과 성욕에 대한 금기를 표상한다. 먼저 인간의 정신병이라는 문제에서, '나'는 정신병자들이 오히려 "의사들의 망상적인 정신 분석의 희생자들"이 아닐까 생각한다. 어릴 적 '나'의 근엄하신 교감선생님도 천둥소리에 무서워했던 것처럼 누구나 정신병적인 요소는 있는 것이 아닐까도 생각한다. 그런 '나'가 정신병원에서 조우하게 되는 정신병자들은 빨갱이 콤플렉스에 젖어 있는 사람이거나 자본주의의 돈에 대한 콤플렉스에 젖어 있는 사람들이다. 당시의 시대적 정신 상황을 한마디로 요약한 곳이 정신병원이 아닌가. '나'는 정신병원을 유달리 돌이 많아 누구나 걸려 넘어지기 쉬운 곳으로 묘사하면서 많은 이들을 억압하고 넘어지게 하는 인간의 이데올로기를 암시한다. 다음의 관심은 성적인 문제이다. '나'로 인해 성에 눈을 뜨지만 주이쌍스보다 죄의식에 번민하는 전아에 '나'는 분노한다. 그녀를 그렇게 가르친 것은 큰고모로 상징되는 기성세대였던 것이다. "성은 生體(생체) 내용의 하나가 아니겠는가. 구태여 죄라면 그 죄를 거듭함으로써 구

---

25) 그녀에게 쉬운 제반 모든 것이 '나'로서는 악착같이 가지려 하던 것이었다. 내가 그간 벌어들인 것은 열심히 양반가의 윤전아와 같은 수준이 되어 그녀를 소유하는 것이었다. 어렵사리 그녀와 대등한 위치에 서고 그녀를 소유했지만 그녀는 이제 예전의 그 가치 있는 그녀가 아니다. 악독하게 돈을 벌어들인 상인이 화폐개혁이 일어나자 돈을 바람에 날려 버리는 것처럼 '나'도 무언가 날려 버리고 미국으로 가고 싶다. 그런 심리는 미국 비자를 자꾸 만지작거리는 행위로 외면화된다. 악덕 상인의 구화폐는 윤전아, 그녀에 다름 아니었던 것이다.

원을 받을 수도 있는 것이 아닐까?" 묻고 있는 '나'는 성욕이란 인
간의 본능, 인간의 자연스러움이며 자연을 따르는 것이 죄라면 차라
리 그 죄를 거듭해 지으면서 살아가는 것이 삶이 아닐까 묻는다. 마
침내 정신병과 성욕이라는 두 가지 문제의 접점에 선 윤전아를 호명
한 기호는 '죄악망상증'이었다. 여성의 성욕에 대한 죄의식은 구세대
거의 모든 여성이 내면화하며 살아온 아비투스라 할 수 있다. 이를
대변하는 것이 전아의 큰고모이며 그녀의 냉혹성은 그녀 자신의 자
기검열 결과이다. 가부장제 사회는 여성에 대하여 천사/탕녀의 이분
법을 적용하면서 여성의 성욕을 부정하는데, 그 이데올로기에 젖어
성욕을 죄악으로 보는 그녀의 큰고모는 마침내 어린 조카를 죄악망
상증까지 몰고 간 것이다.

　성에 대한 가치관의 변화를 극명하게 보여 주는 작품은 「신화의
단애」이다. 전후의 혼란기, 진영은 오층 빌딩의 높은 창 댄스홀에서
육체를 돌보기 위해 호객 행위를 하는 여인이다. 살아야 한다는 명
제 앞에 성까지도 수단화하는 진영은 성을 지키기 위해 목숨까지 걸
거나 순결 이데올로기에 맹종하는 시대가 아님을 보여 준다. 초만원
이 되어 있는 춤꾼들, 한 달 후의 월급보다 당장의 돈을 구하고 있
는 진영은 내일이 불확실한 시대적 소산이다. 따라서 그녀는 찰나주
의자이다. 열흘 벌어 반년을 먹고살 뿐, 미래에 대한 아무런 대책도
계획도 없다. 그녀는 하숙에서 한 달 밀린 밥값 대신 화구와 책을
빼앗겨서야 돈을 벌려 하고 쫓겨난 당장 오늘의 끼니와 숙소만을 걱
정한다. 이 작품에서 주된 관심은 몸, 성적 욕망에 대한 탐구이다.
여성에게 금기되었던 것들에 대한 위반인 셈이다. '사랑'도 관념은
부정한다.26) 진영이 성모마리아상을 보며 "처녀가 애기를 낳다니!

사랑의 기쁨도 모르면서 진통만 겪다니! 가엾어라, 가엾어라." 하거나 상의 조각이 졸렬하다고 생각하며 다시 조각해 주겠다는 부분은 관념적·정신적 사랑에의 명백한 부정이자 육체의 긍정이다. 그녀는 관념이 아니라 몸을 통하여서 자신의 실존을 깨닫는다. 추위와 굶주림 속에서 진영은 역설적이게도 "그 속에서 여전히 생존하고 있는 스스로를 또렷이 깨닫는다." 그녀는 추위만 피할 수 있다면 애인이 아닌 남자의 방에 가서 하룻밤을 청할 수도 있다. 갈 데 없는 상황에서, 죽을지도 모르는 상황에서 애인에 대한 의리 따위는 아무런 의미도 없는 것이다.27) 추위와 굶주림만 면하면 행복을 느낄 뿐이다. 경일이 그녀가 준섭의 방에서 잤다는 사실에 분노하여 때리는 장면에서도 진영은 자신이 맞는 사실에 대한 저항감이나 상대방의 분노의 원인 등에 대한 고려를 하지 않는다. "무엇보다도 추위에 움츠러뜨려서 어깨가 아팠는데 매를 맞고 보니 시원한 것을 어떻게 하랴.", 그녀는 정신보다 육체적 인간인 것이다. 팁으로 하루하루 연명하는 자신을 까마귀 같다고 반성해 보지만, 반성도 잠시여서 흔들리는 '몸'을 통해 반성은 사라지고 스스로의 실존만 느낀다. 육체가 정신에 선행하는 것이기 때문이다. 그런 그녀기에 생각보다 말이 우선이다. 언어가 앞서고 생각은 그를 따라갈 뿐이다. "경일이 –" 하고 '나의 애인, 그리운, 그리운 사람'이라고 생각해 보니 '그리워지는 것 같다.'고 생각한다. 경일이 고백을 하는 순간에도 마찬가지다. 경일이

---

26) 그녀는 "사랑이라는 말은 필요치 않았다. 다만, 진영은 지금 경일을 포옹하고 싶을 뿐이었다."라고 생각한다.

27) 그녀는 생각한다. "이토록 추운 밤에 내 몸을 꽁꽁 얼려 재우다니. 죽으면 썩는 몸이다. 살아 있는 이 순간 다시는 없을 이 지극히 소중한 순간을 나는 내 몸을 하필이면 얼려 재워야만 한다는 말인가?"

사랑을 고백하고 진영이 "저도 사랑해요."라고 앵무새처럼 반복했을 뿐인데도 "말을 하고 보니, 진영은 정말 그를 사랑하는 것 같다."고 느낀다. 몸에 대한 긍정은 그녀가 몸의 필요를 다 채우고 난 뒤 예술에 대하여 욕구를 느끼는 것으로 다시 한 번 확인된다. 의식이 족한 뒤 "귀신이라도 농락해 보고 싶을 만치 삶에 대한 자신이 강력히 솟구치게" 되고 그제야 비로소 "그려야 한다는 의욕만이 파아랗게" 타오른다. 이것을 미술이나 예술 같은, 더 높은 것에의 집착이며 상처받은 이들에게 미래를 향한 꿈이 중요한 것임을 강조하는 것이라고 볼 수는 없겠다. 다만 그녀는 육체의 안위가 충족된 다음 정신적 향락을 누리려 하는 것이고 그것이 예술작업으로 나타날 뿐인 것이다. 신화는 무엇인가. 남성의 신화이며 정신에 대한 환상이다. 그것이 끊어진, '단애'의 자리에 인간이 존재하는 것이다. 우선되는 것은 육체이고 사랑이나 행복마저도 물질화된다. 이는 마침내 코키토의 주체를 부정하는 시대임을 선언하는 것이다. 데카르트식의 코키토는 의식이 족했을 때 할 수 있는 이야기일 뿐, 육체가 문제에 직면해 있는 상황에서 그것은 의미를 잃는다. 데카르트의 주체도 하나의 신화에 불과했던 것이다. 여성 진영은 신화가 끊어진 자리에서 강하게 살아남는다.

3) 현대 여성 작가의 여성의식

이상 현대 여성 작가 소설에 나타난 여성 인물들의 양상을 정리해 보면 다음 표와 같다.

인물	결혼 양태	당면 문제	주체성 자각	상황의 인식과 적극성	아비투스와 상징폭력	대항력
장운호 (『바람뉘』)	기혼, 독신	가족의 생계	+	남자를 통하여 각성	수절 이데올로기	+
이차래 (『끝없는 낭만』)	국제 결혼	로맨스 /매춘	△	각성과정에 환경에 의하여 무너짐[28]	순결 이데올로기, 희생양 콤플렉스	−
윤전아(「감정이 있는 심연」)	미혼	성욕과 금기	−	말이 없음. 양순하고 고분고분해짐.	순결 이데올로기	−
진영 (「신화의 단애」)	미혼	호구지책	부정	먹고살기 위해 거리로라도 나감		+

전통적 가부장 사회에서 여성의 위상 변화를 통하여 가족의 해체, 또는 재구성 양상을 고찰한 『바람뉘』와 『끝없는 낭만』을 보면, 전쟁으로 가족의 위상과 의미가 변화하게 되면서 삶의 전초적 위치에 서 있게 된 여성의 의식 각성을 다루고 있다. 비록 그 과정이 우연적·수동적이고 각성이 오히려 콤플렉스가 되어 좌절되기도 하지만, 여성의 정체성을 위한 고민이 이루어지고 있다는 점에서 1기 신여성들의 정신을 계승하고 있다고 볼 수 있다. 「감정이 있는 심연」은 여성의 성욕과 금기의 문제를 다루면서 그것을 원초적 죄의식과 연결시킨다. 광복 이전부터 글을 쓰던 박화성, 최정희, 한무숙은 전통적 가치관과 개인의 자각 문제에 가장 많은 고민을 하고 있는 것을 볼 수 있다. 그렇다면 광복 이후 등단한 당시의 신세대 한말숙은 어떠한가. 전통적 가치관과 새로운 사회 사이에서 균형을 잡느라 고민하는 여성을 그리기보다 바뀐 가치관하에서 어떻게 살아갈 것인가 하는 문제를 본격적으로 짚고 있다. 「신화의 단애」를 혼란기 생존이라는 당

---

28) 미국을 부정한 건 아니지만 격정적으로 양공주가 되기 싫었던 차래의 비극은 사회의 아비투스에 의해 양공주의 비극 속에 같이 매몰된 경우이다.

면과제에 정면으로 부딪친 여성의 자기 모럴이라고 다시 읽는다면, 그것은 단순한 성적 타락이나 정체성 부족으로만 볼 수는 없을 것이다. 그렇다면 50년대의 여성소설이 전쟁 체험의 강렬함 때문에 여성들로 하여금 20년대부터 있어 온 여성 해방 사상을 잊게 하였다고만 볼 수는 없겠다. 기존 문학사에서 이 시기는 전쟁기, 민족의 문제가 긴급하여 여성 작가들조차 전쟁으로 인한 정신적 외상 그리는 데 관심을 갖느라 정작 여성의 자각 문제는 등한히 하였다고 요약되어 왔다. 성이나 사랑의 기존 윤리를 파격적으로 이탈하는 여성들이 낭만적 사랑의 환상에 올인하는 집착으로 여성의 주체적 자각과 대치된다[29]고만 부정하였던 것이다. 그러나 구세대가 전통적 가치관하에서 여성의 각성 문제를 다루고 신세대가 바뀐 가치관을 어떻게 수습할 것인가를 고민한 50년대 문학은 분명 여성 선각자들의 정신을 일정 부분 계승하고 있다고 볼 것이다.

5. 결론: 지식인 여성상에 대한 여성 작가들의 시선

여성은 전통적으로 남성적인 것들로 분류되었던 남성적 속성들을 지녀야만 근대성으로 진입할 수 있는 것처럼 보여 왔다. 그러나 이것은 남성/여성의 위계질서를 더욱 강화하려는 남성 이데올로기 은

---

29) 리타 펠스키는 성은 자기발견의 과정에서 지배적 역할을 하는 경우가 드물며 애욕은 그 강렬함으로 하여 정체성 탐구 의욕을 느슨하게 할 수 있다. 그렇기 때문에 50년대 여성소설이 단순히 낭만적 사랑에만 몰입하려 하였다면 여성의 자각 면에서는 후퇴라고 보았던 기존의 평가가 온당해진다.

폐의 결과에 다름 아니다. 여성은 여성으로서 자신을 둘러싼 문제부터 천착하는 것이 필요하다. 여성의 문제는 성장과정에서의 의식 각성, 섹시즘의 문제, 결혼과 사랑, 성욕의 문제, 결혼 후 모성의 문제, 노년의 문제 등으로 나누어질 수 있겠다. 지금까지 살펴본 여성 작가들의 소설에서 이런 문제들이 많이 다루어지고 있다. 본 연구에서는 여성 작가의 여성상을 중심으로 여성 인물들의 자각과정에 주목하였거니와 역사 속 타자였던 여성이 스스로 주체로 인식하고 사회의 제반 아비투스와 대결하는 과정을 볼 수 있었다. 문제가 되는 것은 타자였던 여성이 주체가 되어 가는 과정에 남성이 매개체로서 설정된다는 점이다. 이 경우 여성은 남성중심의 기존 가치체계를 그대로 이식하여 여성 스스로도 사회의 아비투스를 내면화하고 그 결과 여성을 규정하고 억압하는 것들을 당연시하게 한다는 문제가 발생한다. 그 하나가 모성콤플렉스이다. 모성으로 모든 일이 해결된다는 설정은 모든 문제를 여성에게 미루고 억압을 은폐하는 행위이다. 참된 의미에서 성의 해방이 성적 역할이 없는 남녀관계라 할 때 모성에 대한 지나친 미화와 강조는 어머니라는 역할 이외의 여성의 문제에 눈을 가리는 것이 아닐 수 없다. 그런 점에서 모성 이외 자신의 정체성을 추구하고 있는 식민지 치하와 광복기의 일련의 소설들은 여성문학적 관점에서 매우 의의 있는 작업이라 할 것이다.

제5장 '위안부'로 상상된 여성의 문제

1. 서론: 문학 속의 성노예 문제

성매매, 성노예 문제는 여러 겹의 문제를 안고 있다. 남성과 여성의 문제, 착취자와 피착취자의 문제, 외국인과의 관계[1] 등. 문학 속에서 그러한 문제들은 어떻게 다루어지고 있는가 생각해 볼 필요가 있다.

우리나라는 여러 번의 외침과 전쟁을 겪은, 이른바 '수난의 민족'이다. 외침과 전쟁은 수많은 '미망인'을 만들게 되는데 우리나라의 경우도 그러했다. 남편 죽은 여자를 완곡히 부르는 말로 알려져 있는 우리말 단어 '미망인'은 '아직 죽지 아니한 사람'의 뜻이니 남편을 따라 곧 죽어야 하는, 다시 말해 남편이 없으니 살아갈 수 없는 사람이라는 의미이다. 같은 배우자를 잃은 경우라도 남성에게는 결코 사용하지 않는 '아직 죽지 아니한 사람'이라는 표현은 살아 있는

---

1) 일제에 의한 일본군 위안부의 문제와 전시에서 비롯된 미군의 위안부로서의 성노예 문제가 제기될 수 있다.

사람의 인권을 전면적으로 부정하는 것이 아닐 수 없다.

이는 단적인 예에 불과하다. 전쟁에서 남편을 잃은 여인들은 사실상 '아직 죽지 않은', '죽어야 하는' 사람으로서의 사회적 시선을 온몸으로 받으며 살아야 했다. 가족 잃은 사실을 슬퍼할 겨를도 없이 여성들은 생존을 위해 거리로 나가야 했지만 그것조차 용이하지 않았다. 전쟁 피해자들에 대하여 당연히 국가와 사회가 담당했어야 할 책임은 남아 있는 여성들에게 전가되었고 사회는 오히려 그들을 멸시했다. 그들은 도덕적으로 단죄당하거나 성 침탈의 대상으로 전락되어야 했다. 이는 전시 강간을 당했거나 강간의 위험에 처해졌던 여성을 뭉뚱그려 온전하지 않은 사람으로 보려 했던 가부장적 사회의 편견 때문이었다.

한편 전통적으로 직업교육에서 제한을 받아 온 탓에 생활전선에 뛰어든 여성들이 할 수 있는 일은 한계가 많았다. '계집벌이는 쥐벌이'라는 속담에서 알 수 있듯이 여성이 하는 일은 무시당하거나 제값을 못 받는 풍토에서, 여성들은 가족의 생계를 위해 남성들보다 더 열악한 노동을 하지 않으면 안 되었다. 게다가 '사회에 진출한 여성'은 남성처럼 일반 직종을 가진 여성의 의미일 수가 없었다. '직업여성'이라는 단어는 '사창가 여성'이라는 단어와 등가의 의미로 사용되기도 하였던 것이다. 이렇게 직업 가진 여성을 어떤 식으로든 구획 지으려 하는 사회에서 직업여성들은 여러 겹의 사회적 편견을 온몸으로 받아야 했다. 남편이나 아버지를 잃고 게다가 사회에 진출하여야 했던 여성들은 이모저모로 고통을 받을 수밖에 없었던 것이다. 이토록 여성의 직업 갖는 행위를 백안시하는 사회적 구조 속에서 여성들이 돈을 벌 수 있는 길은 지극히 한정되어 있었으니 여성들은 어떤 삶을 선택해야 했을까. 삯일을 하고 막노동을 하며 적은 돈에 많은 노동력을 들이거나 그것이 여의치 않으면 사창가로 가는 길을 택할 수밖에 없었다.

여성이 직업을 갖는 것조차 거부감을 느끼는 사회에서 특수한 직업여성, 매춘 여성에 대한 사회적 시선은 어떠했을까. 미군 위안부로서의 삶을 선택당한 한국 여성들의 문제는 바로 이 지점에서 시작되어야 한다. 그들은 그들만의 개인적 문제에서 비롯된 것이 아닌, 사회 구조의 모순에서 양산된 산물이기 때문이며 이것이 하나의 시대적 현상으로 나타났을 뿐 아니라 오랫동안 한국 문화의 뒤안길을 형성하는 문제가 되기 때문이다.

미군을 상대하는 위안부(일명 '양공주') 여성들의 인권이나 성노예로 살아가는 한국여성의 실상 등에 대한 문제 제기는 오랜 기간 사회의 동의를 얻지 못했다. 그러한 문제 제기는 당연하게 미군의 존재에 대한 의문으로 이어질 것이기 때문이다. 첫째로 미국은 우리를 일본으로부터 해방시켜 준 은인의 나라라는 사회적 의식 때문에 미국과 미군에 대해 사회적으로 어떠한 반대나 문제 제기도 용납될 수 없었다. 둘째, 상황 압도론적 시각이다. 만일 미국과 미군이 어떤 문제를 일으켰다 하더라도 남과 북이 첨예하게 대치하고 있는 우리의 상황에서 한국과 북한의 세력 평형의 키를 잡고 있는 것으로 간주되는 미국을 잡지 않으면 안 되며 그러한 대의명분 속에서 대를 위하여 어느 정도 희생은 감수하여야 한다는 이론도 만만치 않았다. 셋째, 성매매 여성과 관련한 문제는 종종 그 여성 자신의 차원으로 회귀되곤 하였다. 근본부터 문제를 내재한 성매매 여성이고 보니 그로부터 비롯된 이런저런 사건은 바로 당사자 여성의 문제에서 시작되었을 것이라는 사회적 편견은 그들을 인격과 인권을 가진 존재로 보기를 거부했다. 이러한 형편 속에서 미군들에 관한 문제는 여러 겹으로 은폐되어 왔다.

그럼에도 불구하고 문학은 미군 대상 성매매 여성을 둘러싼 구조적·산업적 불평등을 놓치지 않았고 끊임없이 문제 제기해 왔다. 이 글의 초점은 주한미군과 성노예문제를 중심으로 하여, 한국 여성들이 외국군과 맺어 온 노예적·기형적 관계 속 질곡의 삶을 작가들이 어떻게 포착하고 있는가를 고찰하는 데 놓여 있다.

2. 미국과 한국, 은폐된 예속 관계

일본의 식민통치에서 벗어나기 위하여 우리나라는 다른 강대국, 특히 당대 강력하게 부상하던 미국의 도움을 필요로 했다.[2] 해방군으로 진주한 미국과 미군은 한국전쟁에서 전쟁을 승리로 이끈 주도세력이었다. 그리고 그들은 이후 한국의 명실상부한 은인의 나라로서 확고부동한 지위를 굳히게 된다. 이것이 일방적인 착오며 착각이었음은 나중에 여러 가지 구체적 증거를 통해 증명된 바 있다. 미국은 한국을 해방 지역이 아닌 점령 지역으로, 자신들은 이 땅의 해방자가 아닌 정복자로 보고 있었다. 심지어 그들은 한국 사람들을 적으로 인식하기도 하였으며 그들의 한국 주둔은 당시 한반도에 친미

---

2) 3·1운동에서 미국의 민족자결주의에 기반을 둔 민족의 자주성 보장 정책이 허위임을 우리 민족은 뼈저리게 깨달은 바 있다. 이로써 우리는 자국의 문제에 관해 외국에 의존한다는 것이 얼마나 허망한 일인가를 알게 되었었다. 자주적이지 못한 해방의 굴곡은 여기에서 기인한다.

적 통일정권을 수립하기 위함에 지나지 않았던 것이다.[3]

친미적 정권을 수립하고 난 뒤에도 미군은 한국에 계속 주둔한다. 전쟁과 분단은 주한미군의 주둔 필요성에 한층 무게를 실어주었다. 부당하게 정권을 잡은 군사정권은 자신의 정당성 확보를 위해 미국이 필요했고 미국은 극동아시아의 중요 국가 한국에 대한 자신들의 입지를 군사정권을 통하여 용이하게 구축하고자 했다. 이런 쌍방의 이해관계가 맞아떨어져 미국과 한국 정부의 유대관계는 계속 강화되었다. 미군의 눈치를 보는 한국 군사정부는 해방기 미국이 만든 한국에 대한 불평등하고도 굴복적인 관계를 쇄신하지 않았고 한미 양국은 오랫동안 실질적인 주종관계로 이어졌다. 이후 군사정권은 반공 이데올로기를 조작하여, '반공＝친미'의 등식을 첨가하고 미군 주둔의 정당성을 강화하였다. 군사정부는 자신들의 정당성을 보장해 줄 미국이 떠나길 원하지 않았기에 미군의 주둔을 위해서 그들의 비위를 맞추는 데 지나칠 정도로 급급했다. 국민들의 반대 기미를 원천적으로 봉쇄하기 위해 미국은 더욱 은인의 나라로 포장되어야 했고 미군들이 자행하는 여러 문제는 그것이 국민의 안전 문제와 연관되는 것일지라도 결단코 은폐되어야 했다. 군사정권은 분단 상황에서 미군의 존재를 부정한다는 것은 곧 자신이 빨갱이라는 사실을 인정하는 것이라는 억지 논리까지 만들어 내었다. 일개 외국인 미국과 미군을 부정하는 행위가 자국민으로서의 지위까지 의심받게 만드는 아이러니한 상황이 연출되었다. 1980년대 이후, 주한미군의 문제점에 대해서 비판 의식을 가지고 있던 많은 진보적인 학생, 시민들은

---

3) 침략국의 식민지였던 한국은 침략자 일본과 등가의 위치에서 파악되기도 하였다. 한국에 대한 미국의 사전 인식은 그만큼 저열한 수준이었던 것이다(손인수, 『미군정의 교육정책』, 민영사, 1992, 73~96면 참고).

주한미군의 철수와 미군 범죄의 근절을 외치게 된다. 그러나 막강한 미국의 무력과 그들에 의한 인정이 필요한 군사정권은 자신들의 국민을 무력으로 진압했다. 주한미군의 문제는 다시 은폐되어 버렸다.

미국은 '패전국에 진주한 점령군', '일본을 대체한 새로운 지배자'(97%)로 이 땅에 신식민지 파쇼를 구축한4) 존재에 다름 아니라는 반성적 비판이 공론으로 형성되는 데에는 말할 권리가 보장되는 이 땅의 민주화, 그리고 레드콤플렉스로부터 비교적 자유로워질 수 있을 첨예한 이념 대립의 소멸 등 국내외적인 조건이 마련되기까지 기다려야 했다. 냉정한 시각으로 바라본 미국은 여러 문제를 안고 있다. 미국과 미군은 첫째, 38선 획정의 결정적인 역할을 함으로써 한반도 내 냉전체제와 긴장 형성에 큰 몫을 했다. 그들은 이후에도 계속적으로 한반도 평화통일의 걸림돌이 되었다. 둘째로 그들은 한국의 군사문화 정착에 기여한 바 크다. 미군들이 주둔한 우리나라는 자연스럽게 군사문화를 받아들이게 되었고 그로 인해 우리는 오랫동안 폭압적 군사정권하에서 당연한 듯 살아왔던 것이다. 셋째, 미군들은 한국 내에서 살인과 강도 등 여러 범죄를 저지르고 있으며 심각한 환경오염 등의 문제까지 일으키는 범법자들이다. 그들이 한국에서 많은 범죄를 자행하고 있는 배경에는 그들의 시초가 점령군이었으며 아직도 그 잔재가 남아 있기 때문으로 판단된다.

---

4) 김진웅, 『한국인의 반미감정』, 일조각, 1992, 246~50면 참고.

3. 성매매와 성노예, 양공주의 문제

1) 일제 강점기 - 강제적 동원에 의한 위안부

공인된 성매매 제도가 없던 우리나라에 병자수호조약 이후 일본인들이 들여온 공창제는 일제하 총감부 영으로 '유곽업, 창기단속 규정'이라는 관련 법규를 거쳐 합법적인 제도로 둔갑하게 된다. 당시 가부장적인 일본인들에게 여성은, 특히 한국의 여성은 인권이 있는 존재로 인식되지 못하였다. 일본인들이 아무렇지도 않게 한국 여성을 소유하고 도구화하였던 것은 바로 이러한 상상력 때문이었다.

일본군의 여성 도구화의 극난은 위안부 문제에서 나타난다. '위안부慰安婦', 사전적인 의미로는 "주로 전쟁 때 군대에서 남자들을 성적(性的)으로 위안하기 위하여 동원된 여자"이다. 그것도 조선 여성들의 경우에는 일제라는, '적국의 군인들을 위해서' 동원되었다. 조선의 여성을 생각이나 이성이 없는 '물건'으로, '도구'라고 생각하지 않았다면 도저히 할 수 없는 야만적 행위이다. 위안부 동원과정에 관하여 당시 동원부장을 지냈던 한 인물은 다음과 같이 진술한 바 있다.

"나는 한국인 종군위안부를 강제 연행했던 그야말로 노예 사냥꾼이었다. 6천 명 정도를 직접 연행했다. 극비의 노무명령서에 따라, 마을에 도착하면 우선 여성 전원을 길로 끌어냈다. 도망치면 목검으로 때렸고 젊고 건강한 여성을 골라 트럭에 실었다. 안고 있던 아기를 잡아 떼어 놓고 억지로 끌고 간 적도 있다. 비명을 지르는 젊은 어머니를 때려 쓰러뜨리고 2~3살의 어린이가 울면서 따라오

밑줄 친 부분은 비인간의 극한을 보여 준다. 한국 여성을 마치 물건 다루듯 하는 그들에게 어머니로서의 모성이나 사람으로서의 권리는 고려의 여지도 없는 것이었다. 그렇게 끌려가 일본군의 성노예 생활을 하는 여성들에게 새삼 인권이 보장될 리는 만무했다. 따라서 일본군 위안부들은 야만과 잔혹의 극한에서 지내야 했다. 게다가 이용당할 대로 당한 뒤 그들은 마침내 패전한 일본에 의해 버려지기에 이른다. 집단으로 학살당하는 경우도 있었고 평생을 수치심 속에 타국을 떠돌며 살기도 했다. 살아 돌아온 경우 적국 군사들에 의해 물건 취급당한 그들을 수치스러워하는 가부장적 마을 남자들에 의해 그들은 죽임을 당하기도 했다. '위안부' 제도는 한 인간을 동원 과정에서부터 해체, 그리고 그 이후에 이르는 평생을 그르치는 악랄한 정책이 아닐 수 없다. 그런데 이 제도가 그대로 계승된다. 그것도 자국의 정부에 의해서 말이다.

2) 광복과 전쟁 시기 - 국가정책적 동원에 의한 위안부

광복이 되면서 공창제 폐지운동이 일어났고 1947년 11월 4일 과

---

5) http://blog.naver.com/one2only/80011902170 참고.

도정부는 법률 제7호로 공창제도 폐지령을 내렸다. 그러나 정부는 공창제 폐지에 대한 근본적 의지가 박약했다. 사후 대책을 제대로 마련하지 않았던 것6)과 군대를 위한 위안부로 여성을 도구화하였던 것들이 그 좋은 증거이다. 일본제국주의의 망령이 전쟁 시기 자국의 정부에 의해 되살아났던 것이다.7)

전쟁 시기, 친일파였던 인물들은 조국의 혼란기를 틈타 애국자로 변신을 꾀하여야 했다. 모윤숙과 박순천 같은 인물들이 전쟁 기간에 장병의 위문활동을 한다는 미명하에 '대한여자청년단', '낙랑클럽' 등을 조직하고 이끈 것은 그 좋은 예가 된다. 이 시기 젊은 여성들은 그들의 면죄부 혹은 전비 소멸을 위한 희생양의 역할을 해 주어야 했던 것이다. 특히 모윤숙의 '낙랑클럽'은 여대생들을 조직적으로 농원한 것으로 이늘은 미군장교들을 위한 댄스파티 등에 참가하여 성을 제공하는 일을 담당하였다.8) 게다가 극단적인 형태의 여성동원인 '성적 위안하기'가 '특수위안대'라는 명칭으로 한국전쟁 기간에

---

6) 1961년 정부는 공창을 사회악 일소의 차원에서 소탕하고 11월 '윤락행위 등 방지법'을 제정 공포하였지만 특정지역 설치를 조장하여 결과적 공창 온존의 효과를 가져왔다. '특정지역'은 62년 6월 전국 104개소에 달했고 2년 후 42개소가 증가하여 성매매 여성 수 22,972명에 이르게 된다. 특정지역은 1970년 폐지되지만 역시 정부의 사후정책 미비로 온존하게 된다(전경옥 외, 『한국여성문화사2』, 숙명여대 아시아여성연구소, 2005, 174면 이하 참고).

7) 김귀옥(경남대 북한전문대학원 객원교수 · 사회학)은 일본 교토 리츠메이칸(立命館)대학에서 열리는 제5회 '동아시아 평화와 인권 국제 심포지움'에서 이런 내용을 담은 '한국전쟁과 여성: 군 위안부와 군 위안소를 중심으로'라는 제목의 논문을 발표한 바 있다. 여기에서 김 박사는 『후방전사』 기록과 예비역 장성들의 회고록, 그리고 관계자 증언 등을 토대로 당시 국군은 직접 설치한 고정식 위안소와 이동식 위안소 그리고 사창의 직업여성들을 이용하는 세 가지 방식으로 위안부 제도를 운영했다고 주장하였다.

8) 그 외에도 한국전쟁을 위해 파견된 외국군인들을 위문하도록 여성운동을 전개하라는 이승만의 지시를 받은 임영신이 조직한 '국방부녀회' 등이 있다. 위안을 위한 여성 동원의 실제적 예는 다음과 같다. 1952년 대구방송국 경음악단 22명을 26회에 걸쳐 동원하여 18,460처를 위문/대구양재학원생 19명을 2회에 동원하여 4,350처를 위문/대한부인회원 15명을 8회에 동원하여 7,450처로 위문 등 여성들을 군으로 보내어 위문활동을 하게끔 하였다(손충무, 『한강은 흐른다』, 동아출판사, 1972, 586면 참고).

군에 의해 조직적으로 이루어졌다.9) 그 설치목적은 다음과 같다.

여기에서 '위안'이란 물론 '성적 위안'을 의미하는 것으로, 위안대
는 '제5종 보급품'(물건이나 제품) 취급을 받았다. '위안부'들은 주로
창녀들이었다. 앞서 이야기한 바와 같이 전쟁으로 피폐해진 상황, 남
성들이 부재한 자리를 대신한 여성들은 남성처럼 일할 수가 없었고
돈을 위해 여성들은 매춘의 길로 접어들곤 했다. 그들을 위안부로
도구화하여 사용하였으니 남성 중심의 가부장적 사고가 전쟁 피해
여성들에게 저지른 만행은 이만저만이 아니었다.

---

9) 『창간 2주년 발굴특종 ①』,시민모임 작성, 「일본군 종군 경험의 유산 한국군도 '위안부' 운용
했다－1」－오마이뉴스, 2002/03/06 참고. 흥미로운 사실은 전사(戰史)에서 위안대 운영이
'국가시책에 역행하는 모순된 활동'임을 인정하고 있는 부분인데 1948년 2월 미군정청의 공
창 폐지령 발효로 폐쇄된 공창제를 국가를 수호하는 군이 운영하므로 범법행위를 하고 있다
는 것이다. 군은 한국전쟁 당시 위안부 제도를 전쟁의 장기화에 따른 전투력 손실 방지와 사
기 앙양을 위해 불가피한 일종의 '필요악'으로 간주했다. 육군 본부의 기록에 따르면 1952
년 1년간 특수위안대에 소속된 89명의 여성들이 총 204,560명의 군인을 '위안'하여 한 명
의 여성이 1일 평균 6.3명의 군인을 상대했다고 한다. 이는 우리가 가장 야만적인 행위로 평
가하고 규탄하는 일본군의 위안부정책에 비해서도 큰 차이가 없는 야만적인 정책이었다. 일
본 군수기업들은 노동자들에게 일종의 '성과급'으로 위안소를 이용할 수 있는 티켓을 제공하
여 노동자를 통제하고 있다고 한다. 한국군 위안대는 설치 목적이나 운영 방식 면에서 일본군
위안대와 비슷하여 일본군에서 위안부 제도를 경험한 군 수뇌부가 한국전쟁 기간에 이를 주
도적으로 도입한 것으로 해석된다. 결국 한국전쟁 기간의 군 위안부 제도는 '일본군 종군위안
부 제도의 잔재'인 것이다.

10) 육군 본부 편, 『후방전사(인사편)』(1956)의 '제3장 1절 3항 특수위안활동 사항' 기록. 『후
방전사』 기록에 따르면 위안대가 설치된 장소는 서울지구 3개 소대, 강릉지구 1개 소대, 기
타 춘천, 원주, 속초 등지로 총 7개소에 이른다.

3) 위안부 제도의 계승 – 산업적 동원에 의한 위안부

한국 정부는 자국 군인들을 '위안'하고 주한미군 등 유엔군들에게도 그러한 '위안'을 제공하기 위해 자국 여성들을 동원하였다. 이때 여성들은 군인들의 성욕 해소를 위한 도구에 지나지 않았다. 정부는 국민의 섹슈얼리티를 '미끼'로 전쟁을 고취하고 미군을 주둔시켜야 했던 것이다. 국민의 인권은 안중에도 없었던, 실로 비인간적인 행위가 아닐 수 없다. 결국 한국의 여성들은 일본군 위안부를 거쳐 또다시 미군의 위안부가 되는 비극적 폭풍의 핵에 자리해야 했다.

56년 보사부는 당시 접대부가 40여만 명에 달한다는 발표를 한다. 그리고 그중 65.5%의 여성들이 유엔군 상대 접대부라고 하였다.[11] 광복이 된 후 10년 만에 성매매 시장은 기하학적 성장을 이루게 되었음을 알 수 있다. 이토록 성매매 시장이 성장하게 되는 데에는 여러 원인을 찾을 수 있겠지만, 전술하였다시피 여성을 저임금·비공식적 노동에 집중 배치하는 성차별적 고용관행이 가장 중요한 원인이라 할 수 있다. 뿐만 아니라 정부의 지원·특혜에서 소외되어 투자할 곳을 못 찾은 자본들이 쉽게 접객서비스업에 집중하려 했기 때문이기도 하다. 두 가지 모두 사회적 구조상의 모순이라 할 것이다. 그러나 가장 직접적인 원인으로는 여성의 성을 매매를 통해서라도 제공받기 바라는 군대 양성, 특히 외국군대의 주둔을 들 수 있다. 이것 역시 사회 구조적 모순과 무관하지 않은 문제이다.[12]

외국 군대와 성매매 여성의 관계를 미군의 경우를 중심으로 살펴

---

11) 전경옥 외, 앞의 책, 48면 참고.
12) 위의 책, 171면 참고.

보자. 1955년 미군이 항구적으로 우리나라에 주둔하면서 한미정부는 양국의 우호관계를 증진시키고 미군을 즐겁게 해 주는 수단인 성매매 여성들을 모아 '특정지역'에 공창을 설치하였다. 그것이 '기지촌'이다.[13) 기지촌은 미군을 위한 'R & R(Rest Recreation) 정책'과 전쟁으로 생계수단을 잃은 여성의 유입이 맞물려 형성된 특정 지역이다. '미군 기지를 중심으로 형성된 거주지 상권'을 의미하는 기지촌이라는 말은 사실상 미군과의 성 거래가 이루어지는 섹스시장의 대명사였다. 윤락행위 등 방지법에 의해 표면상 성매매 금지가 이루어졌지만 박정희 정권은 법과 상관없이 기지촌 육성정책을 폄으로써 자체 모순을 다시 한 번 보여 준다.[14) 주둔 병사를 상대로 하는 소위 양공주라고 불린 기지촌 성매매 여성들[15)은 정부의 방조, 묵인하에 대량 형성되었던 것이다.

이렇게 조직적으로 형성된 기지촌의 성매매 여성은 일본군 위안부들의 삶이 그러했듯 사회의 배제 속에 숨죽이며 살아야 했다. 그것은 순결과 정절의 유교적 이데올로기를 강조하면서도 남성과 국가를 위해서는 여성의 성을 사용하는 한국의 모순적 성규범 때문이었다. 일본군 위안부들이 한국의 역사에서 오랫동안 외면당했던 것처럼 기지촌 성매매 여성의 삶도 고의적 외면의 대상이었다. 인종 다른 남성

---

13) 이 무렵 벌어진 '양공주 삭발사건'은 매춘여성에 대한 미군들의 인식이 얼마나 저열한 것이며 이중적인 형태를 띠고 있는지 알게 한다(이임하, 『여성, 전쟁을 넘어 일어서다』, 서해문집, 2004, 230면 참고).

14) 미군 술집에는 면세 혜택을 주고 술집 주인은 해외연수의 기회도 주며 행정 관리들은 술집의 여성들에게 애국자라고 치켜세웠다고도 한다. 주한미군 철수를 포함하는 닉슨독트린 이후 정권은 주한미군을 잡아두기 위해 기지촌 여성들 관련 정책을 보다 적극적으로 펼쳐 나간다. '민들레회'를 조직하여 기지촌 성매매 여성들을 교육시키고 성병 등 건강을 관리하는 진료소를 두었다.

15) 바걸, 호스티스, 특수 엔터테이너, 비즈니스 우먼, 위안부, 양갈보 등으로도 불림.

에게 성을 판다는 이유로 매춘 여성 가운데에서도 최하급 취급을 받으며 그들은 역사에서 삭제되고 배제되었다. 한 번 양공주가 된 사람은 '주홍글씨'의 낙인이 찍혀 그 상황을 벗어나기 어려웠음에도 이를 방조, 묵인한 정부는 그들에 대해 대책을 마련하지 않았다. 계속되는 구조적 모순의 삶에서 기지촌 여성들은 질곡의 삶을 영위할 수밖에 없었음에도 말이다.

오랜 기간 은폐되어 있다가 드러나기 시작한 미군들 범죄는 실로 경악할 만한 수준이다.[16] 그들이 저지른 범죄의 많은 부분은 기지촌 여성들에 향한 것들이다.[17] 기지촌 여성들을 상대로 한 그들의 범법 배경에는 강대국의 군인 대 약소국의 매춘부, 그 가운데에서도 최하급에 속하는 외국인 상대 성매매 여성들의 관계라는 불평등이 가로놓여 있다. 그들의 인권까지 의심해도 되는 상황에서 미군들은 그들을 향하여 더욱 잔혹한 범죄를 저지를 수 있었던 것이다.

---

16) 1946년 8월 15일 해방 1주년 기념식에 참가하러 광주에 간 화순탄광노동자들에 대한 폭력/1953년 5월 28일 미군 제5사단 소속 제임스 H. 브런치가 거제도 장승포읍에서 가정집에 침입, 총기를 난사한 사건/1955년 8월 11일 제24사단 32부대 소속 미군이 국군 헌병 김정준 씨에게 발사 사망케 한 사건/1956년 7월 8일 송세훈(16) 씨는 김포공항 주둔부대 디봉에스 단스에게 꿔준 돈을 갚을 것을 요구하다 그가 발사한 총에 맞아 즉사/(중략)/2002년 6월 6일 2001년 7월 공사장에서 작업하던 중 미군 측의 22,000볼트 고압선에 감전되어 팔다리를 잃은 전동록 씨가 1년여 간의 투병생활을 끝으로 사망/2002년 6월 13일 미2사단 공병대 소속 부교 운반용 궤도차량은 친구의 생일잔치에 가던 신효순(14) 양과 심미선(14) 양을 치어 그 자리에서 숨지게 했다. 피해자 발견 여부, 경고 여부 등 그 사고원인에 대해 그 무엇도 제대로 밝혀지지 않았지만 미군 측은 누구의 과실도 아니라며 잘못을 부인하고 있음(네이버 지식 검색 결과를 발췌 편집한 것).

17) 1967년 10월 21일 미1군단 유니스 2세는 매매춘 후 화대를 요구한다는 이유로 목을 조르고 커튼에 불을 지른 후 도주하여 집을 소실/(중략)/1977년 6월 12일 미공군 제1중대 소속 스티브 알랜 타워맨은 기지촌 여성 이복희(25) 씨를 목 졸라 죽인 후 방에 석유를 뿌리고 불을 질러 사체를 유기/1980년 11월 미 육군 K-6기지 셔링 데이빗은 술에 취해 발기하지 못하는 것을 비웃었다고 윤미영(20) 씨를 브래지어로 목 졸라 살해/1990년 6월 28일 동두천의 여관에 1주일 동안 미군과 투숙하던 박 모 양(25)이 변사체로 발견/1992년 10월 28일 미제2사단 25보병연대 케네스 리 마클은 윤금이(26) 씨의 머리를 콜라병으로 난타하고 자궁과 항문에 맥주병과 우산을 꽂아 살해(네이버 검색 결과를 발췌 편집).

80년 이후로 세계적인 흐름이 되어 버린 페미니즘과 탈중심 경향의 영향으로 성매매 여성들에 대한 보다 근본적인 조명이 가능하게 되었다. 인식의 전환점으로서, 저항으로서의 여성적 글쓰기가 본격화되면서 문학 속에서 보다 구체적인 억압의 역사가 드러나게 되었던 것이다.18)

4. 미군과 양공주 ― 문학에 나타난 양상 고찰

미군과 양공주를 형상화하고 있는 문학작품들은 의외로 많다. 그것이 특수한 곳의 이야기이며 미군이라는 치외법권적 존재에 대한 우리의 문제 제기가 활발할 수 없었던 탓에 그냥 읽혀 지나갔을 가능성이 많지만 말이다. 미군과 양공주의 문제가 간헐적으로 다루어지고 있는 소설도 많지만 직접적으로 다루어지는 경우도 매우 많다. 오랫동안 양공주는 왜곡되어 그려졌다. 그들은 미군과 동족 남성들, 미국적 물신과 전통적 유교 사이를 넘나들며 엄격한 가부장주의를 조롱하고 위반하는 문제적인 인물로 형상화되고 있었던 것이 사실이다.19) 그러나 그러한 문제적인 인물로만 그들을 묘사한다면 그 이면의, 사회가 형성하고 있는 구조적 모순들을 놓쳐 버릴 위험성이 크다. 따라서 이 부분에 대한 주의 깊은 묘사가 필요하다.

---

18) 여기에서 '여성적 글쓰기'라 함은, '여성의 글쓰기'뿐 아니라 '여성 문제에 대한 관심으로 글쓰기'까지 포함하는 개념으로 사용했다.

19) 박명진, 「1950년대 영화에 나타난 양공주의 섹슈얼리티와 후기 식민성」, 문학과비평연구회, 『탈식민의 텍스트, 저항과 해방의 담론』, 이회, 2003, 42면 참고.

1) 당대의 소설, 미군 성노예 문제 낭만화하기

전쟁 무렵의 소설들은 사회 구조적 모순이나 양공주의 비극성, 인권 등의 문제보다 여성들이 양공주가 되는 과정과 배경, 양공주에 대한 사회적 시선들에 무게를 두고 있다.

한말숙의 「별빛 속의 계절」(56)에서 직업으로서의 양공주 모습이 피상적이나마 나타난다. 주인공 영식은 미군 관사에서 "집 안을 치우고, 커피를 끓이고, 빨래를 세탁소에 나르는 정도의 잔심부름을 하는" 하우스보이이다. 여기에서 미군은 "살이 드레드레 찐 황소같이 비대한", 본능에만 충실한 인물들로 고용인을 비인간적으로 대우하는 인물들이다. 관사 밖에서 일반 사람들은 하루에 한 끼를 해결하기도 어려운 상황이지만 미군들은 관사에서 호화롭게 살며 하인처럼 '보이'와 '걸'들을 부린다. 영식을 비롯한 하우스보이, 하우스걸들은 신변의 안락을 위해 미군에게 빌붙어 사는 삶을 살고 있다. 외국인에게 빌붙어야 내국인들은 살 수 있었으니 제국주의가 가져오는 심각한 아이러니가 아닐 수 없다. 영식을 통하여 관찰되는 하우스걸들은 "걸을 때마다 수선스레 흔들리는 허리통에서부터 흡사히 쇠고깃간에 걸린 고깃덩이 같은 응덩이가 흐늘적거리는" 인물들이다. '고기'로 묘사되는 그들은 육욕만 강조되며 양공주가 되기를 갈망하는 인물들이다. 그들의 갈망 이유는 장교에게 성을 제공하는 양공주가 되면 일시적이나마 안락한 생활이 보장되기 때문이다. 그들에게 양공주는 "장교와 동거하고 있는 어엿한" 신분으로 그려진다. '어엿한'에 밑줄이 쳐진 이유는 그들이 성을 팔아야 비로소 그러한 신분이 될 수 있었기 때문이다. 한편 이 작품에서 주인공 영식에게 비쳐지는 양공주들은 무표정하며 직업적 얼굴로 일하고 있다. 그들은 다만 미군을 유혹하는 생업에 충실하고자 하며 개인적 주체나 인격 등의 문제는 애써 마비시킨 채 다만 성의 기계처럼 행동한다. 그렇다면 무엇 때문에 한국의 여성들이 생각 없는 기계로 살아가야 하는 것일까. 전쟁이 가져온 가난은 전쟁 당사자 군인에게 빌붙는 생활을 통해서만 벗어날 수 있었다. 그것도 안정적인 미군과의 교류가 효과적인 방법이었기 때문이다.

강신재의 「해방촌 가는 길」(57)의 기애는 해방촌에서의 생활이 싫어서 외국 남자와의 사랑을 선택하고 그곳을 떠난 인물이다. 기애는 남들에게 놀림받는 가난이 싫어 자신의 미래를 외국인 남자에게 걸었던 것이다. 그러나 미래를 걸었던 외국군과 사랑하고 아이를 갖게 된 그녀에게 남는 것이라곤 남자와의 이별과 낙태뿐이었다. 외국 남자는 그녀의 생각처럼 그녀의 구세주가 될 수 없었던 것이다. 당시 외국 남성에 대한 무분별한 지향 심리와 그 결과를 보여 주고 있다. 홀로 낙태하고 다시 가족에게 돌아온 기애는 다시 미군 관사를 찾는다. 순결을 잃은 자신이 정상적인 가정을 가질 수 없다[20]고 생각하는 기애는 자신에게 사랑을 고백하는 근수를 거절하고 미군을 상대하며 돈이나 벌려고 생각한다.

"하리이한데 의논해서 네 한 달 학비를 정하기루하자. 저두 꼭 너만한 동생이

---

20) 그녀가 가지고 있는 물건을 팔아 당장의 호구를 해결하는 그녀의 어머니는 이율배반적인 마음을 가지고 있다. "장 씨 자신 돈은 반갑고 귀하면서 돈이 되는 그 물건에는 무언지 떳떳치 못한 것을 뉘우치듯이, 딸에 대하여도 기특하고 고마운 반면에는 낙담이 되고 꺼리는 무엇이 없지 않았다. 장 씨의 이런 기분은 또 그냥 기애에게 반영되고, 그러니까 장 씨에게 느끼는 무엇인지 비굴한 그 느낌은 곧 기애 스스로에게 느끼는 비굴감이기도 하였다." 이러한 어머니의 부끄러움은 남성 가부장 이데올로기하의 순결의 중요성을 교육받은 결과이다. 돈은 인정하되 미군에게 돈을 받는 생활을 하는 딸은 인정하기 어려웠던 것이다.

기애의 이야기는 정말이었다. 그러나 정말이 아니라도 무방하였다. 욱이가 똑바
로 자라나 줄 것만이 여기서는 필요한 일이었다. 똑바로 자라나 다오. 그것은 누
나처럼, 근수처럼, 그리고 어머니처럼 되지 않는 일이다. 다른 무슨 방법을 발견
하는 일이다.[21]

동생이 자신이나 어머니처럼 가난하고 약하게 사는 것을 벗어나는
것은 기애가 모든 희생을 바쳐서라도 일구고 싶은 동생 가족의 미래
인 것이다. 그러나 누구든 만나 그를 이용하여 돈만을 챙기려는 피
폐한 그녀의 삶 앞에 그러한 미래가 보장될 수 있을까.

최정희의 『끝없는 낭만』(58)에서 양공주에 대한 사회의 시선이 드
러난다. "해방의 부산물"이며, "사회가 아직 정돈되어 있지 않기 때
문에 직업여성 통계란에 팔십 퍼센트"를 차지하고 있는 양공주들은
"동방예의지국을 자랑하던 우리나라 여성들"이 맥을 못 추고 흘러가
는 한탄스러운 현상일 뿐으로 묘사된다.[22] 주인공 차래는 인근에 살
고 있는 양공주들을 불결하게 바라보며 자신은 그들과 다르다고 생
각하는 인물이다. 그러나 극도의 가난은 그녀를 그토록 피하고 싶었
던 양공주의 세계로 몰아넣고 만다. 그녀는 자기 집에 계속적인 도
움을 주는 죠오지의 호의를 거절하지 못하고 둘의 관계는 점차 가까
워진다. 파란 눈의 이국청년이 자신의 어려운 처지로부터 구원해 줄
것이라고 믿고 싶은 차래는 자신의 마음이 끌리는 것에 정당한 사유
를 부여하기 위해 하늘과 죠오지의 시선을 동일시하려 한다. 그녀는
죠오지를 하늘처럼 인식하고 있는 것이다. 외국군인과의 사랑 감정

---

21) 강신재, 『젊은 느티나무』, 민음사, 2005, 78면.
22) 『최정희, 손소희』, 삼성출판사 간, 한국문학전집12, 1986, 37면.

이 해피엔딩을 보장해 주지 않음을 몰랐던 이 땅 순진한 처녀들의 질곡을 한 몸에 보여 주는 차래의 예는 사회의 구조적 모순에 의해 어떻게 평범한 처녀가 파탄하고 마는가를 잘 보여 준다.

50년대에 있어서 미군과 한국 여성의 사랑은 지배 이데올로기 유지를 위하여 필요했을 것이다. 지배 이데올로기는 미군의 정착을 위해 위안부의 존재를 설정하고 방조, 묵인한 바 있으니 말이다. 최정희는 지배 이데올로기를 받아들여 미군과 양공주의 사랑조차 낭만적으로 설정하고 죠오지를 긍정적으로 그려내고 있다. 그러나 현실 발견의 소설가로서 최정희는 죠오지를 미국으로 간 뒤 연락이 끊어지는 것으로 설정함으로써 미군과 양공주의 관계에 대한 판단을 유보하는 방식을 취한다. 판단을 유보하지 않는 경우 어떠한 결론이 가능했을까. 한말숙의 작품에서 영식이 장교에게 반항하고 일자리를 잃게 된 것은 결국 동족 여성이 성의 도구로 전락하는 상황에 대한 분노 때문이었다. 그러나 작가 한말숙은 민족이나 여성, 외국군의 문제를 인식해 낼 힘이 없는 인물을 통하여 문제를 관찰하게 함으로써 문제를 피상적으로 만들고 만다. 영식이 표현하고 있는 분노조차 실감과 무게가 느껴지지 않는다. 관사에서 흘러나오는 재즈음악에 발장단을 맞추는 경박한 영식을 통해 독자가 그의 신세한탄에 동화하거나 민족의 비애, 양공주의 불합리함 등까지 인식할 수 있기란 어려운 일일 수밖에 없다. 결국 강신재를 비롯한 이 시기의 많은 작가들은 양공주의 문제를 낭만적이고 개인적인 차원으로 귀결시키고 말았던 것이다.

2) 70~80년대, 양공주 문제의 탈낭만화

월남에 참전하면서 우리나라는 그간 미국을 통해 주입되어 왔던 일방적 사고방식에서 벗어나 반제국주의적 성격, 제3세계적 시각을 갖는 계기를 마련한다. 70년대에 조해일의 「아메리카」(72), 이문구의 「해벽」(72), 천승세의 「황구의 비명」(75), 윤흥길의 「돛대도 아니 달고」(77) 등 문제의식을 보이는 소설들이 많이 나타난 것은 우연이 아닐 것이다.

우선 이들은 미군과 기지촌 주변에서 발견되는 우리 전통적 문화가 파괴되는 양상에 주목하고 그에 대한 위기의식을 표현한다.

「해벽」은 군사들의 위안부가 되어 가고 있는 마을 여자들의 모습과 황폐해 가는 어촌 풍경을 그리고 있다.

> 장터엔 어디서 무엇하러 왔는지 낯선 옷차림의 여자들이 날로 불어가고 있었다. 잡살스러운 말투에 야한 매무새며 아무리 잘 보아도 배운 여자는 아닌 것 같더니 결국은 위안부들이란 말이 들려오고 있었다. 승산 기슭 쇠께가 양공주촌으로 되어 간다고 했다. 조는 그것도 사포곶의 전락이나 본바닥 사람들의 타락으로만 단정하진 않았다. 나라 전체의 피폐라고 믿지 않을 수 없는 현상으로만 보였던 것이다.[23]

위안부가 되기를 자처하는 여성들의 문제는 결국 '나라 전체의 피폐'를 압축하여 보여 주는 것에 다름 아니다. 그뿐인가, 순박한 마을 사포곶에는 흉흉한 일들이 일어난다. 으름내 황승태 영감의 며느리가 흑인 병사들에 의하여 윤간당한다. 이야기를 듣고 달려온 영감은

---

23) 이문구, 『다가오는 소리』, 랜덤하우스중앙, 2004, 63면.

그 미국 병사들에 의해 집단 폭행당한다. 결국 영감은 죽고 며느리는 자살하고 아들은 실성하여 한집안은 파탄에 이르고 만다. 그런데 이 이야기는 한집안 파탄의 문제를 초과하고 있다고 보아야 한다. 가족이란 민족의 소단위이기 때문에 황 영감 한집안의 파탄 문제는 민족 전체의 파탄에 대한 경고처럼 읽혀야 하는 경우가 많기 때문이다. 그런가 하면 미군들은 자신들의 관음증 만족을 위해 전통과 미풍을 중시하는 순박한 마을에서 위안부와 수캐를 교접시키는 동물적 만행도 서슴지 않는다. 그런데 전통적 공동체에 대한 외부 세력의 침범에 마을 사람들은 저항하거나 막으려 애를 쓰지 않고 있다. 그들은 오히려 자신들이 먼저 이곳을 포기하고 떠나야 한다고 한숨지을 뿐이다. 미군이라는 절대 세력 앞에 항거하는 일들이 무의미하다는 것을 그들은 이미 체득하고 있기 때문이다. 전통은 죽고 미국적인 것만이 가득 차는 사포곶의 비극, 이것은 사포곶만의 일이 아니다.

외래적인 것과 마찰하다가 전통적인 것이 죽고 만다는 모티브는 여러 작품에서 반복된다. 「왕릉과 주둔군」의 박첨지는 주둔군에 대해 왕릉을 고수하다가 죽는다. 박첨지가 그토록 수호하고자 한 왕릉이란 박첨지에게는 유교적 상징이며, 우리나라 자체에 다름 아니다. 자신의 정체성을 버리고 남의 것을 택할 때 문화적 종속과 아울러 정신까지도 지배되고 만다는 사실을 생각할 때, 자신의 정체성을 지키고자 하는 박첨지는 민족적 자존심을 상징하는 것이 아닐 수 없다. 그러한 박첨지의 죽음은 미국이라는 커다란 주둔군 앞에 무력한 우리 민족, 그러한 상황에 대한 작가의 경고성 메시지가 아닌가 한다. 「황구의 비명」은 그러한 위험을 상징적으로 표현하고 있다. 양공주가 되어 있는 은주는 황구의 비명을 듣고 양공주 일을 그만두겠노라

이야기한다. 주인공인 '나'가 찾아가 돈을 받아오려 했던 상대 은주
는 양공주 생활을 하고 있으며 그곳 용주골은 인근의 사람들이 "안
면 몰수, 예의 사절, 악발 교육"이라 욕하는 곳이었다. 은주 역시 그
곳에서의 생활이 익어 그곳을 떠나려 하지 않았다. 그런데 고향으로
내려가라는 '나'의 조언에도 꿈적 않던 그녀는 조그만 황구가 덩치
큰 수캐의 공격을 받고 죽어 가는 모습을 보고 마음을 바꾼다. 그녀
에게 덩치 큰 수캐의 공격을 받는 조그만 황구는 미군에게 상처 입
는 자신의 모습에 다름 아니었다. 조그만 황구의 죽음을 통하여 은
주는 우리 민족, 민족정신의 죽음을 보고 그에 두려움을 느끼게 되
었던 것이다.

「아메리카」에서도 역시 미군들은 주민들에게 여러 가지 피해를 주
는 모습으로 그려진다. 우선 그들은 주민들에게 경제적 피해를 주고
있다. 제도적으로 군표는 군대 밖에서 사용하지 못하게 되어 있지만
미군들은 그것을 기지촌 상점들에서 화폐 대용으로 사용하고 있으며,
결과적으로 그들의 편의를 봐 주느라 군표를 받는 주민들은 경제적
인 피해를 입게 된다. 군대 내에서 군표를 갱신하면 그전에 받았던
군표들은 무용지물이 되고 말기 때문이다. 그런데 주민들은 얼마나
많은 손해들과 접촉해 왔던지 그러한 손해에 지나치게 익숙하다. 다
음으로 미군이 일으키는 범죄는 양공주들에 대한 폭력이다. 이 소설
에서는 양공주들이 미군의 손에 죽어가는 일들을 이야기하면서 그것
이 한 달에 한 번 정도는 일어나며 어느새 의례가 되어 버린 것을
고발한다. 미군들은 이 땅의 여성들을 성적 희롱물로 사용하다가 마
음에 안 들면 죽이고 말았다. 미군은 씀바귀회(실제의 '민들레회'를
말하는 듯)에 이만 원을 위자료조로 주고 나면 그뿐, 그들은 치외법

권이라는 먼 곳으로 달아나 버릴 뿐이다. 인권이 보장되지 않은 성매매 여성들을 미군의 폭력으로부터 지켜 줄 수 있는 것은 아무것도 없다.24)

　윤흥길의 「돛대도 아니 달고」에서는 보다 본격적 방식으로 양공주의 문제를 짚고 있다. 주인공 에레나에게 어느 날 논문 자료를 모으고 있다는 한 남자가 찾아와 소설 「비곗덩어리」를 인용하며 양공주란 필연적인 결과이지만 그런 필연적인 역할을 한 양공주들에게 사회는 어떠한 보상을 해 주었느냐 생각해 보게 하는 문제적 발언을 한다. 그러나 그런 이야기를 하는 남자 역시 양공주 에레나에 대한 사회적 편견에서 자유롭지 못하고 상처투성이인 그녀를 꺼리는 것이 현실이다. 에레나는 자신의 형편을 비관하여 자주 약을 먹고 자해하며 자신의 삶을 근원적으로 부정하려 한다. 이름에서 알 수 있듯이 미국을 지향하였지만 그녀는 미국인일 수 없었기 때문이다. 그녀가 제일 부러워하는 것은 결혼하여 미국으로 떠나는 여인들이다. 에레나 역시 '돛대도 아니 달고' 어디론가 정처 없이 가기를 기다리고 있다. 결혼 상대자가 누구든 상관없다는 에레나의 태도는 자신의 행복을 포기하고 있다는 점에서 「해방촌 가는 길」의 기애와 닮아 있고 그런 점에서 에레나는 기애의 계속적 재생산을 야기하는 한국 여성

---

24) 양공주 중의 한 명인 미라의 경우는 어머니가 찾아와 돈을 착취한다. "양갈보 짓해서 번 딸년의 돈을 월급 타가듯 뜯어가는" 그녀의 어머니는 미라의 어머니에 한정되는 것이 아니다. 30년대 박태원의 소설 「성탄제」를 보면 딸의 매춘을 묵인하며 그 돈으로 김치도 담그고 연탄은 들이되 매춘하는 딸을 불결하게 바라보는 가족들이 등장한다. 일제 치하 극도의 가난 속에서 교육받지 못하고 생활전선에 뛰어들게 된 여성들은 자신의 성을 수단으로 생계를 이어갈 수밖에 없었다. 그러한 딸들을 이해하지 못하고 자식을 교육시켜 이런 상황에서 구해내지 못하고 딸을 수단화하는 어머니들의 모습은 전쟁 후 딸의 매춘을 은근히 종용하는 치래, 미라 어머니의 모습으로 재생산된다. 나라에 의해 성의 도구화가 되어 있는 양공주들은 그들을 따스하게 감싸줄 육친조차 부재했던 것이다.

들의 구조적 모순을 상징한다. 미국이든 어디든 향한들 그녀들의 미래가 보장될 수 없는 것이, 이 작품들에서 보여 주는 바처럼 미군들에게 양공주란 점령국의 포로, 위안부에 지나지 않는 존재였기 때문이다.

양공주와 여성 인권의 문제에 대한 본격적 접근은 80년대 후반에 이르러 시도되었다.[25] 우리 문학사에서 90년대가 가지는 의미를 새삼 말할 것은 없겠지만 미국과의 관계를 폭로하고 한국 여성의 인권을 문학적 장치를 통해서나마 이야기할 수 있으려면 민주화와 정치적 자주화가 보장되는 80년대 말까지 기다려야 했던 것이다.

윤정모의 『고삐』(88)는 윤정모라는 작가를 반미소설가로 인식하게 하는 결정적 작품이다. "주권은 싸워야만 찾을 수 있어요. 우리는 이 땅에서 미군을 몰아내야 해요."라는 직설적 표현도 서슴지 않는 이 소설에서 정인과 해인은 전쟁과 미군에 의해 질곡의 삶을 살게 된다. 특히 작가는 매춘생활을 하다가 국제결혼을 한 해인의 문제를 통해 아메리칸 드림의 허위성, 성의 상품화, 미국인들이 주장하는 민주나 자유 평등들의 가치는 미국의 자국민에게만 배타적으로 적용되고 있다는 사실 등을 고발하고 있다. 반미주의자인 정인과 친미주의자의 길을 선택한 해인, 두 자매의 불화와 가족관계의 파탄은 자명한 것이었다.

작가는 소설을 마치면서 미국이라는 나라 자체에 회의를 품기에 이른다. 양공주 문제를 통해 미국에 대하여 직시하게 된 후 작가는 다음과 같은 인식에 도달하게 된다.

---

25) 『에미 이름은 조센삐였다』와 같은 정신대 고발 소설도 출간했다. 여성 작가들의 저항적 글쓰기로 의미 있는 작품들이다.

처음, 미국인 거간꾼에 의해 미국과 하와이 농장으로 품팔이 이민이 장려된 때
부터 시작하여 육이오 전쟁을 치르면서 이제 그 상처는 도저히 아물 수 없는 깊
고 넓은 환부가 되어 버렸다. 만약 미국이라는 나라가 없었다면, 미국이 조선을
일본 식민지로 넘겨주지 않았다면, 또는 45년 일본으로부터 이 땅을 다시 빼앗
고 점령하지 않았다면, 그리하여 분단조국을 만들지 않았다면 우리는 그리운 부
모형제를 사할린에, 중국에, 일본에, 바로 지척인 북한에 두고도 서로 만나지 못
하는 비극은 겪지 않아도 되었을 것이다.26)(밑줄 - 인용자)

작가에 의하면 사회적 지탄을 한 몸에 받는 것이 당연한 것으로
되어 있던 양공주는 한미 양국 간의 희생양에 다름 아니었던 것이다.
이 시기 양공주에. 대한 사회적 시선이 보다 다각화되어 가고 있다는
것은 그것을 포착해 내고 있는 작가들의 작업을 통하여 알 수 있다.

3) 90년대, 양공주 문제의 르포르타주 - 『은마는 오지 않는다』와 『뻘』을 중심으로

이 시기에 이르면 양공주에 대한 소설적 시선은 보다 다각화되고
첨예화되면서 『은마는 오지 않는다』와 『뻘』 등 실제 체험자의 현
장문학이 나타난다.

『은마는 오지 않는다』(90)는 미국에서 먼저 출간되고 한국에서 출
간되었다. 소설의 배경 금산리는 근대 문명이 범접하지 못한 한적한
곳이다. 식민지 치하에서도 북한의 공격에서도 해를 받지 않는 곳이
었다. 금산리 마을 사람들에게 바깥세상의 소문을 처음 접하게 한
것은 조선의 구석구석을 장악하고자 한 유엔군들을 통해서였다. 소

---

26) 윤정모, 『고삐』, 풀빛, 1989, 348면.

문으로 그들이 자신을 '해방'하러 왔다기에 영문은 모르지만 환영을 표하던 마을사람들은 해방군이 아니라 점령군의 성격을 띠고 있는 유엔군들의 성욕에 딸과 아내를 단속하느라 분주하게 된다. 문제는 '단속해 줄 젊은 장정이 없는' 과수댁들이다.[27] 급기야 과수댁 언례는 어느 날 밤 마을로 찾아들어 이집 저집을 뒤지던 유엔군들에 의해 발견되고 집단 강간을 당한다. 마리아 올루직은 여성의 몸은 '민족 명예의 상징적 저장소'로 작동한다고 했다. 전쟁 중에 자행되는 집단 강간은 상대 민족의 명예를 훼손하기 위한 의도적이고 계획적인 범죄 행위일 수밖에 없다.[28] 유엔군들은 자신이 '구원'해 준 땅, 자신이 확장한 영역, 의기양양하게 진주하여 들어온 한국 땅에서 한

---

27) 여성은 항상 남성에 의해 보호되거나 다른 남성으로부터 강간의 위험에 놓인다는 설정에는 문제가 있으나 가부장적 사회에서 그런 인식이 팽배해 있었던 것이 사실이므로 여기에서는 그러한 설정은 문제 삼지 않기로 한다.

28) 여성의 '순결'을 신앙시하는 가부장 사회에서 '순결'을 '잃은' 언례는 생존이 불가능했다. 가부장적 남성들과 그런 남성들에게 의식이 전이된 여성들 모두 '순결' '잃은' 여인과 한 동네에 있다는 것만으로 부끄러워했던 것이다. 자기 민족 여성의 상대 민족 남성에 의한 '실절'은 한국 남자들의 자존심과 관련되는 문제였다. 여성의 몸이 권력을 위한 수단도 아니며 영토도 아닐진대 이러한 의식은 문제가 아닐 수 없다. 일본군 위안부들이 죽거나 죄책감에 살아가야 했던 것도 순결에 대한 망령 때문이었다. 언례의 다음과 같은 항변은 바로 그러한 현상에 대한 도전이었던 것이다. "저 사람들은 나를 비웃고 더러운 잡년 취급을 했습니다. 저를 똥처럼 취급을 했죠. 마치 제가 무슨 악마이기라도 한 것처럼 말입니다. 하지만 진짜 악마들은 누구인가요? 좋아요, 다 좋습니다. 마음대로 저를 경멸하고 비웃으라구요. 하지만 저더러 이래라 저래라 간섭은 말아요. 뺑코들이 저한테 그랬던 것은 제가 원해서 그런 일이 아니고 여러 마을 사람들 가운데 하필이면 내가, 우연히 내가 걸려들었을 뿐입니다. 제가 아니었다면 누군가 다른 여자가 당했겠죠. 그런데도 사람들은 마치 제가 태어날 때부터 무슨 더러운 버러지였던 것처럼 취급했어요. 당신들은 그것이 어쩌다가 나에게 일어난, 단순히 불운한 사고였다고는 믿고 싶지 않았고, 마치 내가 간음이라도 한 것처럼 생각하고 싶어 했어요. (……) 나를 동정해서 그 악몽으로부터 벗어나도록 조금이라도 도와주고 싶어 한 사람이 있었느냔 말이에요. 어쨌든 그것도 다 괜찮아요. 난 당신들을 탓하지는 않겠어요. 그럴 만한 이유도 없고, 그럴 생각도 없으니까요. 하지만 당신들이 나를 냉대하고 멸시했기 때문에 어쩔 수 없어서, 먹고살 길이 없어서 취한 행동을 놓고 나를 욕하지는 말아요. 그리고 나더러 떠나라는 소리도 하지 말고요. 난 죽을 때까지 이곳에 남아서, 이 마을 사람들을 두고두고 미워할 결심을 했어요. 그러니까 날더러 이곳을 떠나라는 얘기는 입 밖에 꺼내지도 마세요."(안정효, 『은마는 오지 않는다』, 고려원, 1990, 214~5면)

국 국민을 강간하고 폭력의 대상으로 삼으며 한국을 모욕했다. 이러한 행위는 야만적 남성들이 한국의 남성에 대한 우월성 과시를 위한 행동으로도 읽힌다. 그를 증명하듯이 한국의 남성들은 '빼앗긴' 여성들을 치욕스러워할 뿐이다.[29] 이러한 인식은 일제 위안부들에게 대했던 마을 공동체의 차가운 시선을 연상시키는 것이다. 여성을 소유의 대상으로 인식하였기 때문에 가능한 인식이고 행동들이다. 백성이 이토록 도탄에 빠져 있을 때 과연 희망과 구원의 세력은 있는가. 작가는 '은마는 오지 않는다.'며 비관한다.

천지가 무서워 떨 정도로 고함을 지르며 태어날 때부터 아예 다 자란 어른으로 뛰쳐나온 장군은 산신령이 나라를 구하라고 보낸 사람으로서 수염이 석 자나 가슴에 흩날렸다. 태어나는 순간에는 하늘의 칠흑 절벽을 뇌성벽력이 쳐서 하늘을 천 갈래로 찢어놓았고, 장군이 흰 바위에서 튀어나오던 바로 그 순간에 읍내의 동쪽에 있는 봉의산 푸른 골짜기에서 눈부신 갈기를 휘날리며 은빛 백마가 튀어나왔다. 기다리고 있던 장군에게로 백마가 무지갯빛 구름을 밟고 하늘을 가로질러 달려갔다. 장군이 공중으로 날아올라 백마를 타고는 지축이 흔들릴 정도로 고함을 치고는 오랑캐를 무찌르고 왕을 구하기 위해 한양으로 갔다.[30]

이 소설의 제목 '은마는 오지 않는다'는 인용문처럼 기적이 일어나 우리 민족을 돕고 나라를 도울 세력은 느닷없이, 우연히 오지 않는다는 의미로 읽힌다. 그렇다면 우리는 '은마'를 앉아 기다릴 것이 아니라 스스로 자구책을 마련해야 한다고 작가는 이야기한다. 언례

---

29) 평범한 한 여인 언례가 양공주가 되는 데에는 유엔군의 강간도 문제였지만 다시 힘을 내어 살아보려고 한 언례를 양공주의 길로 몰아세운 것, 그녀로 하여금 양공주가 되어 자신의 아들 친구들이 관음의 대상으로 삼는 처지가 되게 하였던 것은 다름 아닌 가부장적 마을 공동체였다는 사실을 비판적으로 바라보아야 할 것이다. 관음의 대상인 동시에 도덕적 잣대의 대상이 되는 언례의 이중적 위치는 그녀로 하여금 평범한 삶을 불가능하게 하였던 것이다.
30) 안정효, 위의 책, 18~9면.

의 말에 의하면 그것은 우선 언례로 상징되는 이 땅의 수많은 불운한 여인들을 따스하게 보듬어 주는 손길, 동정의 눈빛에서 시작된다. 여성은 남성의 영토나 영역, 소유 개념이 아니며 빼앗기고 빼앗는 '물건'이 아니라는 것을 인정하고 상처 입은 여성은 민족의 차원에서 보듬어야 하며 그를 치욕스러워하거나 외면해서는 안 된다는 것이다. 언례의 말처럼 강간은 그녀들이 원해서 일어난 일이 아니기 때문이다.

이전의 소설들이 한국 전쟁을 주 무대로 하거나 일반적인 양공주의 세태를 문제 삼는 데 그친다면 『뺏벌』31)(96)은 최근의 구체적 역사적 사건을 소재로 하고 있다는 점에서 보다 현장적 작품이라 할 수 있다. 작가 안일순은 1992년 경기도 동두천시에서 발생한 '윤금이 사건'32) 이후 1년 농안 농누전, 송탄, 아메리칸 타운 등을 취재하며 직접 보고 들은 현실들을 바탕으로 이 소설을 썼다고 한다. 그녀가 관찰한 미군들은 한국 주둔 이유가 이념과 신념에 의해서가 아니라 쾌락을 위해서이다. '공산주의자와 싸우고 민주주의를 지키기 위해서'는 표면적인 명목이고 '자극적인 생활을 즐기기 위해서' 그들은 '야만스러운' 한국에 주둔해 주고 있다.33) 그런 그들에게 후진국 한

---

31) '뺏벌'에 대한 해석은 몇 가지로 나뉘지만 '한 번 들어가면 빠져나올 수 없는 곳'이라는 해석이 지배적이다. 지금의 '뺏벌'은 경기 북부에 남아 있는 몇 안 되는 기지촌 지역으로 통하고 있다. 행정구역상으로는 경기도 의정부시 고산동 116번지를 말한다(다큐인포, 『부끄러운 미군 문화 답사기』, 북이즈, 2004 참고).

32) 동두천시 보산동에서 윤금이 씨가 케네스 마클 이병에 의해 살해되었다(주17 참고). 케네스 마클 이병은 1993년 4월 서울지방법원에서 무기징역을, 1993년 12월 서울고등법원에서 15년 형을 선고받았으며, 1994년 4월 대법원에서 상고가 기각됨에 따라 15년 형이 확정되어 천안교도소에 수감되었다. 죄를 지은 미군이 실형을 받을 수 있었던 데에는 미국과 불평등조약을 맺고 조사권을 포기하려는 정부에 반한 국민들의 행동이 큰 역할을 했다.

33) 50~60년대 주한미대사관의 문정관을 지낸 그레고리 핸더슨에 의하면 한국은 미군이 향락을 만끽할 수 있는 나라이며 그 향락 중에는 몇천, 몇만 명이라는 단위로 공급되는 여성의 육체까지 포함되었다(이임하, 앞의 책, 234면 참고).

국 여성은 단지 성적 노리개에 불과할 수밖에 없었던 것이다. 그러한 인식은 카알이 베트남에서 저지른 만행을 통하여 간접적으로 드러난다. 양공주 이옥주가 아메리칸 드림34)에 젖어 국제결혼을 했던 상대 카알은 점령지역에서의 만행들로 인한 자책감에 노이로제 환자가 된다. 결혼 후 월남에 갔던 카알은 그곳에서 여성들을 윤간 후 살해하고 여성의 다리 사이에 미국 11연대의 깃발을 꽂는 만행을 아무렇지도 않게 저질렀던 것이다. 소설의 시작은 카알과 헤어져 고국으로 돌아온 이옥주의 죽음과 그 피의자로 지목되는 스티븐의 재판과정이며 독자로 하여금 '한미 행정 협정'의 불평등에 대하여 제대로 인식할 것을 요구한다. 겉으로 드러난 것과 다른 이면을 볼 것을 같이 요구하면서 말이다.

> 여러분들은 <u>애국자입니다. 외화를 획득하는 산업의 역군입니다. 한미관계를 이어주는 유일한 여성들입니다. 미군은 우리를 도우러 왔고 미군이 없으면 북한이 당장이라도 남침을 합니다. 미군이 이 땅에 있기 때문에 김일성이가 감히 남침을 하지 못하는 것이고, 우리는 대통령을 중심으로 경제발전에 전념할 수 있는 것입니다.</u> (……) 그런 미군들에게 우리가 해 줄 수 있는 것이 무엇이겠습니까? 여러분들의 희생 어린 친절입니다. 향수병에 걸린 미국병사들에게 진정한 사랑과 친절로 대하는 여러분들이야말로 이 나라의 가장 소중한 보배인 것입니다.35)
> (밑줄 – 인용자)

미국의 의미를 부각시킨 뒤 한미 관계를 마치 양공주들만이 이어

---

34) 아메리칸 드림이 그들의 미국행을 부추겼다. 한국의 여성들은 미군클럽의 화려함을 통하여 미국에 대한 환상을 갖게 된다. 전쟁과 혼란기 피폐한 상황에서 갑자기 도입된 미국문화기에 한국인들은 그에 대한 비판의 겨를 없이 화려하게 보고 동경을 했던 것이다. 미국문화 중에도 가장 천박한 클럽의 문화를 미국적인, 근대적인 것으로 받아들이게 된 "어린 소녀들은 이곳이 한 번 발을 디디면 나갈 수 없는 뻘이란 것을 모르고 성큼 겁 없이 발을 들여놓은 것이다."(안일순, 『뺏벌』(하), 공간미디어, 1995, 67면)

35) 『뺏벌』(상), 267~8면.

주는 것처럼 현혹시키는 논리인 것이다. 한편 양공주들을 검진한다
는 당국자들은 허수까지 만들고 있다.36) 병이 걸리지 않은 여성들까
지 실적에 올려, 자신들이 열심히 미군들의 건강을 위해 일하고 있
음을 가시화하고 그들의 비위를 맞추려 하는 것이다. "기지촌 여자
들을 위한, 기지촌 여자들에 의한, 기지촌 여자들의 권리와 인권을
옹호하기 위한다."는 자치단체 역시 그런 국가의 시책에 발맞춰 "관
계당국과 정부의 편리를 위한, 미군들을 위한 곳"으로 둔갑했다.37)
그러다 보니 미군들의 폭력에도 정부는 무기력하다. 심지어 살인 사
건이 일어나도 피고를 구속하지 못하는 것이 현실인 것이다.

　미군들에게 한국이나 베트남 등 약소국의 여성들은 정복해야 할
고지 이외의 다른 것이 아니었던 인식일까. 카알이 베트콩 여인의
봄에 미국 11연대의 깃발을 꽂듯이 스티븐은 한국의 여성 몸에 콜라
병과 우산대를 꽂았다. 성노예 역사의 말로를 보여 주듯이 말이다.
국민이 외국인에 의하여 비참하게 죽은 상황에서 아무런 힘도 되려
하지 않는 국가. 국가는 그간 피해 여성들을 '국민'에서 배제시키려
해 왔던 역사를 가지고 있다. 이런 모순을 포착하고 그들의 삶과 비
극을 통해 민족사의 부조리를 파헤치려 한 것이 문학이다.

　90년대 양공주의 소설화에는 당대를 풍미했던 페미니즘과 포스트
모더니즘의 영향도 컸으리라 생각된다. 중심의 해체 이후 새로운 시
각으로 바라볼 수 있었다는 말이다. 그 결과 작가들은 일방적 동정

---

36) 이임하에 의하면 미군정기 한국인의 성병 감염률은 과장 보고되곤 하였다(이임하, 앞의 책,
　　237면 참고).

37) 기지촌 포주들은 위안부 자치대들을 만들어 미군지휘부와 직접 교섭하기도 하였다. 이런 방
　　식 때문에 한국의 경찰이나 지방행정기관조차 기지촌 행정에 쉽게 관여하지 못하고 미군 헌
　　병대에 의하여 통치되는 형식이 되기 쉬웠다(이임하, 앞의 책, 233면 참고).

심이나 수직적 관념으로 대상을 바라보는 것이 아니라 양공주를 양산했던 사회의 구조적 모순과 편견을 고발하고 그에 대한 저항으로서 글을 쓰고 있는 것이다.

5. 결론: 여성 문제를 조명하는 진지한 글쓰기의 가능성

이상에서 소설 속 여성 억압의 역사를 미군과의 관계 속에서 고찰하였다. 광복과 전쟁 시기, 그리고 그 이후에 계속되어 온 그 굴곡의 역사를 살피기 위해 50년대 강신재, 최정희, 한말숙의 소설부터 최근의 안정효, 안일순의 소설들까지 짚어 보았다.

성매매의 책임은 그간 문학이나 영화에서 주장한 것처럼 성매매 여성의 섹슈얼리티, 여성 개인의 차원에서 짚어질 문제가 아니다. 그것은 여성을 성매매로 유인하는 사회구조적 원인이나 정부정책의 미비함에서부터 추적되지 않으면 안 될 것임을 살펴볼 수 있었다. 문제는 아직도 이러한 문제가 미완의 상태에 놓여 있다는 점이다. 타협 없는 전통적 유교적인 가부장주의, 식민지를 거치면서 그릇 심어진 관료주의, 급조된 산업구조에서 파생된 경제와 정책의 허실 등을 바로잡아 여성을 성매매로 유인하는 구조적 모순을 폐기처분해야 한다. 뿐만 아니라 관념적인 가족과 국가를 위해 여성의 무조건적 자기희생이 합리화되는 풍토도 극복하여야 한다. 여성들은, 아니 우리는 모두 다른 무엇을 위해 자신을 희생하는, 객체적 삶을 요구하는 사회에 강하게 반발하여야 한다. 또 하나, 여성에 대한 왜곡을 바로

잡는 작업이 절실하다. 여성 역시 하나의 인격체이며 인간이라는 사실을 인식하고 왜곡의 뿌리부터 개선해 나가야 한다.

문학은 저항이 아니면 안 된다. 개인의 자유를 압제하는 모든 것들에 대한 저항 말이다. 그런 점에서 오랫동안 압제받아 온 여성의 문제를 문학화하고 조명해 온 문학작품들은 끊임없이 발굴되고 다시 읽히지 않으면 안 될 것이다.

제6장 여성 작가가 포착한 격변기 여성의 삶의 방식

1. 문학사의 선택과 배제 – 여성 작가 손소희의 경우

오랫동안 한국문학에서 여성 작가의 위상은 매우 낮게 여겨졌고 남근적 비평가들은 여성 작가들을 '여류'라고 지칭하며 폄하하였다.[1] 근대문학 초창기의 김명순, 김일엽, 나혜석을 비롯하여 '여류 작가'로 불리던 이들은 매우 적다. 김말봉, 박화성, 강경애, 백신애, 모윤숙, 이선희, 지하련, 노천명, 최정희, 임옥인, 장덕조, 주수원, 장영숙, 김자혜, 백국희, 김원주, 장정심, 김오남, 송계월 같은 이들이 그것이

---

[1] '여류작가'라는 명칭은 단순히 여성이라는 성적 차이 외에 여성 작가를 바라보는 시선을 드러내고 있다. "'여류작가'라는 말에는 저널리즘의 상업주의적 의도와 함께 여성 작가에 대한 작품 외적 찬사, 작품에 대한 평가절하 혹은 무관심이 동시에 내포되어 있었다. '여류작가'들의 작품은 대체 모성애를 강조했거나 여성적인 섬세한 인식과 묘사, 여성적 욕망 등에 모아졌고, 이러한 특징을 '여성성'으로 규정하였다. 이것은 이후의 여성 작가들에 대한 평가에서도 그대로 적용되어 여성 작가들은 여성이라는 이유로 과찬되거나 일방적으로 매도되었으며, 작가로서의 문학세계에 대한 본격적인 비평을 받지 못하였다."(한금윤, 「한국 문학에서 여성 작가의 지위와 역할」, 『여성연구논총』 14집, 서울여자대학교 여성연구소, 1999). 2, 92면) 김양수의 「대륙의 정념과 현실직시」에서는, 손소희가 '여류작가다운' 성향이 있으면서도 '만만치 않은 작가정신'을 가지고 있다고 함으로써 '여류작가'에 대한 무시에 가까운 태도를 보이고 있다(『손소희 문학전집』(이하 '전집', 손소희의 전집은 여러 가지가 있으나 이 글에서는 특별한 표기가 없는 것은 이 전집임), 나남출판사, 1990. 11, 340면).

다. 이혜숙 같은 이는 작품 활동이 없음에도 『조선문단』에 「조선문단집필문사주소록」에 이름이 올라 있는데, 이는 당시 여성에게 붙이던 '작가'라는 명칭이 작품 활동 여부와 상관없이도 주어졌다는 것을 보여 준다. 초창기 여성이 작가가 되기 위해서는 "남성 작가와의 '유기적' '정실관계'를 통하는" 것이 거의 필수적이었으며 특히 "남성 작가와의 자연스러운 '관계'를 이끄는 첩경"으로서 기자가 용이했기에 많은 '여류작가'들이 기자직을 통해 문단에 등장했다는 것이다.2) 이 소수의 여성 작가들은 제대로 작가로서 대접받기 어려웠고 따라서 작가로서 그들에 대한 관심은 매우 제한적이었다. 그나마 문학성이 평가되는 소수 작가들에 한하여만 학문적 관심이 쏟아지는 형편이었다. 특정 작가의 경우에는 동어반복이 될 정도로 연구되고 그렇지 못한 작가는 아예 찾기가 어려울 정도인 것이 바로 그 때문이다.3)

이 글에서 다루고자 하는 손소희는 1950년대 소설 전집에도 빈번히 선택되어 실려 왔고 한국문인협회 이사 등을 역임할 정도로 문단적 위치도 공고한 편이었다. 그러나 그럼에도 그의 작품에 대한 문학사가나 문학연구가들의 관심은 그다지 높지 못했다. 50년대 여성 작가들을 다루는 경우에 한꺼번에 다루어지는 경우를 제외하면, 학위논문은 차치하고 그 외 학술논문의 경우에도 손소희를 단독으로 다루는 경우가 별로 없다.4) 한편, 50년대 여성 작가들이 뭉뚱그려서

---

2) 민족문학사연구소 기초학문연구단, 『한국 근대문학의 형성과 문학 장의 재발견』, 소명출판, 2004, 305~310면 참고.

3) 특정한 작가에 관한 연구가 마치 그 연구의 질을 보장이라도 하듯 편식되어 이루어지는 것이 여성 작가들의 경우에도 나타났다. 이를테면 강신재나 한무숙, 나아가서 박경리, 박완서 등의 연구들은 너무 많아 목록의 양이 대단한데 그 외의 많은 여성 작가에 대하여는 연구 한 편 없는 경우가 많다.

연구되지 않으면 안 될 정도로 단일적 성격만을 갖는 것은 아니다. 이들은 상당히 개성적 성향을 가지고 있다. 그럼에도 불구하고 이들에 대한 연구는 흔히 일괄적으로 다루어져 왔고 개별 작가론이 드물었으며 손소희의 경우는 더욱 그러한 경향이 짙었다. 손소희문학에 관한 논의는 작품의 양에 비교하여 지나치게 빈약했으며 단편적 연구나 생애사적 소개로 머무는 수준에 그치고 말았다.

손소희 작품 연구의 빈약성은 무엇에 기인하는가. 우선, 손소희는 김동리와 재혼한 여인이라는 인상이 너무 짙다. 김동리는 손소희와의 결혼이 재혼이었고 이후 또다시 결혼하기도 했으나 그것이 그의 문학을 평가하는 데 저해 요인이 되지 않았는데[5] 김동리의 문단적 권력에 손소희는 가려질 수밖에 없었던 것이 아닌가 생각해 본다. 두 번째, 그녀의 작품들은 다른 여성 작가들에 비해 페미니즘적 요소가 적어 페미니즘 연구에서도 제외되지 않으면 안 되었다. 페미니즘의 역사에서 퇴행기일 수밖에 없었던 1950, 1960년대의 시대적

---

4) 이인복의 「죽음을 해명하는 발돋움-손소희 론」(『문학과 구원의 문제』, 숙명여대 출판부, 1982), 「화해와 구구의 도정-손소희 장편소설 「그 우기의 해와 달」이 추구하는 세계」(한국평론가 협회편, 『2000년대 한국문학』, 창작예술사, 1985) 등의 글이 있고 조연현의 「손소희 ①②」(『한국현대작가론』, 어문각, 1977), 최일수의 「손소희론」(『민족문학신론』, 동천사, 1983), 김양수의 「대륙의 정념과 현실직관-손소희문학론」(『월간문학』, 1985. 1), 천이두의 「전쟁과 사랑의 생태-손소희 「그 우기의 해와 달」」(『한국문학과 한』, 이우출판사, 1985), 신동한의 『비평문학산책』(자유문학사, 1981) 등의 글들을 꼽을 수 있는 정도이다. 최근 들어서야 정영자의 「손소희 소설 연구」(『한국여성소설연구』, 세종출판사, 2002. 4. 15, 229~250면) 같은 본격적 연구가 발견된다.

5) 남편 김동리는 손소희를 규정하는 데 결정적인 역할을 하였다. 유부녀였던 손소희와 유부남이었던 김동리의 전쟁기의 연애사는 유명하다. 김동리를 자신의 집에 피신시켰던 손소희는 자신의 친구 집에 김동리를 피신시키지 않으면 안 되는 일이 벌어지기도 했다고 한다. 그녀는 "어랑마매의 딸다웁게 여걸풍이 약요"하여 "해방 후 서양화단에서 여류화가로서 홍일점과 같은 존재"였던 고향친구 정온녀의 집에 부탁하기도 하였다고 한다(김요섭, 「북국, 그 촛불의 밤-손소희 선생 회상기-」, 전집 11, 401면). 손소희가 김동리의 명성에 가려 문단적 평가를 제대로 받지 못했음은 홍윤숙이 술회한 바 있다(「생활엔 자유인, 문학엔 완벽주의」, 전집 2, 421~424면 참고).

특성과 무관하게 말이다.6) 작가 손소희에 대한 기존 문학사의 외면이 이러한 이유에서 비롯된 것이라면, 그것은 문학 외적 평가가 문학성을 압도하는 결과가 되고 만다. 작품의 양으로나 문단 내 지위로 보나 무시할 수 없는 손소희의 작품을 새로이 탐구하여야 할 필요성은 이 지점에서 제기된다.

2. 작가 손소희의 전기적 고찰

1) 인간 손소희 – 문학소녀, 활자를 꿈꾸다

손소희(본명 귀숙)는 1917년 9월 12일 함북 경성군 어랑면 수북마을에서 출생하였다. 4,000여 평 대지를 가진 소문난 대지주 손주명과 이직단의 6남매 중 막내로 유복한 유년 시절을 보냈다. 손소희의 양친은 젊어서 기독교 사상을 수용한 진보적 성향의 인물들이었다. 어머니 이직단 여사는 교회에서의 두둑한 헌금과 각종 모금에의 적극성으로 인해 인근에서 '어랑마매'로 불리는 저명한 여걸이었다고 한다. 손소희는 줄곧 일등만 하는 수재였으며 함흥 영생여고로 유학을 갈 1932년 무렵부터는 신문에 동요를 발표하거나 간친회 같은

---

6) 사실상 손소희는 여러 글에서 여성적 성격을 미화한다. "주부는 집안의 미화와 밝고 포근한 분위기를 만들도록 신경을 써야 하며 짧아서 못 입게 된 치마로 커어튼을 만들어 쳐 보기도 하고 혹은 한 뼘의 땅에 꽃을 가꾸어도 볼 일이다. (……) 한 장의 신문도 아무렇게나 접어 두는 주부가 있고 귀가 꼭 맞게 접어두는 주부가 있다."(「생활의 창」, 전집 11, 90면) 남편 김동리에 대하여도 모성애에 가까운 희생적 성향을 가졌던 손소희의 가치관이 페미니스트들의 구미에 맞았을 리 없다.

곳에서 영시를 낭송하는 등 문학에 뜻을 보였다. 방학이 되어 귀향하는 그녀의 트렁크 속에는 원고지만 가득했다고 하니 손소희의 문학에 대한 열정을 잘 알 수 있는 대목이다. 여고 졸업 후 일본 니혼대학에 유학을 갔으나(1937년) 병으로 귀국하여 교원자격 시험을 보고 합격했다.[7] 1939년에는 만주로 건너가 장춘에 있는 『만선일보』학예부 기자로 일하면서 염상섭, 안수길, 이석훈, 송지영 등과 함께 일하였다. 이때 시 「고독」을 발표하고 『재만조선 시인집』에 유치환, 김달진, 함형수 등 당대 저명한 시인들과 함께 시를 싣기도 하였다. 손소희는 다시 45년 1월 휴가로 귀향, 척추염으로 3개월간 입원치료를 하였고 7월 신문사로 돌아왔다가 해방을 맞이했다. 그녀는 『만선일보』 해산과정에서 공무국의 활자 자모에 대한 무관심을 보고 직접 자모를 수습하여 귀국할 정도로 활자화, 문명화에 대하여 적극적이고 선각적인 인식의 소유자였다. 이는 그녀가 1945년 『서울타임스』사 출판부를 시작으로, 월간 종합지 『신세대』 편집부, 『여성신문』사 등 계속적으로 기자 생활을 하였던 사실이나 월간 종합지 『혜성』(49년)을 펴내고 도서출판 한국대학사 창설(73년), 순문예지 『한국문학』 간행 등 출판에 적극적이었던 사실에서도 확인된다. 71세가 되던 1987년 1월 7일 서울 강남구 청담동의 자택에서 위암으로 사망하였다.[8]

---

7) 손소희가 교원생활을 했는지 자료를 찾기는 어려웠다. 작품 속에 교사가 많이 나타나는 것으로 보아 교원생활 혹은 준교원생활을 했으리라 짐작할 수 있을 뿐이다.

8) 그녀의 작품 연보는 변변한 것이 없다. 여기 기록은 1990년 나남출판사에서 손소희전집을 내고 그 말미에 약력과 같이 정리되어 있는 일부를 기초 삼아 여기저기 산재해 있는 것들을 모은 결과이다.

2) 작가 손소희 - 소설가 데뷔와 작품 활동, 문단 활동

손소희의 소설 데뷔는 1946년 『백민』에 단편 「맥에의 결별」을 발표하면서 이루어진다. 박영준의 추천으로 문학가동맹에 가입하여 최정희, 오장환, 박계주 등을 만났고 47년부터는 신문사를 그만두고 창작에 전념하였다. 6·25전쟁 때는 피란지에서 계속 창작하였고 부산 피란 시절에는 다방 '금강', '밀다원' 등에서 집필을 쉬지 않았다. 40여 년의 문필생활 동안 손소희는 100여 편의 단편소설, 11편의 장편소설, 8권의 단편소설집, 1권의 『한국문단인간사』(1980)를 간행했다(그 외에 수필집, 번역서적도 다수). 『한국문학』에 1982~1983년에 걸쳐 만주 독립운동가들을 다룬 장편 『그 우기의 해와 달』을 연재한 것이 손소희의 마지막 소설이다.9)

손소희는 1960년 서라벌예대의 대우교수가 되었으면서도 1961년에 외국어대학교 영어과를 졸업할 정도로 학문에 남다른 열정을 가졌다. 60년부터 74년에 이르는 동안 한국펜클럽 중앙위원을 역임했고, 펜클럽 한국 대표(64년, 71년), 74년 한국여류문인협회장, 81년 펜클럽 한국본부 부회장, 81~87년 예술원회원, 83년 소설가협회 운영분과위원장, 문인협회 이사 등을 역임했다. 60년 단편소설 「그날의 햇빛은」으로 서울시 문화상을 받았고 오슬로에서 열린 제32차 국제펜클럽 세계대회에 한국대표로 참가한 1964년에는 5월문화상을 수상했다. 그 외에 예술원 문학상(1982), 보관문화훈장을 받았다.

---

9) 손소희는 죽음 직전에 다시 소설 쓰기 전처럼 시로 돌아가 초기시에서 이루지 못한 의지와 사랑의 시 세계를 보여 주는 「사춘기」(『현대문학』, 1986. 9.)와 유작시 「그때 목마름이여」(『월간문학』, 1987. 2.) 등의 시들을 남겼다.

3) 사상적 편력 - 좌익경향, 잔류파 그리고 종군작가단

(1) 함경도 기독교와 문학가 동맹의 경험

손소희는 문단에 데뷔하면서 조선문학가동맹에 가입함으로써 그 좌익적 성향을 노출했다. 조선문학가동맹은 조선문학건설본부, 조선 프롤레타리아문학동맹과 함께 일제 치하에 해체된 카프가 8·15광복 후 재건된 것이다. 특정 지역의 특성·의미를 전체 민족사에서 볼 것을 주장하는 김상태의 「근현대 평안도 출신 사회지도층 연구」를 보면, 1930년 무렵 함경도는 혁명적 농민운동이 활발한 특성을 가지고 좌익적 성격이 강했으며 평안도 기독교의 엄격하고 보수적인 신학적 성향과 대조적으로 함경도 기독교는 자유로운 분위기 속에 북한 정부와도 가까웠다.[10] 이를 통해 손소희가 태생부터 종교적 경향에 이르기까지 좌익적 성향이 컸던 것을 추측할 수 있다. 이러한 경로로 손소희는 해방 공간에서 좌익의 사상에 자연스럽게 접하게 되었고 문학가 동맹에 가입했던 것으로 판단된다.

(2) 한국전쟁과 잔류의 경험

주지하다시피 한국전쟁기 한국문단은 도강파와 잔류파로 분열하게 된다. 전쟁이 일어나자 정부가 급히 대전으로 피란을 가면서 한강다리를 폭발하는 바람에 시기를 놓쳐 강을 미처 건너지 못한 이들은

---

10) 함경도의 기독교 목회자들은 친정부적 기독교세력이라 할 수 있는 기독교도연맹에 모두 가입하였고 대체로 총선거에 참여하는 입장이었다. 이들은 김일성 정권에 대한 지지, 선거참여 의사를 적극적으로 밝히기도 하였다(김상태, 「근현대 평안도 출신 사회지도층 연구」(서울대 박사학위논문, 2002), 100~105면 참고).

인민군에게 이른바 부역을 강요받게 된다. 단지 기동력이나 정보력이 없어 피란을 가지 못한 이들에게는 이중고가 짐 지워졌다. 처자식과 동료들을 저버리고 피란했던 도강파는 죄의식을 갖지 않았음에 비해, 형편상 잔류하여 부역의 고통을 받았던 문인들은 부역을 했다는 이유로 문단, 사회의 의심을 받게 되었던 것이다. 손소희가 잔류하게 된 경로는 자세히 알 수 없지만 잔류 기간 그녀가 김동리를 벽장 안에 감춰 주었다는 일화는 유명하다. 그녀는 이른바 잔류파였던 것이다.

(3) 종군작가단 활동과 『적화삼삭구인집』

평안도 출신 기독교도들이 월남 이후 엄격한 반공주의자로 활동하게 되는 경로를 참고할 때, 그들보다 더욱 좌익적 성향을 띠었던 함경도 출신 손소희는 그러한 사실을 일종 콤플렉스로 여기고 벗어나려고 할 수밖에 없었다. 게다가 해방 직후 좌익단체 가입 활동, 한국전쟁기 잔류파였다는 사실은 반공 사회 속에서 장애가 될 수밖에 없었다. 손소희가 이후 종군작가단에 가입하여 선전 선동 활동을 하고 '6·25전쟁'으로 상징되는 공식적 기억의 재생산에 적극성을 띠면서 적극적으로 우익 활동을 펼칠 수밖에 없었던 것은 자신이 가지고 있었던 좌익적 성향과 전력에 대한 면죄부를 얻기 위함으로 볼 수 있다.11) 모윤숙이 『고난의 90일』에서 인민군 치하의 서울과 남한을 암

---

11) 문학가동맹에 맞서 김동리는 서정주, 박두진, 조지훈, 박목월 등과 함께 반공문학단체인 한국청년문학가협회를 결성하게 된다. 문맹에 가입했던 손소희의 사상적 변화에는 김동리의 영향이 컸을 것이라 생각되는 부분은 이것이다. 이렇듯 본인이 본래 가지고 있는 좌익적 성향과 다른 작품 활동을 하여서일까, 손소희의 작품뿐 아니라 주위의 평가에 의하면 그녀는 다소 '모순당착이 심한', 엉뚱한 인물이다(이호철, 「일 년만, 꼭 일 년만 더⋯⋯」, 전집 4, 466면).

흑천지 혹은 지옥으로 묘사하고 공산주의와 공산당을 '불구대천지수'
로 규정[12]하는 것과 같은 방식으로, 손소희는 『적화삼삭구인집』에서
맹렬하게 공산주의를 부정하는 것이다. 이 책에 실린 손소희의 소설
「결심」은 '개선군의 행렬'로 볼 수 없을 만큼 초라한 인민군 행렬로
시작한다. 주인공 영희는 친구 정숙과 함께 해방 직후 '영문도 모르
고' 미술동맹에 가입 활동했다가 '잘못'을 깨닫고 '보련'에서 활동하
고 있다. 그의 내면을 통해 강한 반공주의적 사상이 묘사된다.

> ① 일찍이 애국투사가 되지 못한 그로서 대한민국에 충성을 다하지는 못했을망
> 정 공산주의라고 하면 생리적으로 싫고 거슬리는 그였다. 이번에도 남편이 늑막
> 염으로 앓고 누워 있지만 않았어도 영희는 한강을 건너 남쪽으로 흘러가려고까
> 지 결심했던 것이다(236면).
> ② (영희는) 동시에 「자유」와 「민주주의」가 얼마나 고귀한 깃인가를 새삼스럽
> 게 느꼈다. (……) 「그렇다. 피를 흘리고 목숨을 걸고서라도 자유와 민주주의를
> 찾아야겠다.」(237~8면)
> ③ 그것은 하루바삐 국군이 들어와서 웅크린 몸둥이 속에 간신히 부지되는 목
> 숨을 보장해 주었으면 하는 염원이요 따라서 목숨과 더불어 있는 자기의 예술적
> 생명을 대한민국(大韓民國)의 품에 품어 주었으면 하는 진실로 간절한 기원이
> 었다. (……) 저 드높이 덮인 철의 장막 속에서 호흡하고 있던 50여 일을 통해
> 그 아련히 끼었던 연기는 이미 걷히어 버렸다. 아련한 연기 속에서 미지에 대한
> 막연한 동경…… 그것은 예술가로서의 자신에 대한 불만이었다는 것도 또한 동
> 시에 깨달을 수 있었다. (……) 「그렇다 자유와 민주주의를 위해 나의 엷은 손
> 바닥과 가느다란 손가락을 바치리라. (……)」(239면)(밑줄 – 인용자)

　①은 잔류파로서의 자기변명이고 ②는 반복하여 자유와 민주주
에의 열망을 그림으로써 자신의 이데올로기적 정체성을 토로하고 있
는 부분이며 ③은 인민군 치하의 생활이 자기로서 얼마나 힘들게 견

---

12) 유임하, 『한국 소설의 분단 이야기』, 책세상, 2006, 57~8면 참고.

더야 했던 시간이었는지, 자신이 가졌던 사회주의 이념에 대한 동경 같은 것은 스스로에 대한 불만에 기초하는 것일 뿐 근거 없음을 강조하는 부분이다. 그리고 손소희는 국가에 대한 충성을 반복 맹세한다. 엄격한 반공주의자였으며 전쟁 후 문단의 실세가 된 김동리와의 관계 속에서 손소희의 좌익적 성향에 대한 부정은 더욱 강화되었을 것으로 보인다.

3. 손소희 초기 작품 세계

깊이 있는 연구 대상으로서 손소희 소설의 결격사유를 흔히 소설 구성상의 허술함, 여성의식 면에서의 불철저, 등장인물의 평면성, 애정갈등형 소재의 빈번함 등13)으로 거론한다. 이러한 형식면의 부족함은 손소희의 이데올로기적 성향과 목적성이 작품성을 압도하는 데에도 한 원인이 있으리라 판단된다. 그녀의 소설을 전쟁 전과 후로 나누어 개관해 보겠다.

1) 전쟁 이전 - 습작기, 작가의식 과잉과 노골화

손소희의 40년대 작품의 특징은 일제 말, 해방이라는 역사적 사건

---

13) 이지영, 「손소희 소설의 결말구조 연구」, 이화여대(석), 2005. 2, 4~5면 참고. 소설 구성상의 허점을 지적한 대표적인 평자가 김양수이다. 그는 「이라기」 등의 손소희 초기소설 대부분이 허술한 구성과 초점 빗나간 듯한 특성을 보인다면서 이것이 너무 현실과 밀착시켜 다루기 때문이라고 하였다(김양수, 앞의 글, 341면).

과 매우 긴밀한 관계하에 쓰였다는 점에 있다. 손소희의 소설은 주로 여성 주인공이 많은 것으로 이야기되지만 초기소설의 경우 「맥에의 결별」, 「삼대의 곡」, 「이라기」, 「속 이라기」, 「길 위에서」, 「고갯길」 정도만 여성 주인공이다. 특히 「숙원」, 「역류」의 경우는 노인 주인공이 등장하여 손소희 작중인물의 다양한 계층상을 보여 준다. 이러한 현상은 작가 손소희가 자신의 직간접 경험에만 의존하지 않고 다양한 계층을 관찰하고 탐색한 결과로 글을 쓰고 있음을 잘 보여 주는 것이다.

(1) 변화하는 세계와 개인의 좌표

「맥에의 결별」은 남편과 함께 부푼 꿈을 안고 찾아온 해방된 조국에서 생활고에 시달리는 주인공 정란의 이야기이다. 변화한 사회 속에서 생계조차 어려움을 겪던 그녀는 옛 애인을 만나 잠시 흔들리기도 하지만 남편과 자식을 생각하며 포기한다. 개인으로서 유랑민이 해방된 조국을 찾아왔으나 뿌리 내릴 곳 없어 방황한다는 내용은 '월남민의 비애'로 확산되어 48년작 「회심」을 통해 그려진다.

두 작품 모두 해방과 개인, 개인의 사회 적응의 문제를 다루지만 전자가 극히 개인적인 문제로 관철되는 반면, 후자는 사회적 문제로 다루어지고 있음을 볼 수 있다.

해방의 혼돈기가 개인적 생존 문제를 넘어 민족적인 문제로 다루어지는 것은 「도피」에서부터이다. 이 작품에서 철은 일제하에서 조선사람 욕먹는 것이 싫어 기를 쓰고 열심히 일하던 인물로, 해방기 허탈감을 느끼게 된다. 그러나 주인공은 허탈함을 곧 벗어 버리고 다시 앞으로의 과제를 생각함으로써 작가의 미래지향적 가치관을 대변한다. 「그 전날」은 「도피」보다 더 직접적으로 친일 청산 문제를 다루는 작품이다. 교도관 훈은 '내 조국', '내 민족'이라고 말하는 이들을 의아하게 생각할 정도로 친일정책에 길들여 살아온 인물이다. 그는 광복의 분위기를 직감하고 독립운동가들을 풀어주지만 그것만으로 지난날 자신의 친일행각을 무마하려 하지 않는다. 부끄러운 자신의 과거를 죽음으로 청산하려 한 훈의 행동은 대다수 친일파들과 다른 행동방식이다. 어쩌면 손소희가 생각하는 친일 청산이란 이런 것이 아니었을까. 그녀가 동시대 다른 작가들과 각을 달리하면서 친일 청산과 관련한 고민을 심각하게 하고 있음은 이후 여러 작품에서도 확인할 수 있다.14)

한편 그는 해방기 다양한 사람들의 생존방식을 그려내려 하였다. 「숙원」에서는 현실적 기류를 운 좋게 잘 따라가며 살아가는 구두쇠 영감을 통하여 온건한 사람들의 끈질긴 생명력을 그리고 있고 「악수」에서는 "수치스런 조선 사람을, 아니 그 성을 면하고 싶어" "아내도 일본여자를 택했고 따라서 결혼 뒤는 서슴지 않고 아내의 성을 사용한" 친일파 박덕규를 통하여 「그 전날」과 다른, 현실에 만연한 친일파적 생존방식을 고발하기도 한다.15) 이러한 인물들은 「역류」를 비롯하여 이후 여러 작품에서 반복하여 등장한다. 그런가 하면 「3대의

---

14) 48년의 「이라기」에서도 친일파들에 대한 냉철한 평가가 이루어진다(그들(친일파 - 인용자 주)의 행패의 자취를 들추면 그들이 받아야 할 죄과는 그래도 오히려 부족할 것이지만 가엾은 것도 또한 사실이었다. 그것이 인간의 상정인지도 모른다. 그러나 돌이켜 생각하면 동경진재 때의 모략학살과 삼일만세 때에 태워 죽인 수많은 원혼이 있으면 그들의 오늘을 보고 만세를 부르리라. 목메어 부르리라. - 전집 4, 407면).

15) 싱가포르 함락(1942년) 등의 국제정세를 그리면서 해방기 몇 년간을 다루는 이 작품에서 작가는 친일파들은 당시 제대로 청산되지 않은 채 오히려 사회의 중요한 요직을 차지하며 부활하게 되었음을 간파하고 있다.

곡」에서와 같이 독립운동가들의 질곡의 삶, 친일파 득세의 사회에서 제대로 뿌리내리지 못하고 살아가는 모습에도 안타까이 주목하고 있다. 독립운동으로 할아버지와 아버지를 잃은 옥경은 오빠마저 감옥에 갇히자 실연을 핑계 삼아 개인적인 삶을 도모하지만 마침내 국가적 의식에 동원되었다가 죽는다. 여기에서 작가는 주인공 옥경의 입을 통해 제도에 대한 비판을 시도하기도 한다. 제도를 가리켜 "덮어놓고 소코를 꿰고 끌듯이 강령만을 내세운 고집"에 다름없다고도 하고 "국한된 사람들이 좋을 수 있을" 뿐이라며 부정하는 한편 "이북서 넘어온 사람들은 다들 이남이 좋다."(357면)고 하는 무조건적인 이데올로기적 편향도 문제 삼는다. 그러나 이러한 문제 제기가 제도의 모순을 제대로 인식하기에 역부족인 인물 옥경을 통하여 이루어진다는 것은 분명한 한계점이라 할 것이다.

(2) 여성의 문제－한계적 페미니즘, 여성적 글쓰기의 의미 모색

여성의 자존심, 주체성 등의 문제는 손소희의 데뷔작 「맥에의 결별」에서 비롯된 것으로 「이라기」와 「속 이라기」와 같은 작품에서는 보다 본격적으로 다루어진다.

집 나간 남편으로 인해 이라는 동료교사의 친절에도 부담을 느낄 정도로 상처를 입었다. 그러나 이것을 계기로 이라는 주체적 자각을 하게 된다. 남자 없이 사는 길은 언제나 더 험하다는 경옥의 말에 "그러한 여자의 약점 때문에 받아온 고난"이 지겹다며 "그 이상 그의 마음과 방종까지두 내가 아는 체하기" 싫다고 이야기한다. 그리고 "더 옛 도의에 이용당하구 그 제물이 되기는 정녕 싫다."며 여성에 대한 기존의 도덕적 잣대에 저항한다.

문제는 해방과 더불어 돌아온 남편 이영이 그녀에게 다시 자신을 받아 달라 요구했을 때 냉정히 거절했던 이라가 다시 전통적 가치관에 매몰되는 부분의 아이러니이다. 데려왔던 러시아 여성 니나가 떠나 병이 든 이영을 보면서 그가 죽으면 따라 죽으리라 결심하는 이라의 행위는 느닷없기까지 하다. 이라는 자신을 버렸던 남편에게서 아무런 해명도 들은 바 없고 다른 여자와 결혼까지 하고 온 그에게 배신감을 느끼는 터였으나 그가 병들자 그에 대한 동정심만으로 모든 문제를 덮어 버리는 것이다. 여성의 용서와 희생으로 문제를 봉합 처리하는 결말 방식은 손소희 작가의식의 한계, 작품상 한계를 다시 증명한다.

한편 이 소설에서 심리적으로 갈등을 느낄 때마다 일기를 쓰는 이라의 행위가 주목을 요한다.

> ① 여자라기보다는 남의 아내요, 어머니며 따라서 자기의 인생은 이영을 위해 괴로움과 싸우는 인내의 길로 삼아야 할 그였다. 어느 감정선이 그것을 거부한다면 뼈 속의 신경선이 모조리 일어나서 그러한 감정선을 거부하느라고 야단일 것 같았다. <u>그는 또 일기책을 폈다.</u>16)
> ② 그는 신발을 신고 문을 닫아 버리고는 뒤도 돌아보지 않고 가 버리었다. <u>리라는 얼른 일기책을 폈다.</u> (……) 봄, 봄이었다. 햇볕이 물결처럼 흐느적거리며 리라의 마음속에 파고드는 날이었다. <u>그는 또 일기책을 폈다.</u>17)
> ③ 집 안 식구는 모두 잠들었고 어머니만이 걱정이 되어 깨어 있었다. 그는 놀다 왔노라고만 말하고 하염없이 흐르는 눈물을 닦으며 <u>오래간만에 일기책을 폈다.</u>18)(밑줄 – 인용자)

---

16) 위의 책, 395면.

17) 위의 책, 400~1면.

18) 위의 책, 417면.

전통적으로 글은 남성의 전유물이었다. 버지니아 울프의 표현대로 글쓰기는 '자기만의 방'이 필요한 것이다. 여성에게 주어지지 않았던 '자기만의 방'을 확보하고 또 하나의 '자기만의 방'을 만들어 내는 작업, 그것이 여성적 글쓰기이다. 이라가 일기를 쓰는 행위는 단순한 메모가 아니라 생각의 정리, 갈등의 해소, 승화를 위한 작업으로 볼 수 있다. ①과 ②는 외부와의 교류를 거부하는 이라가 자신에게 접근하는 K(「속 이라기」의 '진성')를 거절하고 나서 자신의 감정을 억누르기 위해 일기쓰기를 선택하고 있는 부분이다. ②에서 이라는 K의 배웅을 거절하고 나서 일기를 '얼른' 펴고 있다. 일기를 '얼른' 펴는 행위는 북받치는 감정의 크기를 보여 주는 동시에 글쓰기가 감정의 카타르시스를 위한 도구가 되고 있음을 잘 보여 준다. ③에서도 마찬가지다. 격정적인 순간마다 그녀는 일기책을 펴는 것이다. 그런데 이렇게 일기책을 펴는 이라의 행위가 어떠한 의미를 갖는지 작가가 통찰하지 못하는 것은 이영, K와 같은 주요 인물의 평면성과 더불어 이 작품이 갖는 또 다른 한계점이라 할 수 있다.

손소희의 초기 작품은 여러 평자들의 말대로 구성상의 치밀함 면에서나 인물의 형상화 면에서 부족한 것이 사실이다. 이 시기 손소희는 작가의식 면에서 동시대 어느 작가보다 뒤처지지 않았고 그것이 친일 청산 등의 직면문제에 대한 적극성과 더불어 노골화되어야 했기 때문이 아닌가 한다.

2) 전쟁 이후 - 본격적 작품 활동과 지배 이데올로기의 수용

40년대 작품에서 주로 해방기 개인과 역사의 문제를 다루던 손소희는 50년대 이후 마찬가지로 전쟁과 관련한 작품들을 속속 발표하므로 당대에 반응한다.

(1) 전쟁과 이데올로기에 대한 작가의식의 노출

「노을이 스러질 때」는 전쟁과 직접적으로 관련된 작품이다. 부역을 하던 호순 아버지가 빨갱이를 부정하고 마침내 그들에 의해 죽는 과정을 관찰하고 있는 이 작품은 작가가 전쟁기 경험한 내용을 반영한 것이다.19) 한국문학에서 이러한 민감한 문제를 당대 즉각적 방식으로 표현하는 작가는 공식적 기억의 생산에 적극적이었던 몇 작가를 제외하면 흔한 현상이 아니다. 손소희는 당대에 소설을 통해 이러한 문제를 다루었다. 그것은 그녀가 전쟁 전부터 가지고 있던 사회적 관심의 한 표명이었다. 그러나 그녀는 전쟁의 원인이나 현상을 짚기보다 전쟁 이후의 절망적이고 음울한 사회적 분위기를 그려내는 데 적극적이었다. 「이초시의 하늘」이나 장편 『태양의 계곡』에서 그러한 것이 잘 드러난다. 작가는 종종 전통적인 것을 지키려는 노인인물이 급변하는 사회 속 좌초되는 모습을 그려내곤 하는데 이초시도 그러하다. 그는 "저 퍼어런 하늘이 있지 않느냐. 저 하아얀 햇볕 위에 하나님과 부처님이 계시다. 하나님이, 부처님이 우리를 보신다."

---

19) 「갈대와 6.25 동란」(전집 11, 87~8면)을 보면, 소설 내용과 같은 작가의 경험을 알 수 있다. 자신이 겪었던 경험을 이 소설에서 은경의 시선으로 이야기하고 있는 것이다.

하며 살아가는 선량한 사람이다. 전쟁으로 자식들과 아내마저 잃은 그에게 한 가닥 희망이 있었는데 그것은 유복자 손자와 며느리였다. 그의 자살은 그토록 믿어 왔던 하늘이 자신이 생명처럼 아끼는 며느리와 손자에게 아무런 보상을 해 주지 않는 데 대한 절망 때문이다. 작가는 이를 통해 전쟁이란 선량한 사람이 정상적으로 살아가기 어려운 지경임을 고발한다. 나아가 전쟁 이후의 찰나적이고 퇴폐적·절망적 사회 풍조를 『태양의 계곡』을 통해 보여 준다. 이 작품의 주인공 정아는 올케 지희 앞에서는 순진한 처녀의 모습을 하고 다른 가족들이나 집 밖에서는 철저히 파괴적이고 공격적인 모습을 보이는 이율배반적 인물이다. 작가는 정아의 문란한 남성편력을 드러내면서 남자를 유혹하는 데 이골이 난 정아의 면모를 지나치게 빈번한 '볼우불' 묘사, 댄서가 되고자 댄스홀을 기웃거리는 행동 등을 통하여 강조한다. 정아는 사랑도 결혼도 믿지 않고 다만 찰나의 욕망만 따르려 한다. 그것은 작품에서 북한군의 침입, 도시에 돌아다니는 탱크로 인한 불안함에서 기인하는 것으로 그려진다. 이브인 자신에게 선악과를 건넨 것은 '동란'이라고 하면서 그녀는 자신의 성적 문란함이나 오빠의 죽음과 지희 언니의 불행도 '동란'과 북한군의 존재 때문이라고 책임 전가한다. 이는 한말숙의 「신화의 단애」에서와 같이 전쟁기 페시미즘과 실존주의의 소산임에도 손소희는 그 책임소재를 구체적으로 북으로 규정함으로써 자신의 이데올로기적 성향을 극명하게 노출하기도 한다.[20]

---

20) 이 작품에서 "여자만 임신으로서 책임을 져야 하는 상황에 억울(307면)해하면서" 페미니즘적 성격을 보이던 작가는 정아의 시선을 통하여 때로 오빠가 지희 언니를 '마구 난폭하게 다루었어야 한다.'고 생각하는 반페미니스트적 발상을 보이는 아이러니를 보이기도 한다(187면). 그런가 하면 "어머니를 웃어주고 싶다."(334면)고도 한다. 개연성 없는 이러한 서술은

혼란한 사회를 살아가며 개인은 아편 중독, 알코올 중독, 착란증 등의 병을 앓게 된다. 「양지」에서는 전쟁의 혼란기에 아내 곗돈을 탕진한 사위와 그 사위를 인정하지 않는 장인과 장모가 그려지는데, 여기에서 장인은 아편중독자이다. 「비」에서 봉수는 별다른 이유 없이 알코올 중독자가 된 인물로 그려진다. 그는 장모의 장례를 치르는 상중에도 고인에 대한 애도보다 장례를 통해 한몫을 보려 한다. 「불협화음」의 주인공은 "나는 내가 당하는 주검을, 정당하게 방위했을 뿐 아니라, 나라와 인류 사회에 이바지할 필요한 약간의 물질을 얻었다 뿐야"라고 합리화하면서 살인과 약탈을 자행한다. 이들 작품에서 인물들의 전도된 가치관과 생활방식, 상처는 모두 전쟁과 관련 있는 것으로 그려진다.

「다리를 건널 때」에서는 불법행위에 대한 강한 부정이 잘 나타난다. 과수원집에서 낙과를 가져다 가족들에게 먹이던 만수는 쌀도둑 누명을 쓰고 고향을 떠나 범법자가 되어 감옥을 전전한다. 작가는 만수의 주변 묘사를 통해 해방의 와중에 범법자들이 독립운동가로 둔갑하는 세상을 폭로하는 동시에 해방의 혼란기에조차 법을 지키며 살 것을 강조한다.

공산주의와 민주주의를 암묵리에 등치시켜 두고 전자를 부정하여 후자를 긍정하게 만드는 방식이라든지, 비정상적 개인의 존재를 통하여 현실에 대한 불안감을 조성하는 한편, 「다리를 건널 때」에서처

작가의 구성상 오류에 기인한 것으로 볼 수 있다. 「그 자매」에서 교장선생님의 두 딸은 "아버지와 어머니가 나에게 준 황금의 육체, 그것은 나에게 직업을 주었고 대학에의 통로를 마련해준 그 육체"(전집 10, 80면)라고 생각하며 성적으로 문란한 태도를 보인다. 개연성 없고 반페미니스트적, 각성이 전제되지 않는 찰나주의적 생활의 나열은 작가의 의식을 보여 주지 못하고 멈추어 버린다.

럼 살기 좋아진 시대임을 재차 강조하거나 준법정신을 노골적으로 강조하는 방식은 정권에 순응하는 개인을 만들려는 반공주의적 요소로 볼 수 있다. 작가는 50년대 이후의 모든 부조리를 모두 전쟁, 심지어 처녀가 사생아를 갖는 상황까지 전쟁의 탓으로 돌리고 그 전쟁의 책임을 무조건적으로 북에만 돌리면서 국군만을 선으로 줄곧 강조한다. 이렇듯 극명한 흑백논리를 강조하는 것은 작가가 지배 이데올로기의 자장에 있음을 잘 보여 주는 것이 된다.[21]

(2) 부부애의 부정과 불륜에의 천착

손소희는 50년대 소설에서 불륜의 문제, 부부 간 애정 문제를 빈번히 다룬다.

「거리」에서 유부남 영식과 정아는 사랑의 도피행각을 하려고 한다. 「어느 배신」, 「층계 위에서」에서는 바람둥이 남편과 그러한 남편으로 인해 고통스러워하는 아내가 등장한다. 「어느 배신」의 시애는 결혼과 함께 자신이 가지고 있던 자존심을 버리고 전통적 가치에 매몰되어 버리는가 하면 「층계 위에서」의 경림은 자신의 친구와 바

---

21) 손소희의 급격한 반공주의적 전환은 노골적 정치성만큼이나 뚜렷하게 작품에 표현하기 시작한 지배 이데올로기를 통해 잘 알 수 있다. "국군들이 싸워주신 것 말씀예요. 강 중령께서도 국군이시니까 우리에게서 감사를 받으실 자격자란 말씀입니다. 인젠 아시겠어요?(……) 저에게 고마움을 주신 구체적인 대상은 강 중령님 같으신 국군들이라고 알았어요."(『태양의 계곡』, 344면) "시골보다 서울이 풍성하군요." "시골은 어떠냐?" "추석엔 술 빚어 먹는다고 야단입니다. 공출이 없어졌으니까요." "농사는 어떤고?" "풍년입니다." "좋은 세상이 올테지."(「다리를 건널 때」, 전집 9, 318면) "일본 순사들은 다 가버린 모양이지?" 어엿하게 한마디를 던졌다. "아, 놈들이야 벌써 손들었지요." "이제부터 편안한 세상이 올라나 보다."(같은 책, 321면) 베텔하임의 말처럼 어두운 면은 배제하고, 낙관론만 강조하는 문화적 관습은 현실적으로 존재하는 또 다른 정서는 무시한 채 특정정서만 편식시켜 자연스레 현실대응력을 잃게 한다(최미숙, 「국어교과서 제재 선정 및 수정방안 연구」, 『독서연구』 제5호, 2000, 231면 참고).

람을 피우는 남편으로 인해 우두망찰해한다.

그런가 하면 「지애에서」에는 아내를 믿지 못하는 남편이 등장한다. 아들과 여덟 살 차이 나는 젊은 재취를 얻은 남편은 그녀와 아들과의 관계를 계속 의심한다. 자신의 딸까지 포함하여 "늙은년 어린년이 비린내 나는 머슴아한테 엎어져" 있다고 끝없이 의심하는 남편, 수상스러운 분위기가 연출되는 아내와 아들, 이런 가족 분위기 속에 아들은 원인 모를 자살을 하고 만다.[22]

이들 작품에서 불륜과 의처증은 '병'과 연결된다. 남편 자신이 아편중독자여서 바람을 피우기도 하고 병든 아내를 견딜 수 없어 바람을 피우기도 한다. 아내를 의심하는 「지애에서」의 남편은 정신병이 있는 것으로 규정된다. 가족 구성을 파괴하는 비정상적 행동을 병적 원인으로 규정하는 것은 당시 사회의 퇴폐적 풍조에 대한 작가의 안이한 처리라고 할 수 있다.

(3) 여성 주체성의 혼돈과 결혼에 대한 부정

손소희의 50년대 소설의 여성 인물들은 대부분 어머니와 화합을 이루지 못한다. 화합을 꾀할 경우 「이사」의 지연처럼 자신의 주체성을 버려야 한다. 그녀는 어머니의 한풀이를 위해 결혼하는데, 그때부터 삶에 치여 자신이 가지고 있던 의식 전부를 포기해야만 했다. 남

---

22) 의심만이 아니었을 것을 짐작하게 하는 것은 만갑의 상상을 통하여서이다. "계모를 누나였으면 하고 생각한 것은 언제쯤부터였을까? 그녀의 눈속을 들여다보면 내 맘속이 환히 터온다고 느낀 것은 언제쯤부터였을까? 그녀의 조금 쳐들린 코끝이 재미있다고 생각한 것은 언제부터였을까? 그것은 정말 언제쯤부터였을까? 대체로 아버지가 무서운 눈초리로 나를 쏘아보고 눈에 살기를 보이던 그 무렵이 아니었을까. 아, 아, 팔도 아프고 다리도 아프다. 이 구뎅이 속에서 쉬어야지."(전집 10, 25면)

편의 학대하에 불행한 삶을 살던 그녀가 다시 자신의 주체성을 찾고
자 결심해도 무위에 그치고 마는 것은 뜻하지 않은 임신 때문이었다.
여성이 원치 않는 임신으로 인해 굴절된 삶을 살게 된다는 설정은 「창
백한 성좌」에서도 나타난다.23) 젊었을 때 유부남 상호와의 하룻밤
실수로 아이를 갖게 되어 힘들게 살아온 혜순은 자신의 딸이 같은
길을 걸을까 노심초사한다. 혜순은 딸이 결혼 후 여성에게 닥치는
'어려운 경우'에 '자립'을 하여 고초 없이 살아가길 바라 섣부른 연
애 없이 대학 졸업을 우선한다. 그러나 어머니의 이러한 가치관에
대하여 딸은 번번이 저항한다. 어머니의 정부인 피아노 선생을 보기
좋게 유혹하여 어머니를 조롱하는 딸 지연에게 결혼은 더 이상 굴레
가 아니라 즉흥적이고 충동적이며 어머니 시대는 답답하기만 하다.
마찬가지로 어머니와 그의 시대에 대해 맹렬히 저항하던 『태양의 계
곡』의 정아에게 결혼은 일종의 도피에 지나지 않는다. 「그날의 햇빛
은」의 주인공 진희 역시 사랑 문제에 좌표 없이 흔들리는 인물이다.
임철을 만나면 임철을 사랑하고 그의 자포자기에 동화되어 동반자살
을 기도하는가 하면, 주인집 아들 유현과 같이 있으면 다시 그를 사
랑하면서 그와의 결혼을 결사반대하는 주인집에 저항하며 자살을 계
획하기도 한다. 두 번의 죽음 기도를 모두 실패한 그녀는 수녀원에
서 그녀는 '일찍이 내가 세상에 오기를 원한 바 없으므로 나를 세상

---

23) 이 작품의 앞부분에서 발견되는 구성상 허술함은 손소희의 작품에서 자주 보이는 허점이다.
소설은 혜순의 딸 지연은 엄마에게 어느 날 12시까지 꼭 오라고, 늦으면 안 된다고 호들갑을
떨며 시작되는데 그러한 것이 개연성이 없다는 것이다. 지연은 그날 제시간에 집에 있지도
않았고 당시 상대자였던 정명환이라는 남자를 귀하게 생각하는 것도 아니고 용무 있는 것도
아니며 식모아이에 의하면 그는 며칠 전부터 들락거리던 인물이다. 그런데 왜 새삼 호들갑을
떨며 어머니 혜순으로 하여금 조퇴까지 하게 하였을까 하는 부분이 설명될 수 없다. 이는 소
설 플롯 앞부분에서 독자들의 궁금증을 유발하기 위한 작위성으로 보인다.

에 보내준 엄마가 고맙지 아니하다.'고 생각한다.

이러한 부모에 대한 부정의식24)이 손소희 작품의 여러 부분에서 나타나는데 그것이 근거 없거나 작품 내 맥락이 닿지 않는 경우가 많은 것은 손소희 소설의 구성상 허점이기도 하다.

(4) 서정성과 기타, 몽환적 현실 인식

손소희에게 「창포 필 무렵」은 예외적인 순수 서정의 세계이다. '나'가 큰형을 막연한 연적으로 느끼면서 사촌 간인 동수의 친척누나를 사랑하는데, 사랑하는 여인이 병약하다는 설정이나 마침내 죽는다는 설정이 황순원의 「소나기」를 연상하게도 한다. 67년의 「고독의 기원」은 손소희로서 매우 이례적인, 그로테스크한 분위기의 소설이다. 이 작품의 걸은 현실적으로 쥐를 잡으려 하면서 머릿속으로는 사랑하는 영애를 생각하고 인삼주를 마시다가 잠이 드는데 잠든 그를 쥐와 벌레들이 밟고 다녀 마침내 목소리를 잃는다.

70년대 이후 손소희는 「갈가마귀 그 소리」와 「꽃피는 계절」 등 서정적 계열의 작품들을 본격적으로 쓰게 된다. 「꽃피는 계절」의 경우, 이는 『북한』 잡지의 창간호에 실려 있는데, 같은 책에 실린, 공안검사 오제도의 창간사가 이 잡지의 성격을 잘 보여 준다.25) 여기

---

24) 「창백한 성좌」에서는 아버지도 부정된다. 물론 자신을 책임지지 않은 아버지지만 지연은 아버지에게 강한 거부감을 자포자기적 생활방식으로 표현하고자 한다. 지연은 그 아버지에 대한 복수를 위해 아버지뻘의 남자에게 자신을 '주어 버리'려고 한다. "마치 아버지란 사람에게 복수를 해 준 것만 같아 여간 통쾌하지 않았어요. 아버지란 사람만치 나이 많은 사람에게 나를 주어 버린다는 것은 얼마나 통쾌한 일인지 아마 어머닌 모를 거예요⋯⋯. 아버지란 존재를 바다 건너 아득히 그리며 살아온 나에게 피아노 선생은 아버지를 겸한 애정을 줄 수도 있을 테니까요. 이건 아버지를 그리며 커온 나에게 주어진 하늘의 보상인지두 몰라요."(전집1, 395면)

25) 창간사의 일부분을 그대로 인용하여 보면 다음과 같다.

에 「꽃피는 계절」이 실렸다는 것은 이 소설이 추구하는 서정성 재고를 요구한다. 서정적인 글들은 '지금, 여기'라는 치열한 삶의 현실성 획득을 어렵게 할 우려가 있어 자칫 지배 이데올로기에 조종당하는 것이 될 우려[26]가 있고 이 소설에서는 그 이면에 과거 빼앗긴 땅, 실지에의 회복에 대한 강조로 나타나기 때문이다. 서정적 소설이나 몽환적 소설 모두 현실감각을 마비시킨다는 점에서 동일하다.

4. 결론: 손소희의 작가의식 변모의 의미

이상 손소희의 40·60년대 시이의 소설을 개괄하였다. 문학사에서 배제된 작가의 복원 작업인 본 연구는 일종 시론에 지나지 않는다. 그것은 그녀 작품의 전모를 미처 파악하지 못했기 때문이기도 하고 그녀의 작품 경향이 동시대의 어느 작가들보다 순일적이지 않기 때문이기도 하다. 계속적인 연구를 통하여 그녀 작품세계의 전모를 파악하도록 해야 할 것이다. 이상 손소희 초기 소설을 연구한 결과를

"韓國이 餘他國家와는 다른 特殊狀況에 놓여 있음은 새삼스러이 지적할 필요조차 없다. 우리 大韓民國은 全 韓半島를 代表하는 唯一한 合法政府라고 「유엔」이 決議하였으니까 全 韓半島가 所有權을 登記한 집과 같이 우리의 國土인데, 北韓을 共産主義者들에 의해 강점당하고 있을 뿐만 아니라, (……) 이 난국에 있어서 北韓 實態와 北傀眞相을 보다 正確히, 보다 많이, 그리고 보다 빨리 소상히 알려 주어 올바른 對共時局觀의 確立을 촉구하는 동시에 우리가 언젠가는 반드시 되찾지 않으면 안 될 北韓의 강토와 社會를 수복하는 데 빠른 길잡이가 되어 빛나는 祖國의 躍進과 繁榮의 勝利를 찾아야 하겠다는 것이다."(오제도, 「창간사」, 『북한』 창간호, 북한 연구소, 1972, 2~3면).

26) 반공주의가 서정성을 추구하는 친일파들에게 면죄부를 발부해 온 결과, 많은 작가들이 이데올로기, 특히 반공주의의 억압과 검열에 순응, 굴복하기 위하여 서정성을 선택하였다(조미숙, 「반공주의와 국어교과서」, 『새국어교육』 74집, 한국국어교육학회, 2006. 12. 30, 87~95면 참고).

정리하면 다음과 같다.

첫째, 손소희 소설의 형식상 내용상 한계점을 부정할 수 없다. 작가의식의 과잉에 연유한 형식상의 한계점 외에도 작가가 전통적인 틀을 벗어나지 못한 데에서 기인한 내용상의 한계점을 볼 수 있다. 전쟁과 기아의 상황에도 작가는 고의적으로 그 시대의 가난과 전쟁의 원인을 직시하기보다 시대의 문제를 남녀문제로 국한시키곤 했다. 남녀 문제를 다룰 때에도, 통속적인 연애나 육체적인 관능이 아니라 주로 혼전 관계, 불륜 등 가족이라는 시각에서 보면 문제적인 것들로 이루어진다. 이때 작가는 처녀성 상실에 의해 불행해지거나 남편의 외도에 고민하면서도 어찌할 수 없는 인물들을 그려내면서 그에 대한 어떠한 대안이나 문제 해결 방안을 고민하지 않는다. 이는 작가가 세련된 현대여성을 추구하는 듯하면서도 전통적 가치에 매몰되어 있음을 잘 보여 주는 것이다.

둘째, 손소희는 한국전쟁을 계기로 작품경향의 변화가 두드러진다. 그녀의 40년대 작품이 변화하는 정세 속에서 어떻게 살 것인가를 모색하거나 여성의 문제를 한계적으로나마 타진하고 있다면, 50년대 이후의 소설에서는 전쟁으로 인한 개인의 빈곤한 삶의 묘사라든지 가족 차원의 문제로 내려앉음을 볼 수 있다. 남성과의 자리에서 대등한 주체로서 여성의 삶을 모색하던 작가는 어머니와 딸의 갈등으로 문제를 축소한다.

전체적으로는 습작기라고 볼 수 있는 40년대 작품들에서 구성상 허점을 무릅쓰면서도 나타내고자 하였던 작가의식이 50년 이후의 작품들에서 소거되고 있음을 볼 수 있다.

셋째, 작가의 내용상 한계점이나 작품경향의 변화를 반공주의와의 연관선상에서 이해할 수 있다. 전통적 가치에 보다 더 가까워졌다거나 역사의식 등 변화가 두드러진 것이 한국전쟁 이후라는 사실이 그것을 증명한다. 작품의 변화 원인을 40년대 보였던 좌익적 성향을 의식한, 정치적 성향을 가진 작가가 반공사회 안에서 순응하는 주체가 되기를 원했기 때문으로 볼 수 있다는 말이다. 작가는 「그날의 햇빛은」, 「한여름 낮의 해무리」, 『태양의 시』, 『태양의 계곡』 등의 소설과 수필 「태양의 분신들」 등에서 '태양'과 관련한 제목을 즐겨 사용한다(그 외에 일기와 관련한 제목이 많다. 「그 여름의 우기와 건기」, 「비」, 「태풍」, 「원색의 계절」, 『사랑의 계절』, 『남풍』, 『계절풍』 등. 이것은 그녀가 삶의 현장에 민감한 작가였음을 간접적으로 보여 준다). 본인 스스로는 "내가 햇볕을 좋아하고 때로는 햇볕이 좋아서 인생을 사랑할 수 있다고 느끼는 것노 예수의 그 광명에 힘입은 때문"(전집 11, 86면)이라며 종교적 연관을 강조하고 있지만 '광명', '발전' 등의 체제 이데올로기와의 연관선상에서 이해 가능한 부분으로 보인다.

제7장 여성적 글쓰기, 여성과 행복–'모순'의 인식

1. 서론: 인간 삶의 의미 탐구, 『모순』

『모순』의 주인공 안진진은 어느 날 아침 아무런 계기도 기반도 갖지 않은 채 자기의 인생을 성찰하는 부르짖음을 토한다. 만 25세가 지나 결혼 적령기에 들고 그런 여자들이 흔히 그런 방식으로 자기 자신도 그렇다는 둥, 인생의 무게가 너무 가볍다는 것에 반성을 하게 됐기 때문이라는 둥 핑계를 대고 있고 "항아리의 균열은 점점 더 커지고, 물은 걷잡을 수 없이 새어 들어오고, 마침내 마음자리에 홍수가 나 버려서 이 아침 절박한 부르짖음을 토해 내지 않을 수 없었으리라."라고 과장을 해 보지만, 그것이 작품 허두의 빈약한 개연성을 해소하지는 못한다. 이것은 엄격한 우연적 요소로, 작품에 흠을 내는 것이다. 하다못해 실낱만 한 동기유발이라도 있어야 했다. 현대 소설이 로맨스와 다른 점은 우연성의 배제에 있다고 할 때 작품의 모티브라고 할 부분부터 우연으로 설정하는 것은 작가의 안이한 태도에서 비롯된 것이다.

이 작품의 처음과 끝을 관통하는 문장에서 문제가 발견된다. "그래, 이렇게 살아서는 안 돼! 내 인생에 나의 온 생애를 다 걸어야 해. 꼭 그래야만 해!" - 화두로 기능하게 되는 이 문장은 얼핏 그럴 듯해 보이고 물론 무슨 말인지 의미는 전달된다. 그렇지만 '인생'과 '생애'의 의미역은 거의 비슷하다. 생애는 '살아 있는 한평생'이고 인생은 '목숨을 가진 사람 또는 사람이 이 세상에 태어나 살아가는 동안'이라는 의미를 가지고 있음을 사전을 뒤지지 않더라도 알 수 있다. 따라서 '내 인생'에 '나의 온 생애'를 건다 함은 같은 말의 반복이다. 그렇기 때문에 이 문장은 동어반복의 오류를 범하는 것이다. '무엇'을 '어디'에 건다 할 때, '무엇'과 '어디'가 일치해서는 비문이 될 수밖에 없다. '생애'를 '전부'라든지 '모든 힘' 등을 의미하는 다른 단어로 바꾸어야만 문장이 제대로 될 수 있을 것이다. 화두를 모순되게 하는 것도 작가 양귀자가 노리는 바였는지는 알 수 없지만.

어떤 날카로운 창이랑 싸워도 결코 뚫을 수 없다는 방패와 어떤 방패라도 능히 뚫는다는 창 사이의 모순. 인간이 사는 이 세상은 그야말로 모순 그 자체일지도 모른다. 작품『모순』에서의 창과 방패는 무엇일까. 이 작품의 구조는 주인공 안진진을 축으로 두 가지 삶의 연속적인 병치로 되어 있다. 어머니와 이모의 비교가 그렇고 나아가 어머니의 결혼과 그 가족, 이모의 결혼과 가족의 비교가 그런가 하면 이에서 나아가 어머니의 결혼 상대자였던 아버지와 이모의 결혼 상대자였던 이모부라는 두 모델을 염두에 둔 주인공의 비교 분석이 그러하다. 세 가지 창과 방패가 등장하는 셈이다.

2. '행복한 불행'과 '불행한 행복'

　　이 작품에서 주요하게 대조되는 인물로 어머니와 이모를 들 수 있다. 어머니와 이모는 일란성 쌍둥이이다. 일란성 쌍둥이에 대한 작가의 시각은 독특하다. 작가의 견해에 따르면, 우리 인간은 모두가 '인간'이란 이름의 일란성 쌍둥이이다. "한 번만 뒤집으면 얼마든지 내가 너이고 네가 나일 수 있는 우리"라는 이러한 인식은 그녀의 행, 불행에 대한 인식에서 비롯된 것이다. 전술했듯이 양귀자의 행복과 불행에 대한 관점은 그녀의 초기작에서부터 계속되어 온, 절대 행복도 절대 불행도 없다는 상대적 시각을 견지하는 것이다. 행복의 이면에 불행이 있고 불행의 이면에 행복이 있다는 작가는 행복과 불행뿐 아니라 모든 "표제어에 덧붙여지는 반대어는 쌍둥이로 태어난 형제의 이름"이라는 데에까지 확대된다. 행복과 불행이 그런 만큼 모든 인간은 일란성 쌍둥이처럼 다른 모습을 하는 것 같으면서도 닮아 있다는 것이다. 어머니와 이모는 외모, 성격뿐 아니라 학교 다닐 때 성적까지도 꼭 같았다. 둘이면서 하나처럼 공통점을 많이 가지고 있던 두 사람이 이원화되는 것은 결혼을 하면서부터이다. 집안의 아주머니가 신랑감으로 두 명의 사진을 차례로 가지고 왔는데 그때 이모는 10분 먼저 태어난 언니가 먼저 보는 것이 순리라며 자신은 두 번째 남자를 택한다. 이처럼 운명이 바뀌는 것은 아주 작은 일에 의하여서라는 것이 작가의 인생관이다. 첫 번째 남자와 두 번째 남자 사이의 거리는 모든 면에서 천양지차였다. 그 때문에 일란성 쌍둥이인 어머니와 이모도 하늘과 땅 차의 삶을 살게 된다. 어머니는 불행이란 불행은 모두 모아 놓은 듯한 삶을 살게 되고 이모는 세상에 존재하는 모든 행복을 누리는 것 같은 삶을 영위하게 되는 것이다.

결혼 이후 둘로 나뉘어 제각기의 삶을 살게 되는 어머니와 이모의 차이는 여러 가지로 가시화된다. 이모가 다리를 찍는 사진사 이야기며 '사랑, 그 쓸쓸함에 대하여'·'헤어진 다음날' 등의 유행가에 감상을 적시고 있을 때 어머니는 아버지를 이해하고 치료하기 위하여 혹은 생계를 유지하기 위하여 정신분열증 환자에 관한 책, 치매·중풍 등의 의학 서적과 『미꾸라지 양식법』·『일본어 첫걸음』 등의 현실적인 도움을 주는 책들을 읽어 나가야 했다. 어머니가 실용적이나마 책을 찾으며 도움을 찾는 것은 어머니가 이모와 같은 생활환경에서 자라났다는 것에 대한 간접적 증명인 셈이다. 딸의 학교 담임선생님에게 드릴 선물에 있어서도 두 사람은 차이를 보인다. 이모가 라일락꽃 운운하며 크리스털 화병을 선물할 때 어머니는 양말 두 켤레를 준비하는 것이다. 이모가 비단 잠옷에 둘러싸여 있을 때 어머니는 치수가 너무 커 팔리지 않은 내복을 입고 잘 뿐 잠옷을 따로 가지고 있지 못하였다. 이모가 로맨틱한 분위기를 찾고 그것에 목말라할 때 어머니는 속 썩이는 아들·딸 그리고 남편으로 인해 항상 동분서주해야 했다.

여자 팔자는 뒤웅박 팔자라는 말이 있다. 여자를 그릇에 비유하여 여자 자체의 정체성보다는 무엇을 담느냐, 무엇이 담기느냐에 그 팔자가 달려 있다는 말이니 여자 삶의 수동성을 여간 강조하는 말이 아닌 것이다. 이 작품에서도 어머니와 이모는 뒤웅박 팔자처럼 보였다. 알코올 중독자에 정신까지 오락가락한 남자와 결혼하느냐, 모든 조건이 완벽하게 구비된 남자와 결혼하여 '알짜만 가득한 행복을 넘겨받은' 삶을 살게 되느냐에 따라 일란성 쌍둥이인 두 여인의 운명이 바뀌었으니 말이다. 온실 속 화초처럼 살아온 이모와 용광로에서 단련의 과정을 거치는 삶을 사는 어머니, 누가 더 행복할 것인가. 어머니는 불행하고 이모는 행복하여 결혼으로 인한 삶의 방향 전환과 여성의 운명에 대한 수동성은 다시 한 번 확인되는 듯했다. 그러나 잘난 남자를 만나야만, 외적 조건이 충족된 결혼을 해야만 여성이 행복해지는 것은 아니었다. 자살을 하는 것은 어머니가 아니고 이모였기 때문이다. 이모의 자살은 첫눈 오던 날의 과장법으로 예고되어 있었다. '나'는 "자신에게 닥친 불행을 극대화시켜 그 앞에 무릎을 꿇는 것으로 극복의 힘을 얻어내곤 하던 어머니의 과장법"이 자신의 행복을 극대화시켜 그것에 도취되므로 패배의 길을 택하는 방식으로 이모에게 응용되고 있다고 순간적으로 느낀다. 이모는 행복한 순간에 자기의 불행을 보여 주고 있었던 것이다. 이모의 비극은 "어려서도 평탄했고, 자라서도 평탄했으며, 한 남자를 만나 결혼을 한 이후에는 더욱 평탄해서 도무지 결핍이라곤 경험하지 못하게 철저히 가로막아 버린 이 지리멸렬한" 온실 속 화초와도 같은 삶을 견뎌야 했다는 것과, 자신은 '정말 힘들었는데', '그 힘들었던' 자기의 '인생에 대해 할 말이 없다는 것'에 있다. 혼자 견디기에 버거울 정도로 힘든데도 다른 사람의 논리에 의하면 그는 행복한 것이고 불행하다는 그의 제스처를 다른 사람들은 이해하지 못한다. 심지어 일란성 쌍둥이 언니조차도 "그게 다 응석인 거야. 평생 늘어진 팔자에 그것 말고 뭐 있어야지."라며 힘들어하는 동생을 비난할 정도이다. 이모는 진진에게 남긴 유서에서 불행의 도가니와 같은 언니, '나'의 어머니의 삶을 부러워하였다고 털어놓는다.

언제나 바람이 씽씽 일도록 바쁘게 살아야 했지. 그런 언니가 얼마나 부러웠는
지 모른다. 나도 그렇게 사는 것처럼 살고 싶었어. 무덤 속처럼 평온하게 말고.
(……) 나는 너무나 튼튼한 성곽에 갇혀 있었고, 성곽을 부수자니 마음을 다칠
사람들이 너무 많았어.[1]

행복한 것으로만 보였던 이모는 사실 이모가 견디고 살 수 없을
정도로 불행했다. 행복한 삶은 타인에게 보이는 행복에 의하여 규정
되는 것이 아니었던 것이다. 행복의 조건 - 부, 여유, 평온 등을 모두
갖춘 사람의 불행과 자살, 이것은 틀림없는 모순이다. 어머니는 현실
적이고 강한 인물이다. 진모가 범죄를 저지르고 자수했을 때에도 쓰
러져 버리는 것이 아니라 씩씩하게 뒤처리를 한다. 그런데 어머니의
어려움 극복 방법이 독특하다. 자신의 불행을 부풀릴 수 있을 만큼
한껏 부풀려 놓고 과장할 수 있을 만큼 과장해 놓고서 맵시 있게 빠
져나오는 것이 어머니의 불행 극복 방법이다. 이는 다른 누구에게도
동정을 받지 않겠다는 것이고 더 이상 슬퍼하지만은 않겠다는 의지
의 표현인 동시에, 내려갈 수 있을 때까지 다 내려간 후에 남은 올
라오는 방법에 매달리는 삶의 방법인 것이다. 그래서 “내 어머니는
날마다 쓰러지고 날마다 새로 태어난다.”고 진진은 생각한다. 동생이
‘양보’한 ‘지긋지긋한 불행’으로 삶에 힘겨워해야 할 어머니는 삶의
의욕이 날마다 재충전되고 강해지는 것이다.

한 가지만 부연하자면 이모의 논리에 의할 경우 어머니와 이모가
상대를 바꾸어 결혼했다면 이모는 행복할 수 있었을 것이라는 것이
다. 그렇다면 결혼으로 운명이 좌우된다는 것은 우회적이고 간접적
인 방식이나마 참인 명제가 된다. 그러나 불행한 남자와의 결혼이

---

1) 양귀자, 『모순』, 살림, 1998, 260~1면.

행복을 보장하는 것도 아니고 편안한 삶을 사는 모든 사람이 자살을 하는 것도 아니니 이모의 자살은 다만 이모의 삶에 대한 나약성에 기인하는 것이다. 일란성 쌍둥이라도 모든 것이 다 닮은 것은 아니었던 것을 알 수 있다. 어머니의 삶을 이모가 살았을 경우, 남편의 정신병적 성격을 보았을 때, 집안이 망했을 때, 아들마저 속을 썩일 때 과연 어떠하였을까.

3. '조용한 가정' 대 '늘 문제가 가득하여 시끄러운 가정'

어미니는 결혼 후 처음 맞는 남편의 생일날 아비지의 술과 주사를 알아 버린다. 잔치 후 뒤처리 중에 자기 일을 거들어 주려는 남편에게 무심코 "안방 상에서 접시들 좀 날라 줘요. 거기 쟁반 있지요. 포개지 말고 잘 가져오세요."라고 한마디 했다가 큰 봉변을 당하게 되는 것이다. 거기에 대한 아버지의 변명은 다음과 같다.

> "당신이 접시를 날라 오라고, 그것도 쟁반에 담아 오라고 말했을 때, 갑자기 무언가가 내 몸을 쇠사슬로 칭칭 동여매는 것 같았어. 정말이야. 참을 수가 없더라구. 안방 벽들이 나를 가두는 감옥 같았고, 달려온 당신은 나를 가두는 간수 같았어. 당신은 몰라. 그 절망이 얼마나 무서웠는지……"[2]

그런데 아버지가 느낀 절망은 가벼운 절망이 아니었다. 아버지의 절망은 말 그대로 '죽음에 이르는 병'이었던 것이다. 술만 취하면 난

---

2) 『모순』, 77면.

장판을 만들고 술이 깨면 사과하는 남편의 이중성을 견뎌 가며, 부서지면 복구하면서 사는 어머니의 삶은 반복된다. 이중성의 인물 아버지는 결국 실직하게 되고 생활을 위해 어머니가 좌판을 시작하면서 기형적인 부부관계로 이어진다. 생활의 책임에서 벗어난 아버지는 생활인의 모습을 점차 잃어버리고 부유의 삶을 시작한다. 아내의 돈을 착취하고 얼마간의 돈을 구하면 집을 나가 방황한다. 그런 아버지에 대한 어머니의 태도는 너그럽고 인종적인 것이었다. 자신을 끝없이 착취하는 남편을 오히려 동정하고 "아버지가 적당히 어렵게 찾아낼 장소에 적당한 돈을 숨겨 놓고" 알면서 도둑맞는 아이러니한 생활을 한다. 일몰이 되면 쓸쓸해져서 집으로 돌아오지 않을 수 없다고 딸에게 말하던 아버지는 점차 그 쓸쓸함에도 내성을 갖게 되어 집을 떠나 버린다. 젊은 날을 혼자만의 자유와 혼자만의 방황 그리고 낭비로 보내던 아버지는 중풍과 치매라는 병이 들어서야 산송장 같은 몸을 위탁하려고 아내에게 돌아온다. 술꾼이며 건달이고 성격 파탄자이자 마침내 행불자가 되었다가 중풍·치매 환자가 되어 5년여 만에 집으로 들어온 '타인에 의해 한 번도 정확히 읽혀지지 않은 텍스트' 아버지를 어머니는 원망보다 안타까움으로 받아들인다.

아버지가 마련한 가정은 말 그대로 '콩가루 집안'이다. 경제적 책임을 지지 않을 뿐 아니라 오히려 아내의 적은 경제력을 착취하는 실존적 부재의 가장, 가짜 삶 구성에만 여념이 없는 아들, 느닷없이 철이 들기는 하지만 그 이전까지 결코 순탄하게 살아주지 않은 딸. 이것이 어머니의 가정이다. 흡사 적당을 용서하지 않는, 단련을 목적하는 용광로 같은 치열한 장인 것이다. 편하게 살 수는 없는 곳이지만 적당하게 살아서는 생물적 생존자체가 위협을 받는 곳이기도 하다. 이 경우 문제가 되는 것은 사회적 삶이 아니라 생물적·물리적 생존인 것이다. 생존을 위한 투쟁에서 그 외의 것은 끼어들 자리가 없을 수밖에 없다.

다음으로 이모부가 만든 이모의 가정은 어떠한가. 이모부는 유능한 회사의 간부이며 가족에 대한 책임감을 질 줄 알고 '정시에 도착하고 정시에 출발하는 기차 같은', 에프엠의 인물이다. 그런 이모부에 대하여 이모는 심심해한다.

> 이모부 같은 사람을 비난하는 것보다는 이모의 낭만성을 나무라는 것이 내게는 훨씬 쉽다. 그러나 내 어머니보다 이모를 더 사랑하는 이유도 바로 그 낭만성에 있음은 어떻게 설명할 수 있을까. 바로 그 이유 때문에 사랑을 시작했고, 바로 그 이유 때문에 미워하게 된다는, 인간이란 존재의 한없는 모순……3)

이모는 자기가 선택한 사람의 장점 때문에 못 견뎌 한다. 늘 파격적인 이벤트를 꿈꾸는 이모로서는 모든 사람에게 합의된 규칙들만 충실히 이행하는 삶을 성공적인 삶이라고 생각하는 이모부가 견딜 수 없는 존재였던 것이다. 견딜 수 없도록 심심한 이모부였기에 같이 여행을 하고 같이 식사를 하고 같이 몇 십 년을 살았어도 이모의 기억 속에 남아 있는 이모부는 하나도 없다고 느낀다. 표준적인 아버지를 따라 자식들도 표준에 걸맞은 삶을 걸어간다. 딸 주리는 피아노 콩쿠르에서 최우수상을 받을 정도로 재능을 보이고 아들 주혁역시 누이와 함께 외국에서 학문을 닦고 있다. 주리와 주혁은 이모부를 닮아 자신이 정한 목표대로 직진하는 것만을 목표로 살아간다. 다른 사람에 대한 배려 같은 것은 안중에 없고 그래서 부모 앞에 당

---

3) 『모순』, 213면.

당히 귀국 의사가 없음을 밝힐 수도 없다. 일탈을 모르는 이기적 남편에 이어 자식들마저도 자기밖에 모르는 상황에서 남몰래 한숨을 삼키던 권태의 한계에 다다른 이모의 갈 길은 정해져 있었던 것이다.

이모와 어머니의 가정은 레스토랑과 돼지갈비집 사이의 거리를 가지고 있다. 전자는 이모부처럼 '심심하다' 파격을 모르며 잘 정돈되어 있고 조용할 뿐 아니라 정갈하다. 음식의 주문도 조용한 목소리로 품위 있게 한다. 그에 반해 후자는 더 시키려면 고함을 질러야 하며 먹는 것은 전쟁처럼 '땀을 뻘뻘 흘리며 치러야' 하고 반드시 한 패 정도는 싸우게 마련인 곳이다. 이모와 어머니의 가정은 또 식이요법과 젓갈·장아찌가 있는 식단으로 비유된다. 아이스크림을 먹어도 한 그릇 더 시키는 법이 없을 정도로, 지나침이라고는 없는 식이요법, '나'의 회사 중년 남자를 울게 했던 식이요법 같은 것이 이모의 가정이다. 여기에서 알 수 있는 것은 무엇일까. 그것은 인간은 식이요법으로 살아갈 수가 없다는 것이다. 평상시 과식도 해 보고 폭주도 해 보던 자연스러운 생활에 젖은 사람은 식이요법을 견뎌내지 못한다. 중년의 남자 어른이 식이요법을 명령받고서 울어야 했던 것은 그가 이미 젓갈과 장아찌라는 것으로 상징되는 맵고 짠 자극적인 맛을 알고 있기 때문이었다. 그러나 '젓갈이나 장아찌로 비유할 수 있는, 삶의 다른 방법들을' '애당초 알지 못한 채 성장했기' 때문에 이모부와 자식들은 살아갈 수 있는 것이다.

내가 이모의 딸로 태어났다면 나도 주리처럼 답답하고 재미없는 인간으로 성장했을지 모를 일이었다. 세상의 숨겨진 진실들을 배울 기회가 전혀 없이 살아간다는 것은, 이렇게 말해도 좋다면, 몹시 불행한 일이었다.[4]

이모의 딸 주리에게 알려지지 않은 젓갈과 장아찌 맛을 내는 세계. 주리는 그 때문에 식이요법과도 같이 단조하며 무미건조한, 심심한 삶이 어렵지 않았던 것이다. 그렇지만 이모는 늘 일란성 쌍둥이인 언니를 하나이자 둘이고 둘이면서 하나로 여기며 자기 일처럼 보아 왔기 때문에 젓갈과 장아찌가 없는 식이요법 같은 삶을 견딜 수 없었던 것이다. 그리고 나아가 자기 자식들에게 인생에는 젓갈도 있고 장아찌도 있으며 뜻하지 않은 불행도 슬픔도 있다는 것을 알려 주어야 한다는 일종의 사명감 같은 것을 느끼게 되었을지도 모를 일이었고 그를 온몸으로 알려 주고자 했다.

이모가 자살한 후 가족들의 반응은 매우 이기적이다. 귀가 후 이모의 죽음을 알게 된 이모부는 아내를 동정하기보다 이모에 대한 배신감에 몸을 떤다. 이모 아들 역시 자기 나름대로 편하게도 어머니를 해석한다. "엄마가 그것 때문에 죽음을 택했다고는 생각하지 않을 거야."라고. 이모가 죽게 된 데에는 자식들의 외국 정착이라는 요소가 일부 작용하였음이 확실한데도 불구하고 고의적으로 그를 외면하고 있으며 아들은 그 와중에도 자신이 살아가기 위한 나름대로의 합리화를 꾀하고 있는 것이다. 주리가 외국에서 보내온 결혼식 사진에는 그 이전의 온실 속 화초 같은 모습보다 어느 정도의 고통은 감내하는 듯한 모습이 담겨 있는 것을 '나'는 주목한다. '나'는 그것은 이모가 자신의 죽음으로 자식들의 완벽한 지리멸렬의 삶을 구제한 때문이라고 본다.

---

4) 『모순』, 208면.

4. 현실과 환상, 공상

작품의 화자이자 주인공인 '나'는 어떤 인물인가. '안진진'이라는
참 진(眞) 자가 두 번 강조되어 참되게 살라는 아버지의 이념이 현
시되어 있는 이름이다. 이름을 짓는 아버지의 태도는 자식에 대한
진지한 것이 아니었다. 단지 '진' 하나면 이름이 너무 무거워질까 봐
겹쳐 지은 것뿐이다. '진'이라는 이름을 부여한 아버지의 삶에서 '진'
의 의미를 배우지 못한 안진진은 '진'과는 거리 먼 삶을 산다. 가출
과 정학 등 일탈행동으로 이어지던 그녀의 학창시절, 본인 스스로
그녀는 성이 '안'이라는 이유로 "평생 자신의 이름을 부정하며 살아
가야 할 운명"이라서 일탈적 삶은 운명적이었던 것으로 인식된다.
일탈에서 돌아와 정상궤도를 걷기 시작하여 대학을 들어간 그녀는
대학을 휴학하고 이모부가 구해 준 직업으로 사무원이 되어 아르바
이트를 한다. 휴학과 취직의 배경에는 안진진의 현실적인 욕구가 자
리하고 있다. 복학할 돈이 없어서 휴학하고 아르바이트를 하고 있는
것이 아니라 "돈이라는 것이 얼마나 중요한 것인지는 내 또래 누구
보다도 더 나는 정확하게 알고 있는 편"이어서, 돈을 좋아해서이다.
그녀에게는 그동안 모아 놓은 돈도 얼마쯤 ─ 행간을 통하여 추측되
는바 근 오백만 원에 가까운 ─ 있다. 돈의 효용성과 가치를 알고 있
기에 돈을 벌고 싶어서 어리지 않은 나이로 대학까지 쉬는 것이다.
'나', 안진진 역시 어머니의 삶을 고단하게 만드는 데 한몫을 하는
인물이다. 그녀는 반복된 가출로 흔히 말하는 문제아이며 비행 청소
년이었다. 안진진은 대학생이 되면서 일탈 행동을 갑작스레 정리하

는데, 이를 통해 작가는 마치 대학생이 되고 자리를 잡으면 지난날의 일탈행동이 다 용서되고 무마된다는 결과론 중심의 시각을 보여 준다. 잘못된 어린 날에 대한 반성도 회의도 거치지 않은 채 현재 대학생의 신분과 직장인으로서 자리 잡은 모습을 통해 작가는 은연중 안진진의 잘못된 삶을 합리화하기에 급급하다. 끝이 좋으면 다 좋다는 논리는 안진진의 비뚤어진 시각을 보여 주는데 작가에 의한 그 합리화는 어쩐지 씁쓸한 맛을 남긴다. 작가에 의한 안진진의 근거 없는 합리화는 그녀가 이 작품에서 가장 중립적이고 차분한 시각의 소유자로 기능한다는 데에서 다시 한 번 확인된다. 그렇듯 일탈행동을 했으나 나중에는 혼돈에서 돌아온 주인공이기에 행복과 불행의 상징으로 보이는 어머니와 이모의 삶, 일탈과 정상의 삶을 대표하는 아버지와 이모부에 대하여 평정하면서도 냉정히 바라볼 안목이 생겨난 것처럼 작가는 안진진의 비행을 정당화하고 있는 것이다. 어머니의 불행을 구성하는 데 있어 아버지에게 바통을 이어받은 것은 안진진의 동생 안진모이다. 사소한 건달 노릇이나 복잡한 여자 문제로 속을 썩이곤 하던 진모는 군대에 갔다 온 후에도 삶에 대한 태도를 정리하지 못하고 어머니와 집안에 말썽을 계속 일으킨다. 그의 삶은 보스가 되어 여자가 필요한 것인지, 여자가 있기 때문에 조직의 보스라는 멋이 필요한 것인지는 알 수 없으나 여자와 조직폭력배 문제로 점철된다. 그 과정은 온통 거짓과 제스처로 가득 찬 가짜 인생이다. 그는 「대부」의 말론 브랜도의 포즈를 흉내 내고 「모래시계」의 최민수 목소리를 모방하며 심지어 여자와의 관계에 있어서까지 멜로드라마를 모방한다. 이러한 그의 삶에 대한 태도는 하나도 자기의 것이 아닌, 가짜 가치에의 무조건적인 편향을 보여 주는 것이다.

숨겨 놓은 치부를 고백하고 있는 마당에도 자신도 모르게 육성(肉聲) 대신 가성(假聲)을 사용하고 있는 그 애. 무엇이 육성이고 무엇이 가성인지 분별할 수 없게 되어 버렸다면, 분별을 할 필요가 어디 있으랴. 이제는 그렇게 사는 일만 남은 것이었다.[5]

과거 많은 여성 편력을 가지고 있던 진모는 군대 생활에서 하나를 가지더라도 제대로 된 것을 가져야 한다는 교훈을 얻게 된다. 그것은 편력을 끝내고 한 사람에게게로의 정착을 의미하는 동시에, 외모나 배경 등이 전제된 조건이 좋은 이성을 만나겠다는 의미이기도 하다. 그런 생각을 가지고 있던 진모는 마침내 '찬비 맞아 떨고 있는 비둘기 같아'서 보호본능을 자극하여 정착 심리를 유발하면서도 내로라 하는 재벌의 조카라는 좋은 조건을 갖추고 있어 그의 조건 두 가지를 다 만족시키는 여자를 알게 된다. 그런데 그 비둘기 같은 여자조차 "이 세상에서 가장 멋있게 보이는 남자가 조폭의 보스"라는 잘못된 가치관을 가지고 안진모를 유혹한다. 르네 지라르의 욕망의 삼각형 이론에 의하면 인물들은 실현되기 어려운 욕망 충족을 위하여 욕망의 중개자를 설정하고 그를 통한 대리 만족을 꾀한다. 훌륭한 기사가 되기 위하여 돈키호테는 훌륭한 기사가 해야 할 일, 하지 않아야 할 일을 선택할 필요가 없다. 다만 돈키호테에 의하여 기사도의 모델로 설정된 아마디스가 모든 것을 선택하고 돈키호테는 그를 통해 욕망 실현을 한다는 것이다. 안진모 역시 기사도의 원형을 아마디스에게 부여한 돈키호테처럼 자기 욕망의 중개자로 말론 브랜도나 최민수를 욕망의 중개자로 삼았다. 조직의 보스라는, 현실적으로 실현 불가능한 욕망을 실현하기 위해 이미 그런 역할로 설정되어 있는

---

5) 『모순』, 43면.

그들을 택하여 자신과 그들을 동일시하기로 한다. 그러나 말론 브랜도나 최민수는 결코 현실적인 보스가 아니다. 다만 하나의 드라마 안에서 보스를 흉내 낸 허구상의 보스일 뿐이다. 따라서 안진모는 모방한 것을 재모방하고 있음을 알 수 있다. 이것이 초래하는 허무함과 무의미함, 여기에 안진모의 굴절이 있고 비극이 있다. 안진진은 그 여자뿐 아니라 '세상 전체가 진모에게 조폭을 추천하고 있는' 것이 현실이라는 것을 파악한다.

> 언제 그렇게 돼 버렸지? 슬금슬금, 나도 모르는 사이에, 세상이…… 이건 또 웬일일까. 나도 모르게 전염되어 머릿속에서 자꾸 조폭, 조폭, 조폭, 하고 들끓는가 했더니 가만 귀 기울여 보니 캄캄한 부엌에서 실제로 무엇인가가 <u>폭, 폭, 폭 끓어 넘치고 있는 것이었다</u>.[6](밑줄 – 인용자)

조직폭력배라는 것은 무엇인가. 위의 인용을 보면 '조직폭력배'의 준말인 '조폭'이라는 살벌한 이미지의 단어는 어느새 사물이 끓어 넘치는 것을 묘사하는 의성어로 전환된다. 단순한 말장난일 수도 있겠지만 조직폭력배라는 것의 개념 규정을 하고 있는 것으로 해석해 볼 수도 있다. '폭, 폭, 끓어넘침', 결국 조직폭력배란 한계에 다다른 사회의 끓어넘침이라고 인식하고 있다. 자신의 목적을 이루기 위해서 수단과 방법을 가리지 않는, 폭력을 언어로 자신의 의사를 표명하려는 무리를 의미하는 조직폭력배란 금전만능, 현란한 사치와 과소비사회, 그리고 과도한 이기사회가 야기한 과도함에서 비롯된 것일 수 있기 때문이다. 진모는 이러한 사회적 잉여의 분출 같은 것을 인생의 최종적 가치로 인식한다. 그런 진모는 마침내 살인 미수라는

---

6) 『모순』, 53~4면.

범죄를 저지르게 된다. 목적을 위해서 폭력을 행사하던 그이고 보니 이는 당연한 귀결일지도 모른다. 진모에 대한 직접적인 책임이 없는 누나로서는 객관적인 판단하에 살인 '미수'로 받아들이지만 진모의 행동에 대하여 전적인 책임자요, 보호자인 어머니에게 아들의 '살인' 미수는 곧 살인이나 마찬가지라고 안타까이 인식된다. 사람을 죽이려고 한 것 자체가 문제가 되기 때문이다. 안진진은 자신의 가출로 인한 소득을 계산할 때와 마찬가지로 과정보다 끝에 더 중점을 두고 있다. 진모 자신도 살인이니, 미수니 그런 것은 아무래도 좋다고 생각한다. 그는 살인이 아니어서 다시 세상에 나갈 수 있어서 다행일 뿐, "여러 차례의 징역이 가져다줄 어둠의 권위, 그것이 가져다줄 보스의 위엄"으로 인해 오히려 징역살이를 즐기고 있다. 안진모의 드라마 흉내는 애인에게도 적용된다. 조폭의 보스를 흉내 내던 그대로 멜로드라마 작전을 애인에게 활용한다. 일시적 편력을 끝내고 다시 돌아온 애인을 향하여 그대의 행복을 위하여 보내준다는 멜로드라마 식의 대사를 외고 그럼에도 불구하고 멜로드라마처럼 자신에게로 돌아올 애인을 기대하지만 인생은 드라마이면서도 드라마가 아닌 것이다. 진모의 거짓 제스처를 해독해 내지 못한 '비둘기'는 진모의 말을 듣고 그대로 떠나고 만다. 진짜와 가짜가 '모순'처럼 얽혀 있어 해독은 어렵기만 하다.

아버지가 부재한 집안에서 외아들 진모는 응당 아버지의 대리자 노릇을 해야 했다. 그러나 추운 날씨에 밖에서 장사를 하며 생계 마련에 어머니가 부심하고 있을 때 진모는 거울과 비디오에 매달려 있다. 극도로 가난하고 문제점 많은 가정은 설사 아들이 노력한다고 해도 어려웠을 것이겠지만 추운 겨울에 어머니를 한데로 내몬 가난에 대하여 고의적으로 눈을 감고 있는 진모의 행태는 공감을 얻기 어려운 것이다. 그것은 진모가 허구와 환상, 그리고 현실을 분간 못하는 데에서 비롯된 것이지만 말이다.

5. 행복한 불행, 이모의 길 걷는 '나'의 '우이독경'

'나', 안진진에게는 두 명의 구혼자가 있다. 스스로의 고백에 의하면 그녀가 예뻐서라거나 매력적이어서가 아니라 젊은 여성이라면 누구나 결혼을 할 기회가 오기 때문이고, 그것은 별로 내세울 것 없는 친구들조차 우유라든지 빈혈 같은 사소한 일을 매개로 하여서라도 결혼을 하게 되는 사실에서 확인된다. 안진진은 장래 결혼 상대자들에 대한 별 의미를 부여하려 하지 않는다. 그저 그런 이유로 두 명을 만나게 된 것이라고 말한다. 그녀의 결혼관은 낭만적이라기보다 현실적이다. 결혼이란 "순결한 사랑과 사랑이 만나는 너무나 아름다운 축복"이라는 낭만적 결혼관을 가지고 있는 사촌형제 주리의 견해와 달리, 안진진은 20대 여성으로서는 파격적인 결혼관을 가지고 있는 것이다. 새 출발을 위하여 대안이 없어서 하게 된 결혼 결심이니만큼 그녀로서는 결혼이 '사업'이고 피할 수 없는 '징역'일 수 있다.

> "……결혼은 여자에겐 이십 년 징역이고 남자에겐 평생 집행유예 같은 것이래. 할 수 있으면 형량을 좀 가볍게 해야 되지 않을까? 난 그렇게 생각해. 열심히 계산해서 가능한 한 견디기 쉬운 징역을 선택하는 것이 현명하다고."[7]

어떻든 안진진으로서는 '나의 다짐' 이후 전력투구할 삶의 중대한 출발점으로 선택한 것이 결혼이기 때문에 줄곧 두 명의 구혼자를 저울질하는데, 두 구혼자 김장우와 나영규는 여러 가지 면에서 대조를 이룬다.

먼저 만남에 있어서도 두 경우는 차이를 보인다. 김장우와의 만남은 음식점에서 식사비가 모자란 손님과 그런 손님을 위기에서 구해 준 아르바이트생 사이로부터 시작되어 안진진이 도움을 주면서 시작되는 반면, 나영규와의 만남은 컴퓨터 학원에서 우연히 만난 나영규가 안진진에게 함께 아침 요기할 것을 제의하면서 시작된다. 만난 장소가 전자는 돈을 벌기 위한 상업적 공간이라면 후자는 학원으로 아카데미즘의 공간이다. 김장우로서는 계획되지 않은 만남이었을 것이지만 나영규 쪽에서는 여러 번에 걸쳐 안진진을 관찰하고 계획적이고 의도적인 만남을 꾀했을 것이라는 추측을 가능하게 한다.

경제적 조건을 비롯한 외부적 요소 면에서, 김장우는 안진진과 '그린 듯이 닮아 있을' 정도로 가난하고 결핍된 인물이다. 안진진은 자기처럼 가난한 김장우의 사랑을 자연스럽게 느끼면서도 한편 부담스러워한다. "사랑하는 사람의 미안함을 덜어 주기 위해서" 자기의 가난을 마저 말해 버릴 경우 "사랑이 누추해지기" 때문에 "나는 부자여야 옳고" "그래서 나는 우리 집의 곤궁함에 대해서는 더욱더 입을 다물 수밖에 없다."고 생각한다. 반면 나영규는 유복한 가정에서 자라 유망한 직장을 가지고 빈틈없이 성실한 데에다 천진난만한 환한 미소를 가진 인물이다. 그는 구김살 없는 성격을 지니고 있고 세상살이에 시달린 흔적 없는 귀공자 스타일이다. 안진진은 그런 나영규

---

7) 『모순』, 97면.

가 자기의 "발치에 사랑이란 감정을 부려 놓은" 것만으로도 "기적 같은 일"이라고 볼 정도로 일면 황송스러워한다. "몸에 맞지 않은 옷을 입은 것처럼 불편"하면서도 한편 고맙다고 생각한다.

외부적 조건의 차이는 삶에 대한 태도 면에서도 두 사람을 차이 나도록 만든다. 김장우는 매사에 자신만만하다기보다 소극적이고 그래서 "희미한 존재에게로 가는 사람"이다. "마음으로 사랑이 넘쳐 감당하기 어려우면 한참 후에나 희미한 선 하나를 긋는 남자"인 것이다. 김장우가 보이는 '들꽃'으로 상징되는 희미한 존재에 대한 눈물겨운 사랑은 자신이 희미한 존재라는 인식에서 비롯되는, 동일시의 결과라고 할 수 있다. 그는 "어디에 있어도 내 자리가 아니"라며 도시에서 불안을 느낀다. 그에 비해 나영규는 도시를 알고 즐기는 인물이다. 자신 있고 여유 있는 나영규가 옆 사람까지도 웃게 만드는 전염성 강한 활짝 웃음을 웃는 데 비해 김장우의 웃음은 여운이 길어 웃음이 끝난 후에도 계속 생각하게 만드는 묘한 수채화웃음이라는 것도 두 사람의 성격 차이를 보여 주는 것이다. 가난한 김장우에게 삶은 즐기는 대상이 아니다. 부모 없이 가난한 형을 도와 가며 살아가는 그에게 삶은 치열한 노력의 과정일 뿐이다. 그렇기 때문에 그는 안진진과 만나 데이트를 할 때면 시간을 즐겁게 보내는 방법을 몰라 쩔쩔맨다. 반면 나영규는 삶을 즐기는 방법을 아는 것에서 더 나아가 자기 자신이 그 삶의 방향을 설계해 나가는 사람이다. 복잡한 종로 거리에서도 한 번의 외식이라도 실수하지 않으려 하고 그를 위해 그는 정보를 조사하고 계획을 짠다. 나영규는 시간을 방기하는 일이 없다. 그는 자기의 인생을 정확히 '자로 잰 듯' 계획 세워 두고 그대로 살아가며 "현재를 능히 감당하고도 남음이 있어 먼 훗날의 회상 목록까지 계산하고" "추억까지 미리 디자인"하는 사람이기 때문이다. 매사에 자신만만한 나영규는 상대방에 대해 압도적이다. 때문에 상대방에 대한 배려 없이 자기가 설계한 대로 밀고 나가고 그로 인해 "나는 성가실 정도"이며 때로 숨 막힘을 느낀다.

> 나영규와 만나면 현실이 있고 김장우와 같이 있으면 몽상이 있었다. 사랑이라는 몽상 속에는 현실을 버리고 달아나고 싶은 아련한 유혹이 담겨 있다.[8]

그녀에게 있어 나영규는 현실이고 김장우는 몽상이고 현실 도피로 인식된다. 김장우는 로맨스를 꿈꾸게 하는가 하면 나영규는 삶을 있는 그대로 보게 만드는 것이다. 안진진의 나영규와의 관계가 김장우와의 관계보다 어른의 것임을 말해 준다. 김장우에게 '나', 안진진은 솔직하지 못하다. 그런가 하면 나영규에게는 모든 누추한 이야기를 다 털어놓을 정도로 솔직하다.

> ① 사랑이라고 여겨지지 않는 자에게는 스스럼없이 누추한 현실을 보여 줄 수 있다. 얼마든지 보여 줄 수 있다. 그러나 사랑 앞에서는 그 일이 쉽지 않다. 그것이 바로 사랑이라는 이름의 자존심이었다.[9]
> ② 편안해지니까 불현듯 묻혀 있던 설움이 쏟아져 나왔다. 나는 마음 놓고 울었다. 흑흑 흐느껴 가면서 그렇게 편안하게 울었다. 어떻게 위로할지 몰라서 쩔쩔매는 김장우 앞에서는 꼿꼿하기만 했는데, 자꾸 꼿꼿해지고 싶었는데, 정말 기이한 일이었다.[10]

나영규에게 안진진은 자신의 집의 빈궁함과 동생 진모의 문제며

---

8) 『모순』, 177면.
9) 『모순』, 200면.
10) 『모순』, 241~2면.

어머니의 좌판 장사며 아버지의 문제까지 모든 것을 솔직하게 이야기한다. 나영규와의 전화에서 마음 놓고 울기도 한다. 그러나 김장우에게 대하여 안진진은 자신의 어머니마저 속인다. 화려한 이모를 어머니라고 속여 소개하고 있다. 이모를 어머니라고 속인 것은 그녀가 초등학교 5학년 때 있었던 일이다. 안진진 스스로는 '사랑'과 '유사 사랑'의 잣대로 솔직성을 들면서 "나영규를 사랑하지 않는다고 믿었기에, 나영규와 결혼하는 것이 아니었으므로 나는 정말 괜찮았다."고 하며 안진진은 나영규와의 관계가 사랑이 아님을 밝히고 있다. 그녀는 결혼에 대한 환상을 갖고 싶었고 그를 위해 몽상과 로맨스를 느끼게 하는 김장우와 결혼하고자 한다. 그러나 김장우와의 몽상, 로맨스는 자신의 거짓말을 기반으로 하는 것이었다.

6. 결론: 삶이란 모순이라는 인식

안진진은 사랑 있는 가난한 삶보다 사랑 없는 현실의 삶을 선택한다. 안진진이 나영규를 선택하게 된 배경에는 몇 가지 요인이 작용한다.

첫째, 안진진은 김장우와 사랑이 깊어지면서 사랑이 몽상과 환상 이상의 것임을 알게 된다. 이모가 배우고 있다는 '사랑, 그 쓸쓸함에 대하여'라는 유행가처럼.

사랑을 맞은 후의 느낌이 이토록 황폐한 것임에도 불구하고 모두들 거짓말을 하

안진진에게 사랑은 "누군가 발목을 붙잡고 잡아당기고 있는 느낌, 가슴에 구멍이 뚫려 눈물이 나도록 외로운 느낌"이었다. 김장우와의 사랑을 확인하고 난 후 안진진은 김장우에게 부안과 고창 사이의 해안도로를 6번이나 왕복하도록 명령한다. "바다만큼도 아름답지 않은" 사랑의 실체를 직면하고서 그 황폐함에 저항하려고 바닷가를 전속력으로 달려도 모자라서 '운명의 대결'을 벌이려고 폭주해 보기도 한다. 사랑을 얻은 그녀는 "어디를 움직여야 이 무거운 몸이 앞으로 나가는 것인지 알 수 없게 된 마라토너"처럼 절망한다. 사랑으로 인해 절망하는 그녀는 그녀의 아버지를 떠올리게 한다. 후에 김장우에게서 전해 듣는 취중의 그녀 대사도 아버지의 것과 닮아 있다. 그녀의 속에 행방불명인 아버지가 살고 있었던 것이다. 아버지는 어린 안진진과 돈 훔치는 비밀을 공유한 후 딸과 손을 맞추어 보며 "네 것과 내 것이 딱 맞는 때"가 온다며 그때 손을 맞추어 보며 서로를 확인하자고 말했었다. 아버지는 집을 나가 버렸지만 어느새 훌쩍 커 버린 딸의 손에 자기의 손을 맞추고 겹쳐져 있는 것이다. 그래서 취중에 '나'의 안에 존재하던 아버지가 자기가 아내에게 했던 말을 그대로 했던 것이고 그로 인해 안진진은 마침내 아내와 자식 모두를 한없이 사랑했으므로, 세 겹의 쇠창살문에 갇힌 아버지의 고민과 만나게 된다. 아버지는 지금의 '나'처럼 사랑이 족쇄가 되어 가두는 사랑을 견디지 못하였기 때문에 방황하였다는 것을.

둘째, 안진진은 알게 모르게 나영규를 닮고 있을 정도로 동화되어

---

11) 『모순』, 252면.

있다. 나영규가 "좋은 밤을 보내려면 확실한 예약 없이는 곤란해요."
라고 말했을 때, 그녀는 나영규의 프러포즈에 거절을 생각하고 있었
으면서도 그것이 "내가 놓치고 있는 인생의 진리가 아니었을까." 하
며 나영규에 대한 미련을 표현한다. 뿐만 아니라 안진진은 나영규의
치밀한 계획과 계획표를 혐오했었는데 어느새 그녀 자신도 인생 계
획표를 흉내 내고 있다.

셋째, 안진진은 이미 '돈'의 효용성, 가치라는 현실을 잘 알고 있
는 인물이다. 그녀는 단지 돈이 좋기 때문에 대학에 복학도 하지 않
고 직장을 다니며 모으고 있는 인물이다. 안진진으로 하여금 현실에
눈을 뜨게 만드는 것은 그녀의 각박한 살림도 한몫을 거들었다. 돈
은 현실성이고 돈을 알고 있는 그녀는 현실적인 사람이다. 김장우가
가난이라면 나영규는 부유한 삶을 보장해 준다. 현실적인 그녀는 주
판을 놓았고 허구적 몽상을 좇는 소녀다운 취향을 이겨낼 수 있었던
것이다.

넷째, 나영규를 선택하게 된 배경으로 작용하는 결정적인 사건은
이모의 자살이다. 이모가 자살한 것은 지리멸렬하고 심심한 삶을 끝
내기 위함이었다. 그러면 그것을 본 '나'는 이모 같은 삶을 선택하지
않아야 하고 이모부를 꼭 닮은 나영규를 선택하지 않아야 마땅하다.

---

12) 『모순』, 240면.

김장우는 아버지와 같은 사람이다. 따라서 김장우와 결혼하는 것은 어머니같이 사는 것을 의미한다.

> 그러나 나는 그런 김장우의 얼굴에서 문득 아버지의 얼굴을 읽어냈다. 너무 특별한 사랑은 위험한 법이었다. 너무 특별한 사랑을 감당할 수 없어서 그만 다른 길로 달아나 버린 아버지처럼. 김장우에게도 알지 못하는 생의 다른 길이 운명적으로 예비되어 있을지 몰랐다. 지금은 아무도 알지 못하지만, 알아도 어떻게 할 수 없겠지만, 사랑조차도 넘쳐 버리면 차라리 모자라는 것보다 못한 일인 것을.[13]

‘아버지＝나, 김장우＝어머니’의 공식이 성립되는 상황이다. 여기에서 ‘나’는 살아가는 어머니의 길이 아니라 자살한 이모의 길을 따르는 모순을 보인다.

이모가 죽은 후 삶과 죽음을 다시 성찰해 보는 안진진의 눈에 이모는 행복해 보이는 불행이었고 어머니는 불행해 보이는 행복이었다. 그렇다면 어디에도 행복은 있고 어디에도 불행은 있는 것이 아닌가. 그리고 보면 “남은 것은 어떤 종류의 불행과 행복을 택할 것인지 그것을 결정하는 문제뿐”이고 그렇다면 행복과 불행은 눈으로 보이는 것도 아니고 어느 길을 걷더라도 행복과 불행은 모두 있을 것이다. 어느 것을 선택해도, 어떤 남자를 선택해도 행복과 불행이 모두 있을 수 있다면 ‘내게 없는 것을 선택’하려고 하는 것이 안진진의 결심이다. 안진진에게 없는 것은 부, 여유, 평온 같은 것이고 그것을 가지고 있는 남자는 나영규이기 때문에 그녀는 나영규와의 결혼을 선택하게 된다. 이것은 이모가 죽으면서까지 경종을 울리려 한 문제에 대한 반대적 행동이다. 그렇기 때문에 우이독경이고 사람들 모두

---

13) 『모순』, 254면.

소의 귀를 가졌다고 하는 것이 작가의 문제 제기이다. 이모가 못 견
뎌 죽어버린 무미건조한 삶이 안진진에게는 동경의 대상이다. 그녀
는 어머니와 같이 살면서 보아 온 결핍된 어머니의 삶을 선택할 수
없었으므로 '행복에 겨워 자살한' 것으로 보이는 충족된 이모의 삶
을 선택하기로 하는 것이다. 여성이 결혼에 의해 행복해지고 불행해
지는 것일까, 아니면 그 후의 삶에 대한 적극성에 좌우되는 것일까.
안진진은 그러한 물음에 응답하는 삶을 선택하고자 하는 것이다. 어
쨌든 삶이란 이처럼 불행을 보면서도 다시 걸어가게 되는 것, 때로
부조리하고 불합리한 것, 모순투성이라는 것이 작가의 인식이다. '모
순'을 온몸으로 느끼며 부딪치는 것, 그것이 불행과 행복이 뒤엉켜
있는 삶을 의미 있게 만들어 나아가는 길일 테니 말이다.

제8장 여성과 사랑―여성고백체와 「제부도」

1. 서론: 이니시에이션으로서의 길 떠나기

로드 스토리는 흔히 다음과 같은 구조를 갖는다. 첫째로 주체 면에서, 타협의 여지가 없는 문제를 가진 둘 이상의 사람이 등장한다. 둘째로, 길이라는 같은 선상에서 한곳을 바라보는 것, 곧 같은 목적의식을 갖게 된다. 셋째로, 외부 세계와는 어느 정도 단절된 상태에서 자체적 공동생활을 경험하게 된다. 넷째로, 이때 부닥치게 되는 여러 가지 문제를 같이 해결해 나가는 과정이 나타난다. 마지막으로 이로써 인물들은 서로 동질감을 확인하고 상대에 대한 거리감을 제거하게 함으로써 '타협'에까지 이르게 한다. 이때, 길이란 이러한 문제해결을 위하여 선택되는 장소로서의 소재이다. 조금 넓게 말하자면, 길은 움직이는 진행의 공간이면서 발전의 의미를 함축하는 것이다. 고대소설 속의 영웅들은 태어나서 입신양명이라는 자아실현을 위해 반드시 태어나서 자라던 안락한 고향을 떠나 험난한 과정의 길 떠나기를 선택하게 된다. 인물들은 여행을 통하여 길을 떠나기 전의

미숙한 상태가 지적·정신적으로 성숙한 상태로 발전하게 된다. 이러한 점에서 길 떠나기는 이니시에이션 또는 통과제의 구조를 갖는다. 따라서 이것은 한 인물의 '실존'의 상태에서 '존재'에로의 커다란 전환을 의미하게 된다. 이때 '어른'이란 그 평가된 윤리적 입장이 자기 자신과 타인에 대한 기본적인 존경을 반영하고 있으며, 이것은 현실적으로 틀린다고 입증되지 않는 한 변하지 않는다는 것이다. '어른'답게 되는 과정이라는 것은 세계에 관한 안목의 확대 같은 것도 포함되는 것이므로 인물들이 상황을 보다 더 깊이 통찰할 수 있게 되고 이해할 수 있게 된다는 말이다. 그래서 갈등은 해소되고 타협점이 찾아지고 문제는 해결되는 것이다. 모든 이니시에이션으로서 노상의 문학에 탐색, 찾기는 필수적인 여건이다. 인물들은 무엇인가를 찾기 위해서 혹은 문제의 해결 방법을 구하기 위해서 길을 떠나는 것이다. 그런 점에서 서하진의 「제부도」는 예외적인 여행이 나타나고 있다. '나'와 나의 남자 '그'가 같이 떠나는 여행에는 아무런 탐색의 목적도, 과정도 내포되어 있지 않다. 그러나 이 여행에도 이니시에이션 구조가 내포되고 있다. 제부도를 향한 두 번의 여행이 그려지는데 제2의 제부도행이 서두와 끝을 장식하고 그 안에 액자처럼 제1의 제부도행과 그 이전의 과거 이야기가 이미지에 따른 연결로 전개되고 있다.

또 하나 이 작품에는 「명백히 부도덕한 사랑」(은희경), 「풍금이 있던 자리」(신경숙), 「사랑하는 당신께」(공지영) 등 여러 여성 작가들이 고백체 작품들을 통해 줄곧 탐색한 '불륜'으로 치부되는 사적 사랑의 문제가 가로놓여 있다. 여성의 고백과 사적 사랑에 대하여 생각해 보게 하는 작품인 것이다.

작품 분석을 위해 「제부도」의 줄거리를 요약해 보면 다음과 같다.

'나'는 시골의 어느 마을에 어머니와 단둘이 살고 있는 여자 아이이다. '나'의 아버지라는 사람은 가끔씩 손님처럼 '나'와 어머니를 찾아온다. 그는 자가용을 타고 오며 항상 파르스름한 면도자국으로 표상되는 깔끔한 외모의 소유자로 '나'에게는 많은 선물을 가져다주었다. 그는 '나'와 어머니와는 동떨어진 세계의 인물과 같이 설정되어 있는 것이다. '나'와 어머니는 마을에서 유리되어 살아가고 있는데 그 하나의 예가 바로 자전거 사건이다. 아버지가 사온 자전거는 마을 아이들에게 부러움의 대상이 되어 저마다 얻어 타기를 원했지만 '나'는 어린아이다운 뽐내기로써 그것을 들어주지 않았는데 그러자 마을의 아이들은 얻어 타지 못하는 자전거에 대하여 합리화를 하기 시작한다. 곧 '나'의 자전거를 '나'가 허락하지 않기 때문에 '못' 얻어 타는 것이 아니라 자기들 스스로 '안' 얻어 타는 것이다. '나'의 자전거는 '나'처럼 불결한 것이기 때문에 타지 않는 것이라고 그들은 말한다. 이 일을 계기로 '나'의 귀에는 '나'와 어머니에 대한 소문이 구체적으로 들리기 시작한다. '나'의 어머니는 유흥업소에서 일을 하던 여자였는데 유부남이던 '나'의 아버지 꾐에 빠져 사기 결혼을 했다. 그런데 어느 날 '아버지'의 본부인이라는 사람이 그 사실을 알고 찾아와 한바탕 난리를 벌인 끝에 '나'와 어머니를 먼 곳으로 쫓아내어 이곳까지 오게 된 것이다. 이런 등등의 미확인 소문이 '나'와 다른 사람들 사이를 어울리지 못하게 하는 작용을 한다. 친구들에 의한 따돌림의 극단적인 일은 '나'의 학교 수학여행 중에 일어났다. 친구들은 '나'를 불결히 여겼고 그런 의식은 '나'의 옆에서 같이 자는 것조차 꺼리는 행동으로 외면화되었다. 극단적인 소외감을 느끼게 된 '나'는 마침내 집으로 가는 기차에서 몰래 내려 그 길로 서울행 기차를 탄다. 그러한 과거를 안고 서울로 간 '나'는 현실에서의 비상을 위해 공장에 취직해 열심히 일하고 열심히 공부하여 번듯한 직장으로 옮긴다. 그러나 또다시 번지는 '나'에 대한 소문의 꼬리. 거기에서 벗어나기 위해 '나'는 '그'와 교제를 하게 된다. 그런데 '그'는 다른 여자와 결혼을 하고 '나'와 가정의 이중적인 생활을 한다. 여기에서 '그'의 번민이 계속되고 어느 날 '그'는 '나'에게 제부도 여행길을 제의한다. 그리고 '그'는 거기에서 사고를 당해 익사한다. '그'의 죽음으로 '나'는 갑자기 어머니의 생각을 하게 되지만 전화로 알게 된 '나'의 어머니는 이미 물에 빠져 죽었다는 것이다. 결국 '나'도 죽음의 길을 가게 된다.

이 소설은 과거보다 현재의 '나'에 관한 이야기에 무게를 두고 있다. 여기에는 두 번의 길 떠나기가 나타난다. 공간상으로는 모두 제부도라는 섬에 가는 것이지만, 첫 번째 여행은 '나'와 '그'가 같이하는 여행이고 두 번째 여행은 '나' 혼자 하는 여행이라는 차이가 있다. 전자가 타인에 의하여 제기되는 여행이지만 결국 그로 인한 결과는 '나'의 본질을 되새기는 계기가 되는 이니시에이션 구조를 갖는 반면, 후자는 '나'가 스스로 선택하여 결과적으로는 근원적인 것으로의 회귀를 시도하는 여행이라고 할 수 있다.

2. 첫 번째 여행과 '나'의 본질 찾기 — 이니시에이션

우선적으로, 첫 번째 제부도행에서 그 동기가 되는 것은 '그'에게는 신비한 곳에 대한 호기심과 모험심이, '나'에게는 행복스러운 공상과 희망이다. 제부도행을 제안하는 '그'는 모세의 기적과도 같은 광경을 볼 것에 자못 흥분까지 하고 있으며 그 길을 지나칠 뻔한 지극히 단순한 일에 매우 민감한 반응을 보일 만큼 서둘고 있다. '나' 역시 '그'가 '나'와의 관계에서 중요한 결심을 한 것일지도 모른다는 희망적 생각으로 들떠 있다.

이것을 위에서 말한 로드 스토리 구조를 염두에 두면서 비교해 보겠다.

첫째로 여행의 주체는 '나'와 '그', 곧 '그'와의 결혼을 원하는 '나'와 아내와의 결혼을 깰 마음이 없는 '그'이다. '그'는 '나'에게 아내와의 생활을 청산하려 한다고 말하고 있음에도 불구하고 사실은 아내와의 이혼 의사가 없다. 불임인 아내와 '그'는 아이를 입양하였 는데 그 사실이 그것을 증명한다. 아이를 입양한다는 것은 '그'가 아 내와의 삶을 계속적으로 유지하려고 한다는 것을 웅변으로 말해 주 는 것이기 때문이다. '그'는 '나'를 사귀는 도중에 지금의 아내를 만 나고 결혼을 했다. 결국 '나'의 존재는 '그'와 '그'의 아내와의 결혼 과는 무관하다는 것이다. 둘째로 '나'와 '그'는 제부도라는 섬을 향 하여 같이 간다는 데에서 둘은 같은 공간에서 같은 목적의식으로 지 내게 됨을 알 수 있다. 그러나 두 사람의 내면적인 것은 다른 것을 보게 된다. '나'는 그저 오랜만의 외유가 즐거울 따름이고 '그' 역시 신문에서 이른바 모세의 현상이라고 떠들어 놓은 곳을 가 보고 싶다 는 호기심만이 있을 뿐이다. 그러나 '나'에게 말하지는 않았지만 '그' 에게는 '그'와 '나' 사이의 관계정립 같은 문제가 있었을지도 모를 것이다. 셋째로 외부와의 단절 상태라는 점에서 보면, '나'는 모두 단절하고 있는 반면 '그'는 그렇지 않았다. '그'는 수첩 속에 아내와 입양한 자식의 사진을 가지고 있었다. 이것은 외부와의 완전한 차단 으로 '나'가 '그'와 둘이서만 오붓하게 지내고 동질감을 느끼게 되는 것을 막는 일종의 부적인 셈이다. '그'는 제부도 안내가 실린 신문기 사를 찾으라는 명목으로 '나'에게 그 수첩을 건네어 '나'로 하여금 그 사진을 보게 만든다. 그것은 다분히 고의성을 짐작하게 하는 것 이어서, '그'가 '나'에게 향하여 자기의 가족에 대한 집념을 무언으 로 이야기하고 있는 것이라 해석할 수도 있다. 넷째로 문제 처리의 공동성 문제이다. '나'와 '그'는 제부도에서 돌아가는 길에 섬과 육 지를 잇는 다리 위에 물이 찰 시간이 아님에도 불구하고 다리에 물이 차오르는 어려움을 만나게 된다. 여기에서 '그'는 닥친 어려움을 둘이 같이 해결하려 하지 않는다. 내려서 푯대가 되어 달라는 말로 '나'를 차에서 내리게 하고 자신은 '나'와 반대 방향으로 차를 몰아 물속으로 들어간다. 이로써 '나'와 '그' 사이에 동질감이 형성될 기회를 잃는 것을 알 수 있다. 다섯째로 결국 둘 사이는 완전한 이질화가 야기된다. 둘 사이의 관계는 개선되지 못하고 삶과 죽음이라는 극단적인 단절 상태에 이르고 만다. 여행을 마치는 단계에서 여행 주체들의 타협이나 문제해결이 아니라는 점에서 본래적인 로드 스토리와는 차이가 있는 것이다. 이 여행이 주는 것은 '나'의 성인으로서 자기 자신의 파악과도 같은 것이다.

'나'의 자기 자신 본질 파악의 구조는 다음과 같은 단계를 거치게 된다.

1) '나'와 어머니의 동일시, 나＝싸리꽃(식물성)＝어머니

이 작품에서 첫 번째의 문제는 '나'와 어머니, 그리고 싸리꽃을 동일한 선상에서 생각할 수 있다는 점이다. 우선적으로 친구들을 비롯한 마을 사람들로부터의 소외, 곧 외부세계와의 단절은 '나'를 부적응자, 추방된 인물처럼 되게 하는 동시에, '나'의 성격을 내향적으로 만들어 간다. 어머니는 세계에 적극적으로 대처하기보다 항시 한숨을 쉬는 행동으로 비관과 자학의 내향성을 보이는 인물이다. '나'는 그런 어머니의 한숨에 노이로제를 느낄 정도이지만 어머니의 영향에서 벗어나지 못하고 있다. 외부와 대화가 차단된 경우 인간은 그 반

향을 내면세계에의 천착으로 나타내게 마련인데 여기의 '나'가 바로
그런 인물로 성장하는 것이다. 그런 성격의 외면화는 자세에서 나타
난다. 외면적으로 드러나는 '나'의 자세는 항상 웅크리는 포즈이다.

① 핏기가 가신 얼굴의 엄마는 말없이 아이에게 등을 보이고 아이는 혼자 방구
석에서 알 수 없는 슬픔에 잠겨 쪼그리고 있다.
② 이 분쯤 후 기차가 움직이기 시작했을 때도 나는 조그맣게 웅크린 몸을 풀
지 않았다.
③ 우는 그를 감싸 안듯이 내 양 무릎을 그러안고 나는 잠이 들었다.
④ 주머니 속에 손을 넣고 그의 아내 사진을 만지작거리며 나는 조금씩 그에게
서 비껴 나앉았다.
⑤ 그 켜켜이 쌓인 밑바닥으로 빨려 들어가는 자동차의 환영이 내 젖은 몸을
한껏 움츠리게 했다.

①은 '나'가 다른 아이들로부터 '첩상'이라고 놀림을 받고 나서 그
말이 무엇이냐고 어머니에게 물어보았을 때, 그 말을 들은 어머니가
'나'를 외면하는 것을 보고 슬픔을 느끼게 되는 때 취한 자세이다.
정체를 알 수 없는 슬픔이지만 '나'는 자신도 모르게 몸을 쪼그리는
방어적 자세를 취하고 있다. ②는 마침내 '나'가 현실에서 도망하는
순간의 모습이다. 남들 몰래 기차에서 내린 '나'는 탈출에 성공하기
위하여 웅크리고 있는데 기차가 움직이기 시작하고 떠난 후에도 몸
을 풀지 않는 '나'의 자세는 절대로 돌아가지 않겠다는 고집과 가출
에 대한 두렵고 불안한 마음을 함께 보여 주는 것이다. ③은 '나'가
'그'를 향하는 자신의 마음을 절제하고 있음을 보여 주는 자세이다.
여기에서 '나'는 마치 '그'가 앞에 있어서 울고 있다고 생각하고 '그'
를 안아 달래는 상상을 하고 있는데 이는 '그'와는 무관한 '나'의 대

리만족을 위한 행동이다. '나'는 '그'도 자기처럼 괴로움에 울고 있다고 생각하고 싶은 것이다. '나'는 '그'에 대한 그리움을 해소하기 위하여 '그'에게 찾아가는 대신 자기의 다리를 '그러안는다.' 이러한 행동은 '그'를 향한 마음의 소극적이고 내향적인 표현이다. '나'는 '그'를 찾아간다든지 하는 적극적인 행동을 하기보다 자기 자신의 다리를 감싸 안음으로써 그로 향하려는 자기의 마음을 다잡고 있기 때문이다. ④는 '그'로부터의 퇴행이 보다 더 구체적인 방식으로 보이는 '나'의 행동이다. 여기에서 '나'는 '그'가 '나'에게 기대 올 때마다 '그'의 수첩 속에 있던 '그'의 아내와 아들의 사진을 만지작거리며 '그'로부터 물러나는 자세를 취하고 있다. '나'는 실제로 눈앞에 있지도 않은 '그'의 아내와 아들의 사진에도 압도될 정도로 축소되어 버린 것이다. ⑤에서도 그러한 움츠림의 자세는 나타난다. '그'와 함께 제부도를 벗어나는 길에 불길한 생각을 하면서 자꾸 움츠러드는 상상을 하는 것이다. 이렇듯 매사에 움츠러드는 소극적이고 감상적인 '나'의 태도는 어머니를 닮은 것임을 알 수 있다. 그래서 '나'는 자신이 가장 움츠러들었을 때인 '그'의 죽음 이후 비로소 현재 자신의 모습과 똑같은 모습의 어머니를 떠올리게 된다.

> 나를 기다리며 홀로 긴긴 밤을 새웠을 어머니. 한숨을 쉬고 또 쉬어 텅 빈 동굴 같은 가슴을 안고 살았을 어머니. 늘 그림자 같던 자신을 더 옹송그리며 아버지를 대했을 어머니.[1]

어머니의 모습이 현재 자신의 모습과 꼭 같은 모습임을 알게 된

---

1) 서하진 「제부도」, 윤후명 등, 『이상문학상 수상작품집』, 문학사상사, 1995. 183면.

'나'는 마침내 전혀 이해할 줄 몰랐던 어머니를 이해하게 된다. '나'는 가출 후 한 번도 어머니를 생각한 적이 없고 집을 그리워해 본 적도 없다. 그런 '나'가 어머니를 떠올리고 자신의 가출 후의 상심으로 더 움츠러들었을 모습을 상상하는 것은 같은 처지에 놓인 사람들의 서로에 대한 연민과도 같은 것이었던 것이다. 이렇듯 움츠러드는 성향의 '나'는 항상 다른 사람에 대하여 막연하게 피해의식을 가지고 있다.

① 경운기 위의 남자가 손을 내저으며 휘익, 휘파람을 불었다.
② 매표소의 사내가 물끄러미 나를 바라보며 아가씨 혼자 어딜 가슈 하고 물었다.
③ 주인 여자의 수상쩍어 하는 눈이 나를 힐끔거렸다

경운기 위의 남자가 손짓을 하며 휘파람을 부는 것이나 매표소의 사내가 '나'를 향해 행선지를 묻는 행동, 운정 주인 여자의 눈짓 등은 대수롭지 않은 것일 수도 있다. 그러나 항상 다른 사람의 시선을 끌어 왔고 소문에 시달려 온 '나'이고 보니 그런 시선들도 '나'에게는 예사롭지만은 않다. 항상 '나'를 따라다니고 '나'를 시달리게 해 왔던 소문들과 어머니의 한숨 때문에 '나'는 노이로제, 곧 신경증이 걸려 있었다. 신경증의 사람은 무의식적인 그 신경증의 요소를 다른 사람이나 대상에 투사하려 하는 것이 보통이기 때문에 '나'는 항상 다른 사람에게서 그러한 신경증의 대상을 외부에서 찾고 그에 투사하고 있는 것이다. '나'가 이러한 피해의식, 강박관념을 가지게 되는 그 기저에는 어머니와 아버지로 인한 콤플렉스가 크게 작용하고 있는 것이다.

2) '그'와 아버지의 동일시, 그 = 갈매기(동물성) = 아버지

'나'의 아버지에 대한 지향은 결국 아버지를 닮은 '그'를 사랑하는 행위로 나타난다. '나'는 혼자 외롭게 지내고 있는 어머니를 버리고 서울행 기차를 탄다. 이때 서울은 아버지가 있는 곳이니 은연중 '나'의 부성에의 지향을 보이고 있는 것이다. 모성을 버리고 부성을 향하는 '나'의 심리는 동성 부모에게 적개심을 느끼고 이성 부모에게 애착을 갖는 여성의 콤플렉스인 엘렉트라 콤플렉스와 연관시켜 볼 수 있다. 그런데 서울로 간 '나'가 아버지를 찾거나 만나는 것은 아니다. '나'가 아버지를 만나기에는 그에 대한 정보가 아무것도 없는 것이다. 그러나 고향과 어머니를 버리고(심리학에서 말하는 모친 살해) 낯선 곳, 아버지가 있는 서울로 향하는 행동만으로도 아버지에 대한 지향을 알 수 있다.

우선 이런 '나'가 지향하는 아버지의 외면적 모습은 손님같이 정갈하게 꾸민 모습이다.

> 신분증을 돌려주고 돌아서는 군인의 뒷덜미, 모자 밑으로 파랗게 머리를 민 자국이 산뜻했다. 까닭 없이 가슴이 저려 와서 나는 그가 눈치챌세라 가만히 한숨을 쉬었다.[2]

'나'에게 '아버지'란 '파랗게 민 면도 자국'으로 상징되는 정갈한 손님의 모습이었다. 그렇기 때문에 '나'는 낯선 남자의 파란 목덜미만으로도 아버지가 연상된다. 그리고 어머니가 하던 것처럼 자기도

---

2) 「제부도」, 168면.

모르게 한숨을 쉰다. 아버지에 대한 상상만으로도 '나'는 어머니와 같은 행동을 하게 되는 것을 알 수 있다.

다음으로 아버지의 내면세계이다. 이것은 '나'의 '그'에 대한 지향으로 간접적으로 알 수 있다. '나'가 '그'를 지향하는 것, 이는 '나'의 아버지에 대한 지향에 다름 아닌 것이다. '그'는 '나'의 아버지와 많이 닮아 있다는 점에서, '나'의 아버지를 향한 대리만족 수단이었다. '그'와 아버지의 공통점은 성격적으로 다른 사람에게 무관심하다는 것에서, 또 하나 따로 가정을 가지고 있다는 점이다. '나'의 아버지는 한 달에 한 번 들르는 정도로 사생아인 '나'와 첩인 어머니에게 무관심한, 유부남이다. '그'도 회사 내에서 '나'를 둘러싼 온갖 루머 가운데서 아주 무관심한 모습을 보인다. 그런데 바로 이 점에 '나'의 호감을 산다. '나'를 주위의 소문에서 벗어나게 해 줄 통로, 구원의 인물은 다른 사람과 다르면서도 '나'의 아버지와는 공통되게 '나'에 대하여 무관심한 사람, 바로 '그'였던 것이다. 그런데 '나'는 '그'가 결혼을 하기 전에 '그'와 교제를 해 왔으면서도 '그'가 다른 여인과 결혼하는 것을 용납했다. 그러면서도 결혼한 후의 '그'와 계속적으로 만남을 이어가고 있다. 여기에서 '나'는 무의식중 스스로를 자기 어머니와 같은 환경을 만들고 있다. 결국 '나'는 무관심하다는 성격이 아버지와 비슷하다는 이유로 '그'에게 끌리고는 '그'를 유부남으로 만들어 놓고 그 양단간에서 줄타기하는 남자의 모습을 즐기고 있는 것이다. '나'는 그것이 남녀 간 사랑의 모습이라고 생각하고 있는지도 모를 일이다. 보고 배워 온 것이라곤 한숨과 눈물뿐인 어머니와 어쩌다 들러 선물이나 주고 가는 아버지의 모습뿐이었기 때문이다. 이것이 바로 '나'의 트라우마였고 그로 인해 '나'는 굴절된 사랑관을 가지고 있다.

> 그는 언제까지고 내게 거친 숨결로 다가오고, 그 숨결이 사그라들면 내게서 등을 돌리리라. 그의 호흡이 다시 바빠지기를 기다리며 나는 다만 그의 그림자를 바라보고 있어야 하리라. 비어 버린 그의 욕망이 차오르는 시간. 그 시간에 매달려 나는 길고 긴 밤을 새워야 하리라.[3]

‘나’가 ‘그’에게 가지고 있는 것은 사랑이 아니었다. 위의 인용과 같은 부분은 정상적인 사랑관이라고 볼 수 없는 것이다. ‘거친 숨결로 다가’왔다가 욕망이 ‘비어 버리면’ 멀어지고 다시 그 욕망이 차올라 그 해소를 위하여 찾는 것, 이는 사랑이라기보다 순간적인 욕망의 모습이다. 그런데 ‘나’는 바로 여기에 매달려 있는 것이다.

무관심하다는 점에서 ‘나’의 아버지를 닮은 ‘그’는 ‘나’에게는 정복과 도전의 대상이며, 아버지에게 가기 위한 길과도 같은 것이었다. 아버지에게 가기 위하여 반드시 넘어야 하는 과정과도 같은 것이었다. 그래서 산처럼 느껴지는 ‘그’를 굳이 넘어서고자 노력한다. 그런데 ‘나’는 본능적으로 어머니와는 다른 미래를 지향한다. 그리하여 ‘나’는 ‘그’에게 어머니가 아버지에게 받았던 무관심을 받지 않으려고 애를 쓴다. 무관심한 ‘그’를 무관심하다는 점에서 호의를 갖고 다가가게 되었으면서 그런 ‘그’에게 대하여 관심을 얻기 위하여 안간힘을 쓰는 것이다.

> 그의 어조에서 안쓰러움을 읽으면서 어쩔 수 없이 싸아해 오던 기억들. 그의 가슴에 연민을 불러일으키고 그 연민이 나를 안도케 하던, 그 감정의 파장에는 무

---

3) 「제부도」, 175면.

엇이 도사리고 있었던가. 그를 만나기 전날이면 일부러 밤을 지새워 창백한 안
색을 만들고 무채색의 옷을 고르면서 가라앉은 분위기를 일구어 내려 한 내 그
모든 행위가 바란 것은 무엇이었을까.[4]

　‘나’는 애인인 ‘그’에게 육감적으로 유혹하거나 사랑스럽게 행동하
지 않는다. ‘그’가 ‘나’의 입술을 보고 도발적으로 보인다고 말하자
‘나’는 다시 ‘순하고 얌전해 보이는 색’을 골라 바르고 “안색이 안
좋아, 또 잠 못 잤구나?”라는 말을 하게 만들어야 안심하게 된다. 안
쓰러움과 연민, 그것이 ‘나’가 ‘그’에게 바라는 감정의 전부였음을
알 수 있다. 이것은 ‘나’의 심리적 고착 상태와 그에 따른 세계 편성
의 면모를 보여 주는 것이기도 하다. ‘나’는 어릴 때부터 어머니에게
필요한 것이 아버지의 관심이라고 보았던 것이다. 그리고 ‘나’는 나
름대로 만일 어머니가 아버지에게 안쓰러움이나 연민의 감정을 일으
키는 데 성공하였더라면 그렇게 무관심하게 ‘나’와 어머니를 버려두
지는 않았을 것이라고 해석하였다. 남녀 간의 사랑에 대하여 정상적
인 안목을 갖지 못하고 고착되었던 탓에 ‘나’는 사랑과 동정을 혼동
하고 있다. ‘나’는 ‘그’에게 아버지에게 부족했던 나(＝어머니)에 대
한 관심과 동정심을 유발하려고 한다. 이것이 ‘나’의 사랑관의 왜곡
을 단적으로 보여 주는 것이다.
　‘나’:‘그’＝어머니:아버지의 공식은 ‘그’의 아내와 아이에 대한 콤
플렉스로 이어진다. 그의 수첩 속에 있던 ‘그’의 아내와 아들의 사진
은 ‘나’로 하여금 자신과 자신의 어머니를 떠올리게 한다. 사진을 보
고 난 뒤 ‘나’에게는 아이의 울음소리가 반복되어 들려온다.

---

4) 「제부도」, 162면.

① 섬에 닿자마자 보이던 횟집. 좁은 방에서 그는 자꾸만 내 어깨에 팔을 걸쳐
왔다. 열린 방문 밖에서는 칭얼대는 아이의 소리가 그치지 않았다.[5]
② 어디선가 갓난아이의 울음소리가 들렸다.[6]

이렇듯 되풀이되는 아이의 울음소리는 결국 어린 날 자신의 울음
소리에 다름 아닌 것이고, 이를 자꾸만 떠올리는 '나'의 심리를 통하
여서는 결국 '나'가 '그'의 아내와 가정에 심리적 부담감을 떨쳐내지
못할 것임을 알 수 있다.

'나'의 바람은 스스로가 '나＝어머니＝싸리꽃'의 등식에서 벗어나
는 것이었다. '나'는 어머니(싸리꽃)가 아니고 아버지(갈매기)가 되기
를 바라고 지향한다. '나'가 보는 싸리꽃은 누구의 관심도 받지 못한
채 그저 피었다가 아무도 아쉬워하지 않는 가운데 지는 시시한 꽃에
지나지 않는다.

거기 있는가 싶지도 않게, 피었다고 하기도 쑥스러운 모습으로 푸슬푸슬 눈이
내린 자국처럼 희끗하다가 어느 날 눈이 녹을 때처럼 맥없이 사라지는 것이었다.
(……) 아무도 싸리꽃을 꺾어 봄을 맞으려 하지 않았다. (……) 길옆의 하얀 싸
리꽃이 눈부시게 다가왔다.[7]

있는지 없는지 존재조차 희미한 싸리꽃, 그것은 아버지로부터 버
림받다시피 한 어머니의 모습이면서 동시에 존재의 당위성을 부여받
지 못한 '나'의 모습이기도 하다. 그런데 아무도 주의 깊게 보아주지
않는 꽃이지만 동질감을 느끼는 '나'에게는 눈부신 존재로서 느껴지

---

5) 「제부도」, 172면.

6) 「제부도」, 180면.

7) 「제부도」, 163면.

기까지 한다.

> 싸리꽃이 무리지어 피어나는 봄이면 어린 나는 까닭 없는 열병을 앓곤 했다. (……) 어린 여자아이의 가슴에 숨어 있던 그 간절한 욕망을. (……) 그 욕망이 밤마다 가슴을 치는 망치가 되어 여자애를 멍들게 하고 마침내 그 마찰이 봄이면 열꽃으로 피어나는 것을. (……) - 나는 달아날 거야. 나는 달아나고 싶어, 달아나고 말거야.[8]

그렇기 때문에 싸리꽃이 만개하는 봄이 되면 싸리꽃과 같은 '나' 역시 싸리꽃과 같이 피어나게 된다. 바로 욕망이 피어나는 것이다. 싸리꽃이 피는 것과 함께 '나'에게 견딜 수 없을 만큼 간절하게 일어나는 '욕망'이란 바로 현실에서 벗어나는 것이었다. '나'는 싸리꽃이지만 싸리꽃이 아니기를 원하고 있다. 그것은 바로 식물성에서 동물성에로의 전환에 대한 갈망 때문이다.

> 차츰 내 안에서 올라오는 열기에 내가 그대로 하늘로 날아오를 수 있을 것처럼 느껴지는 것이었다. 내 몸이 점차 가벼워지고 새처럼 풀쩍 날아올라 가지 사이로 날갯짓하는 것이 보였다. 빙 머리가 도는 현기증이 나를 위로 위로 밀어 올리고 나는 아스름한 하늘 저편으로 춤추듯 둥둥 떠오르는 것이었다. 그렇게 날아가는 내 모습은 너무나 아름답고 그리고 섬뜩하였다.[9]

'나'는 늘 비상을 꿈꾼다. 비상은 성적인 이미지로 오르가즘을 의미하기도 하는 것이어서 '나'의 억압된 성적 욕구의 발현으로 볼 수도 있다. '나'의 엘렉트라 콤플렉스라 할 아버지에 대한 사랑의 관념은 늘 곁에 있어 주지 않은 아버지로 인해 거세되었다. 이것은 '나'

---

8) 「제부도」, 164면.
9) 「제부도」, 170면.

로서는 억압된 성적 욕구이다. 그것이 '나'로 하여금 비상을 꿈꾸게 만든 것이다. '나'의 이러한 욕망은 갈매기와 동일시되기도 한다.

검고 둥근 그 눈은 자신이 가는 곳을 잘 알고 있다는 듯 흔들림이 없었다. 창으로 비껴 드는 햇살 사이로 또렷이 떠오르는 그 눈이 나를 보고 있다고 생각한 순간 갈매기가 끼르륵 이상한 소리로 울었다. 어쩌면 그것은 환청이었을 것이다. 달리는 기차 바퀴 소리에 갈매기는 그 움직임까지도 묻히고 있었으니까. (……) 다시 창밖을 보았을 때 갈매기는 어디론가 사라지고 보이지 않았지만 나는 그 새가 바다로 돌아갔으리라고는 생각되지 않았다.10)

'나'는 혼자 날고 있는 갈매기를 보면서 친구들로부터 따돌려지던 자신을 떠올린다. 자신을 따돌려지는 사람으로 만든 것은 아버지이다. 여기에서 갈매기는 아버지이면서 '나'의 동일시 대상이 되어 버린다. 갈매기는 '나'를 쳐다보고 있고 나를 향해 이상한 소리로 우는 것 같다. 마침내는 갈매기의 눈빛에 '나'의 마음을 투사한다. 그 새가 바다로 돌아가지 않을 것 같아 자기도 집으로 돌아가지 않을 것을 결심한다는 것이다. 본래 수학여행이란 부모를 떠나 또래집단끼리 생활하는 단체 생활의 경험장이다. 그런데 그곳에서 '나'는 친구들로부터 눈초리와 걸음걸이가 이상한, '색기'를 가진 아이로 치부되고 감수성 예민한 사춘기 소녀들 또래집단에서 극명하게 소외되는 경험을 한다. 또래집단에서의 소외는 감수성 예민한 '나'에게 아주 절실한 문제가 아닐 수 없다. 움츠러들기만 하던 '나'의 행동 양식은 이러한 극단적 소외 속에서 무리를 떠나는 행동으로 변화한다. 곁에 있는 것조차 거부하고 같이 누워 잠자는 것조차 금기하는 친구들의

---

10) 「제부도」, 170면.

따돌림을 받던 '나'가 그들로부터 이탈하는 것은 그들에게 할 수 있는 가장 최초의, 또한 유일한 저항 방식이었다. 움츠러드는 식물성 행동에서 움직이는 동물성 행동으로 변화하는 것이다. 칼 융은 초월을 가장 잘 상징하는 것이 바로 새라고 말한 바 있다. '나'는 꽃(식물성, 부동)에서 새(동물성, 가동)로의 변화를 위해 비상을 꿈꾸어 오다가 마침내 그들을 떠나는 구체적 행동을 보이게 된다. 산처럼 느껴지는 '그'를 굳이 넘으려고 애를 쓰는 것도 '나'가 꽃이 아니고 새가 되려는 몸부림에 다름 아니다.

그러나 '나'가 꿈꾸는 것 같은 비상에의 욕망은 '그'의 죽음으로 좌절된다. 그것은 '그'가 죽은 뒤 '나'가 꾸는 다음과 같은 꿈을 통하여서 알 수 있다.

> 잔가지 같은 싸리에서 눈처럼 희게 꽃이 피어나고, 이것 봐요……. 내가 꽃을 가리키자 그가 뚝뚝 가지를 꺾어 둥근 화환을 만들었다. 자아. 나는 그가 내미는 손 가득한 꽃무더기를 보았다. 싸리꽃도 아름답구나……. 나는 꽃과 꽃 그림자가 어룽진 그의 얼굴을 번갈아 바라보았다. 어서 받아, 네 거야. 그의 목소리가 꿈속처럼 은근했다. (……) 꽃은 눈 녹듯 사라지고 싸릿가지만이 얼기설기 엮인 가시관이 내 손에 들려 있었다. 아무리 손을 뿌리쳐도 가시관은 내 손에서 떨어지지 않고…….[11]

여기에서는 싸리꽃 그 자체의 '나'로, 노력하여 만들어 내는 것이 아닌 실체의 '나'로서 '그'에게 인정받고자 하는 원망이 표현된다. 비상이 실패할 바에야 있는 그대로의 모습으로라도 '그'에게 인정받아야 했다. '나'에게 '그'의 인정은 자기의 존재가치와 직결되는 문제였으므로 그만큼 필사적인 문제였던 것이다. 그런데 '그'가 내미는

---

11) 「제부도」, 180면.

꽃무더기는 사실 사랑의 징표가 아니고 형극과도 같은 것이다. '나'가 목숨을 걸고 얻어내야 했던 '그'의 관심과 인정, 그것은 '나'로서는 행복한 것이 아니라, 굴레였고 벗어날 수 없는 족쇄였다. '그'의 가정을 파괴함으로써 '나'가 얻을 수 있는 행복이 무엇이겠는가. 그것의 실상은 위에서도 말한 '갓난아이의 울음소리'에서 밝혀진다. 자식을 바라는 '그'의 어머니와 인천의 국민학교 선생이자 생산하지 못하는 '그'의 아내로 대표되는 생활을 육지라고 한다면 '그'와 '나'가 함께 찾아가는 제부도, 섬은 바로 '나'이다. '그'는 이런 육지와 섬 사이에 1일 2회 나타나 육지와 섬을 연결시키는 다리처럼 가끔씩 생활로부터 떠나 '나'를 찾는다.

> 섬은 바다 위에 떠 있었지만 구불구불한 길이 드러난 동안은 섬이 아니었다. 육지와 이어진 땅덩이. 섬이 육지와 만나는 사이 바다는 서로 길 양편으로 갈라서고 다시 바다가 만날 때 섬은 뭍에서 떨어져 나간다. 이것은 영원한 이별일까. 계속되는 만남일까.[12]

바다 위에 떠 있는 섬처럼 생활에서 유리되어 있는 '나'는 다리가 있을 때 섬이 육지와 연결되어 땅덩이로서 의미를 갖게 되듯이 '나' 역시 '그'가 생활과의 교량이 되어 줄 때 삶의 의미를 갖게 되는 것이다. '육지와 이어진 땅덩이'는 말을 바꾸면 '생활과 관계되는 나'이다. 바다가 만나면 육지와 섬은 갈라지고 육지와 섬이 만나면 바다가 갈라지는 것, 바다가 갈라지지 않고 온전한 모습으로 모여 있으려면 섬은 섬대로, 육지는 육지대로 있어야 하는 것이다. 그렇기 때문에 '그'는 '나'와 결혼할 수가 없었던 것이고, '그'가 '나'에게

---

12) 「제부도」, 168~9면.

주는 것은 '꽃'이 아니라 '가시관'이었던 것이다.

이런 복잡한 관계로 인해, '그'와 가벼운 동기로 출발하는 제부도 행은 '나'에게 하나의 이니시에이션으로 작용하는 것이다. '나'의 아버지에로의 지향을 위한 수단에 불과한 '그'의 분열과 파괴는 이미 예고되어 있었던 것이어서 '그'는 마침내 죽게 된다. '그'의 죽음은 해변가에서 차의 고장으로 복선이 깔린 상태에서 시간이 맞지 않은 만수를 당하자 차가 문제를 또다시 일으켜 자포자기해 버린 충동적인 죽음이라고 볼 수도 있다.

그러나 '그'가 여행을 결심한 데에는 분명하지는 않으나마 죽으려는 의도가 미리 있었던 것으로 보이는 부분이 있다. 우선적으로는 '그'의 과잉 유쾌함이 그것이다. 여행 안내문에 쓰여 있는, '작은 쪽지가 요구하는 실천 불가능한 일'을 화제로 '그'는 키득거리며 지나치게 유쾌해한다. 입양한 아이까지 있는 가정과 결혼 전부터 교제해 온 여자 사이에서 고민하는 사람이 사소한 일에 그렇게 즐거워할 수만은 없다는 것을 염두에 두면, 그리고 종종 '희미한 술 냄새'를 풍기고 다닐 정도로 고민하고 있었으므로 '그'의 이러한 유쾌한 태도는 문제를 가리려는 의도일 수도 있다는 것이다. 다음으로 '그'가 죽음을 의도하였다고 볼 수 있는 것은 운정의 주인 여자가 묵고 갈 것이냐고 물어왔을 때 '그'의 태도에서이다. 대수롭지 않은 질문에 대하여 '그'는 "아니에요, 곧 나갈 겁니다." 하고 쌀쌀맞게 대꾸하는데 여기에서 '그'가 '나'와의 동행을 즐겁게 여기고 있지만은 않으며 곧 그것을 끝내려고 하는 것을 짐작해 볼 수도 있다. 또 '그'는 '나'에게 자기 아내와 아들의 사진을 우연을 가장하여 보게 하는데 이것 역시 의도적인 듯하다. 행선지에 관한 정보가 적혀 있는 종이를 사진 있는 수첩에 그것도 사진 앞에 끼워 넣고 '나'에게 종이를 보아 달라고 하는 것을 '그'의 단순한 실수라고 하기에는 석연치 않은 부분이 있다. '그'는 이로 인해 '나'가 움츠러들 것을 알고 있었던 것이다. 돌아오는 길에서, 지프차가 지나가다가 요란스러운 소리를 내며 운전석 옆 거울을 긁었을 때 '그'의 태도 역시 석연치 않은 구석이 있다. '그'는 "짜아식, 고물차라 신경 안 쓴다 이거지." 하며 웃고 만다. 자기의 차를 손상시킨 사람에 대한 태도가 그처럼 무심하다는 것은 소유에 대한 무관심, 삶에 대한 무관심으로 읽힐 수 있다. 이와 연관 지어 생각할 수 있는 또 하나의 일은 '나'와 '그'가 제부도로 가는 길에 협궤열차를 만났을 때 '그'의 태도이다. '그'는 협궤열차를 만난 것을 운 좋은 일로 보고 나란히 달리며 즐거워한다. '그'는 협궤열차를 자기와, 자기 가족과 동일시하고 있다. 협궤열차 안에는 한 여자가 타고 있었고 '나'는 그 여자를 '텅 빈 동굴 같은 두 눈'으로 자기를 무표정하게 그러나 섬뜩한 표정으로 노려보고 있다고 생각한다. '나' 역시 '그'와 마찬가지로 협궤열차를 '그'로, 그 안의 여자를 '그'의 아내로 생각하고 있었던 것이다. '나'는 '그'의 아내를 본 적도 없지만 무의식중에 그녀가 자신을 증오할 것으로 생각하고 있었음이 드러난다.

'나'는 첫 번째 여행 이후 '그'의 죽음을 만나면서 하나의 통과제의를 거치게 된다. 그래서 비로소 '그'와 '나' 간의 문제의 심각성에 직면하게 되기도 하고 처절한 외로움 속에서 어머니를 닮아 있는 자신을 발견하게 되는 것이다.

3. 두 번째 여행과 '나'의 회귀

'그'가 떠난 후에야 '나'는 지금 자기의 모습과 같았을, 혼자 버려진 어머니를 생각하게 된다. 결과적으로 '나'는 어머니를 버렸다. 아버지에 대한 지향이 '나'로 하여금 어머니를 주저 없이 버리게 했고 떠난 후에도 어머니에 대한 연민의 감정보다는 아버지상의 남자를 모색하는 데 힘썼던 것이다. 그러나 아버지에로의 지향이 단절되자 '나'는 다시 모성으로 회귀하려고 한다. 그래서 어머니를 생각해 내고 오래간만에 집으로 전화를 하게 되는 것이다. 그러나 이미 어머니는 이 세상 사람이 아니라는 것을 알게 된다. '나'의 어머니는 물에 뛰어들었던 것이다. '나'의 가출과 오랜 소식 단절이 '나'의 어머니를 죽게끔 했을 것이라는 것은 짐작 가능한 사실이고 보니 '나'는 모친살해를 한 셈이 된다. 어머니를 죽게 하였다는 자책과 모성회귀 본능 추구의 좌절은 마침내 '나'에게 제2의 제부도행을 택하게 한다. 여기에서 제2의 제부도행이란 어머니와 '그'가 간 곳으로 따라가고자 하는, 물로의 회귀였던 것이다. 칼 융에 의하면, 물이란 '창조의 신비'이며 '탄생과 죽음', '부활'인 동시에 '정화와 속죄'를 의미하는, 무의식의 가장 일반적인 상징이다. 여기에서 '나'는 다소 맹목적인 부성에의 지향이 가져온 두 인물의 죽음에 대하여 자신의 몸을 던져 속죄하고자 하는 것이다.

4. 결론: 사적 사랑의 탐구와 의미

‘나’는 어머니와 자기를 동일시하고 있다. 그리고 동성부모인 어머니를 떠나 이성부모인 아버지에게로 간다. 그러나 ‘나’는 아버지의 집이 어딘지 무얼 하는 사람인지 하는 정보가 하나도 없다. 무작정 어머니를 떠났을 뿐, 아버지에게로 가는 길은 차단되어 있는 것이다. 그래서 ‘나’는 아버지의 모습을 투사할 대상을 찾는다. 아버지에게로 향하는 욕망을 충족시킬 대상을 찾는 것이다. 여기에서 ‘그’는 바로 욕망의 삼각형 이론의 ‘욕망의 중개자the mediator of desire’였던 것이다. 그런데 ‘나’가 아버지에 대해 알고 있던 아버지로서의 특성은 무관심이었다. 아버지의 왜곡된 부성인 무관심함이 ‘나’에게는 남자 매력의 조건이 되기까지 하는 데에 문제가 있다. 왜곡된 부성을 통해 ‘나’는 왜곡된 사랑관을 갖게 되었던 것이다. 그런데 ‘나’는 ‘그’를 통해 자기의 존재 가치를 인정받고 아버지에게 결핍했던 애정을 ‘대상충족’하려고 한다. 결국 ‘그’는 ‘나’의 아버지 지향과 보상의 수단에 다름 아니었다. 그렇기 때문에 ‘그’는 분열할 수밖에 없었고 ‘그’의 파괴로 ‘나’의 부성 지향은 좌절될 수밖에 없었다. 부성 지향이 좌절된 ‘나’는 다시 모성으로라도 회귀하기를 원망하지만 모친은 이미 죽고 없다. 모성 회귀까지 좌절된 ‘나’의 갈 길은 영원한 회귀의 길인 죽음뿐이었다. 결국 ‘나’는 떠나왔던 모성으로 회귀하기 위하여 두 번의 여행을 했던 것이다.

제9장 여성과 결혼, 일―무소의 뿔처럼 혼자서 간다는 것은

1. 서론: 여성의 결혼, 그 의미 탐색

울프는 『자기만의 방』에서 여성의 글쓰기는 여성 자신의 권리를 위해서 여성의 경험을 탐구해야지, 남성의 경험과 관련된 여성의 경험에 대한 상대적인 평가를 해서는 안 된다고 주장하였다. 여성의 경험에 대하여 글을 쓴다는 것은 여성의 구속된 삶을 묘사하는 언어학적인 방법들을 발견하는 것이 중요한 목표라고 할 수 있는 것이다. 줄리아 크리스테바는 여성 작가들을 아버지와 어머니 사이에 끼어 있는 존재라고 표현한 바 있다. 여성 작가들의 관찰 대상은 아버지와 어머니에서 시작하고 곧 그것은 어머니로 대표되는 여성의 삶에 가해지는 억압의 존재를 인식하는 행위로 나타난다. "여자라는 표현이 어느덧 모든 반가치적인 것을 표상하는 시대적 상징물 가운데 하나가 되어 있다 싶다."고 말하는 유순하의 『여자는 슬프다』에서 여성 삶의 억압 구조는 직접적 간접적으로 드러난다. 자기 정체성조차 희미해지는 여성의 타자적인 삶, 남성 중심의 가부장 이데올로기하에서 질곡에 빠지는 여성의 굴레 같은 것들이 묘사된다. 여기에서는 친정과 시댁 사이에서 찢겨지는 여성의 모습이 다루어진다면 신경숙의 「풍금이 있던 자리」나 양귀자의 『모순』, 김인숙의 「칼날과 사랑」 같은 작품에서 반복되는 여성과 남성의 구조는 바람을 피우는 남자, 기다리고 인내하는 여자라는 것이다. 여성소설의 대부분을 이루는 모티브가 바로 이러한 아버지의 외도와 어머니의 눈물의 삶이라는 문제이다. 여성으로서 자신의 본성을 죽여야 하는 강제적 요소가 되는 엄격한 가부장제하에서 여자들이 느끼고 있는 보편적인 우수, 슬픔, 부조리 등과 여자들에게 그런 것들을 느끼도록 자꾸만 환기하는 보편적인 상황들이 여성 작가들에게 하나의 정신적 외상으로 작용하고 있음을 알 수 있다.

결혼에 골인한다는 표현도 있지만 대부분의 남성 이데올로기에서 결혼은 완성이거나 행복한 결말을 의미했다. 수많은 이야기들은 대부분 결혼 전에 여러 갈등과 고난을 나열하여 놓고 결혼과 동시에 모든 문제가 해결된다는 듯이 우리를 세뇌시켜 왔다. 우리는 악마를 무찌르고 공주를 구해내 마침내 문제에 둘러싸여 있던 공주와 결혼하는 왕자 모티브에 충실하게 젖어 있었다. 결혼해서 아들 낳고 딸 낳고 행복하게 살았다는 수많은 서사 구조의 천편일률적인 결말을 배워 왔기 때문에, 독자는 결혼이 하나의 도피처인 양 구원의 메커니즘인 양 생각하게 된다.

그러나 결혼이 문제의 결말이나 끝인 경우는 거의 없다. 오히려 결혼과 더불어 문제가 발생되고 사건은 전개되어 가기 마련이다. 결혼이 문제의 결말이라면 결혼이 인생의 무덤이거나 결혼으로 결핍의 여성이 충족된다는 관념 혹은 남성이 여성을 구원하는 의미가 받아들여지지 않으면 안 된다. ① 결혼을 부정하는 사람들에 의해 사용되는 '결혼은 인생의 무덤'이라는 은유를 받아들이지 않는다면, 결혼으로 문제가 끝난다는 논리는 설득력이 없는 것이 아니겠는가. ② 다음으로 불완전한 여성의 완성의 문제. 이것은 여성성이 남성성 안에 압도되어 결혼과 동시에 여성은 자아를 죽이고 남성의 일부로 살아가는 것이라는 전통적 결혼관이다. 결혼 생활 안에서 일어나는 모든 문제는 여성의 참음과 소리 내지 않음에 의해 간과되고 숨겨져 왔던 것이다. ③ 마지막의 경우는 현대소설과 드라마에까지도 재현되는 신데렐라 모티브이다. 구원의 남성상, '백마 타고 오는 왕자님'에 의해 어렵고 갈등 속의 여성이 구원을 받는다는 것이다. 여성은 일방적으로 구원되고 남성은 그 구원의 주체라는 성에 대한 커나란 편견이 여기에 함축되어 있다.

『무소의 뿔처럼 혼자서 가라』는 한 남자와 한 여자가 만나 결혼하여 행복하게 산다는 결말 속에 숨어 있는 '수없이 많은 가시덤불과 수렁'(유현미, 『무소의 뿔처럼 혼자서 가라』 발문, 296면)에 대한 이야기이다. 여기에서는 결혼이 문제의 해결이 아니라 사건의 발단이 되는 셈이다. 아무런 문제없이 살아가던 세 여성 – '우리에게 무슨 일이 일어나게 하소서' 기원까지 하던 – 들에게 일어나는 인생의 험난한 구조가 작품 전반의 내용이다. 이렇듯 『무소의 뿔처럼 혼자서 가라』에서는 여성들의 결혼에 이르는 과정을 생략하고 결혼 후의 문제에 집중함으로써 결혼 이데올로기가 내포하고 있는 남녀 불평등구조를 적나라한 방식으로 그려낸다. 작가는 결혼구조와 육아의 문제 – 여성에게는 너무나 당연한 것으로 다른 말이 일절 용납되지 않았

던-라든가 성적 불균형 등의 문제를 과감할 정도로 솔직히 보여 준
다. 이것은 여성성의 긍정적인 재현을 주장하는 작가이자 철학자인
엘렌 식수가 주장하는바 여성 목소리 억압의 구조였던 팰러스 중심
주의에 대한 도전과도 맥을 같이한다. 식수는 여성 스스로가 자신을
검열에서 풀어야 한다고 말했다. 그리고 꼭꼭 묶이고 부정되었고 감
추어져 있던 여성성-그녀의 소유물들, 그녀의 기관들, 그녀의 거대
한 육체 영역들-에 대한 회복을 강조하며 너무 탐욕스럽거나 또는
너무 불감증인 것에 대한, 또 너무 모성적이거나 또는 너무 비모성
적인 것에 대하여 가지게 되는 여성 스스로의 죄의식도 극복하여야
한다고 하였던 것이다. 이것이 여성적인 글쓰기가 남성적인 글쓰기
를 전복시킬 방법이라고 식수는 보고 있는 것이다. 당연한 것으로
받아들여졌던 여성의 비인간화, 마더 콤플렉스, 슈퍼우먼 콤플렉스들
에 과감히 도전장을 내는 것이 『무소의 뿔처럼 혼자서 가라』의 세계
이다.

2. 『무소의 뿔처럼 혼자서 가라』의 문제 제기

『무소의 뿔처럼 혼자서 가라』는 여성으로서 소설 읽기의 과제를
분명히 하는 것이라고 할 수 있다. 여성과 그를 둘러싼 사회의 여러
가지 문제를 정직한 작가의 시선으로 짚어 나간다. 노영선이라는 여
성의 자살미수 사건으로 시작하여 마침내 자살에 이르는 동안의 이
야기. 시간적으로는 8월 중순께부터 12월에 이르는 반 년 남짓한 시

간이 소요된다. 시간적 배경의 협소성과 당대성, 공간적 배경의 정착성 - 여행을 하면서도 여행 구조는 생략된다. - 과 도시성 등 기본적 노벨의 구조를 충족시킨다. 작품 내 소요시간은 성실하고 여성스럽게 살려고 애쓰던 한 여인이 자살하도록 만드는 것에 대하여, 그리고 이와 함께 이 땅의 여성들에게 공통적으로 감당되도록 요구되는 삶의 억압 문제들을 생각하는 시간이다.

대학 1학년 때부터 단짝인 세 친구 - 혜완, 경혜, 영선 - 가 있다. 이들은 그들의 평소 사용하던 관용어 '절대로, 어차피, 그래도'의 차이만큼 다른 삶을 영위한다.

> 혜완은 '절대로'라는 말을 경혜는 '어차피'라는 말을 그리고 영선은 '그래도……'라는 말을 자신들도 모르게 자주 사용하고 있다는 걸 이야기하면서였다.[1]

먼저, 혜완은 아들과 딸에 대한 편견이 매우 심한 가정에서 셋째 딸로 태어난 인물이다. 할머니로부터 구박과 사촌들과는 다른 차별대우 속에 은연중 여성문제에 대한 자각을 하게 된다. 그런 그는 대학원에서 공부하는 동창생 경환과 결혼하고 결혼 후에도 남편과 동등하게 일을 병행하고자 한다. 너무 어린 나이에 아이까지 생겨 아이에 대한 스트레스로 혜완은 괴로워한다. 회사 출근을 서두르던 어느 날 아이에 대한 잠깐의 소홀함으로 혜완은 아이를 교통사고로 잃고 만다. 일에 대한 이해심도 없던 남편은 아이를 잃은 책임을 혜완에게만 전가하며 그녀를 학대한다. 마침내 혜완은 남편과 헤어지고

---

1) 『무소의 뿔처럼 혼자서 가라』, 문예마당, 1994, 50면.

그런 그녀를 묵묵히 기다리는 대학 동창 선우와 만난다. 혜완의 성격은 '절대로'라는 부사에서도 알 수 있다. 이 말은 타협을 모르는, 완강한 고집의 의미를 갖는다. 한편으로 자신의 삶에 대한 자신만만함도 엿보인다. 그러나 그녀의 자신만만함은 결혼과 이혼으로 무너진다. 결혼의 구조는 남녀 불평등이었고 여자의 예속을 강요하는 것이었으며 이혼 역시 그녀로 하여금 자신감을 잃게 만드는 것이었다. 본성과 현실 사이의 괴리로 그녀는 자꾸 찢기어 간다. 그런 그녀는 선우에 의해 비뚤어진다고 비난당한다.

경혜는 현실 타협주의자이다. 그의 부사가 '어차피'라는 것은 그런 그의 성격을 단적으로 나타내 주는 것이 된다. '이렇게, 저렇게, 어떻게 하든지' 마찬가지라는, 다분히 절충주의적이고 처세술에 능한 경혜의 성격을 단적으로 보여 주는 말이다. 집안이 어려운 상황에서 그녀는 재빨리 자기의 나아갈 바를 알아차린다. 돈을 벌어야 한다는, 돈을 벌기 위해서는 직업을 반드시 구해야 하며, 직업을 구하려면 이 사회가 요구하는 방식으로 미모를 갖추어야 한다는 것. 도서관에서 취직 공부를 할 때 떨어진 방송국을 헬스클럽에 다니면서 가꾼 몸매 덕분으로 붙을 때 그녀는 알게 되었다. 사회와 남자의 마음에 드는 법을. 그녀는 미모와 방송국 아나운서라는 직업의 덕으로 의사이며 교수인 부잣집 남자와의 결혼에 다시 한 번 성공한다. 여자의 미모는 의사가 요구한다는 열쇠 세 개와 맞먹을 정도로 유리한 것이었다. 그녀는 혜완이나 영선과는 다른 결혼관을 가지고 있었던 것이다. 두 사람이 사랑으로 정신 못 차리며 감동하며 결혼을 하는 데 반해 경혜는 차분히 배경을 따지며 조건을 맞추며 결혼을 한다. 결혼 전에 정조 관념 같은 것이 없었던 경혜는 결혼 이후 남편에게는 정조의 의무를 지킨다. 그러나 남편이 외도를 하자 자신도 질 수 없다는 듯 외도를 시작한다. 남편에 대한 보상심리로 다른 남자를 만나고 돈을 택하는 방식으로 결혼생활을 이어 나간다. 어차피 다른 사람들도 사랑해서 살아가는 것이 아니니까 하고 자위하면서 살아간다. 경혜는 누구보다 현실의 불합리함을 잘 알고 있지만 그것을 개혁하려는 의지보다 현실에 타협안을 내놓는 길을 택한다.

어정쩡한 상태를 잘 말해 주는 '그래도'의 영선이 가장 문제점을 안고 있는 인물이다. 집안의 반대를 무릅쓰고 결혼을 하고 유학을 간 영선은 그 결혼에 의해 배신당한다. 유학 시절 남편과 후배의 성 관계는 그녀로 하여금 의부증에 시달리게 만드는 하나의 억압 형태를 형성한다. 영선은 두 가지 보상심리가 있다. ① 영선은 어린 날 아버지에게 버림받은 홀어머니 슬하에서 살았다. 어머니의 불우함을 보고 자란 영선은 어머니처럼만 살지 않으면 행복할 거라 믿고 남편에게 헌신을 다한다. ② 그녀는 친구들에게 외모 면에서 콤플렉스를 가지고 있다. 친구들이 데이트를 나갈 때 그녀 혼자 도서관에 남겨졌던 것에서 영선에게는 일말의 열등감이 형성되었다. 그녀는 자신이 행복한 결혼 생활을 하고 있다고 친구들에게 믿게 하고 친구들보다 더 큰 사회적 성공으로 그 열등감을 보상받으려 한다. ①에서 갖게 된 남편에의 헌신 의지의 일환으로 자기의 꿈을 보류한 영선은 자기 정신의 결정체라고 할 수 있는, 졸업작 시나리오를 남편에게 넘겨주면서 두 가지 보상의 방편을 행복한 가정에서 찾으려고 한다. "엄마처럼 목소리 크고 엄마처럼 섬세한 데도 없는 사람은 내가 남자라도 싫을 거야."라고 생각하면서 "고집도 부리지 않았고 욕심도 내지 않으려고 했고 여자답게 살고 싶었던" 것이 영선의 바람이었다.

그러나 그녀가 선택한 여자다움과 남편에 대한 헌신이 가져다준 것은 너무 많은 가사일로 자신의 정체성을 잃어버리고 살아가면서 남편에게 당하는 무시였다. 두 아이를 가진 아내에게 끝없이 내조를 요구하면서도 당연해하는 가부장적인 남편은 자기를 위해 성공을 보류한 아내에 대한 일말의 가책이나 이해를 보이지 않으며 오히려 같이 일하는 동료 앞에서 아내의 자존심을 짓밟는 냉혹성을 보인다. 하지만 영선은 그런 자기를 내보이지 않으려고 '그래도' 살아보려고 애를 쓴다. 영선은 친구들에 대한 자존심 때문에 자신의 문제를 아무에게도 털어놓지 않았다. 해결의 실마리 없이 상처를 키워 왔기에 해결책이나 해결의 과정이 없었고 그래서 영선은 죽음의 길을 선택할 수밖에 없었던 것이다. "아침에 누구보다 먼저 일어나 국을 끓이고 김을 굽고 그리고 빨래를 걷는 것"이 가장 어울리는, 그토록 배워 왔던 남자의 마음에 드는 법에 온 힘을 쏟았던 정말 '여성적'인 영선의 파멸은 여성 문제는 여성에 의하여 제기되는 것이 아니며 그 해결은 결코 혼자서 이루어질 수 없다는 것을 보여 준다. 부조리한 삶을 맞이했을 때 술을 택하고 술에 취해 난동을 부리며 자살 소동을 벌이는 일은 남편이나 사회를 각성시키는 일이 될 수 없다는 것이다.

세 여자 삶의 궤적을 통해 이 작품에서 나타내고자 하는 문제점은 무엇인가.

3. 출생부터 시작되는 사회의 남녀차별

태어날 때 여성과 남성을 선택하는 사람은 없다. 누구도 선택하지 않는 생득적 지위로써 억압하고 억압당하는 것은 옳지 않음에도 동서양을 불문하고 오래된 남녀차별의 악습은 이어져 왔다. 엄격한 가부장제하에서 남성에게 권위를 실어주려니 여성은 상대적으로 이차적인 존재가 되어야 했다. "우리가 태어났을 때 딸을 낳았다고 잔치 벌인 사람 있으면 나와 보라고 그래."라는 경혜의 말처럼 딸은 차별의 대상이었다.

> 만일 이번에도 또 딸을 데리고 들이기면 니 할머니가 날 아에 집에 들이지도 않을 것 같아서 겁이 났단다. (……) 낳고 나서 차마 뭐예요 하는 말이 안 나오더구나. 겁이 났던 거지.[2]

아이를 가진 여성은 스트레스를 받아야 했다. 반드시 아들을 낳아야 한다는…… 딸을 낳게 되면 산모는 자기 몸을 추스를 겨를은커녕 아이를 낳은 수고도 무위로 돌아가고 고스란히 구박의 대상이 되어야 했다. 이것이 남존여비 사상하에서 여성의 운명이었다. 혜완의 어머니는 큰며느리이면서 딸만 셋을 낳았다는 이유로 시어머니 앞에 항상 주눅이 들어 있다. 그런 그녀는 다른 집의 아들들만 보면 부럽기도 하고 한탄스럽기도 하였다.

마루에는 작은집의 남자사촌들이 보란 듯이 앉아 있었다. 어머니는 그들을 위해

---

2) 『무소의 뿔처럼 혼자서 가라』, 164면.

국을 끓이며 코를 훌쩍였다. 혜완은 어머니가 왜 저렇게 코를 많이 흘리는지 그 때는 이해할 수 없었다.[3]

작은집 남자애들이 와 있는 것만으로 혜완의 어머니는 스트레스를 받아야 했다. 아들을 못 낳았다는 죄책감과 한스러움이 혜완의 어머니에게는 평생 짐 지워 있는 삶의 무게였다. 그것은 자식들이 성장한 후에도 끝없이 이어진다. 혜완의 아버지는 중학교 교사였는데 정년퇴직금을 사기당하고 만다. 그때 할머니는 "아들만 있었어도 애비가 이런 사기는 안 당했을 거다!" 하며 아들의 실수마저 아들 못 낳은 며느리에게 책임을 전가한다. 아들이 없는 어머니에게 세 딸은 "결코 결혼 생활에 끈이 되어 주지 못할" 뿐만 아니라 시어머니로부터 받는 온갖 학대의 방패도 되어 주지 못한다. 그래서 어머니는 혜완의 큰언니에게 소파수술을 시켜 가면서까지 아들 낳기를 바란다. 이런 남아 선호 사상의 소유자에게 작가는 말한다. "자기들과 같은 성을 낳아서 좀 더 권리를 회복시켜 줄 생각은 안 하고 남자를 낳아서 다른 여자들을 구박하는 꼴을 보고 싶다는 거 아니라면 마땅히 딸을 낳는다고 구박하는 사람들이 있으면 그런 구박을 하는 사람의 부당함과 싸워야지 아부를 하여서야 되겠느냐고." 그러나 현실적으로 남녀차별이 존재하는 한, 그로 인해 학대받는 억압구조가 존재하는 한 여성은 끝없이 아들에, 남자에 매달릴 것이다. 이러한 가정환경에서 혜완의 자식에 대한 관념은 일종 강박관념 같은 것이었다. 그녀는 남자와 여자의 불평등구조에 대해서도 비교적 일찍 눈을 뜬다.

---

3) 『무소의 뿔처럼 혼자서 가라』, 165면.

남편에게 구타를 당하고, 널부러져 강간을 당하던 그때부터, 아니 그 이전 헌이
가 죽던 날 아침 이불을 뒤집어쓰고 자는 시늉을 하는 남편을 보는 날부터 아니
그보다 더 전 영등포의 어느 더러운 산부인과 병실에 누워서 느물느물해 보이는
의사 앞에서 처녀의 다리를 벌려야 했던 그때부터. 아니다, 그것도 아니다……
어느 해인가 아주 어릴 적 할머니에게 구박을 받는 어머니를 보았던 그때부터
아니 더 이전 태어나기도 전 어느 먼 옛날, 어느 어느 먼 먼 옛날부터 태풍의
작은 씨앗처럼 혜완의 사슴속에서 휘돌아치던 그 돌개바람이 이제 걷잡을 수 없
이 터져 나오는 것을 혜완은 느꼈다.[4]

남녀의 불평등구조의 뿌리 깊은 전통을 그녀는 느끼고 있는 것이
다. 자신이 태어나기도 전에 형성된 남녀의 불평등성을 그녀는 어머
니의 구박받는 삶에서 시작하여 성관계 후 갖게 된 아이를 지우면서
느끼는 모욕감, 자식에 대해 항상 이차적인 남편의 역할, 모든 책임
이 다 짐 지워지는 여성성에서, 지식이 죽고 난 후 남편에게서 온갖
모욕과 구타, 강간을 당하면서 혜완은 인간 구조의 모순점으로 직시
하고 있다.

출생에서 시작된 불평등은 여성을 능력보다는 미모로써 판단하는
데서 드러나듯이 여성의 삶을 타자적으로 보게 한다. 경혜는 여성들
은 공부하러 도서관을 가기보다 헬스클럽에 다녀야 했다고 말한다.
여성이 능력으로 인정받기보다 외모로 판단되는 사회적 통념은 여성
으로 하여금 남자의 마음에 드는 법을 공부하라고 가르친다.

혜완 언니 반만큼이라도 공부를 잘해 봐라 하고 구박을 했었죠. 하지만 그게 아
니었던 거 같아요……. 그래서 내가 요즘은 기집애들 보고 그래요. 니들 공부
잘할 필요 없다. 인물이 반반하고 사람이 착하면 부잣집 착한 아들들이 연애를
걸 거고……. 그래야 팔자가 핀다고…….[5]

---

4) 『무소의 뿔처럼 혼자서 가라』, 278면.

여성은 공부나 지적일 필요가 없으며 외모와 성격상 남자의 마음에 들게만 되어 왕자님을 기다리면 된다는 동화적 허구는 여기에서도 반복된다. 혜완이 대학을 다니고 그 사촌 동생 정완이 대학입시에 실패했을 때 실망했던 정완 어머니는 결과적으로 대학을 못 나온 정완의 현 상황이, 대학을 나오고 이혼녀의 '낙인'이 찍힌 혜완보다 낮게 되자 "여자는 공부 잘할 필요 없다. 그저 외모만 반반하면 된다."고 다시 강조한다.

아름다운 여성에 대한 숭배는 남성이 만들어 낸 허구의 이데올로기이다. 낭만주의에서 시작된 여성성의 이분법 ─ 아름다운 성녀와 악마 ─ 가운데 아름다운 여성에의 찬미는 마치 아름다운 여성만이 사랑을 할 가치가 있고 사랑과 행복을 위하여 여성이 해야 할 일의 전부가 아름다운 외모 가꾸기인 것처럼 강조한다. 작중에서 혜완의 후배가 듣고서 모욕을 느끼게 된 말 ─ "이쁜 여자는 글 못 쓰는데" ─ 역시 여성의 지적 능력의 과소평가와 외모 위주의 편견을 드러내는 것이다.

여성은 아주 오래전부터 상대적 불리한 위치에 놓여 있었다. 작가는 "여자들의 직감이 빠른" 것조차 "눈치를 보며 살아올 수밖에 없었던 오랜 세월의 결과"라고 말한다. 항상 다른 사람들을 위해서 살아야 했고 버림받지 않도록 노력해야 했고 필요를 메워 주는 존재가 되어야 했던 것이 여성의 삶이었던 것이다.

> 이십 대의 남학생이 앞자리에 앉은 파마머리의 여자를 남겨 두고 자리를 떠나고 있었다. 여학생의 시선이 돌아보는 혜완에게 와서 먼저 멎었다. 그녀는 돌아보는

---

5) 『무소의 뿔처럼 혼자서 가라』, 235~6면.

혜완의 시선에서 수치를 느끼는 것 같았다. 혜완은 고개를 돌렸다. 누구나 그런 때가 있다. 이십 대에는 이 시간에 저렇게 남자가 뛰쳐나가기도 하고 남아 있는 여자가 수치스러운 얼굴로 다른 사람들을 살피는 일도 있다.[6]

혜완이 카페에 앉아서 우연히 목도하게 되는 젊은 남녀의 불평등한 갈등관계는 하나의 삽화일 수도 있다. 그러나 작가는 그것이 일회적인 사건이 아니고 오래전부터 많은 사람들에 의하여 반복되어 온 불평등구조임을 지적한다. 카페에서 울고 있는 여자의 옆에 무수히 겹쳐지는 이 땅의 나약한 여성들과 뛰쳐나간 남자의 자리에 무수히 겹쳐지는 가해자 남성들의 얼룩진 환영을 놓치지 않고 묘사한다. 그리고 말한다.

별거 아니란다! 그런 일은 앞으로도 수없이 일어난단다. 네가 빠져 있는 상황에서 한 발자국만 물러서서 바라보렴. (……) 그녀의 육체는 한때 울고 있었던, 그리고 지금 실제로 혜완의 뒷자리에서 흐느끼는 여자 아이의 울음소리에 따라 고통을 느끼고 있었다. 왜냐하면 한 발자국 물러서는 일이 때로는 전 우주를 들어올리는 것보다 힘들 수가 있다는 것을 그녀가 잘 알고 있는 까닭이었다.[7]

여성에게만 강요되는 정조관념, 곧 정조가 없는 여인은 인생이 끝나기라도 한 것처럼 부정하는 사회에 대한 통념을 조금만 극복하고 시각을 바꾸면 남성처럼 '의연하게' 대처할 수 있는 문제라고 혜완은 말해 주고 싶은 것이다. 정조란 무엇보다 개인의 가치관이 기초가 되는 것이므로 뛰어넘음을 통해서, 당시 처해 있는 극한 슬픔도 극복할 수 있다. 그러나 그녀 역시 그러한 시각에서 자유롭지도 못

---

6) 『무소의 뿔처럼 혼자서 가라』, 38~9면.
7) 『무소의 뿔처럼 혼자서 가라』, 40면.

하고 그러한 시각의 희생자가 아닌가. 통념을 뛰어넘어 여성의 존재 가치를 인정하는 사회로 만들어 가는 일이란 진정 "전 우주를 들어 올리는 것보다 힘들 수가 있다."는 것을 그녀는 몸으로 체험한 바이 다. 모순을 알고는 있지만 대안이 없다. 너무나 오래 굳어져 온 남성 지배 이데올로기하의 여성 상품성, 망가지면 쓸모가 없어지는 상품 처럼 여성을 바라보는 시각을 어떻게 하루아침에 수정할 수가 있겠 는가. 이러한 여성의 상품화는 결혼과 취직에 있어서도 외모를 먼저 보는 것으로 나타나기도 하고 여러 가지 사회 형태로 나타나기도 한 다. 남자와 여자의 차별구조를 직시하고 있는 혜완의 눈에 또 하나 의 문제점으로 성의 상품화 문제가 포착된다.

> 이 커피숍에서 아가씨들은 왜 저렇게 몸에 달라붙은 유니폼을 입고 있을까. 술 도 아니고 커피를 마시는데 꼭 저런 옷을 입고 있어야 하나. 저런 옷을 입으라 고 지시한 사람은 남자일까 여자일까. 저 아가씨들은 곡 저 지시를 따라야 했을 까. 그건 그녀들에게 불쾌했을까 아니면 아무렇지도 않은 결정이었을까. 불쾌했 다면 지금쯤 계속해서 항의를 하고 있을까.[8]

여성의 아름다움의 강조는 그것이 평가기준이기 때문이다. 아름다 움을 평가기준으로 삼는다고 할 때 그 평가의 주체는 당연히 남성들 이다. 평가하면서 잠정적인 우월감도 느낄 수 있다. 몸에 달라붙은 유니폼을 선택하는 여성 스스로 고른 것이라면 그것은 문제가 아니 다. 그렇게 교육받고 세뇌되어 그런 인생관과 가치관을 형성했는지 모르지만 여기에서는 논외의 문제가 된다. 문제가 되는 것은 다른 이에 의해서 강제되어 '입어야 했을' 때이다.

---

8) 『무소의 뿔처럼 혼자서 가라』, 92면.

그런가 하면 여성은 일방적인 헌신과 희생의 존재로 설정된다. 줄 것을 다 주고 나서 버림받는 이야기는 너무 많아서 차라리 진부할 지경이다. 공지영은 그런 일방적인 헌신 모티브의 허구성을 날카로이 비판한다.

그가 학생운동에 관련되어 잠시 감옥에 있을 때조차 영선은 아르바이트로 그의 영치금을 넣어 주었다. 혜완으로 말하면 솔직히 그런 영선에게 실망하고 있었다. 더구나 프랑스로 떠난 후 유야무야 자신의 학업을 잠시 중단하고 그곳에서 한국 사람들의 아이를 보아주는 일을 하고 있다는 우울한 편지를 받았을 때는 영선이 더 이상 학업을 계속하지 못하리라는 예감을 가졌었다. 물론 혜완의 예감은 적중했다. 그들도 대부분의 부부 유학생들이 걷는 그런 과정을 밟고 있었던 것이다.[9]

영선은 '그', 박 감독과의 결혼에 모든 것을 걸었다. 결혼은 도박이라고 누군가가 말했지만 모든 것을 다 거는 도박은 위험 부담 역시 큰 것이 아닌가. 자신의 젊음은 물론이고 자신의 재능까지도, 자신의 자존심까지도 다 걸어 버린 상대인 남편은 자기에게 걸려 있는 영선의 모든 것을 이해하기에는 너무나 냉혹한 성격이다. 아내 앞에서 다른 여자에게 예의를 갖추어 행동하면서도 그 여자에게 예를 갖추지 않는다고 해서 아내를 구타하는 박 감독의 심리 상태는 다분히 아무것도 가지지 못한 여자에 대한 멸시 같은 것이 있다. "언제나 제 몫은 아무도 모르게 제 몫은 남겨 놓으라."는 경혜의 말은 그런 남자의 심리 상태에 대한 인식을 한 작가의 말이 될 수도 있다.

---

9) 『무소의 뿔처럼 혼자서 가라』, 35면.

4. 결혼의 구조적 모순과 부조리의 파악

『무소의 뿔처럼 혼자서 가라』에서는 결혼에 이르는 과정이 생략되어 있다. 이것은 모든 문제의 해결을 결혼으로 보는 전통적 소설 어법과는 근본적인 차이가 된다.

혜완의 친구 선우는 경환과 혜완의 불행한 결혼이 서로의 노력 부족이라고 파악한다. 처음이라 서로를 길들이는 데 익숙하지 않았고 그래서 시행착오가 일어난 것이라고. 남녀 간 서로에 대한 이해 부족의 증거는 두 가지로 나타난다. 하나는 혜완과 이혼하고 재혼한 경환이 가사를 분담하고 아이를 보는 일에 시간을 할애한다는 것, 다른 하나는 그토록 완벽한 듯이 설정되어 있는 선우조차 누나네 집에 놀러 온 결혼 상대자 여선생의 음식에 자기도 모르게 불평부터 하는 잘못된 사고방식을 가지고 있다는 것이다.

경환이 결혼을 서두른 데에는 선우에게 대해 라이벌의식을 느끼기 때문이다. 경환이 선우에게 위기감을 느꼈다는 증거는 세 가지 행동으로 나타난다. 그 하나는 서둘러 혜완의 몸을 범하여 스물두 살의 혜완으로 하여금 임신중절이라는 경험을 하게끔 한 것. 경환과의 한 번의 관계가 임신으로 이어지자 당황한 혜완은 아무런 준비 없이 맞게 된 임신의 경험 앞에서 경환과 의논할 여유도 없이 혼자 산부인과를 찾아야 했다. 또 다른 하나는 '선우가 제대하던 날', 서두르듯이 결혼을 발표했던 것. 선우가 제대하고 어느 정도의 시간이 지나면 혜완 역시 결혼에 대한 어떤 검증을 거칠 수 있었을지도 모른다. 경환이 선우를 경계한 또 하나의 증거는 이혼 사유 중에 선우가 작용했다는 것이다.

인생에는 결코 연습과정이 없다는 걸 그때는 왜 깨닫지 못했을까. 결코 행복하지 않으면서 혜완은 그때 찾아온 선우를 위로하고 싶었던 것이었다. (……) 그날 선우를 재워준 것이 훗날 이혼의 또 하나의 사유가 되리라고는 꿈에도 생각하지 않았으니까. 선우가 전방에서 처음 혜완에게 보내온 편지를 감추었듯이 그날의 방문도 감추어야 했었다. 하지만 혜완은 부부 사이에는 적어도 그런 비밀은 지켜질 이유가 없다고 믿고 있었다.10)

혜완의 집에 갓난아기도 있고 또 혜완의 남편 경환이가 선우의 친구라는 사실은 혜완이 선우에게 하룻밤 방을 내주는 것이 자연스러운 상황이 되게 하였다. 영선 남편은 정체불명의 여자와 아무도 없는 집 안에, 그것도 아내와 별거 중이라는 것까지 밝히면서 단둘이 있었음에도 당당했는데 혜완은 남편의 이혼 요구를 받아들여야만 했다.

그 여자는 일하러 우리집에 왔어요. 정말 그럴 수밖에 없는 사정이 있었어요. 믿지 않으실지 모르지만 그 여자는 제 영화의 시나리오 작가였고 우리는 동료였어요. 그뿐이에요. 그런데 친정에 가 있던 애엄마가 갑자기 들어오더니 소리를 지르기 시작했어요. (……) 아내가 그 여자를 모욕한 겁니다. 이루 말할 수 없는 모욕을……. 동네가 떠들썩했지요. 저는 잠자코 있으라고 소리를 쳤어요. 아마 어떤 남자라도 아내에게 그렇게 말했을 겁니다.11)

라이벌의식으로 시작된 결혼이 불안정할 수밖에 없다는 것은 당연하다. 그런 결혼생활이었기에 질투에 의해 그토록 쉽게 깨어졌던 것이다. 결혼제도 안에 잠재된 억압구조는 여성의 가정 내 예속화를

---

10) 『무소의 뿔처럼 혼자서 가라』, 69~70면.
11) 『무소의 뿔처럼 혼자서 가라』, 89면.

가져온다.

첫째로 가사노동을 비롯한 여성에게만 일방적으로 전가되는 노동은 두 가지 측면에서 파악된다. 남성과 여성의 수직적 구조의 고착화와 여성에게 사고의 힘을 마비시키는 것.

① 물론 그때도 설거지는 혜완의 몫이었었다. 퇴근을 하고 발을 동동 구르며 시장을 보고 찌개를 끓이고 식탁을 차리고……. 그런 반복들을 계속해 나가고 있는 동안 남편은 신문을 보거나 세미나 준비를 하거나 혹은 논문을 쓰곤 했다. '왜?'라는 질문을 퍼부었던 것은 바로 그런 남편의 존재 때문이었는지도 몰랐다.[12]

② 가사노동이라는 것은 끝없는 반복이었다. 아침에 먹은 공기를 씻고 거기에다 또 밥을 푸고 국그릇을 씻고 또 국을 담고……. 그리고 빨래는 사흘마다의 반복, 같은 팬티와 같은 양말을 빨고 또 빨고 한 달에 한 번 김치를 담그고 또 일년에 한 번 장을 담그고…… 또 같은 그릇, 똑같은 냄비, 똑같은 양념…….[13]

③ 하기는요 남자는 설거지 한 번 하고 몇 년 동안 말하죠. 난 언제나 집안일을 돕고 있다고……. 하지만 또 여자가 어느 날 동창회에 갔다가 늦으면 남자들은 이렇게 말해요……. 내 아내는 매일 나가 돌아다녀…….[14]

④ 너 같으면 이렇게 말하겠지. 난 글 쓰는 것도 바빠. 간이 짜면 물을 좀 더 부어 먹어. 싱거우면 간장을 치고……. 넌 나보다 요리 더 못 하잖아? 만들어 준 것만도 고맙다고 해야 옳을 것이지……. 왜 고맙다는 소리를 쏙 빼고 불평부터 하니? 넌 어머니나 누나가 요리를 해 줘도 고맙다는 생각 안 하는 것 같더라. 안 그래? 그건 분명히 고마운 거야.[15]

①에서 보이는 것은 결혼제도 안의 주종관계의 모습이다. 평등한 부부라면 한 사람이 발을 동동 구르며 식사를 준비할 때 앉아서 그 식사를 받아먹지 않을 것이다. 혜완은 가사노동만 담당하면 되는 전

---

12) 『무소의 뿔처럼 혼자서 가라』, 106면.
13) 『무소의 뿔처럼 혼자서 가라』, 106면.
14) 『무소의 뿔처럼 혼자서 가라』, 189면.
15) 『무소의 뿔처럼 혼자서 가라』, 261면.

업주부도 아니고 같이 맞벌이하는 상태임에도 그러한 가정 내 예속
구조가 재현되었던 것이다. 혜완은 바삐 일해야 하는 자신의 상황보
다 '그런 남편의 존재'를 견딜 수가 없었다. ②에서 보이는 것은 단
순노동의 반복인 가사노동의 모습이다. 공지영은 이러한 반복되는
단순노동으로 여성은 이중 삼중 착취되고 있다는 것을 과감히 이야
기한다. 가사노동의 반복성은 여성의 노동을 생색이 나지 않게 만들
고 단순성은 그 종사자를 능히 다른 사람에게 무시의 대상이 되도록
만든다. ③은 생색나지 않는 가사노동을 생색내는 데 쓰고 있는 남
자들의 부풀리기를 지적하는 부분이다. 부인이 어쩌다 한 번 늦게
오면 그것으로 항상 늦게 다닌다고 약점처럼 사용하고 어쩌다 한 설
거지를 매일 하는 아내 앞에서 생색을 내는 남편의 허위를 꼬집고
있다. ④에서는 반복되고 단순한 여성의 가사노동노 생색을 내어야
하는 것이며 음식을 받아먹는 사람에게 당연히 고마운 존재로 인식
되어야 한다고 하는 혜완의 사고가 선우를 통해 이야기된다. 당연하
게 너무도 당연하게 받아만 먹을 것이 아니라 그 음식을 하느라 흘
렸을 인간적인 노력을 여성도 인간인 이상 받아야 한다고 자기의 것
을 챙겨야 한다고 하는 것이다. 어떻든 여성에게 강요되는 반복적
단순한 노동은 동시에 다른 복잡한 사고로부터 여성을 분리하고 일
종 '우민화'하기도 한다. 그것을 공지영은 '쓰레기 분리수거' 문제에
서도 짚고 있다.

우리나라 여자들이 칭찬받는 건 처음 봤다니까요. 좋은 일이기두 하죠. 국가적으
로 이익이 된다니까. 하나뿐인 지구에게도 좋고……. 하지만 언제까지 쓰레기를
분류하느라 시간을 보내야 하는 거죠? 오히려 쓰레기를 분리하지 않아도 될 만
큼 근본적인 걸 바꾸어 놓아야 하는 거 아녜요?[16]

단적인 예이고 또 후배라는 인물을 등장시켜 작위적인 느낌을 지울 수 없게 만들기는 하지만 여기에서 작가는 여성 노동의 단순성과 반복성, 그리고 그를 통한 보이지 않는 여성의 착취 구조를 지적하고 있다. 여성에게 가사 노동 외에 육아의 문제가 또 하나 있다. 반복적이고 단순한 가사노동의 굴레에서 벗어나기 위해 혜완은 직장을 다니면서 사회적인 자신의 입지를 설정하고자 했다. 그런데 서둘러 출근하려는 와중에 아이를 잃는다.

> 아이가 태어난 두 해 반 동안 그 무수한 수억 초라는 시간 중에서 그 몇 초 이외에는 그녀는 한 번도 아이의 손을 놓은 적이 없었다. 기다렸다는 듯이, 언제나 등 뒤에서 기회를 엿보았다는 듯이 불행이 그 몇 초 사이를 비집고 들어선 것이다.[17]

육아의 문제를 '여성만의 일'인 가사노동의 연장이라고만 보고 있었기 때문에 아이의 아빠인 경환은 아이를 보려고 하지 않는다. 혜완이 출근하고 파출부가 오는 그 사이 경환이 좋은 얼굴로 아이를 보아 주었더라면 혜완에게 이런 끔찍한 일은 일어나지 않았을 것이다. 아빠라는 존재는 한 걸음 뒤에 서 있는 부모가 되어 엄마 혜완을 몰아세운다. 혜완은 수많은 시간 가운데 단 몇 초의 부주의로 온갖 비난의 화살을 받아야 했던 것이다.

영선의 결혼 생활에 대한 정리 부분을 보면 부부간의 문제가 잘 드러난다.

> "생각해 보니까 우리 둘의 결혼 생활은 그랬던 것 같애……. 그 남자는 입을

---

16) 『무소의 뿔처럼 혼자서 가라』, 144면.
17) 『무소의 뿔처럼 혼자서 가라』, 127면.

열고 나는 그것을 행했어. 인정하고 싶지 않지만 어쩌면 충실한 하녀라고나 할
까. (……) 로댕이 왜 전부인을 버리지 않았는지. 예술을 할 때 그는 까미유 끌
로델이라는 동료가 필요했지만 일상에서는 하녀가 필요했던 거야……. 예술에
대한 토론은 날로 새로워지니까 파트너가 늘 일정할 필요는 없지만 반복되는 일
상에선 누군가 익숙한 사람이 좋았을 거야. (……) 난 한때는 글도 잘 쓰고 공
부도 잘하고 꽤 칭찬도 받았던 괜찮은 여학생이었는데…… 그 남자의 학비가
없으면 나는 어느덧 그 남자의 학비가 되고, 그가 배가 고프면 나는 그 남자의
밥상이 되고, 빨래가 되고……. 그 남자가 입을 여는 동안 나는 그런 것들이 되
어 있었어."18)

여기에서 영선은 아내를 하녀의 위치로 전락시키는 것이 바로 결
혼이고 웨딩드레스의 허구라는 것을 폭로한다. 영선이 여기에서 인
용하고 있는 로댕과 까미유 끌로델, 전 부인은 박 감독과 심양으로
대표되는 그의 여자 동료들, 그리고 영선에 정확히 대응된다. 박 감
독은 영선이 이혼을 요구하자 "내가 세상에 태어나서 사랑했던 사람
은 영선이밖에 없어요."라고 말한다. 박 감독은 젊고 똑똑한 여성들
과의 교감 못지않게 안정된 가정도 원한다. 안정된 생활을 하고 있
다는 자기만족을 그는 가지고 싶었던 것이다. '한때는 글도 잘 쓰고
공부도 잘하고 꽤 칭찬도 받았던 괜찮은 여학생' 영선은 그의 학비
를 벌고 그의 밥상을 차리다가 마침내 그의 일상에 익숙한 충실한
하녀가 되어 버린 자신을 발견한 것이다. 영선은 말한다. "똑똑하다
해도, 아무리 공부를 잘했다 해도, 세상의 온갖 지혜를 다 가졌다 해
도 운명이 더 강해! 운명만큼 무서운 건 없어."라고 그녀가 말하는
운명이란 바로 잘못된 결혼을 의미하는 것이다.

결혼의 수직적 구조는 혜완이 남편의 잣대에 자신을 맞추며 살아

---

18) 『무소의 뿔처럼 혼자서 가라』, 109~110면.

가는 것으로도 가시화된다. 주인공 혜완은 남편의 입맛에 자신의 입맛을 포기하면서 살았다. 자신이 좋아했던 육개장을 남편이 싫어한다 하여 피했다. 여기에서 육개장은 하나의 제유이다. 혜완이 포기한 것은 자신의 모든 기호와 개성이었던 것이다. 어설픈 가부장제의 권위주의자 남편이 "함께 택시를 탔을 때 남자가 말을 하기 전에 여자가 먼저 행선지를 말하는 것을 싫어하면" 혜완은 택시를 타고 행선지를 말하지 않는다.

여성이 나서면 위축되는 것으로 느끼는 콤플렉스에서 자유롭지 못한 이 땅의 많은 남자들. 경환이가 바로 그랬던 것이다. 그는 아내가 다른 친구들 앞에서 활발히 대화하는 것도 보아 넘기지 못한다.

> "넌 왜 그렇게 잘난 척하니? 걔 부인 봐. 이야기가 길어지니까 먼저 일어나잖아. 난 그 자리에 있기도 싫은데 너 때문에 앉아 있었어. 내가 왜 그 재미없는 자리에 너 때문에 앉아 있어야 하지?" (……) "그 아이들은 내 동창이야. 난 아이 낳고 기르고 하느라고 그 아이들이랑 만나지도 못했어. 너야 지겹게 마주쳤겠지만 난 정말 오랜만이었단 말이야."19)

혜완에게는 아련한 추억의 대상인 동창생들과의 만남을 경환은 자기 아내의 '잘난 척'이라고 받아들였다. 어쨌든 이제는 자기의 소유물이어야 하는 혜완의 나서는 행동이 경환은 거슬렸던 것이다. 그것은 경환의 폭력으로 나타난다. 폭력이라는 것은 상대에 대한 자신의 우월감을 증명해 보려는 원초적인 행동이다. 경환은 집에 오자 혜완의 옷을 찢고 폭력을 행사하며 굴욕적인 부부관계를 맺는다. 사랑의 표지인 부부관계조차 자신의 우월감을 확인하는 작업으로 경환은 사

---

19) 『무소의 뿔처럼 혼자서 가라』, 81면.

용하고 있다.

① 잠자리에서도 날 안아주지 않았어. 술냄새가 나는 여편네를 누가 안고 싶겠냐고 그는 말했어. (……) 술 마시고 늦게 들어와서는 하루 종일 애들하고 시달린 날 깨워서 입을 부벼대곤 하던 게 누군데. (……) 나는 그가 안아주기를 바랐어. 나 오늘 술 안 마셨어요 여보……. 참 산다는 게 얼마나 우습니? 그런 날은 그가 술이 곤드레가 되어서 들어와서는 양말도 벗지 않고 침대에 쓰러지는 거야.[20]
② 난 빌었어. 한 번만 안아줘요. 그저 해가 지고 밤이 오고 당신도 없으면 너무 외로워요. 빌다시피 관계를 가졌어. 일찍 깨달아야 했지, 그게 모욕인 줄 모르는 바보가 어디 있겠니? 그런데 멍청하게 애원하다가 관계 도중에 갑자기 모욕감이 밀려왔어. (……) 여성문제 세미나에서 활발하게 토론하던 노영선이가, 여성 문제는 단지 남자에게 문제가 있는 게 아니라 우리들 여성 스스로가 어쩌면 가장 큰 적이라고 그렇게도 당당히 말했던 노영선이가 여성지에서 본 대로 침대보를 바꾸다니! 한 번만 안아달라고 새 잠옷을 입고 애원하다니……[21]
③ "내가 아이를 낳고 난 다음에 같이 잠자는 게 재미가 없다는 거야. 재미가 없대! (……) 자기는 결코 이혼 같은 건 집안 챙피해서 안하는 사람이니까 나보고도 밖에 나가서 재미있게 적당히 즐기라는 거야. (……)"[22]

①에서는 부부관계에 있어서 남성의 이기성을 보여 준다. 영선이 관계를 원하면 박 감독은 영선의 술 냄새를 핑계 대며 거부한다. 박 감독은 자신이 원할 때면 "하루 종일 애들하고 시달린 날 깨워서" 부부관계를 요구하지만, 반대로 영선이가 원할 때면 철저히 무시한다. 그래서 남편이 원하는 대로 술 냄새를 풍기지도 않고 새 침대보를 깔고 새 잠옷을 입고 굴욕적인 방식으로 남편에게 관계를 구걸한다. 부부관계에 있어서도 수직적인 관계의 단적인 예인 것이다. 영선

----

20) 『무소의 뿔처럼 혼자서 가라』, 274~5면.
21) 『무소의 뿔처럼 혼자서 가라』, 275~6면.
22) 『무소의 뿔처럼 혼자서 가라』, 204면.

이 말한 "그 미묘함 말이야……. 스스로가 짐승 같아지는 그 시간들"이란 부부 사이의 성관계의 수직성에서 오는 감정이었다. '여성문제 세미나에서 활발하게 토론하던' 영선은 그 시간을 '짐승 같아지는' 시간으로 인식한다. 혜완과 영선의 부부관계가 일그러진 주종관계로 이루어져 있다면 경혜는 어떠한가. 경혜 남편은 얼핏 남녀평등의 관념을 소유한 자유주의자처럼 보인다. 경혜의 남편이 한때 미모를 자랑하던 경혜를 거부하는 이유는 아이를 낳고 난 경혜와의 관계가 '재미가 없어진' 때문이다. 남녀 간 섹스를 중시하는 그가 그럼에도 불구하고 이혼을 하지 않겠다는 이유는 박 감독과 마찬가지로 안정된 가정을 유지하고 있다고 믿고 싶은 남성 스스로의 자기만족감, 충족감, 허영심 때문이다.

작가는 "이미 식어 버린 커피에 하얀 크림은 섞이지 못한다. 남자와 여자의 이해심도 사랑이 있을 때만 가능하다."고 말한다. 사랑이 없는 결혼은 존속의 의미가 없다. 남녀관계에서 사랑이 없으면 서로를 이해받고 이해하는 관계가 될 수 없으므로. 자신의 허영심 충족을 위한 결혼 생활의 유지 요구는 끝내 영선의 죽음을 야기하고 말았던 것이다. 영선을 죽음으로 이끈 요인은 여러 가지가 있다. 그러나 별거 이틀 만인 어느 날 갑작스레 집을 방문했을 때 목격한 광경이 그녀를 자살이라는 삶의 종지부 방식을 택하도록 했던 것이다.

① 여자가 느긋하게 소파에 앉아서 말했지. 물어보실 말 있으면 다 물어보시지요. 마누라는 멱살을 잡히고 여자는 느긋하게 앉아 있었어. (……) 그래요 전 침대에서 자고 감독님이 소파에서 주무셨어요. 여자가 말하더군. 물론 섹스는 안 했어요, 이제 됐어요?[23]

② 나는 그가 이 상황을 즐기고 있다는 생각이 들었어……. 지가 사람이면 자

신의 아내가 그런 모욕을 당하도록 놓아두지는 않았을 거야. (……) 날 때린 게 수치스러운 게 아니라 제 동료 앞에서 때리는 모습을 보였던 게 수치스러웠던 거야. (……) 인생에 대해서 아무 것도 모르는 그 여자 아이 앞에서 맞은 것도 수치스러웠지만 그런 그를 위해 바친 내 사랑이 수치스러웠어…….24)

　①은 영선과 여류 시나리오 작가인 '심양'의 충돌 장면이다. 박 감독은 자기의 동료를 모욕한다 하여 아내 영선의 멱살을 잡고 있으며 심양은 매우 여유 있고 자신만만한 태도로 박 감독의 아내에게 함부로 한다. 심양이 "물론 섹스는 안 했어요. 이제 됐어요?"라고 말하는 부분은 영선에 대한 극도의 멸시를 담고 있다. 야심한 시각에 두 사람이 걸쇠까지 걸어 놓고 은밀히 같이 있다는 사실에 분노하는 영선에게 (아직) 성관계를 하지 않았으니 네가 화낼 것은 없다는 것이다. 이 말에서 심양과 박 감독이 단순한 동료 사이를 넘어서 친밀한 관계임을 역으로 읽을 수 있다. 박 감독은 아내가 정부의 멱살을 잡았을 때는 달려와 영선의 멱살을 잡더니 정부에게 우세한 싸움은 구경만 한다. 작가는 여기에서 남자가 벌인 일에 싸움은 여자들끼리 하는 현상을 개탄한다. "때리는 여자, 맞는 여자……. 그럴 때면 남자들은 언제나 빠져 있었다. 여자들끼리 때리고 맞고 부수고……." 귀찮은 문제가 생기면 문제의 핵심을 피하는 남자들의 생리를 꼬집는 것이다. 심양은 자신이 직업을 가지고 있는 사회인임을 강조하며 은연중 '집에만 있는' 영선을 무시한다. 박 감독 역시 아내를 무시하고 있다. 남편 앞에서 다른 여인에게 무시당하는 상황에서 영선은 기가 막힌다.

---

23) 『무소의 뿔처럼 혼자서 가라』, 172~3면.
24) 『무소의 뿔처럼 혼자서 가라』, 174~5면.

영선은 자살 동기를 다음과 같이 말하고 있다.

> "내가 그를 죽이면……. 그는 미친 부인한테 살해당한 당대의 착한 남편이 되
> 는 거야. 하지만 내가 자살을 하면 사람들은 생각하겠지. 어떻게 했길래, 대체
> 부인에게 어떻게 했길래 부인이 자살을 했을까? 점잖기만 한 그의 몸가짐을, 총
> 명해만 보이는 그의 얼굴을 의심하게 될 거야……. 설사 진실이 밝혀지지 않는
> 다 해도……. 사람들은 무언가가 있다는 건……."25)

박 감독의 문제점을 세상에 고발하고 싶어서 영선은 죽을 각오를
했다. 죽음까지 무릅쓰게 만든 남편의 위선적 가면 벗기기, 이러한
영선의 말은 남에게 드러내지지 않는 부부간의 감춰진 문제점으로
인해 얼마나 여성이 억압과 고통을 받고 있는가를 알림으로써 집안
일로 쉬쉬해 온 부부 문제를 쟁점화해야 된다는 작가의 의식을 대변
하는 것이다.

혜완의 결혼 전 모습을 선우는 '상처 한 번 받아보지 않은 얼굴'
이라는 말로 회상한다. 또 혜완뿐 아니라 경혜와 영선 모두 자신의
앞날에 대한 자신과 당당함으로 충만해 있었던 여성들이다. 그들은
모두 "어떤 경우에도 인간적으로 모욕을 당하지 않고 살아갈 수 있
다는" 자신을 가지고 있었다. 그러나 그토록 자신만만하던 20대의
여성들은 '마치 본보기라도 되는 듯이 지금 각자의 절망으로 울부짖
으면서' 30대를 살고 있다.

> ① 에미같이 집구석 무지랭이는 되지 말고 넓은 세상에 가서 당당하게 살아라.
> 자기 일을 가지고 살아라. (……) 어차피 한 번 사는 세상, 여자라고 죽어 지낼
> 필요 없다. ……. 이 에미는 못나서 참고 살았지. 하지만 이혼 같은 건 생각도

---

25) 『무소의 뿔처럼 혼자서 가라』, 169면.

안 해봤단다. 그저 쫓겨날까 봐, 아들을 못 낳는다고 쫓겨날까 봐 늘 불안했지.[26]
② 혼자 살아라…… 혼자 살아. 또 결혼해서 설거지하고 살림하느라고 울고불
고 하지 말고 혼자 살아라…… 니가 지금 재혼하면 대접받고 살 것 같니? 니
가 또 구박받을 생각을 하면 이 에미는 잠이 안 온다. 세상 잘못 만났다 생각하
고 혼자 살아. 멋있는 남자들이랑은 가끔 연애나 하면서…… 살고 싶은 남자
있으면 살아도 보고…….[27]
③ 산다는 게, 남자와 여자가 만나서 산다는 게……. 절대로 쉬운 일은 아니란
다. 하지만 나는 지금 와서 그저 참고 견디어 준 네 엄마가 소중하다. 젊은 시
절에는 사랑도 하고 미워도 했지만 지금은 그저 건강한 게 고맙고 살아있는 게
고맙고……. 남은 생애 동안 누구보다도 소중한 친구라는 생각이 든단다. (
……) 그런 너에게 그런 시선들을 감당하게 하느니 차라리……. 참고 살라고
말해주고 싶었던 거다……. 남녀 간의 사랑이란 건 아무리 길어야 삼 년이면
끝난다. 그 나머지는 모두가 인고의 세월이란다.[28]

①은 혜완 어머니가 어린 혜완에게 하던 말이다. '집구석 무지랭
이'와 '넓은 세상에 가서 당당하게 자기 일을 가지고' 사는 삶의 대
비를 통해 어머니의 삶에 대한 회한을 엿볼 수 있다. 혜완 어머니는
이 땅의 모든 어머니를 대변한다. 가부장제하에서 자기 소리 한 번
내지 못하고 자식을 낳는 여성의 본분도 거역한 일이 없건만 아들을
낳지 못했다는 이유로 쫓겨나지나 않을까 전전긍긍하며 살아야 했던
칠거지악 노이로제의 어머니들. 그들은 이제 말한다. 자기처럼 참고
사는 것만이 능사가 아니라는 것을. 딸들에게 여성의 인간성 회복을
위해, 성지 탈환을 위해 넓은 세상에 나가 더 많이 배우고 자기의
당당한 일을 가지고 남자와 당당히 겨루며 살라고 말하는 것이다.
한편 아버지는 다르다. ③에서 혜완의 아버지는 이혼녀에 대한 사회

---

26) 『무소의 뿔처럼 혼자서 가라』, 212면.
27) 『무소의 뿔처럼 혼자서 가라』, 226면.
28) 『무소의 뿔처럼 혼자서 가라』, 223~4면.

의 냉혹한 시선을 딸이 감당하지 못할 것을 두려워하면서도 딸이 한 집안의 아내로서 겪어왔던, 그리고 자신의 아내가 자신으로 인해 겪어 왔던 한에 대하여는 관대하다. 남자가 방황인지 뭔지 끝내고, 바람을 끝내고 돌아올 동안 자리 지켜 주는 역할이나 하라는, 철저히 남자 쪽에서 경혜와 영선의 남편들이 하던 이야기를 반복하고 있다. 남자가 방황하는 동안 여성은 어떻게 하는가. 남자가 방황하는 것에 여자가 일방적으로 참으라니. 여성의 방황에 남성들은 그토록 관대할 수 있을까. "어머니에게도 분명 젊은 날은 있었지만 어머니에게 아련한 기억 하나쯤 남길 만한 사람은 있었던가.", 그런 기억들은 고사하고 외도하는 남편 옆에서 "그저 버림받을까 봐, 아들을 낳지 못했다고 아버지에게 버림받을까 봐, 벌벌 떨면서 젊은 날을 보내는" 어머니를 생각하며 남녀 불평등을 다시 생각한다.

"내 말은 우리들은 어머니들이 다른 남자들 앞에서 자주 웃거나 하면 안 되는 걸로 알고 자란 남자들이란 말이야. 대한민국의 그냥 보통 남자 말야……. 내 말은 그런 뜻이었어."
"우리들도 어머니들이 그런 걸 보고 자랐어. 다른 점은 말이야. 우리들은 그런 어머니들의 생이 결코 행복하지만은 않다는 걸 알아차렸다는 거야. 너희 남자들은 그게 원래 그런 거라고 생각했던 거고…… 단지 웃음이 문제되는 게 아니고 말이야……."
"그래 그렇겠지, 하지만……."
"그래 우리들은 그런 세대야 우리의 어머니들은 딸들에게는 자신과 다른 생을 살라고 가르쳤고 그리고 아들들에게는 아버지와 같은 삶을 살라고 가르쳤지. 그러니 우리들이 부딪히는 건 어쩌면 당연해. 단지 나는 이제 이런 식의 이야기들이 피곤할 뿐이야. 정말 피곤할 뿐이야."[29]

---

29) 『무소의 뿔처럼 혼자서 가라』, 83~4면

여성 작가는 여성만의 경험으로 글을 쓰기 마련이고 또 그렇게 써야 한다. 페미니스트들의 주장처럼 여성 작가는 어머니와 아버지의 중간적 존재이다. 생물학적으로 여성을 이해할 수밖에 없고 사회적인 자아를 실현한다는 점에서 남성적이다. 따라서 여성 작가는 어머니와 아버지 모두를 이해할 수 있는 존재이다. 어머니의 일방적 고난의 삶에 대하여 남성과 여성은 다른 관점을 갖는다. 여성인 어머니는 이해의 폭을 가진 인텔리 여성인 딸들에 의해서 이해되기 시작한다. 어머니의 억압을 당연시하는 아들들과 달리 딸들은 그런 구조의 부조리와 불합리를 인식하게 되었다. 아들의 입장에서 보면 희생적이고 순종적인 여성이 좋고 자신의 딸 입장에서는 다른 남자에게 일방적으로 희생하면서 살아가는 것을 반대할 수밖에 없는 것도 사실이다. 그래서 이 땅의 어머니들은 아들들에게 자기와 같은 여성을 얻어 군림하는 아버지의 길을 걷도록 가르치고 딸들에게는 어머니처럼 살지 말라고 가르쳤다. 무엇이든지 뚫을 수 있는 날 선 창과 어떤 창이나 검이든지 막을 수 있는 방패처럼 모순이 아닐 수 없다. 모순에 직면한 아들과 딸들의 대립은 그 때문에 불가피한 것이다.

5. 자아실현의 욕구, 여자의 일에 대한 편견

여성에게는 일방적인 인내만 강요하는 풍토에서 여성 정체성의 문제는 흔히 간과되기 쉬운 문제이다. 『무소의 뿔처럼 혼자서 가라』의 혜완, 경혜, 영선은 '여성'이 되면서 파괴되기 시작하지만 '여성'이기

이전, '학생' 시절에는 자아실현의 욕구가 누구보다 강했었다.

① 돈을 쓸 일이 생기면 언제나 이 돈으로 책을 몇 권 살 수 있을끼를 생각했던 시절이었다. 책값이 그들이 지불하는 모든 돈의 가치를 재는 척도인 시절이었다.[30]

② 베타 프리단, 로자 룩셈부르크, 시몬느 베이유 혹은 클라라 제트킨 그도 아니면 프리드리히 엥겔스……. 그녀들을 열광시켰던 혹은 다방에 앉아 토론하게 만들었던 여성해방 이론서들……. 졸업을 앞두고 그녀들은 둘러앉아 말했다. 이 다음에 우리가 함께할 수 있는 일이 뭐가 있을까. 누군가가 말했다. 여성지를 만들어보면 어떨까……. 연예인들 가십이나 요리비법을 싣는 책이 아니고 진정으로 교양 있는 여성들의 지침서. 자신의 삶을 자기 것으로 당당히 살아나가는 여자들을 위한 잡지.[31]

그들이 참고하고 있는 인물들은 여성 선각자들로 중요한 페미니스트들이다. 베티 프리단은 「여성의 신비」에서 남성들이 임의로 여성들에게 부여해 버린, 허구적인 '신비'의 베일을 벗으라고 주장한 페미니즘의 선각자이다. 클라라 제트킨은 "아들들에게는 가사노동을 할 수 있도록, 딸들에게는 자신의 관심이나 야망을 이룰 수 있도록 이른바 '여성적인' 역할에 한정시키지 않는 방향으로 양육할 것"을 주장한 인물이다. 작중 세 인물은 중산층 주부들의 현실 인식에서 비롯된 이들 페미니스트의 주장을 배웠다. 뿐만 아니라 사회적 부의 분배에 있어서 노동자의 소외와 억압구조를 문제시한 마르크스주의자들에게도 강하게 고무되었었다. 여성의 지적 욕구를 충족시키는 일에 몰두하며 세 사람은 마침내 사회 변혁에의 꿈도 꾸게 된다. 선각자 여성으로서 많은 여성들의 의식을 키우려는 꿈, 그를 위해 여성지

---

30) 『무소의 뿔처럼 혼자서 가라』, 108면.
31) 『무소의 뿔처럼 혼자서 가라』, 209면.

를 만들어 보자는 계획도 세워 본다. 그러나 그것은 시도조차 해 보지 못했다. 이들 모두 주체적이지 못한 삶에 뛰어들고 말기 때문이다. 그것이 이들의 현실이었다. 그것은 모두 결혼과 관련되어 있다.

결혼 전에 관계를 갖고 임신 중절 수술을 경험한 혜완은 다른 길을 찾아볼 여유가 없었다. 전통적인 사회에서 결혼이란 남성이 선택권의 우위를 점하게 되어 있었고 남성에게 선택되기 위하여 여성은 순결이 필수적인 것으로 인식되었다. 여성의 가치 척도가 되는 순결, 혜완의 경우 경환이 아니면 순결을 주장할 수 없는 상황이 되어 버렸다. 그랬기에 혜완은 그간의 페미니즘적 공부는 잊고 만다. 당시 그녀로서 그와의 결혼 이외에 다른 생각은 할 수가 없었던 것이다.

> 출판사를 그만둔 후에도 그녀는 신문도 열심히 보았고 설거지를 미루면서도 TV 뉴스는 보았다. 하지만 세상은 그보다 빠르게 변하고 있었다. 여기저기서 터져 나오는 87년 민주화의 열기. 그리고 사람들의 움직임……. 그건 책에도 없었다. 그녀가 직장을 그만두고 나자 이제 사회를 알 수 있는 창구는 오직 남편밖에 없었다. 하지만 남편은 피곤해했다. 그도 강사하랴, 박사과정 밟으랴, 그리고 민주 시민으로서 가끔 시위에 참가하랴, 힘겨웠던 것이다. 한때는 당당히 그와 토론을 하던 혜완은 그러므로 그의 어깨 너머로 세상을 바라보면서 아이의 기저귀를 개고 우유병을 소독하고 그리고 집안을 닦고 또 쓸었다.[32]

스물다섯에 아이 엄마가 되어 버린 혜완은 별수 없이 전업주부의 길을 걷는다. 그러나 한때 신동으로서 집안의 기대를 한 몸에 받던 그녀였기에 자아에의 성취욕을 완전히 포기할 수는 없었다. 혜완은 사회에 대한 관심의 끈을 놓지 않으면서도 아이를 기르는 방법을 찾아보다가 마침내 타협점을 찾는다. 그것은 아이가 어느 정도 클 때

---

32) 『무소의 뿔처럼 혼자서 가라』, 124면.

까지 세상을 바라보는 창구로 남편을 설정하여 놓고 집 안에 들어앉아 아이를 보겠다는 것이다. 그러나 사회를 알고 싶어 혜완이 찾을 때 남편은 아내를 피곤해한다. 그로 인해 혜완의 사회적 성취욕과 지적 욕구는 해갈될 길이 없었다. 마침내 혜완은 아이를 남한테 맡겨도 좋을 무렵 다시 출판사를 다니는 것으로 사회적 실현 방법을 도모하기 시작한다. 물론 남편은 반대한다. 아이를 다 키워 놓고 난 뒤에 직장에 다니라는 무책임한 남편에게 혜완은 말한다.

남성의 일보다 여성의 일을 평가절하 하는 사회적 통념을 전면적으로 거부하는 말이다. 능력으로 재어지는 것이 아니라 '단지 내가 여자로 태어났다는 이유'만으로 사회에의 진출이 무시당하는 것을 혜완은 참을 수가 없었던 것이다.

남성의 이기성은 자신의 성공을 위해 여성이 희생되어야 할 것을 요구하는 경환에게서 그치지 않는다. 영선의 남편 박 감독은 영선의 노력 결정체를 송두리째 빼앗은 사람이다. 박 감독은 졸업을 위해 영선의 시나리오를 가로채 성공길에 오른다. 그리고 그는 그에 대한 일말의 고마움이나 죄스러움은 고사하고 이번에는 자신의 정신적 만족, 지적 사치를 위해 아내에게 공부를 종용한다. 돌보기 벅찰 정도의 자식을 낳아 그 아이의 뒷바라지로 묶어두고 그녀의 삶의 고생은

---

33) 『무소의 뿔처럼 혼자서 가라』, 125면.

돌아보려고 하지 않으면서 왜 공부를 하지 않느냐고 남편은 영선을 다그친다. 아내에게 밖에서 만나는 당당한 여성들의 모습을 갖추기를 요구하면서 내조까지 잘하기를 요구하는 박 감독 앞에서 영선은 '그래도' 노력을 한다.

> ① 그는 돌아와서 말했어. 이제 집도 사고 여유도 생겼으니 글을 좀 써봐 공부를 하든지……. 말이야 쉽지. 하지만 같이 탁자에 앉아 책을 읽다가도 그가 말했어. 커피 좀 마실 수 있을까……. 야식으론 뭐가 좋을까.[34]
> ② 어쩌면 그렇게도 나태하니? 내가 원하는 건 좀 더 꿋꿋한 여자야. 밖에 나가 봐. 가정 가지고도 일 잘하고 똑똑한 여자들이 얼마나 많은 줄 알아? 날 기다린답시고 멍청히 앉아 술을 마시지 말고 책도 좀 읽고 그래……. 난 여편네들 집에서 늘어져서 긴장 풀어진 눈으로 앉아 있는 게 제일 혐오스러워.[35]

①과 ② 사이에서 박 감독은 자기가 범하는 모순을 알지 못한다. 아내에게 온갖 잔심부름을 다 시키고 시중 들어줄 것을 당연하다는 듯 요구하므로 그녀의 머리를 온통 남편과 시댁의 잔일로 채워놓은 것은 바로 그 자신이다. 아내가 공부를 보류한다고 했을 때 쌍수를 들고 기뻐하고 아내의 시나리오에 뛸 듯이 기뻐한 것은 바로 그 자신이다. 그런 박 감독이 ②와 같은 배부른 타령을 아내에게 늘어놓는다는 것은 남성의 이기적인 면모를 드러내는 것이다.

---

34) 『무소의 뿔처럼 혼자서 가라』, 272면.
35) 『무소의 뿔처럼 혼자서 가라』, 273면.

6. 결론: 무소의 뿔처럼 혼자 가기 위하여

세 명의 대학 동창생은 '절대로, 그래도, 어차피'의 차이만큼 각각 다른 삶을 살면서 주제를 심화하는 구도 속에 놓여 있다. 남아선호 사상이 극심한 집 셋째딸로 태어난 혜완은 결혼 후 제도의 모순 속에서 지쳐 간다. 여자의 예속만을 강요하는 불합리한 결혼제도에서 벗어나는 대가로 혜완은 이혼녀라는 주홍글씨를 달게 된다. 이는 냉혹한 가족 이데올로기하에서 용납될 수 없는 이름이었다. 영선은 유학과 동시 결혼하였다가 사랑과 낭만의 이데올로기로 자신을 포기하는 바람에 좌초되는 인물이다. 영선은 너무 많은 가사일로 자신의 학술적 에너지를 낭비했고, 그 남편은 성공을 자신에게 양도한 아내를 인정하려 하지 않았다. 경혜는 미모지상주의 사회에서 도서관 대신 헬스클럽을 다닐 줄 아는 처세술 강한 여성이다. 미모와 방송국 아나운서라는 직업을 이용하여 그녀는 의사이며 교수인 부잣집 남자와 결혼한다. 세 친구 중 주판을 튕기며 결혼한 경혜만이 표면상 결혼생활을 유지하는데, 남편의 외도와 사랑 없는 결혼을 그저 견디며 살아가고 있다. 이 작품의 세 친구는 모두 결혼제도의 부조리함에 의해 굴곡의 삶을 살고 있다.

혜완과 경혜, 영선의 삶의 방식 차이는 여러 가지가 있다. 영선과 혜완은 행복을 구했었고 경혜는 애초부터 행복 같은 추상적인 것에 매달릴 정도로 무모하지 않았다. 행복을 구한 두 사람 중 혜완은 자신의 야망을 위해 가정을 포기하고 홀로서기를 하였다. 애초부터 행복을 기대하지 않았던 경혜는 남편의 외도로 생기는 공백을 금전적

계산, 맞바람의 보상을 통해 보상받으면서 남편으로부터 어떤 의미
에서는 독립한 것이다. 영선은 어떠한가. 자신의 성취, 자신을 지키
는 자존심을 지키기 위해서라면 마땅히 했어야 할 홀로서기를 하지
못했다. 남편에게 모든 것을 다 주고 빈 껍질이 되는 삶을 선택했다
면 자신의 재능과 사회적 성취욕 같은 것은 포기했어야 한다. 자신
을 포기하든지 가정을 포기하였어야 한다는 말이다. 두 마리 토끼를
잡으려고 하면 아무것도 이룰 수 없고 상처만 입는 것이 아니겠는가.
혜완이 완벽주의자라면 경혜는 타협주의자였다. 영선의 역할은 두
사람 사이에서 어중간한 것이었다. 어정쩡한 상태로 서 있는 영선이
었기에 살아가는 방법을 깨치지 못했다. 영선도 절대 타협을 모르는
고집을 갖든지, '어차피' 적응하고 살아갈 것이라면 모든 것에 타협
하든지 하였어야 했다는 것이 작가가 주장하는 여성 문제 해결의 길
이다.

제10장 여성과 성욕의 긍정

1. 서론: 여성의 성적 욕망에 대한 긍정

1990년대에 이르러 활발한 활동으로 90년대 대표작가가 된 1963년생 신경숙이 90년대에 차지하는 의미는 매우 크다. 신경숙 문학의 밑바탕은 사랑으로 귀결된다. 90년대 그녀의 문학에서는 당대 다른 작가들의 작품들처럼 거대담론의 잔해 같은 것은 보이지 않는다. 공지영 유의 후일담도 그녀의 문학에는 중요하게 나타나지 않는다. 작가 자신이 문학을 통해 무엇을 변화시키려 하지 않는 문학을 표방하려 했기 때문이었을 것이다.

> 몰라, 오빠. 나는 그런 것들보다 그때 연탄불은 잘 타고 있었는지, 가방을 챙겨 들고 나간 오빠가 어디 길바닥에서나 자지 않았는지, 그런 것들이 더 중요하게 느껴져. (……) 내가 문학을 하려고 했던 건 문학이 뭔가를 변화시켜 주리라고 생각해서가 아니었어. 그냥 좋았어. 문학이 있다는 것만으로도 현실에선 불가능한 것, 금지된 것을 꿈꿀 수가 있었지.[1]

---

[1] 신경숙, 『외딴방』, (주)문학동네, 1999, 206면.

그러나 위에 인용한 장편소설 『외딴방』에서 유신 말기의 억압상과 민중의 빈곤, 노조탄압과 YH사건, 12·12 쿠데타, 광주학살, 삼청교육대 등을 재현하는 것으로 보아 그녀의 그러한 문학관이 현실에 대한 인식 능력이 없어서거나 역사에 대한 책임감이 없어서 형성된 것은 아님을 알 수 있다.

그녀는 인간 감성의 세계를 특유의 감수성과 고요한 문장, 균형미 속에서 잔잔하고 깊이 있는 여운으로 묘사하는 데 중점을 두고 있다.2) 그것은 그녀의 다음과 같은 고백에서 알 수 있는, 글쓰기에 관한 작가적 태도에 기인하는 것이다.

> 내가 살아보려 했으나 마음 붙이지 못한 헤어짐들, 과학적인 접근으로는 닿지 못할 논리 밖의 세계들, 이 말해질 수 없는 것들을 내 글쓰기로 재현해내고 싶은 꿈. 이미 사라지고 없는 것들을 불러와 유연하게 본질에 닿게 하고 자연의 냄새에 잠기게 하고 싶은 꿈, 그렇게 해서 삶이 찌그러져 버렸거나 아무도 알아주지 않는 익명의 존재들에게 생기를 불어넣어 주고 싶은 욕망. 내 소설 속엔 어느 작품에나 모자라게라도 내 글쓰기의 이런 꿈이 묻어 있다.3)

신경숙의 주된 관심은 세밀한 글쓰기, 곧 여성의 문제였음을 알 수 있다. 그리하여 그의 많은 작품은 여성의 사적 고백이나 욕망에 대한 관심으로 나타난다.

---

2) 평론가 백낙청은 다음과 같이 그녀를 평한다. "신경숙은 흔히 그 서정적인 문체로 '시적'인 소설가라는 평을 듣는다. 하지만 실은 어느 특정대목이나 묘사의 서정성보다 위와 같은 '상징'의 신축 섬세한 구사를 포함하여 언어가 가진 잠재력을—마치 시인이 단순히 '산문적인 의미'뿐 아니라 연(聯)과 행의 구조, 운율, 비유, 상징 등등 온갖 수단을 동원하듯이—최대한으로 활용한다는 뜻으로 '시의 경지'를 추구하는 작가라고 말할 수 있다(백낙청, 「『외딴방』이 묻는 것과 이룬 것」, 위의 책, 451면).

3) 신경숙, 「말해질 수 없는 것들」, 『아름다운 그늘』, 문학동네, 1995, 46면.

2. 여성의 사적 사랑, 「풍금이 있던 자리」가 던지는 문제

신경숙의 대표작인 「풍금이 있던 자리」는 유부남과의 이루어질 수 없는 사랑이라는 흔한 주제를 편지글 형식으로 다루고 있다. 유부남인 애인과 도망을 치기 위해 마지막 인사를 하고자 부모님과 고향을 찾은 주인공은 자신의 어릴 때 아버지의 연인을 부러워하며 좋아했던 철없던 기억을 떠올리고 자신의 현 상황을 되돌아보게 된다.

소설의 앞부분은 박시룡이라는 사람의 '동물의 행동' 부분을 인용하면서 시작하고 있다. 그 내용은 담장 너머 사는 코끼리거북을 사랑하게 된 수공작새와 처음 본 것을 잊지 않는 오리에 관한 것인데 이것은 주인공이 어린 시절 경험한 것이 성장과정에 중요한 영향을 미치게 되었음을 알게 하는 인용이 된다. 어린 날 '나'는 무엇을 보았는가. 그것은 아버지의 애인 모습이다. '당신'에게 편지를 보내고 있는 '나'는 그 여인, 어린 날 유부남을 사랑한 여인을 떠올리게 된다. 내 어머니에게는 고통일 수밖에 없었으나 어린 내 눈에 아름답게 보이던 그녀의 존재는 은연중 '나'의 인생 모델처럼 되어 있었고 '나'는 그녀를 따라 살고 있었던 것이다.

그녀가 고향과의 거리감을 두는 행위는 그 여인에 대한 기억이 일종의 아픔이라는 것을 알게 한다. 그것은 그녀가 여고를 졸업하고 마을을 떠나면서부터 고향을 드나들 때마다 역구내 수돗가에서 손을 씻는 행동으로 나타난다. 그 여인과 관련된 기억을 그녀는 무의식중에 부정하고 있었던 것이다.

마지막 인사차 들른 고향, 역구내에서 손을 씻고 마을을 들어서면서 아름다운 풍경에 눈시울을 적시던 화자는 마침내 집을 들어서면서 현재의 자신과 똑같은 모습을 하였던 과거의 그 여인을 기억해 낸다. 그것은 바로 아버지의 연인, 동생을 낳은 지 백일 된 어머니를 집에서 몰아내어야 했던 여인인 것이다. 중학생인 큰오빠에 의해 '악마'라 불리던 그 여인은 집안일은 서툴지만 뽀얗고 향기로운 냄새로 상징되는 아름다운 이미지로 화자에게 다가왔었다. 여자의 향기로움은 좋기도 했지만 머리를 어지럽히기도 하였다. '악마'이기에 긍정할 수도, 향기와 아름다움이 있기에 부정할 수도 없는 '나'의 아버지의 애인에 대한 양가적 감정은 이에서 비롯된다.

그리고 "그 여자처럼 되고 싶다."가 어릴 때 자신의 희망이었음을 기억한다. 유부남을 사랑하여 그의 전실 자식 다섯을 기르면서 낡은 아버지 내복으로 아기그네 요를 삼은 알뜰한 어머니 대신 화려한 천으로 바꾸어 놓은 산뜻함과 세련된 그녀, '마치 우리 집에 음식을 만들러 온 여자'인 것처럼 쉬지 않고 음식을 만들어 내었던 그 여자의 모습은 어린 '나'에게 신비와 외경심이 일어나는 존재로 비친다. 아버지의 불륜 상대는 무조건적인 인내와 희생의 모습을 해야만 했고 그 결과 어린 '나'에게 존경과 사랑의 마음까지 일게 했다.

한편 남편의 외도로 고통을 받는 '나'의 어머니 모습은 여러 여인들에게서 반복되어 나타난다. 다리를 다쳐 쉬는 동안 뚱뚱해졌고 그 사이에 남편이 바람을 피우자 살을 빼기 위해 밤마다 울면서 줄넘기를 하는 점촌댁, 마찬가지로 뚱뚱해져서 남편에게 외면당하고 에어로빅을 하러 다니는 중년 부인의 모습처럼 버림받는 여인들의 모습은 겹쳐져 반복된다. 그런데 주인공은 그들의 반대쪽에 서 있는 '그 여자'들과 자신의 모습이 같아져 있음을 발견한다.

점촌 아주머니를 혼자 살게 한 점촌 아저씨의 그 여자, 그 중년 부인으로 하여
금 울면서 에어로빅을 하게 만든 그 여자…… 언젠가, 우리 집…… 그래요, 우
리 집이죠…… 거기로 들어와 한때를 살다 간 아버지의 그 여자…… 용서하십
시오…… 제가…… 바로, 그 여자들 아닌가요?[4]

'점촌댁＝중년부인＝어머니＝당신의 아내'라는 등식은 그녀로 하
여금 '당신의 아내'의 불행이 결국 자신의 어머니, 점촌댁, 중년부인
의 불행임을 깨달으며 행복하고자 무진 애를 썼지만 결코 행복할 수
없어 울면서 칫솔질을 했던 아버지 애인의 불행이 결코 자신과 무관
하지 않음을 인식한다.

마을 여자들은 해가 뜨기도 전에 들에 나가서 구슬땀을 흘리며 식구들의 식량을
일구며 하루해를 보내는데, 장정들은 동이 트자마자 떼를 지어 황야로 나간다지
요. 창을 들고 활을 메고 말이에요. 그들의 하는 일이란 황야로 나가 온종일 서
성거리다 돌아오는 것이라고 했습니다. 이젠 함성을 지르며 사냥할 짐승도, 피
흘리며 싸워야 할 다른 부족도 없는데, 그들은 그들 선조들이 해왔던 사냥과 함
께 전쟁의 습속을 버리지 못해 온종일 지평선을 바라다보다 돌아온다지요. 당신
께 그 얘기를 들었을 때 저는, 정말이에요 하며 웃었습니다. 그런데 지금, 그들
이 나의 오라버니들 같이 느껴지는 건 웬 까닭일까요?[5]

여자들의 불행이 중첩되어 있듯이 남자들의 안타까운 소망도 중첩
되어 있는 것을 주인공은 발견하게 되는 것이다. 자신의 현 위치를
알게 된 뒤 주인공은 자신의 집에 갓 태어난, 그러나 앞을 보지 못
하는 눈먼 소처럼 눈이 멀기를, 사랑하는 사람조차 알아볼 수 없게
되기를 바란다. 그것은 그 사랑이 자신을, 수많은 여인들을 아프게

---

4) 신경숙, 「풍금이 있던 자리」, 송준호 엮음, 『여성소설 읽기』, 배명사, 1997, 295면.
5) 「풍금이 있던 자리」, 304～5면.

해 온 여인들의 역사이므로. 아버지를 믿는다고 말했던 그 여자는 어머니가 집에 와 막내에게 통통 분 적을 물리고 잘못 꿰어진 '나'의 옷 단추를 다시 꿰어 주고 운동화의 흙을 털어 주고 30분도 안 되어 다시 간 다음 날 집을 나간다. 그 이유를 '나'는 알지 못하지만 오랜 시간이 지난 후 그녀는 아버지의 모습에서 삶의 한 모습을 발견하게 된다.

삶이란 향기로운 냄새나 화려한 이불만으로 이루어지는 것이 아니라는 절실한 깨달음을 그녀는 얻게 되는 것이다. 조강지처를 몰아낸 여자와 행복하게 손크림을 발라주면서 살았고 그녀가 떠난 뒤 극심한 고통에 시달리던 아버지지만 지금은 어머니와 평화롭게 살고 있다. 애인과 같이 도망치려 했던 '당신'은 자신이 약속을 어겼더라도 떠났을 것이라 믿어보지만 그는 아무렇지도 않게 전화기 저편에서 일상을 살고 있다. 일상이 주는 힘, 모르는 사이에 자취가 남아서 없어지면 나머지 풍경들을 어색하게 만드는 그것을 그녀는 '풍금이 있던 자리'라고 부르는 것이다.

전통적으로 불륜의 당사자가 긍정적이고 사변적인 화자가 되어 불륜을 서사화하는 일은 드물었던 것이 사실이다. 그런데 이 소설에서는 과감하게 불륜의 당사자인 화자를 설정하고 자신의 어릴 때 기억

---

6) 「풍금이 있던 자리」, 304면.

과 겹치게 함으로써 불륜을 아름답게 미화하지도 부당하다고 매도하
지도 않는다.

3. 여성의 욕망, 글쓰기의 문제 —「배드민턴 치는 여자」

1) 플롯과 여성적 욕망의 전개

「배드민턴 치는 여자」의 모티브가 작가가 공을 들이는 것임은 그
녀가 이를 장편의 형식으로 다시 개작하고 있다는 사실에서 알 수
있다. 장편 『바이올렛』으로 개작된 바 있는 이 단편소설의 줄거리는
다음과 같다.

> ① 어린 날 그녀는 미나리 군락지에서 뺨에 입술을 대는 친구에게 뽀뽀를 했다
> 가 멸시를 당하다.
> ② 타이피스트가 되려 하다가 거리에 앉아 있는 것과 다름없는 화원의 종업원
> 이 되다.
> ③ 그를 처음 만난 것은 지금으로부터 4일 전, 그는 바이올렛을 찍으러 그녀의
> 화원에 들렀었다.
> ④ 거리에서 그를 만나게 되고 그의 고백을 듣게 되다.
> ⑤ 다음 날 그녀는 울 뻔한 마음이 되어 깨면서부터 내내 그와 같이 있는 듯
> 느끼다.
> ⑥ 4일 전 그녀는 명함통 속에 섞여 있던 그의 명함을 찾아 수첩에 끼워 넣다.
> ⑦ 그녀는 몸을 기울게 하면서 그를 물아내려고 한다. 잊히지 않아서 수영을 하
> 러 가지만 그곳에서도 남자의 환영이 자꾸만 그녀를 쫓아다니다.
> ⑧ 수영장에서 나와 화원 일을 보다. 백합을 자꾸 들여다보다.
> ⑨ 화분을 옮기다가 넘어져 무릎을 다치다. 머리가 아파 화원을 나오다.

⑩ 미술관 자리에 지하철 공사장 근처에서 배드민턴 치는 여자들을 보다.

⑪ 그의 회사 앞. 맞은편 찻집으로 들어가 스스로를 관찰하다.

⑫ 눈물을 흘리며 글을 끄적거리던 그녀, 회사에서 나오는 그가 그녀를 알아보지 못하는 것을 보다.

⑬ 다시 거리에 서서 그에게 배반당한 듯한 기분에 화원 단골 최에게 전화를 걸다. 그녀를 만나러 나온 최, 건물의 지하계단에서 그녀를 강간하다.

⑭ 거리에 선 그녀, 화원으로 가지 않고 미술관 앞 공사장으로 가서 포클레인 위로 올라가다.

이 소설은 여름부터 가을 초입에 이르는 소요시간 안에서 여주인공의 의식 전개를 다루고 있다. 소설에서는 시간 전개에 의한 이야기 진행이 순차적으로 되지 않고 ⑦→③→⑤→④→⑥→⑧→②→⑨→⑩→⑪→①→⑫→⑬→⑭의 흐름으로 이루어지고 있다.

소설의 앞부분에 제시되어 수수께끼 같은 역할을 하는 ⑦부분에서는 '그'라는 인물이 설정되면서 주인공을 사로잡고 있는 환영과도 같은 어떤 존재에 대하여 독자들은 궁금증을 자아내게 된다. 이 부분의 소요시간은 아침에 일어나서 아침운동을 갔다가 출근하는 정도의 오전 몇 시간 정도이다. 계절적으로는 한기를 느낄 정도의 가을 초입이다. 장면묘사를 비롯한 자세한 묘사가 많으며 요약과 생략은 많지 않은 것으로 알 수 있다. ③은 과거의 이야기이다. 사진기자인 그가 그녀의 화원으로 사진을 찍으러 오고 무심코 건네준 명함조차 아무렇지 않게 받아넘기고 보낸 여름의 일이다. 여기에서 그와 그녀 사이에는 "왜 이렇게 아무 일도 없지?"라는 말이 나타날 정도로 아무런 일도 없었다. 두 사람의 첫 만남에서 카메라를 바라보느라 눈을 내리깐 그녀를 그는 그대로 있게 하며 사진을 찍는다. 그 행위는 '즉흥적'이었을 뿐, '그가 하고자 하는 일'은 잡지 표지를 위해 꽃을 찍는 일이었다. 그리고는 아무 일도 일어나지 않은 채 시간이 흘러 갔다. 이 부분의 소요시간은 여름이 다갈 정도, 대략 한 달에서 두어 달 정도로 볼 수 있다. 소요시간이 많은 만큼 생략이 많은 것을 알 수 있다. ⑤는 아주 간단한 부분이다. 소설에서도 두어 줄에 지나지 않는다. 명함통 속에 아무렇게나 던져졌던 그의 명함을 꺼내 그녀는 자신의 수첩에 끼워 넣는다. '명함통 속의 명함'과 '수첩에 끼워지는 명함'의 의미 차이는 분명하다. 그가 특별한 사람으로 인식되고 그와 의 만남을 전제한다는 것이 되기 때문이다. 왜 그렇게 인식되었는지 독자는 아직 알지 못한다. 행위를 먼저 보이고 그 행위의 원인은 나 중으로 미루어져 있다. 소요시간을 생각하자면 몇 분여에 지나지 않 으며 단순서술로 이루어져 있다. ④는 ⑤에 관한 수수께끼가 해결되 는 부분이다. 소설 앞부분부터 그녀를 쫓아다닌 환영은 여기에서 시 작된 것이다. 그는 ③에서 자신이 한 행위를 설명하듯이 그녀의 눈 썹이 아름다워서 가슴이 뛰었다는 고백을 여러 사람들 앞에서 한다. ⑤가 나흘 전이었다는 것으로 미루어 이는 5일 전의 일로 판단된다. 이 부분의 소요시간은 퇴근길 맥주를 나눌 정도의 시간으로 반나절 정도로 볼 수 있는데 그것이 이 소설 전체에 끼치는 영향은 막대하 다. 여기에서도 시간의 흐름에 따른 서술이 주된 가운데 대화가 나 타나면서 서술 속도는 느린 것을 알 수 있다. ⑥은 고백을 받은 다 음날부터 나흘 후의 이야기이다. 그녀는 그의 명함을 들고 다니며 그에게 전화하고 싶어 한다. 그러나 그러면 안 된다는 생각에 괴로 워한다. 소요시간은 비교적 길고 서술속도는 빠르며 따라서 요약과 생략이 많이 나타나고 있음을 알 수 있다. 왜 전화를 하면 안 된다 고 생각하는지, 단순히 그녀의 소심성에서 비롯된 망설임인지, 그러한 것은 아직 독자들에게 알려지지 않는다. ⑧은 ⑦에서 이어지는 현재의 이야기이다. 그러나 빗속을 뛰어들던 ⑦과는 "두 얼굴은 너무나 다르다."라고 화자가 이야기할 정도로 다른 것을 보게 된다. 비는 여전히 내리지만 이제 그녀는 비닐우산이라도 사서 쓸 수 있는 여유를 가지게 되었던 것이다. 소요시간은 수영장에서 나와 출근하여 오전 근무를 하는 서너 시간 정도로 볼 수 있다. 서술속도는 느리고 요약과 생략도 많지 않다. ②는 과거에 관한 요약이 이루어지는 부분이다. 그녀가 화원에서 일을 하게 된 배경에 관한 것이 서술되는 부분이다. 그녀는 타이피스트를 하려고 했으나 자리가 나지 않아 당분간 하려는 마음으로 화원 종업원이 된다. 그러나 다른 직장이 나지 않고 식물이 주는 위로를 느끼면서 화원에서 계속 일하게 되었다. 구체적으로 소요시간을 알 수는 없다. 그러나 '마음의 기한인 한두 달이 지나도 그녀에겐 별일이 있어 주지 않은' 것으로 보아, 짧다면 두어 달에서 몇 년이 될 수도 있을 부분이 요약, 생략의 방식으로 서술되고 서술속도는 매우 빠르다. ⑨는 다시 현재이다. 비가 그치고 들여놓았던 화분들을 내놓다가 넘어진다. 바람을 쐴 겸 바깥으로 나가 무지개를 보고 '따라갈 수 없는 서러움'에 서글퍼한다. 소요시간은 서술시간과 비슷한 정도로 유추되며 서술속도는 완만하고 생략이나 요약은 별로 없다. ⑩에서 가게를 나간 그녀가 미술관 자리에서 공장인부들과 배드민턴 치는 여자들을 바라보는 부분은 매우 느리게 서술된다. 소요시간은 ⑨와 마찬가지로 서술시간과 비슷할 것임을 알 수 있다. ⑪에서도 서술시간과 소요시간이 비슷한 느린 속도의 서술은 계속된다. 그녀는 그의 회사 앞에 서 있다가 찻집으로 들어가 무언가를 적는다. ① 부분이 이 소설에서 가장 앞선 부분

으로 8, 9, 10살, 어느 때인지도 기억이 분명하지 않은 오래전의 과
거이다. 서술속도는 빨라졌다 완만해지고 다시 빨라진다. 어린 날 미
나리군락지에서 그녀는 친근감을 느끼던 친구에게 멸시를 당한다.
친구와 몸을 말리던 기억이 서술되는 부분은 느린 속도로 진행되는
데, 그 후 "영상은 여기에서 끝난다."고 하여 주인공의 기억에 남아
있지 않아 생략이 이루어진다. 그리고 그 뒤 친구를 다시 만나게 되
는 부분까지는 요약에 의하여 서술된다. 소요시간은 봄에서 여름에
이르기까지 몇 달에 이르는 비교적 긴 시간인데, 오래전의 기억이라
자세한 묘사는 이루어지지 못한다. ⑫는 다시 현재이다. ⑪ 부분에
서 시작한 낙서가 끝나는 부분인데, 그것은 ①과 관련한 단편적인
낙서였다. 낙서를 하면서 눈물을 흘리던 그녀가 그를 바라보고 그가
그녀를 못 알아보는 것을 확인하는 데 걸리는 시간 역시 짧은 시간
일 것임에 미루어 서술시간과 소요시간이 비슷한 것을 알 수 있다.
⑬은 그녀가 전화를 받고 나온, 화원의 단골 최라는 사람에 의해 강
간을 당하기까지의 몇 시간을 서술하고 있다. 이 부분은 대화를 인
용하므로 자세한 서술을 하다가 강간의 장면은 생략된다. ⑭에서는
강간을 당한 그녀가 계속 걸으면서 공간이 따라 바뀐다. ⑩의 미술
관 근처에서 여자들이 배드민턴 치던 곳을 찾아 인부들이 피우던 담
배도 물어보고 그들의 시선을 따라 배드민턴 치던 자리를 더듬고는
포클레인으로 다가가 몸을 부딪치고 위로 오르는 데 느린 서술에 의
해 자세한 묘사가 이루어지는 부분이다.

　이 소설에서 주인공의 성적 욕망의 징후는 여러 부분에서 나타났
었다.

여기에서 '나'는 수영장에서 보게 되는 낯선 남자의 모습까지도
매우 관능적인 시선으로 바라보고 있음을 알 수 있다. 이것은 그녀
가 현재 성적인 관능에 매달리고 있음을 보여 주는 부분이다. 눈을
뜨면서부터 그녀를 쫓아다니는 남자에 대하여 자세히 서술하는 것은
그녀가 그를 욕망한다는 것을 보여 주는데 그 욕망은 성적인 욕망이
었던 것이다. 4일 전 가벼운 남자의 유혹적인 언어와 '좁쌀같이 수두
룩이 난 소름을 매만지는' 행위로 인해 그녀는 그를 욕망하게 되었
던 것이다.

그런데 주인공이 품은 욕망이란 '남자에게로의 이끌림'이다. 그것
은 '내내 그녀 속에서 일렁이던 관능'이었던 것이다. 미학의 중요한
요소인 관능은 유교적 전통 사회에서 저속한 것으로 치부되었는데,

---

7) 신경숙, 「배드민턴 치는 여자」, 이남호 엮음, 『1990년대 한국단편소설 선』, 작가 정신
   2003, 421~2면.

8) 「배드민턴 치는 여자」, 436면.

촉각적 관능은 더욱 부정했던 것이 사실이다. 그런데 그녀는 그의 손끝과 언어에 의하여 그의 촉각을 원하면서[9] '나흘 전부터가 아니라, 수천 년 묵은 슬픔으로 똬리를 틀고 있었던' 여자의 욕망, 관능을 이야기하고 있다. 그의 친구가 하는 말 "저놈 말에 신경 쓰지 마십시오. 저놈 집엔 당신보다 훨씬 더 예쁜 마누라가 있죠. 저놈은 누구에게나 다 그래요. 여자 킬러라니까요."도 그녀에겐 들리지 않게 된다. 옆에서 들려주는 조언도 무시될 만큼 그녀의 그에 대한 욕망은 갑자기 커지게 된 것인데, 그렇듯 절실한 그녀의 욕망은 억압되어 있다. 그에게 전화를 거는 일마저 스스로 억압하고 있다. 그 이유는 뒤에 가서 풀리게 된다.

> 내 손바닥은 그대로 그애의 목덜미 면으로 올라갔고 엎드려 있던 그애는 간시러운지 돌아누웠다. 그애의 눈, 잉크빛 하늘이 담겨 있던 눈동자, 하얀 목, 밋밋한 가슴, 도드라져 있던 분홍색 젖꼭지. 그애가 눈을 찡긋거리면서 내 뺨에 입술을 댔다. 나는 떨었을 것이다. 그러면서 그애의 메마른 입술에 내 입술을 포갰을 것이다. 영상은 여기에서 끝난다. 영상이 끝난 자리엔 야생 미나리군락지도, 벗은 여자아이 둘의 몸도 없다. 그 자리엔 내 쓰라린 상처와 그애의 차가운 멸시가 남아 있다. 풀밭에 벗어 놓은 옷을 입으면서 나는 생각했었다. 너를 나 자신보다 더 사랑할 거야. (……) 엄마한테 다 일러 줄 거야.[10]

동성애에 가까운 감정이 나타난다. '뺨에 입술을' 대는 행위로 먼저 친근감을 표시하였던 친구의 "입술에 내 입술을 포갰다."가 무엇이 문제인지 의식도 못한 채 멸시를 받게 된 이 사건 때문에 그녀는

---

9) ④의 부분에서 남자는 그녀에게 별 뜻 없는 고백을 한다. 그녀는 그 앞에 "남자들은 마음을 먹으면 그렇게 할 수 있잖아요."라고 대꾸한다(425면). 그 말을 들은 남자들은 "여자들은 그렇게 할 수 없나?" 묻는다. 자신 있게 자신의 욕망을 이야기하는 남자와 못 하는 여자, 성적인 면에 있어서 여자들의 수동성을 환기하는 말이겠지만, 그 말은 어색하기 짝이 없다.

10) 「배드민턴 치는 여자」, 434~5면.

친근함의 표시에 주눅 들어 있다. 파시즘으로까지 발전하는 억압가
설을 주장한 라이히를 빌지 않더라도 어린 날의 성 억압이 그 사람
의 성격 구조를 좌우할 것임은 명약관화한 사실이다. 그런 화자이기
에 '성'에 관하여, '친근함'이라는 감정에 관하여 매우 힘들어하게
된다.

> 배드민턴 치는 여자들을 바라본다. 공중에서, 참새처럼 날아다니는 하얀 공이나,
> 그녀들의 머릿결이나 얼굴이나 가슴은 보지 않고, 미끈한 다리들만 눈을 가느스
> 름하게 뜨고 다 바라본다. (……) 배드민턴 치는 여자들의 미끈한 다리는, 물고
> 기들이 물살을 차내듯이 미술관 뜰의 잔모래들을 사삭, 차내며 명랑하게 움직인
> 다. 바닥에 떨어진 공을 주울 때 짧은 진치마는 더욱 아슬히 올라간다. 어쩌면
> 엉덩이가 보일 듯하다. 그녀는 지레 가슴이 설레어서 얼른 지하철 공사장의 인
> 부들을 바라본다.
> 저런, 여우 같은 년들!
> 우리가 보고 있다는 걸 알고 더 그러는 거야!
> 귀엽잖아, 놔둬! 우리 같은 처지에 돈 안 내고 어디 가서 공짜로 저런 구경을
> 하겠나? 아, 나는 피로가 다 풀리네 그래!
> 밝히기는!
> 뭐, 그런 눈으로 바라보기만 해도?[11]

'배드민턴 치는 여자'라는 제목에서 알 수 있듯이 이 소설의 주제
의식은 아마도 이 언저리에서 찾아야 할 것이다. 위의 인용에서 배
드민턴 치는 여자는 욕망의 대상으로 설정되어 있다. 공사장 인부들
이 바라보고 있고 그들이 그녀들을 바라보고 있다는 것을 의식하는
화자가 있다. 그녀들을 바라보는 그들을 화자가 의식하는 행위는 그
녀들을 화자 자신과 동일시하고 있음을 알게 한다. 입고 있는 옷은

---

11) 「배드민턴 치는 여자」, 430~1면.

자유롭다. 거기에는 아무런 억압도 금기도 없다. 억압과 금기가 없는 상태의 자연스러운 욕망, 화자는 그것을 부러워하고 있다. 배드민턴을 치는 행위는 주체가 욕망을 채워 나가는 부분과 연계시킬 수 있다. 주체는 배드민턴의 '셔틀콕'을 치기를 욕망하지만 치고 나면 거기에서 만족하거나 멈추지 않는다. 또 다른 결핍이 주체로 하여금 다음 '셔틀콕'을 치게 하는 것이다. 욕망은 계속 미끄러지는 것이다.

한편 그녀는 그에게 외면당하므로 실제로 버림받은 것이나 다름없는 상황에서 "배드민턴을 치러 간다."고 말한다. 그것은 누군가에게 욕망의 대상이 되고 싶다는 그녀의 바람을 표현하는 것이다. 동시에 자신도 욕망을 부끄러워하지 않고 드러내겠으며 그것이 끝없이 미끄러지더라도 그 결핍을 채우는 과정을 계속하겠다는 것으로 파악된다.

단골 최에 의해 강간을 당한 화자가 상처 입은 몸으로 제일 먼저 하는 행위는 배드민턴 치던 장소로 가서 흙을 제 몸에 쏟고 공사장의 포클레인 위로 오르는 것이다. 이때 그녀가 자신의 몸에 붓고 있는 흙이란, 모든 것을 관용하는 어머니의 대지, 결국 부활의 의미와 연관되고 그런 흙을 퍼 올리는 포클레인 위에 오르는 주인공의 행위는 타자의 욕망에 의해 손상을 입은 자신의 몸을 포클레인이라는 기계의 힘을 빌려서 말끔히 정화하고자 하는 것으로 파악된다.

2) 글쓰기와 주인공, 그리고 작가

주인공에게 있어 글을 쓰는 행위는 '그 글 속으로 그녀 자신이 숨는 일'이었다. 자신의 일을 객관화시켜 놓고 바라봄으로 인해 자신의 문제도 객관화되고 그것은 그녀로 하여금 픽션 뒤로 숨게 만들어 주는 것이기 때문일 것이다. 그녀가 글 쓰는 일에 중점을 두고 있음은 다음과 같은 부분에서도 알 수 있다.

버지니아 울프의 『자기만의 방』을 떠올리게 하는 여성 혼자만의 공간에의 희구를 보여 준다. 이처럼 글을 쓰기를 갈망하던 그녀는 여름내 글을 못 쓴다. 그녀는 여름내 화분과 거리에 물을 주고 또 주면서 갈증을 느꼈다. 그 여름은 특별한 여름이었던 것이다. 여름이 되기 전, 사진기자인 그를 만났고 그의 즉흥적인 사진 찍기의 모델이 되면서 그녀는 자신도 모르게 어떠한 욕망을 품었던 것이다. 그리고 다시 글을 쓰기 시작하는데 그것은 그에 대한 글을 쓰면서 글 뒤에 숨기 위해서였다. 글이란 자신의 객관화이고 객관화 뒤에는 카타르시스가 따르는 것이라는 인식을 볼 수 있다. 그녀는 그를 찾아가서 그를 그리워하며 낙서를 하고 급기야 강간이라는 낯설고 공포스러운 경험 뒤에도 글을 쓴다. 그녀에게 있어 글쓰기란 고백이었기 때문이다.

---

12) 「배드민턴 치는 여자」, 420면.

그녀가 겨우 한 일은, 꾸물꾸물 윗옷 주머니에서 노트를 꺼내 아무 장이나 펼치고서, 해사하게 웃기까지 하며, 뭔가 꾹꾹, 눌러 적을 양을 하다가는, 힘이 땡기는지 눈물 젖은 얼굴을 푹, 수그리는 일이었다.[13]

4. 결론: 여성 성욕 인정과 결혼관의 변화

신경숙에게서 이채롭던 여성 성욕의 발견은 『내 이름은 김삼순』 등 최근의 소설들에서는 매우 자연스러운 현상으로 그려지고 있다. 소설로 먼저 쓰였고 드라마화하였던 정이현의 『달콤한 나의 도시』를 예로 들며 생각해 보기로 하겠다.

『달콤한 나의 도시』의 인물들은 성욕을 긍정하며 야무지게도 사회적 모순을 너무나 잘 간파하고 있다. 이 소설의 인물들은 연애와 실연을 반복하며 산다. 그러나 마찬가지로 세 친구가 등장하여 결혼제도에 의해 가지가지로 삶 자체를 위협받고 허물어져 가는 『무소의 뿔처럼 혼자서 가라』의 인물들과는 사뭇 다른 양상이다. 책 표지에는 강풍에 날아가는 '메리포핀스' 대신, 그를 패러디한 그림-인형 든 바구니를 들고 도시 위를 구경하듯이 날아가고 있는 평범한 젊은 여성 그림-이 그려져 있다. 그림이 작품과 무관하지 않다면 이 고백체 형식의 소설에서 자신을 둘러싼 억압의 메커니즘을 뛰어넘겠다는 것을 표명하는 것처럼 보인다. 책의 끝 부분에서 그녀는 자신이 현재 처해 있는 불안정한 상황-연애했던 남자, 결혼하려던 남자 모두와 이별하고 부모는 별거를 시작하였으며 안정된 직장에서는 뛰쳐

---

13) 「배드민턴 치는 여자」, 441면.

나와 이제 새로 일을 시작하는 - 을 일종의 정거장일 뿐이라 명명한
다. 오은수뿐 아니라 그녀의 친구들 남유희, 하재인까지 결혼에 있어
매우 현실적이다. 우선 오은수는 『무소의…』의 인물들처럼 떠밀리듯
결혼하지도, 남자를 위해 자기를 희생하거나 인내로 견디는 삶을 살
려 하지 않는다. 그녀는 부모 불균형의 집안 분위기를 보면서 가족
제도의 부조리에 일찍 눈떴고 고등 지식 - 이를테면 이 소설에서 말
하는 '여성과 한국사회' 수업 같은 - 을 통해 결혼제도의 부조리를
너무나 잘 알고 있다. 하여 그녀는 "다른 여자들은 둥글게 감싸 안
고 살아가고 있는" 남자들의 문제를 핑계 삼아 결혼을 지연한다. 남
자에게 프러포즈를 할 만큼 적극적이기도 하지만 물러서는 데도 과
감하다. 하재인은 어떠한가. 자신의 인생에 당연한 수순이었다고 생
각하고 조건을 맞춰 결혼하지만 전형적 마마보이인 남편에게 실망하
자 '델마와 루이스'처럼 그 일상을 탈출한다. 그리고 다시 일로 복귀
하고 새로이 사랑을 시작한다. 남유희도 마찬가지다. 젊은 날 자살
소동까지 벌였던 첫사랑을 만나 다시 사랑을 시작하지만 그것이 자
신의 젊은 날에 대한 회환의 감정일 뿐임을 지각하기도 하고, 아이
있는 헤어진 부부 사이에 끼인다는 것이 어떤 의미인지를 냉철히 판
단할 정도로 균형 감각을 소유하고 있다.

인물들은 더 이상 사랑이 모두 결혼으로 이어져야 한다는, 혼전 관
계, 순결에 대한 강박관념을 가지고 있지 않다. 자신들의 성관계에 관
하여 스스럼없이 수다를 떠는 이들의 모습을 통하여 젊은 여성들의
성욕은 자연스러운 것으로 묘사된다. 은수는 옛 애인의 결혼식 날 위
안이 필요하다는 자기합리화하에 처음 본 남자와 소위 '원 나이트
스탠드'를 경험하지만 무의미한 후회를 거부한다. "저지르는 일마다

하나하나 의미를 붙이고, 자책감에 부르르 몸을 떨고, 실수였다며 깊이 반성하고, 자기발전의 주춧돌로 삼고, 그런 것들이 성숙한 인간의 태도라면, 미안하지만, 어른 따위는 영원히 되고 싶지 않다."는 것이다. '이사'오듯 남자가 집을 합치자면 동거할 뿐, 그 뒷일에 대한 고민도 환상도 없다. 유희는 임신중절 경험이 있으며 재인은 '침대에서 3분을 못 넘긴다는 이유로 남자를 차버리는' 스타일이다. 이들은 심지어 "성인남녀가 같이 밥을 먹고 차를 마시고 영화를 보는 것들은 결과적으로 '한방'에 들어가기 위한 요식행위"라고 단언하면서 "독립해 젤 좋은 점은, 남잘 만나도 괜히 여관 전전할 필요 없다는 것"이라는 데 동의한다. 이들에게 성생활은 본능 충족일 뿐, 그 이상의 심각한 의미의 것이 아니다. 자신을 왜 사랑하느냐는 윤태오의 질문을 받고 오은수가 당황하는 것은 그 때문이다. 오은수는 미처 상대를 사랑한다는 인식을 하지 못한 것이다. 섹스가 사랑과 직결되어야 한다는 것이 오은수에게는 낯설기만 하다. 사랑이 전제되어야 섹스로 이어진다는 사고방식에서 자유로운 오은수는 오늘날 성에 대한 가치관의 변화를 반영하는 것이다. 결혼한다는 재인에게 "그래서, 그 남자를 왜 사랑하는데?"라고 묻자 재인이 "못 들을 말을 들었다는 듯" "동그란 눈을 천연하게 깜빡"이는 행위는 사랑이 전제되어야 결혼한다는 사고방식에서마저 자유로운 신세대의 사고를 잘 반영하고 있다.

새로운 문화 수용에 적극적이며 사랑의 의미조차 인터넷 검색을 통하여 찾고 상대방의 심리 상태마저 메신저 대화명으로 파악하는 이들은 그러나 경박한 문화 소비자들만은 아니다. 이들은 과거 여성의 생을 억압했던 전통, 제도권에 맹렬히 저항할 줄도 안다. 이들에 의해 결혼제도는 "지들이 알아서 결혼하고 번식하고 세금 내게" 하는, "낡은 거미줄처럼 얽혀 있는" 자동시스템으로 조롱된다. 수십 년 간 한 번도 마주치지 않았던 남녀가 어느 날 만나 졸지에 "영원한 법적, 경제적, 성적, 정서적 공동체가 되기로 합의"하는 일부일처제 의 모순은 그들에게 진저리의 대상일 뿐이다. 이들은 어머니와 아버 지가 각각 구성하는 가족, 교과서와 다른 1인 가족의 형태를 충격으 로나 부끄러움으로 생각하지 않을 만큼 성숙하기도 하다. 또한 "부 모 간섭은 싫으면서 경제적으로 의존하는 걸 당연하게 생각하는 자 세"도 비판한다.

그러나 이들은 전사가 아니다. 생을 위한 닻을 내리는 사랑을 끊 임없이 꿈꾸며 "단단한 나무 둥치에 내 발목을 칭칭 붙들어 매기" 위해 결혼을 소망하기도 한다. 결혼을 하지 못한다 하여 "흐리멍덩 한 동태 눈깔 같을 내 미래"라고 불안해하기도 한다. 제도권에 대한 부정도 무조건적 편입 욕망도 아닌, 어정쩡한 모순의 상태에 이들은 놓여 있다.

그러나 그런 그대로 인정하는 글쓰기, 발랄한 비유와 톡톡 튀는 문체로 승부하는 젊은 글쓰기, 더 이상 저항이 아니며 제도를 초월 한 조롱의 글쓰기가 여성 문제를 다루는 작품들에서 나타난다. 여성 의 문제에 대한 접근은 "가진 것도 없고, 이룬 것도 없다. 나를 죽도 록 사랑하는 사람도 없고, 내가 죽도록 사랑하는 사람도 없다. 우울 한 자유일까, 자유로운 우울일까. 나, 다시 시작할 수 있을까. 무엇이 든?" 하고 그들이 묻는 순간 시작된다. 왜 안 되겠는가, 그들이 삶의 맛을 탐구하며 살아가는 과정이 바로 그 답안을 얻는 과정에 다름 아니다.

제11장 여성 주인공 소설의 드라마화 연구

1. 대중과 문학, 그 연결고리로서의 TV 드라마

대중문화는 학술적인 관심에서 오랫동안 제외되어 왔다. 대중문화 형성 초기의 기반이 외래적인 것이 많았다는 사실에서 오는, 외래 사조의 무비판적 수입에 대한 경계심이 한 원인이 된다.[1] 뿐만 아니라 대중문화는 소비성·반엘리트성 등을 특징으로 하는, 고급문화에 반대되는 저급문화라는 생각에서 이에 관한 논의가 꺼려지기도 했고 이데올로기의 시대에는 대중문화가 지배계급의 이데올로기 공고화의 한 수단으로 인식되면서 학술적 관심을 비켜가게 되었다. 그러다가 모든 지배적인 것들의 전복과 동시 소외된 것들의 제자리 찾기를 꾀하는 포스트모더니즘의 시대에 와서 대중문화는 재조명되기에 이른다.[2] 오늘날은 그에 대한 거부감 대신 인정하고 즐기려는 움직임이

---

[1] 원용진, 『대중문화의 패러다임』, 한나래, 1997, 20면 참고.

[2] 정치적 거대담론의 외해는 문화적 미시담론의 등장을 부추기게 되었고 그 결과로 대중문화의 논의도 활발하게 되었던 것이다(윤석진, 『한국 멜로드라마의 근대적 상상력』, 푸른사상, 2004, 12면 참고).

지배적이고 논의와 연구도 매우 자연스러운 것이 되었다. 논의, 연구 대상으로서의 대중문화는 그것이 어떻게 생산되면서 어떻게 소비되는가, 그런 다음 어떠한 의미를 생산해 내는가 등에 관심이 놓인다.

대중문화를 형성하는 매체 가운데에서도 TV는 가장 대중적인 매체이다. 영화나 연극은 극장을 찾아야 하고 신문이나 잡지는 구독을 하여야 하지만 TV는 집집마다, 심지어 거리에서도 접할 수 있다. TV의 가장 큰 특성은 보편성과 친밀성이다. TV는 분위기와 미학적 가치를 확립하는 역할을 하는 사운드가 필수적이라는 것, 영상이미지를 주요 언어로 사용한다는 점에서 영화와 공통되지만 정적인 물체를 보여 줄 때도 계속 움직이는 전자적 성질로 '지금, 여기'라는 즉시성·현재성을 특징으로 한다는 점에서 영화와 구별된다.[3] TV를 볼 때 우리가 우리 주위에서 일어나는 일처럼 여기게 되는 이유 중에 하나가 바로 이런 사실 때문이다. TV는 많은 사람들에게 시간과 공간과 지각을 초월한 동시의식을 제공해 주고 대중의 참여의식을 고취시켜 대중문화 발달에 큰 영향을 미치기도 한다. TV 화면은 영화에 비해 작아 시청자를 압도하기보다 우리 곁의 가구 중 하나처럼 매우 자연스럽게 여겨진다. TV가 연극이나 영화에 비해서 보편적이고 친근하다는 점은 그 영향력이 더욱 클 가능성을 알게 한다. 영화보다 TV의 소재가 보편적인 것을 택하고 보수적 가치를 지향하는 이유는 바로 이러한 맥락이다.

인간은 이야기를 좋아한다. 인간은 라디오, 신문, 잡지 등 모든 매체에 이야기를 담고 있으니 인간은 매체를 발명하면 거기에 이야기

---

3) 이에 반해 영화는 필름을 1초 동안 24장을 돌려 빛의 명멸효과와 착시현상을 이용하여 영상을 전달하는 것이다(정진옥, 「텔레비전 드라마의 현실재구성과 해독유형에 관한 연구」, 고려대 언론대학원(석), 2003, 11~16면 참고).

를 실으려 했음을 알 수 있다.4) 이야기란 그 원형을 신화·전설·민담에서 찾을 수밖에 없는데 이들 설화는 인간들의 삶을 이야기로 꾸밀 수 있도록 소설·영화·TV 드라마 등에 모티브·서사구조·주제를 제공하여 왔다. 논증적·분석적이지 않고 서사적·환상적이어서 대중에게 쉽게 어필되고 근대보다 원시성이 강하고 과학적 근거보다 객관성이 적으며 고급문화라기보다 열등문화여서 대중의 취향에 가까우며 이항대립의 기본구조를 가지고 있는 신화5)는 특히 TV 드라마6)와 연관선상 논의가 가능하리라 본다. 우리편 대 상대편, 인간다운 대 비인간적인, 감성적인 대 냉혈적인, 문명적인 대 야만적인 등 TV 드라마의 구조도 신화처럼 이항대립이다. 그리고 사실보다 스펙터클하고 살아 움직이지만 TV 속 이야기는 실재가 아니라 허구이다. 이러한 TV의 설화적·허구적 요소는 TV 드라마 분학작품과의 긴밀성을 암시한다.

---

4) 클로드 브레몽은 서사물의 옮겨질 수 있는 가능성을 이야기하였다. 소설이 TV 드라마라는 다른 매체로 바뀔 수 있다는 사실은 전달과 표현방식이 뚜렷한 차이에도 불구하고 두 매체가 공유하는 보편적 구조가 있다는 것인데, 그것이 바로 서사구조이고 이야기이다.

5) 한소진, 「텔레비전 드라마의 설화수용양상 연구」, 중앙대(박) 2004, 5면 참고.

6) 드라마의 사회적 영향력은 여러 가지가 있다. TV 드라마로 새로운 직업이 등장하기도 하고 제반 사업에 영향을 끼치기도 하며 대중에게 새로운 가치관을 형성시켰고 양식의 변화를 앞당기기도 한다. 더욱이 TV 드라마는 사람들에게 즐거움, 감동, 슬픔 등을 간접적으로 체험하게 하여 보다 깊이 있는 인생관을 형성시킨다는 점에서, 분화된 역할을 반복적으로 수행하느라 긴장하는 현대인으로 하여금 고된 현실을 잊고 심리적 이완감을 느끼게도 한다는 점에서 문학의 역할을 공유하기도 한다.

2. 소설과 TV 드라마의 만남

오늘날, 소설과 TV 드라마의 관계는 상호 텍스트적 관계이다. 소설이 TV 드라마의 원작이 되기도 하였지만 역으로 TV 드라마가 소설로 쓰이기도 하는데,[7] 이는 독자들이 영상언어를 통해 받은 감동을 글자언어를 통해 간직하려는 욕망을 갖기 때문일 것이다. 여기에서는 소설이 드라마화한 경우를 중심으로 두 매체 간의 문학적 변이를 살펴보겠다.

대중성과 상업성을 좇다 보면 예술성과 작품성은 잃기 쉽다. 대중문화, 특히 드라마는 상투성, 통속성, 전근대적 인간상 등의 문제로 인해 문제가 지적되어 왔지만 익숙하지 않고 어려운 소재, 수준 높은 드라마는 외면되기 십상이므로 통속성을 저버릴 수 없는 것이 TV 드라마의 사정이다. 그러한 문제를 극복하기 위한 것이 문학 작품의 영상화 작업이다.[8] 소설이 영화로 제작[9]되기도 하고, 드라마로 제작[10]되기도 하는 것은 어제오늘의 일이 아닌 오랜 역사를 가지고 있다. 이를 본격적으로 시도한 것은 텔레비전 플레이[11]인 1979년

---

7) 가을동화, 로즈마리, 겨울연가, 명랑소녀 성공기, 파리의 연인 등이 그 예가 된다.

8) 이러한 작업에 대하여 부정적인 시각도 없지 않다. 각 미디어는 자신의 논리와 문법이 있으며 한 문화장르의 아우라가 다른 문화에 옮겨질 수 없으므로 문학작품의 영상화는 텔레비전의 고유함, 독자성을 발전시키지 못하고 기존의 작품이 가진 프리미엄에 기대는 것에 지나지 않을 뿐이라는 것이다(최정호 외, 『매스미디어와 사회』, 나남, 1990, 260~1면 참고).

9) 국화꽃 향기, 남자의 향기, 동승, 결혼은 미친 짓이다, 서편제, 실미도, 태극기 휘날리며, 쉬리, 실록 최배달 바람의 파이터 등이 그 예가 된다. 오늘날은 판타지소설이 영화로(화산고, 단적비연수, 체인지, 퇴마록 등) 되기도 하고 판타지가 아닌 사이버소설이 영화로(그놈은 멋있었다, 내사랑 싸가지 등) 제작되기도 한다.

10) 대장금, 야인시대, 영웅시대, 남자의 향기, 여인천하, 대망, 상도, 그대 아직도 꿈꾸고 있는가, 성녀와 마녀 등이 그 예가 된다. 옥탑방 고양이, 1퍼센트 어떤 것 등의 경우처럼 사이버소설이 드라마로 된 경우도 있다.

KBS의 <문예극장>인데 이것은 문학과 드라마의 접목을 통해 문학의 대중화와 드라마의 예술화, 드라마의 위상을 새롭게 자리매김하고 원작의 드라마화를 논함에 있어서 결코 제외할 수 없는 무게로 평가받는다.[12] 1983에는 MBC에서 <베스트셀러극장>[13]을 제작하여 우리 시대 잘 읽히는 작품들을 영상화하기에 이른다. 이들 단편드라마들[14]은 비교적 원작에 가깝게 만들어진 것임에도, 매체의 차이로 인한 차이점은 존재한다.

김동리의 단편 「역마」를 드라마화한 경우[15]를 예로써 살펴보겠다. 드라마에서는 소설에 없는 체장수 영감을 그리워하는 옥화 모의 모습과 그녀의 과거, 체장수 영감을 알게 되고 관계를 갖게 되는 배경을 첨가하고 있다. 드라마와 소설의 차이점이 두드러지는 부분은 옥화와 계연이 이복자매임을 알게 되는 부분이다. 소설에서는 계연의 머리를 빗기던 옥화가 계연의 귓바퀴에 난 사마귀를 보고 놀라 용한 무당에게 가서 그 사실을 확인하고 오는 것으로 되어 있다. 사마귀

---

11) 텔레비전 드라마는 단막극인 텔레비전 플레이, 주요 인물은 같으나 다른 사건들이 펼쳐지는 에피소딕 드라마, 소프오페라인 연속극 등으로 나뉜다(최정호 외, 앞의 책, 261~2면 참고).

12) <TV문학관>(1980~87), <TV문예극장>(91~), <신TV문학관>(96~) 등의 변화를 거치면서 명멸을 거듭해 왔다.

13) <베스트셀러극장>은 91년 <베스트극장>으로 개명되면서부터 소설에 기대지 않고 자체 제작하는 시스템을 갖는다. 이것은 <TV문학관>의 부족한 점이었던 엔터테인먼트적 요소를 강조하는 작품들이었다. 작품성 면에서는 <TV문학관>에 비해 다소 떨어지지만 <베스트셀러극장>은 나름대로 문제작들을 통해 오늘날의 우리에게 쟁점의 여지를 던져 줌으로써 TV드라마 본연의 비판정신에 초점을 맞추고 있다고 평가된다(송희복, 『영상문학의 이해』, 두남, 2002. 112~115면 참고).

14) 이들은 오늘날 더 이상 제작되고 있지 않고 인터넷상 접근도 용이하지 않아 고찰이 어렵다. 비디오 자료로 남아 있는 것들을 구해서 볼 수 있을 뿐이다.

15) <TV문학관>의 첫 작품, 80년 12월 18일, 정하연 각색, 심현우 연출(김승현 · 한진만, 『한국 사회와 텔레비전 드라마』, 한울아카데미, 2001, 108면 참고). 그 마지막 작품은 1987년 10월 3일의 「프랑소와즈 김」이다(이와 함께 <TV문학관>의 전체적 면모의 고찰은 송희복, 앞의 책, 106~112면 참고).

가 유전이라는 설정도 문제지만16) 무당이 그러한 사실을 확실히 증명해 줄 만한 신빙성 있는 존재로 설정되는 것도 드라마에서는 불가능했을 것이다. 그리하여 드라마에서는 머리를 빗겨주던 옥화가 자신의 어머니가 물려준 반지와 똑같은 반지를 계연에게서 발견하고 계연이 자신의 이복동생임을 알게 되는 것으로 묘사된다. 한편 옥화는 계연을 아름답게 꾸미고 막걸리까지 먹여 아들 성기와 함께 칠불로 가게 하는데, 소설과는 달리 드라마에서는 둘 사이에 아무런 일이 일어나지 않는다는 점이 주목을 요한다. 소설에서 설정한 성기와 계연의 성관계에 대한 암시, 근친상간을 암시하는 불길한 까마귀 소리 등은 드라마에서 배제된다. 소설에 비해 드라마는 보수적인 특성을 가질 수밖에 없기 때문에 근친상간이라는 소재를 표현할 수도 없었고, 근친상간을 암시해서도 안 되었던 것이다. 「역마」의 경우, 소설에서 인간의 삶에 작용하는 운명과 성의 자연스러움을 그리려고 했다면 드라마에서는 성 이야기를 제외시킴으로써 그 사회의 성에 관해 보수적인 이데올로기를 볼 수 있다.

최근까지도 소설의 드라마화는 계속되고 있다. 2003년에는 『옥탑방 고양이』라는 사이버소설이 드라마화하였다. 사이버소설을 원작으로 하여 드라마가 방영되고 그것이 안방에서 인기를 끌었다는 사실은 TV라는 보수적 매체가 신세대의 양태와 행동방식에 대한 이해의 층위로 들어서고 있다는 것, 그만큼 우리 시대의 사회 현상이 변하고 있음을 암시하는 것이다.17) 혼전 동거에 대한 사회적 인식을 시

---

16) 사마귀는 바이러스 감염에 의하거나 노인성 피부종양이지 유전과는 무관한 것으로 알려져 있다.

17) 이 부분의 논의는 김진기·조미숙·이명희·김용경 공저 『사이버소설의 미적구조와 세계관』 (박이정출판사, 2004) 중 이명희, 「영화 및 드라마화 과정에서의 세계관」 부분을 주로 참고하였다.

험하고 있는 작품인 『옥탑방 고양이』가 사이버상의 논의에서 그치지 않고 드라마화함으로써, 이러한 메시지가 사회적으로 어떻게 인식될 것인가를 드라마를 통해서 진단한 것인데, 이는 10·20대의 진보적 의식을 기성세대에게 정면으로 들이댄 것이 아닐 수 없다. 지금까지 신세대들의 가벼운 행동이나 당돌하기 짝이 없어 외면했던 행동양식으로 여겼던 동거 문화가 새로운 문화코드로 받아들여짐에 드라마가 새로운 의식의 전환을 촉구하는 매개체 역할을 담당하고 있는 것이다. 물론 여기에서도 소설과는 다른 설정이 엿보여 어느 정도 보수적인 성향을 드러내고 있기는 하지만, 사이버소설의 드라마화는 근본적으로 윤리적 판단에 있어서 사회문화적으로 변동이 일어나고 있다는 것을 보여 준다.

3. 여성과 TV 드라마

시청자가 드라마를 찾는 주된 이유는 일상성과의 교감이라고 한다.[18] 특히 여성들의 경우 일상에 대한 불만으로 인해 자신들과 닮아 있는 문화를 열성적으로 소비하는데 이는 다시 말해 여성에 대한 억압이 대중문화소비를 불러일으키고 그 소비를 통해 여성들의 일상을 다시 돌아보게 한다는 것이다. 텔레비전 연속극의 내용, 형식 등이 여성 시청자들의 경험과 관련성이 높다는 사실은 연속극을 통한

---

18) 드라마의 기능은 오락과 휴양 기능, 가치관의 공고화 기능, 대화 소재 제공 기능, 심리 치료적 기능 등의 순기능과 가치 정체적인 역효과를 준다거나 여타 순수예술 기능의 왜소화를 결과한다는 역기능 등이 있다.

의미 형성에 새로운 의미해석을 부여하고 수용자의 경험을 바탕으로 의미가 발생한다는 것을 의미한다. 이에 여성의 생활 안으로 대중문화를 끌어들인 논의가 필요하다.[19]

한 논문에서는 드라마에 사용되는 설화적 요소를 여인발복설화와 영웅신화로 나누고 설화 속에서 이미 드러나는 여성에 대한 억압은 가부장제 이후에 등장한 것으로 남성들의, 여성을 희생시킴으로써 심리적 안정을 찾으려 하는 경향 때문이라고 지적했다. 그에 의하면 신화 속 웅녀와 유화에서부터 오늘날 트렌디드라마의 단골소재가 되어 버린 콩쥐팥쥐나, 신데렐라 등에서 남성들의 여성에 대한 억압의 면을 찾을 수 있는 것이다.[20] 한편 텔레비전의 섹시즘에 관한 한 연구는 ① 등장인물 중 남성 쪽이 권위 있고 전문적, 중요한 직종에 종사하며 ② 남성이 주역인 경우가 많고 ③ 등장인물의 교육수준 면에서, 남성이 더 많이 배운 것으로 나오고 ④ 남성의 경제수준이 더 높고 ⑤ 남성 인물은 행동적 성향이 크고 여성인물은 감성적 성향이 큰 것으로 그려지는 등 TV 드라마는 남녀 간 차별을 보여 주는 매체라고 한다.[21]

한 부분을 마치 전체인 것으로 묘사함으로써 실체를 왜곡하는 텔레비전의 스테레오타입적 묘사는 수용자에게 강요되어 시청자들을 전체화 · 표준화하기 쉽다. 시청자들은 텔레비전에 실리는 가환경을 진환경으로 믿으며 허구를 사실과 혼동하여 사실로 착각하게 되고

---

19) 원용진, 앞의 책, 229~32면 참고.

20) 드라마 속 여인발복설화의 양상은 콩쥐팥쥐형 고정된 인물유형이나 신데렐라형 남성 의존형에서 벗어나 자신의 힘으로 직업인으로 자아를 계발하는 인물들에서 나타난다고 하였다(한소진, 앞의 글, 26면 참고).

21) 고찬희, 「텔레비전 드라마의 성차별에 따른 고정관념에 대한 연구」, 서강대(석), 1984, 13면 이하 참고; 최정호 외, 앞의 책, 247면 참고.

픽션을 통하여 습득된 일정한 사고의 유형이 스테레오타입적 현상이
되어 결국 현실을 왜곡하는 경향이 생기게 되기 때문이다.[22] 그러므
로 텔레비전에서 그려내는 현실은 중요하다. 과거 TV 드라마에서
여성들을 가정주부나 어머니, 가정의 장식품, 성의 대상물, 저수준의
고용인, 의존성과 수동성, 정서적 불안정성, 신뢰감과 전문성은 결여
된 낮은 지식층으로 묘사하였던 것은 이런 점에서 심각성을 띤다.[23]
여성 억압 등 TV 속 섹시즘은 극복되어야 한다.

TV 드라마의 형식과 내용은 그 시대의 사회문화적 가치 및 요구
들을 반영하고 설명하며, 드라마의 수용과 해석의 방식 또한 그러한
시대적 배경이나 가치와 무관하지 않다[24]고 할 때, 오늘날 TV 드라
마 연구의 필요성은 사회문화적 가치의 재생산 문제와 맞물려 매우
중요하게 대두된다. TV 드라마에서 여성의 문제를 어떻게 다루고
있는가를 보는 것은 여성의 지위에 대한 우리 사회의 가치관과 요구
를 고찰하는 일이 될 것이다.

---

22) 고찬희, 위의 글, 4면 참고.

23) 이는 텔레비전의 계발기능을 전제한 논의이다. 미디어의 상징적 세계가 현실 세계에 대한 수
    용자들의 개념과 구조를 형성시켜 주고 계발시켜 준다는 데 관한 연구는 텔레비전이 수용자
    들에게 표준화된 역할과 행위를 학습시키는 미디어로서 그 속에서 구조되는 현실세계는 전통
    적인 신념, 개념, 행위를 보강, 유지시킨다는 것이다(고찬희, 위의 글, 2~12면 참고).

24) 김승현·한진만, 앞의 책, 11면 참고.

4. 원작드라마 분석하기 —『그대 아직도 꿈꾸고 있는가』, 『성녀와 마녀』를 중심으로

문학작품을 드라마화한 경우, 우리가 중요한 문제로 취급하여야 하는 것은 원작을 살려내기 위한 영상적 효과의 장점과 함께 만일 원작과의 거리가 있다면 그것이 무엇 때문인가 하는 문제가 아니면 안 될 것이다. 텔레비전 플레이보다 연속극의 경우 원작과의 거리가 생길 여지가 더욱 많아진다.[25] 우리나라 TV 드라마 초기에는 라디오가 심어 놓은 연속극에 대한 대중적 저변과 시청습관에 어울려 시청자가 선호한 동시에, 스튜디오 메이킹 위주여서 세트 쓰임새가 높고 제작비에 비해 시청자와의 접촉도가 높아 제작자들이 선호하였기 때문에 연속극 붐이 일었다고 한다. 여백이 많고 진행이 느려서 집안일을 하면서 보는 여성들에게 이해가 용이할 뿐만 아니라 끊임없이 기다리는 내러티브를 가지고 있다는 점에서 기다림의 연속인 여성들의 일상과 닮아 있어 여성과 연속극은 통하는 면이 있다.[26] 한편 연속극은 많은 등장인물, 다양한 시각을 묘사하게 되는데, 시청자들은 그중 가장 근접성 있는 시각이나 해석을 택하게 되는 특성이 있다. 맥카베는 영상 텍스트의 무수히 많은 담론의 위계적 계층 가운데 가장 상위에 위치하며 우선적인 위치를 차지하는 메타담론이

---

25) "원작에 과감한 〈가감〉의 메스를 가함으로써 내용의 스케일이나 재미의 쏠쏠함이 더해집니당"이라고 말하는 시청자 의견도 있었다.

26) 여성들의 시청 환경을 살펴볼 때, 여성들은 일터인 가정에서 일을 하면서 드라마를 일종의 죄책감을 가지고 보게 된다. 연속극은 기다림을 미학화한 장르로 이야기는 지속되지만 명확한 결론이 없고 정확한 결말의 전망도 없으며 기다림의 즐거움뿐인 것이다(원용진, 앞의 책, 232면 참고).

시청자에게 특권적인 위치를 부여하여 시청자가 사건에 대한 뛰어난 통찰력을 가질 수 있게 한다고 한 바 있다. 바로 이 메타담론이 독자에게 가상적인 통일성으로 메타담론이 제시하는 지배적 이데올로기만을 읽어내게 한다. 영상텍스트를 보는 시청자들은 제작자가 묘사하는 시각, 메타담론에 의해 시각이 형성되고 현실의 모순에 대해 의심해 볼 필요성을 부정하고 허구의 사실 속에 나타난 지배적 질서를 그대로 받아들이게 되는 것이다.27) 드라마 속 담론, 이데올로기 연구의 필요성은 이 지점에서 출발한다.

이 장에서는 한국 현대 문학작품을 드라마화한 일일 아침 드라마 두 편을 통하여 소설과 드라마의 관계 속 여성의 문제를 내러티브와 담론의 측면에서 살펴보고자 한다. 일상성의 함축, 시대성, 통속성 등의 특성으로 일일 드라마는 성차별적인 멜로가 중심이 뇌고 여성 인물이 많음에도 불구하고 성차별적 의미화가 여전한28) 것이 사실이고 보면, 성차별 극복이 쟁점이 되고 있는 오늘날 드라마 속 여성의 문제를 짚어보는 일은 매우 중요할 것이다. 이때 드라마 등의 대중 매체 연구에서 주목할 점은 그것이 대중매체이기 때문에 특별한 방식으로 이루어지는 대중적 문화 형성을 고찰하는 일이다. 서술자(혹은 제작자)의 등 뒤에는 독자에게 설명 요구를 하는 이데올로기가 서 있으며 이데올로기는 때로 작가가 특정 문제들을 보지 못하게 한다는 점29)을 감안하여 어떤 권력이 작용하고 있는가, 무엇이 배제의 원리로 작동되고 있으며 독자와는 어떻게 연결되는가 등의 문제를

---

27) 정진옥, 앞의 글, 21~2면에서 재인용.

28) 권정선, 「텔레비전 일일 아침드라마에 나타난 여성담론 분석」, 동국대(석), 1999, 69~72면 참고.

29) 제레미 탬블링, 이호 옮김, 『서사학과 이데올로기』, 예림기획, 2000, 86~7면 참고.

짚어보아야 한다. 드라마와 이데올로기를 연구하기 위해서는 시청자들을 '수다스럽게' 만드는 담론이 필수적이므로 드라마를 보고 난 후 수다를 감지하기 위하여 드라마를 보고 난 시청자의견을 인터넷 게시판을 통하여 살펴볼 것이다.[30]

1) 『그대 아직도 꿈꾸고 있는가』

박완서의 1989년작 중편소설 『그대 아직도 꿈꾸고 있는가』가 드라마화된 것은 2003년의 일이다.[31]

(1) 내러티브 분석

주인공 차문경은 중학교 가정선생으로 이혼녀이다. 김혁주는 딸아이가 있는 홀아비이며 평범한 회사의 샐러리맨인데, 문경과는 대학 동창이며 오다가다 만나 서로에 대해 과거에 느꼈던 막연한 호감을 첫사랑이 아니었을까 생각하면서 다시 사귀게 된다.[32] 소설의 앞부분에서 두 사람의 첫날밤 이후 침실에서 발견한 십자고상 때문에 혁주는 기분이 상하게 되는데, 이는 그가 문경과의 관계를 정상적인

---

30) 시청자들의 의견, 인터넷상의 글 쓴 것을 인용할 경우 맞춤법 등 잘못된 부분이 더러 있지만, 이해에 방해가 되지 않으므로 그대로 인용하기로 한다.

31) MBC 아침 일일 드라마로 2003년 3월 3일부터 2003년 9월 20일까지 방영되었다. (참고 사이트 http://www.imbc.com/broad/tv/endprogram/drama/index,1,0,0.html)

32) 드라마에서 차문경은 홀아버지와 결혼한 여동생 가족들과 같이 사는 맏딸이며 중학교 국어선생으로, 김혁주는 제법 유명한 성형외과 의사이며 상처하였으나 아이는 없는 것으로 설정된다. 초등학교 동창 사이인 두 사람은 가수의 콘서트에서 만나 서로의 상처를 알고 가까이 지내게 된다.

남녀의 만남으로 인식하지 않는다는 것을 외면화하는 것인 동시에 혁주, 문경의 사이가 원만하지 않을 것을 보여 주는 복선이 된다. 문경은 혁주로 하여금 죽은 아내와 완전한 이별을 하도록 3년을 기다려 주었기에 두 사람의 관계에 누구보다도 당당하다. 이는 두 사람 사이의 중대한 생각 차이를 보여 주는 부분이 되는데, 이런 두 사람의 성격 차이에도 불구하고 정상적 부부 생활을 꿈꾸는 문경은 그것이 자신의 인내로써 가능하리라고 본다.[33] 반면 혁주는 이혼녀를 싫어하는 보통 아들 가진 어머니들의 반대를 무릅쓸 만큼 문경에 대한 확신이 없었기에[34] 문경의 존재를 이야기하지 못한 채 여자들과 선을 보게 된다. 혁주를 기다리며 샀던, 자신을 상징하는 서른다섯 송이의 장미를 버리던 문경이 장미가시에 찔리는 일은 문경의 앞날에 대한 또 하나의 복선이 된다. 혁수에 대한 그의 기대(상미)와 날리

---

33) "다음 토요일쯤엔 어쩌면 이 남자의 발을 씻기게 될지도 몰라. 그래도 할 수 없지 뭐", "첫 번째 결혼의 실패를 어머니나 동기간 친척들은 이구동성으로 그 여자의 참을성이 부족한 탓으로 돌리지 않았던가. 참아야지, 여자가, 여자가 여자가……"(박완서 소설 전집 14, 세계사, 2002(이하 텍스트 인용시 같음), 24면) 소설 속에서 문경은 현실성이 없다. 성교육까지 시키는 가정선생인 문경이 학생들 앞에 설명되지 않고 불러오는 배를 아무렇지도 않게 생각한다는 점, 교장선생과 학부모들에게 채근되어서야 사직서를 낸다는 점이다. 아무리 혁주와의 관계와 그로 인한 임신을 떳떳하게 생각한다고 "내가 내 아이를 위한 유일한 대책은 이 아이를 감추지 않는 거야. 부끄러워하지 않는 거야. 법으로 정해진 산전산후 휴가(근로기준법상 사용자가 임신 중의 여자에 대해서 주는 산전·산후를 통하여 90일─2001년 이전 60일─의 유급보호휴가─근로기준법 72①─를 의미한다)도 당당히 따먹을 테니 두고 봐(77면)."라는 그녀의 태도는 주위에 자신의 임신을 당당히 밝히지 못한 상태에서 무조건 이해만 바라는 모순적인 태도가 된다. 그런 상태에서 "며칠만 더 버티면 방학이다." 하며 학교를 임신 말기까지 다니는 행위는 보수적인 성향의 사회인 학교에 근무하고 있는 문경으로서는 현실성 없는 행동이다. 드라마에서는 혁주의 어머니와 고모가 학교에 찾아와 행패를 부리고 학부모회의 종용을 받은 아이들이 수업에 들어오지 못하면서 문경 스스로 학교를 그만두는 것으로 되어 보다 현실적인 모습을 확보하고 있다(문경의 행위에 개연성을 주기 위했다고는 하나 억센 어머니에게 모든 책임 전가시키는 문제가 있다).

34) 중매가 들어온 색싯감들에 비해 문경이가 나이로나 조건으로나 좀 기울더라도 혁주 마음만 문경이 아니면 안 된다였다면, 또 문경이와의 언약을 중히 여겼다면 어머니에게 말했을 것이다……. 그러나 그동안 혁주가 한 일이란 고민과 낙관 사이에서 갈등하느라 그 시기를 놓친 게 전부였다(33면).

그와의 만남은 문경에게 가시에 지나지 않았던 것이다. 헤어지려고 하였을 때에나 임신 사실을 알게 된 것, 혁주에게 문경의 임신이 달갑게 여겨지지 않는다는 것,35) 그럼에도 아이의 양육권을 요구한다는 것 등은 문경의 삶에 가시로 작용하는 일이다. 미혼모로 사회의 여러 수모를 겪어야 했던 문경은 아들 문혁을 욕심내는 혁주와 황 여사가 제기한 자인도청구권소송36)으로 다시 법 앞에 서서 심판을 받게 된다. 과거 우리 민법은 친권은 부모 공동으로 인정하되 부모의 의견이 다를 때는 부의 의견을 따른다고 하여 남자 쪽에 유리하였던 것이 사실이다. 소설에서도 조정위원들은 김혁주 쪽이 더 부유하다고 하여 어머니보다 아버지 쪽의 손을 들어주고 있다. "아이의 장래와 행복을 위해 양육권을 법률상의 친권자에게 넘기라37)고 문경을 설득하기 시작했다."(156면)가 그것이다. 그러나 문경은 이러한 법과 통념에 순순히 굴복하지 않고 저항하며 싸워 나간다. 소송의

---

35) 소설에서는 문경이 헤어지려 하는 상황에서 임신 사실을 알고 혁주의 회사를 찾아갔으나 모욕을 당하는 것으로 되어 있다. 혁주는 미모의 젊은 사업가 정애숙과의 혼담이 오가는 중이라 문경의 이야기를 '호사다마'로 여긴다. 그런데 혁주가 자신의 아이를 가졌다는 문경의 이야기에 당장 냉혹할 정도로 거부의 몸짓을 보인다거나 완벽에 가까운 여성 정애숙이 사랑을 전제로 한 결혼이 아닌 혁주와의 결합에 그처럼 적극적인 것은 설득력이 약하다. 정애숙이 혁주에게 아이까지 동반한 데이트를 제안하는 등 혁주에게 헌신적이며 혁주가 문경에 대한 아무런 갈등을 보이지 않는다는 설정은 문제를 너무 편파적으로 몰고 갈 수 있다. 호흡이 긴 드라마에서 이러한 평판형 인물은 시청자들의 공감을 사기 어렵고 작품의 밀도가 낮게 평가하는 요인이 될 수도 있다. 드라마에서 혁주가 어느 정도 갈등을 하고 집세 문제 등 경제적 도움을 원하는 어머니의 요구가 죽음을 불사할 정도로 강했기 때문에 어쩔 수 없이 부유한 여인과 결혼하는 것으로 설정하는 것은 그 때문이다. 드라마에서는 처음에는 순수했던 혁주가 어머니의 강한 반대로 인해 극심한 갈등을 겪고 마침내 문경의 임신 앞에서도 어쩌지 못하는 것으로 그려진다.

36) 이는 이 소설의 오류라 할 것으로, 친권자와 양육권자가 결정되지 않은 상태에서 신청할 수 없는 소송이다(자(子)의 양육에 관한 처분과 변경, 면접교섭권의 제한과 배제 및 친권을 행사할 자의 지정과 변경에 관한 심판은 부모 중 일방이 다른 일방을 상대방으로 하여 청구하여야 한다.).

37) 법률상의 친권자는 부모가 공동이다.

결론 부분에서 소설과 드라마가 갈라지는 지점이 발생한다. 소설에서는 문경이 과거 혁주가 보낸 편지를 제시하자 혁주가 마지못해 고소를 취하하는 것으로 되어 있다. 하지만 드라마에서는 자신의 핏줄이 아니라는 황 여사의 내용증명을 문경이 찾아내어 제시하지만 혁주 측에서 고소를 취하하지 않고 오히려 황 여사가 문혁과 그 주변 사람들에게 접근하여 재판을 승리로 이끌어 결론이 다시 유예된다. 문경이 아이를 데려올 수 있게 되는 것은 혁주와 황 여사의 인성에 대한 며느리 애숙의 증언이 결정적인 계기가 된다. 소설보다 드라마에서는 복잡한 해결 구성을 시도한 결과라 볼 수 있다.

소설과 드라마의 내러티브상 차이는 아이에 대한 황 여사의 욕망 부분에서 두드러진다. 소설에서 이미 손녀가 둘이나 있었음에도 불구하고 황 여사가 문경을 찾는 것은 손자에 대한 욕심 때문이니, 아들선호사상을 단적으로 드러내 보여 주는 일이다. 그러나 드라마에서는 혁주에게 전처소생도 없고 정애숙이 유산을 하고 자식을 낳을 수 없는 상황으로 설정되기 때문에 아들선호사상이 아닌 자식에 대한 욕망으로 완화되고 있다. 시대성을 반영하여야 하는 드라마로서 당대의 공감을 받으려면 지나친 남아선호사상은 문제가 있었을 것이기 때문이다.

(2) 담론 분석

소설은 아들과 딸, 여성과 남성의 문제를 짚는다. "딸 낳고 싶어. 나는 장차의 내 아이가 남자일 거라고는 상상도 하기 싫어."라는 문경의 무조건적인 남성 혐오는 무조건적으로 남성에게 주어져 온 사회의 우선권에 대한 반발 심리 때문이다.38) 혁주는 '모든 남자들이 부러워하는 것들인 성공한 사업, 아름답고 순종적인 아내, 화목한 가정을 겸비한 자신을 돌이켜보면서 처복이라는 게 바로 이런 거로구나.'(115면)라고 생각할 정도로 아내를 인정하고 있었음에도 불구하고 애숙의 자궁적출수술 후 "그에게 만만하지 않던 장인 장모가 자기 앞에서 쩔쩔매는 모습을 묘한 쾌감을 느끼며 지켜보게(117면)" 된다. 그러면서 "장인 장모의 이렇듯 적나라한 딸 가진 죄인 노릇을 지켜보면서 새삼스럽고도 힘차게 아들은 있고 볼 일이라고 생각"(117면)하는 것이다. 그리고 어머니와 함께 아들을 찾는 것으로 되어 있다.

시청자들은 시집 식구들에게 향한 존칭 문제에 대한 비판,39) 여성의 이미지에 대한 비판,40) 여성들의 권리향상41) 등의 문제를 자연스럽게 제기하면서 호주제 문제에 민감하게 반응하였다. 개인은 가족 제도에 편입되면서 모든 법률은 가족 위주로 만들어지는데 가족은 가부장제를 유지하며 강화하는 동력인 동시에 서로 순환하는 관계42)이다. 드라마에서 혼자 아이를 낳느라 고생한 문경이 새삼 그 아이에

---

38) 이 세상에 인간으로 입문하는 조건을 100점 만점이라고 칠 때 남자로 태어나면 기본점 50점은 따고 들어가는 거라구. 그러니까 여자로 태어난다는 건 상대적으로 50점 감점인 셈이지. 대학입시에서 만일 제 자식이 까닭 없이 1, 2점만 감점을 당해도 사생결단하고 덤비지 않을 엄마 없을걸. 50점의 불이익이 분하고 억울해서 우는 건 당연해(73면). 만일 애 밴 여자가 딴 남자와 결혼할 생각이었으면 애가 크나큰 짐이거나 아니면 목숨 걸고 중절을 해야만 했으련만 남자는 말 한마디로 제가 뿌린 목숨을 없앨 수가 있으니……(87면). 여자가 불이익을 당하는 게 반드시 명문화된 법조문에 의해서만은 아니잖아. 관습에 의해서지(87면).

39) 시청자의견에는 "남편 동생까지 모자라서, 남편 사촌동생한테까지 아가씨라고 부르는 모습을, 굳이 티비에 비추나. 그래서야 여자의 지위가, 그 시집 안에서 평등할 수 있을까?" 하는 의견들이 등장한다.

40) 여자의 적은 여자이다. 의사 아들 둔 시어머니가 며느리에게 한없이 돈을 요구한다 하는 문제.

41) "우리나라 여성의 지위가 너무 낮다.", "여자 국회의원을 별로 뽑지 않았던 우리 여자한테도 책임이 있다."는 의견들도 대두된다.

42) 정해경, 『섹시즘, 남자들에 갇힌 여자』, 휴머니스트, 2003, 192면 참고.

대하여 권리를 투쟁하여야 하는 상황으로 치닫게 되자 시청자들은 호
주제 문제에 강한 관심을 갖기 시작한다.[43] 가부장제, 호주제 사회에
서 오랜 기간 살아왔으면서도 가부장제 가운데 가장 불평등한 조항인
호주제의 폐지문제에 별반 관심을 갖지 않았던 이들까지도 드라마를
통하여 문제의 문제성을 인식하고 그에 대한 비판을 하게 되었으니
드라마의 영향력이 얼마나 큰지 알 수 있다.[44] 인터넷상의 익명성 때
문에 글은 매우 공격적이 되곤 하지만 수준 있는 시청자들이 논의에
참가하여 호주제에 관한 뜨거운 토론이 이루어지고 있었다.[45]

---

43) 사실은 민법상 친권과 양육권은 부부가 합의하여 결정하도록 되어 있다. 그리고 친권이 있어
야 아버지가 양육권 청구 소송을 할 수 있는 것이기 때문에 이 소실과 드라마싱 법 적용은
잘못된 것이라 할 수 있다. 이는 소설적 오류일 것이다. 오히려 문경은 단독으로 부담하여 왔
던 아이의 양육비에 대하여 아버지에게 부당이득을 청구할 수도 있다.

44) 시청자들에 의하여 호주제 논란은 매우 뜨거웠다. "호주제는 일제가 국민통제수단으로, 즉 국
가를 하나의 가족으로 보고 천왕을 국가라는 가족의 가장으로 상정하고 가장에 대해 절대적
인 복종을 하듯이 천왕에 대해서도 똑같이 복종해야 한다는 생각을 심어주기 위하여 만든 제
도", "일정한 범위에서 여자에게도 호주상속권이 인정되었지만 원칙적으로 남자에게만 호주
상속권을 인정하는 호주제도는 남녀차별적 조항"이므로 없어져야 한다는 데에 대하여 호주제
의 대안으로 생각되고 있는 1인1적제가 "바람 피우는 사람들에게 최강의 제도"라는, 그래서
이혼한 몇몇 여자 드라마 작가들이 연대해서 호주제를 폐지시키기 위해 적극적이라는 악의
어린 반대 논의도 있다. 호주제 폐지 찬반이 성차별 논쟁으로 이어지는 것은 시청자의견의
한 부분을 인용한 다음을 보면 더욱 잘 드러난다.
3911 게시판이 성 대결 조장하는 곳이 되었군요. 박현정 2003/07/28 142
3910 문혁이를 보면서…… 최다애 2003/07/28 833
3909 장윤석님 글에 이의 있는 분들 좀 진정하실 필요가 있을 듯합니다. 이형근
2003/07/28 431
3908 Re: 저 역시 동감합니다. 이재무 2003/07/28 171
3904 호주제＝가족법 이란건 아시나요? …… 장윤석 2003/07/28 446

45) 시청자의견의 다음과 같은 네티즌의 말은 의미심장하다. "일반 민중이 특권층에 대항해 그들
의 권리를 자기의 목숨과 맞바꾸었을 때도, 흑인이 인간으로서 법적인 권리를 가질 때에도,
여자들이 투표권을 쟁취했을 때도, 노동자 계급이 그들의 목소리를 내기 시작했을 때도, 심지
어 지구가 둥글다는 말을 했을 때도, 사람들은 얘기했을 겁니다. 우리 사회가 말세이고, 그런
변화는 우리 사회의 전통과 미풍을 해치는 있어서는 안 될 것이라고……. 시간이 지나 '지
금'을 살고 있는 여러분들도 그렇게 생각하십니까?"

2) 『성녀와 마녀』

박경리의 장편소설 『성녀와 마녀』가 발표된 것은 1960년도, 드라마화한 것은 2003년이다.46) 원작과의 시간적 간격이 큰 만큼 원작과의 거리도 커질 수밖에 없다.

(1) 내러티브 분석

15개의 장으로 나뉘어 있는 장편소설 『성녀와 마녀』의 내용은 다음과 같다. 안 박사는 과거 오국주라는 기생에게 빠져 파탄까지 이르렀었는데 아내의 도움으로 벗어나 정상적인 삶을 살고 있다. 죽은 오국주의 딸 형숙이 수영의 애인으로 나타나자47) 안 박사는 자신과 같은 운명에 빠질 수영을 걱정해 하란과 수영을 결혼시키지만 수영은 형숙을 벗어나지 못한다. 형숙이 사귀던 여러 남자들 중 한 사람이 수영에게 쏜 총을 형숙이 대신 맞고 죽게 되자, 수영은 묵묵히 가정을 지키고 있던 하란이 있는 집으로 돌아간다. 이 소설에서는 수영을 사이에 둔 문하란과 오형숙의 대비를 성녀와 마녀의 대결로 설정하고 있다.

소설 속 성녀, 하란은 수동성, 비활동성, 집에 있는 천사의 이미지 그대로지만 그러나 드라마에서 하란은 점차 의식의 각성을 이루는 것으로 되어 있다. 그 결정적 계기는 어머니의 죽음과, 그 시기 형숙

---

46) MBC 아침 일일드라마로 2003년 9월 22일부터 2004년 4월 24일까지 방영되었다. (http://www.imbc.com/broad/tv/drama/saint_witch/script/index.html 참고)

47) 소설에서는 형숙과 수영이 첫 만남의 과정 등은 생략한 채 교제 중인 것으로 되어 있지만 드라마에서는 하란이가 수영의 회사에 근무하고 있으면서 수영과 가까이 지내고 있었고 대학 강의를 나가던 수영이가 형숙을 만나는 것으로 되어 있다.

과 밤을 보내느라 부재한 남편이다. 이에 하란은 분노하고 수영과 형숙에게 차갑고 냉정해진다. 참고 인내하는 성녀로서의 이미지를 과감히 벗어던지는 것이다.

마녀는 어떠한가. "나는 내 어머니를 잊은 적은 없어요. 그런 여자의 딸로서 사랑해 달라는 거예요. 요조숙녀로서 사랑을 받고 싶지는 않아요. 비굴하긴 싫어요."(224면) 형숙은 자신의 속에 흐르는 요부적인 성격을 인정하면서 그것을 숨기려 하지 않는다. 욕망은 그 대상의 부재를 암시하는데 장애만큼 욕망이 좋아하는 것은 없으며 장애가 제거될수록 그의 욕망은 감소한다. 형숙이 수영에게 접근하는 것은 수영에 대한 그녀의 욕망에 부모의 반대라는 장애가 있기 때문이다. 원작에서 형숙이가 수영 외의 남자들과 긴밀한 관계를 끊지 못하는 것은 수영이가 집을 버리고 그녀를 택함으로 욕망에 장애가 없어졌기 때문에 욕망은 반감되고 그 반감된 욕망 대신 다른 욕망을 위해 부재한 대상을 찾으려고 하기 때문이다.[48] 드라마에서는 수영의 우유부단함이 형숙의 욕망을 채우지 못하게 작용하고 그 때문에 그녀가 수영에게만 집착하는 것으로 그려진다.[49]

형숙이가 죽고 사랑을 잃은 수영이가 집으로 돌아오자 "이합이 인생인가." 하며 모든 것을 묻어두고 같이 살게 함으로써 문제성은 덮어두고 가족의 봉합과 안정으로 가부장 이데올로기적 결말[50]을 보이

---

48) 여기에서, 욕망은 영원히 충족되지 못하고 미끄러진다는 라캉의 이론을 상기할 필요가 있다.

49) 드라마에서는 형숙의 마녀적인 성향이 많이 완화된다. 수영 이외의 남자들을 오가는 모습이나 가정을 가진 수영과 동거하는 모습 등은 삭제된다. 외려 지나친 단순구성에서 벗어나기 위해 설정한 오국주의 기억상실증과 귀가를 보태어 소설에서 형숙에게 주어졌던 마녀의 역할을 덜어주고 있다. 복수는 오국주가 하고 심지어 형숙조차 수단이 되어 버린다. 이런 상황에서 형숙은 오히려 수영을 돕고 수영 집안을 도우려 애를 쓰는, 마녀 이외의 모습이 된다.

50) 만나고 헤어지고 바라는 대로 살지 못하는 인간들이라면 이런 대로 질서를 찾을 수밖에 없다. 수영은 형숙의 영상을 안고 하란은 허세준의 추억을 간직한 채 이 상반된 인간과 인간이 모

는 소설과는 달리 드라마에서는 형숙, 수영의 관계와는 상관없이 하란이가 떠난다. 남자에게 기대지 않기 위해 세준도 거절하고 외국 유학길에 오르는 것이다.

(2) 담론 분석

소설에서 하란은 미인이며 몸이 매우 약하다. 유약하고 의존적인 것이 여성의 특성처럼 강조되어 여자란 약한 것이 미덕이던 시절의 한 단면을 보여 준다. 남을 미워할 줄도 모르고 사랑 앞에 당당하지 못한 하란은 결혼도 강간에 의해 한다. 결혼 전 두 번의 관계 모두 수영의 형숙에 대한 욕망의 대리충족을 위한 겁탈 방식이었음에도 불구하고 그와 결혼하는 점에서 그녀의 무력에 대한 무기력함, 삶에 대한 수동성이 드러난다. 도덕적이며 수동적인 그녀는 지배이데올로기상 사회에 꼭 필요한 여성이다.[51] 이에 반해 오형숙은 '나면서부터 탕녀였고 애정이 무엇인가를 모르는 여자', 오국주의 딸이기 때문에 '피가 나쁘며' 그렇기 때문에 수영을 그와 결혼한 하란에게서 빼앗고도 남자들과의 교류를 끊지 않으며 그들을 이용하려 하는 '마녀'로 설정된다. 사실 수영도 그녀를 마녀로 인정하고 있다. "마굴에 떨어져도 좋다. 그 여자와 같이 있을 수만 있다면. 그 여자는 마물이니까……."(202면) 형숙은 찰나주의자이다. 미래도 없고 과거도 없으며 다만 현재를 즐기려는 사람인 것이다. 그렇기에 아무런 양심의

인 가정이란 질서 속에서 그들은 조용히 대면하는 것이었다(박경리 소설집, 인디북, 2003(이하 텍스트 인용시 생략), 275면). 이는 안정 이데올로기의 소산이다.

51) 그녀의 이러한 성격은 다음과 같은 진술에서 알 수 있다. "죄를 무서워하지 않았다면 차라리 인간은 더 행복했을 거예요."

동요 없이 하란의 남편을 유혹하고 수영의 친구를 유혹한다.

이러한 성녀, 마녀의 여성에 대한 이분법은 낭만주의 이래 우리 문학을 지배해 온 현상이다. 여성은 극과 극의 둘로 나뉘며 집에 가만히 있는 수동적 천사 아니면 강하고 적극적인 마녀라는 사고방식인 것이다. 21세기에 들어 이러한 사고방식이 극복되면서 그것은 드라마『성녀와 마녀』의 여성상 변이로 나타난다. 형숙의 매력성은 소설과 같지만 여러 남자를 만나고 이용하고 수영을 괴롭히며 쾌감을 즐기는 마조히스트의 모습은 전혀 없다. 성녀인 하란도 무조건적으로 참고 이해하려고만 하는 인내의 여성상은 아니다. 적극적·능동적이며 자신의 미래 앞에 주체적인 성향을 갖는다. 이는 원작과의 시대적 거리 때문이라고 생각된다. 이것이 드라마화한 2003, 4년은 우리 사회의 여성 위상이 원작의 1960년대와는 사뭇 다른 시기였던 것이다. 이 시기에 소설과 같은 여성상을 그렸더라면 공감을 자아내기는 어려웠을 것이고 그 때문에 인물들의 선악 이분법은 다소 극복되어 있다.

시청자의견에 나타난 담론을 분석해 보면 착한 여자 콤플렉스에서 벗어나기, 강한 여자에 대한 애정 등이 독특한 것을 알 수 있다. "혼자만 짝사랑하면서 결국 수영과 결혼을 밀어붙이는 문하란"보다 "자신의 사랑을 당당하게 고백하고 표현하는 오형숙"을 긍정적으로 보면서 전형적인 착한 여자를 연출하는 문하란을 "바보 같은 이미지", "착한 것이 아니라 멍청하고 무능한" 여자라며 부정적 평가를 보인다. '마녀'를 현대적 의미로 재조명하여 절대악인으로 묘사하지 않는다면52) '성녀' 역시 현대적 의미로 재조명하여 "좀 더 지혜롭고 적

---

52) 마녀를 소설과 달리 절대 악인의 유전자가 흐르는 것으로 묘사하지 않았기 때문에 시청자들

극적인 자세"로, "마녀를 무찔러" "국주 모녀에 대해" 통쾌한 한방을 날리는 여성으로 그려내어야 한다고 의견을 개진한다.

다음으로 남성과 여성, 성 정체성이 문제가 된다. 우선 소설에서 여성의 사랑 양상은 매우 수동적이어서 여성은 남성을 사랑하기보다 남자의 사랑을 받는 것이 옳고 행복하다는 논리가 보인다.[53] 그래서 사랑에 적극적인 '마녀' 형숙과 달리 '성녀'인 하란은 사랑에 매우 소극적이다. 하란의 행복은 현태나 세준의 사랑을 받아들이는 데 있었다. 하란을 바라보는 그들의 시각은 변화 없고 그들은 매우 긍정적으로 그려져 있어서 하란이 결혼 전에 자신을 좋아하는 그들을 택했더라면 얼마나 행복했을까 하는 상상을 독자들로 하여금 수시로 유도한다. 이혼의 원인이 수영에게 있음에도 하란은 당당하게 자신의 권리를 주장하지 못하고 끌려가는 여성으로만 그려져 여성의 수동성과 희생성이 지나치게 강조되기도 한다. 그런가 하면 소설에서 모든 원인제공자는 여성으로, 여성은 사디즘적 팜므파탈로 묘사된다.

은 형숙을 이해하고 동정하고 있다. 그것은 다음과 같은 게시판 일부 인용으로 알 수 있다.
4078 Re: 형숙이가 가장 큰 피해자예요. 주은아 2004/04/22 217
4077 Re: 형숙이가 가장 큰 피해자예요. 천미영 2004/04/22 253
4076 형숙이가 나쁜맘 먹도록 사람들이 아주 많이 괴롭혔잖아요. 박금복 2004/04/21 699
4075 오형숙을 살려주세요……. 박강덕 2004/04/21 934
4074 Re: 오형숙을 살려주세요……. 김혜경 2004/04/21 948
4073 하란은 이혼해서, 당당히 홀로 선 모습 보여주길…… 김수경 2004/04/21 1027
4072 182회 미리보기 김경숙 2004/04/21 5436
4071 형숙을 살려주세요. 양윤정 2004/04/21 776
4070 성녀와 마녀는 종이 한 장 차이가 아닐까 허정원 2004/04/21 663
4069 형숙을 보면서 정말 많이 울었습니다……. 임효정 2004/04/21 1100
4068 이 드라마에서 가장 불행한 사람은 형숙이라 봅니다 홍순희 2004/04/21 1011

53) 택해지는 '대상으로서의 여성'이기 때문에 성적 매력이 여성의 매우 중요한 요인이라는 인상을 준다. 하란은 성적 매력이 있고 수미는 인형같이 귀여운 여인으로 되어 있는데, 여성으로서의 매력이 있으며 어디서 본 듯하다(끝내 알려지지 않는다)는 하란의 외모만으로 수미를 버리고 하란을 사랑하는 세준의 모습은 비논리적이기까지 하다. 소설 속 수미의 죽음은 남자의 사랑을 받지 못하는 여인의 비극인가, 아니면 결혼만이 전부는 아니라는 것인가(안 박사는 결혼시킨 것을 후회한다).

국주, 형숙 모녀는 원석과 수영 두 부자를 대를 이어 파탄시키는 인물들로 제공되는데 남성들은 그들에 대하여 일방적으로 당하기만 하는 순진무구한 인물들로 묘사된다. 소설에서 국주는 알코올과 마약중독 끝에 자살한 것으로 그칠 뿐, 그녀의 삶이나 죽음에는 원인이 그려지지 않아서 아무런 동정의 여지가 없다. 여기에서 우리가 생각해 보아야 할 문제는, 내면은 배제한 채 한 인물의 행위만 보이는 것은 인물에 대한 왜곡을 결과한다는 사실이다. 그런 설정으로 여성에 대한 이미지를 그르치는 일은 오랫동안 이루어져 왔으며 그러한 결과가 바로 성녀·마녀의 이분법적인 여성에 대한 재단이다. 드라마에서 오국주에 대한 해석은 그러한 전래의 이분법에 대한 극복의 일환으로 읽을 수 있다. 소설과는 달리 국주를 죽게 한 것은 그녀를 둘러싼 뭇 남성들로 인해 질투 어린 안원석이 그녀와의 동반자살을 시도하였기 때문인데, 살아 돌아온 국주는 안원석에게 자신을 악마처럼 왜곡시킨 삶 전반에 대한 손해배상을 청구한다. 이는 전래의 왜곡된 마녀이미지에 대한 여성들의 손해배상 청구에 다름 아니라 할 수 있다.54)

한편 이 작품에서는 이혼에 관한 문제나 여성의 홀로서기에 대한 담론이 등장한다. 시청자들은 "올바른 부부관계나 가정은 어느 한쪽

---

54) 시청자들의 국주에 대한 동정은 다음과 같은 시청자의견 일부 인용으로도 알 수 있다.

3066 Re: Re: 신 여사 스스로 올가미 만든 꼴! 김수경 2004/02/27 116

3065 Re: Re: 왜 국주를 탓하는지! 안원석과 신 여사의 행동은 모르는가! 이진숙 2004/02/27 124

3064 Re: Re: Re: 왜 국주를 탓하는지! 안원석과 신 여사의 행동은 모르는가! 김수경 2004/02/27 89

3063 Re: 제 생각도 그래요^^* 정월선 2004/02/26 256

3062 Re: 왜 국주를 탓하는지! 안원석과 신 여사의 행동은 모르는가! 이유진 2004/02/26 293

의 일방적인 노력이나 인내"로 되는 것이 아니며 "올바른 부부관계
란 어떠해야 하며, 올바른 가정은 어떻게 이루어가야 하는지" 생각
하게 하기 위하여 "하란은 반드시 이혼해야 한다."고 주장하기도 하
고 "아이를 내세워 희생이 미덕인 양 참고 살아가다가 또다시 마음
뺏기면 또 반복할" 것이 남편 수영이기 때문에 벗어나라고 주장한다.
나아가 "이혼이 자랑이 아니라는 편견은 버려!"라 강조하기도 한다.
결국 하란은 이혼한다. 우리에게 깊이 뿌리박은 원형적 지배이데올
로기인 안정 이데올로기에 대한 저항이라 할 것이다.

3) 일일 드라마에 작동하는 이데올로기 양상

한국은 남존여비, 경로효친, 조상숭배 등의 유교이데올로기적인 전
근대적 가치관이 자본주의적 친화력 때문에 존속되어 왔는데 역대의
정권은 이 전근대적 이데올로기들까지 반공, 발전, 안정 이데올로기
의 하위 이데올로기로 변형 포섭하여 이용하려고 하였으니 가부장적
인 성차별 이데올로기나 온정주의적인 가족주의 이데올로기, 충성과
효도의 유교이념 등이 사회 유지를 위해 중요한 역할을 하기도 했던
것이다.55) 소설에서 문경이 문혁을 혁주의 호적에 올리고자 하고 성
녀 하란이 식물처럼 가정을 지키며 여러 도전적인 가치를 온몸에 가
득 안은 마녀 형숙이 죽는 것은 바로 안정 지배이데올로기의 고수를

---

55) 한국 사회를 지배하고 있는 이데올로기는 철저히 위계화된 반공, 발전, 안정, 자유민주주의
　　이데올로기이다. 경제적 토대의 변화는 그에 기반을 둔 이데올로기적 상부구조의 변화를 수
　　반하는데, 우리나라 상부구조의 변화는 경제적 토대의 왜곡된 변화로 인하여 기형적일 수밖
　　에 없었다. 그리하여 유교적 이데올로기가 잔존하고 있다(한국산업사회 연구회 편, 『한국사회
　　와 지배이데올로기』, 녹두, 1991. 72~85면 참고).

위하여서이다.

미디어는 객관적으로 존재하는 어떤 실체를 그대로 반영하기보다 그 제작 과정에 가해지는 구속, 압력, 구조와 규범들 내에서 일정하게 행동하는 방식에 따라 형성되는 일종 구성물이며 존재하는 현실과 의미에 대한 인식의 문제와 연관된다.[56] 미디어에 따라 그 인식의 문제가 달라질 것은 그 때문이다. 소설과 TV 드라마는 스토리 부분을 공유하지만 표현방식은 시점, 문체 등(소설)과 카메라 움직임, 미장센, 화면, 조명 등(드라마)의 차이를 갖는다. 소설과 드라마는 우선 글자와 영상이라는 텍스트 자체의 차이를 가진다. 조건적 기호인 문자와 도상적 기호인 영상이라는 판이한 텍스트를 가지고 있기 때문에 그 독해방법도 다를 수밖에 없다.[57] 대상의 면에서, 소설의 독자는 이해력과 비판력 등 해당 텍스트를 읽을 순비가 되어 있는 독자가 서점이나 책꽂이에서 책을 대하게 된다면 TV 드라마의 시청자는 불특정 다수이며, 준비 없이 누구나 접근이 용이하다. 작가의 면에서도 소설은 보통 한 작가가 집필하게 되지만 드라마의 제작자는 다수이다. 결국 텍스트 자체나 그 제작과정, 그리고 대상 등의 면에 있어서 드라마 쪽이 보다 보편적인 이데올로기를 지향할 것임이 예상된다.

그런데 연속극의 모티브는 제우스의 연인과 그 자식들에게 집착하는 헤라를 강조하면서 외도의 책임이 유혹하는 '여성'에게 돌려지고 여성 대 여성의 싸움으로 강화되는 그리스신화에서 많은 부분 차용

---

56) 정진옥, 앞의 글, 11~12면 참고.

57) 이에 관해 로트만은 영상의 언어를 이해해야만 영상이 인생에 대한 노예적이고 맹목적인 복사가 아니라 등가성과 차이성을 통일적이고 긴장된(종종 극적인) 삶의 이해과정 속으로 합류시키는 적극적인 재창조라는 사실을 납득하게 된다고 하였다(정진옥, 위의 글, 13면 참고).

되었다고 한다.58) 이로써 연속극을 비롯한 TV 드라마가 가부장적 지배이데올로기의 충실한 매체로 이 이념 유포에 중요한 역할을 하게 된 단초를 볼 수 있다. 중립을 가장하여 사회 내 지배세력과 은밀히 공조하여 그 이념을 이야기로 꾸며 자연스레 전달하고 지지하는 TV59)는 드라마를 통하여 여자 주인공의 승리를 그리는 것을 기피하고 상투적 남녀관계를 설정하며 보편적인 이데올로기로서 지배이데올로기를 답습해 왔던 것이다. 그리하여 TV가 우리의 일상생활에 깊이 관여할수록 여성의 자각은 답보상태에 빠져 왔다.60) 그런 점에서 이 글에서 살펴본 『그대 아직도 꿈꾸고 있는가』에서 이루어지는 여성과 남성(성차별의 문제), 호주제를 비롯한 가부장제의 모순, 법적 불평등 등의 담론이나 『성녀와 마녀』에서 제기되는 여성의 이분법에 대한 비판, 남성과 여성의 고착된 이미지, 여성의 홀로서기 등의 담론을 다루는 드라마들은 이례적이다. 『그대 아직도 꿈꾸고 있는가』에서 전남편에게 버림받은 문경은 혁주에 의하여 다시 버려지며 미혼모가 되려는 것을 반대하는 아버지에 의하여 쫓겨나게 된다. 『성녀와 마녀』에서 하란은 남편 수영에게 버림받는다. 쫓겨난 여성 모티브61)인 두 작품에서는 '쫓겨난' 여성의 진보적인 권익 획득

---

58) 한소진, 앞의 글, 14면 참고.

59) 위의 글, 15~6면 참고.

60) 흔히 TV는 '집 안'의 문화, 여성적 성향의 매체로 인식되고 있다. 수용자적 측면에서뿐 아니라 등장인물에 있어서도 여성의 비율이 높기 때문이다. 그런데 여성 시청자를 겨냥하고 여성을 주인공으로 설정하면서 가부장적 이데올로기에 방황하며 극복 못 하는 나약함, 자아상실을 계속적으로 그린다면 문제가 아닐 수 없다. 이를테면 멜로드라마의 여성 인물에 대한 정서적 동일시가 이데올로기 은폐와 무비판적 수용으로 나아간다는 사실도 참고할 필요가 있다(윤석진, 앞의 책, 255면 참고).

61) 앞에서 논의한 여인발복 이야기는 아버지추방형과 남편추방형의 두 유형으로 나누어진다는 것을 참고.

에 대한 문제가 다루어진다. 아들을 빼앗아 '완전한' 가족(안정)을 이루려는 이들이 패배하고 여성이 혼자되는 것을 두려워하지 않으며 자아실현을 위해 유학을 떠나는 등 안정 이데올로기의 면에서 보면 도전적인 가치들도 그려진다. 이는 두 작품이 공히 한국 사회의 민주화 분위기에 편승하면서, 동시에 지적 시청자들의 요구에 부응하기 위한 상업적 전략으로 섹시즘에 대한 문제제기와 비판에 초점을 맞추려 한 때문이라고 본다.

드라마를 비롯한 대중문화는 기존의 관념에서 벗어난 여성중심의 진보적 주제를 다루는 좋은 기회의 장이 되지 않으면 안 된다. 인터넷시대, 더더욱 많은 여론 형성의 장이 열리고 있는 지금, 우리들은 대중문화를 반여성적이거나 본질적 속성을 가진 사회적 제도로서가 아니라 여러 가지 사회적 내용으로 채워지기를 기다리는 무형의 존재로 보고 그를 채울 노력을 하여야 할 것이다.

5. 결론: 소설의 드라마화, 영상시대 문학의 진로

원작소설을 드라마화하는 것은 검증된 예술성 혹은 인기를 등에 업고 시작하는 안정감이 있다. 드라마화하는 과정에 이루어지는, 어떻게 보면 필수적이라 할 개작은 크건 작건 드라마의 독특한 부분이 되는 것이며 그 나름대로 의미가 있다고 볼 수 있다.

TV 드라마는 현실과 밀접히 연관되어 진행하여 왔으며 원작을 선택하는 경우 그 당시 사회상 혹은 시대정신과 연관된 소설을 택하여 드라마 특유의 해석 부분을 첨가하곤 하였다. 이 글에서 문학작품을 드라마화한 두 작품의 내러티브·담론을 분석한 결과, 내러티브와 담론의 면에서 모두 다양성과 깊이를 더해 가는 것으로 볼 수 있었다. 소설에서 시도된 담론들은 드라마화하면서 보다 보편적인 문제로 확대 제기되고 그로 인해 다양한 담론으로 형성되어 나가는 것이다.

소설을 드라마화한 것을 보면서 삶을 살아가는 방식을 배우게 된다는 시청자도 있으며 원작을 구해 보아야겠다는 사람들도 있었다. 드라마를 통하여 얻는 감동을 원작을 찾아 읽으면서 되새기고 강화하고 싶다는 욕망이 하나의 원인이 되리라고 생각된다. 오늘날 소설이 드라마가 되고 드라마가 소설화되기도 하니 문학과 드라마의 불가분 관계는 상생의 관계가 발전되고 있다고 보아야 할 것이다. 이런 현상들은 인문학 위기의 시대, 문학의 존재 여건을 확보하는 데 중요한 암시를 준다. 기술 복제시대, 고집스레 아우라만 주장할 것이 아니라 문학작품도 변화해야 한다고 한다. 이제 문학작품은 인터넷을 타고 세계 여러 나라를 항해한다. 그런 만큼 영상물로 문학작품 보기를 원하는 영상세대의 성향에 맞게 문학의 영상화, 드라마화는 적극 검토되고 권장되어야 하되 보다 진보적인 가치를 주장하는 방향으로 나아가는 것이 바람직하다 하겠다.

제12장 여성 주인공 소설의 영화화 연구

1. 서론: 소설과 영화 담론

사적 영역인 책 읽기에 비해 영화를 보는 행위는 공식적이다. 단절된 공간, 한정된 시간 속에서 많은 사람들이 동시에 같이 본다는 것, 책을 읽을 때처럼 보던 도중 다른 곳으로 관심을 돌릴 수 없이 어느 정도 강제된 방식으로 몰입하여야 한다는 영화 관람 방법 때문이다.[1] 따라서 영화는 문학작품보다 더욱 전폭적으로 관객을 지배할 수 있으며 그 사회적 영향력이 더욱 막대할 수가 있다. 영화를 비롯한 대중문화는 학술적인 관심에서 오랫동안 제외되어 왔는데 그 배경에는 외래 사조의 무비판적 수입에 대한 경계심,[2] 대중문화에 대한 평가절하, 지배계급의 이데올로기 공고화의 수단이 되곤 했다는

---

[1] 집단적 감상의 장르인 영화는 보다가 되돌려 앞으로 가거나 멈추는 일이 거의 불가능하며 스크린 위에 펼쳐지는 이미지와 사운드에 관객의 오감은 자유를 잃게 된다. 롤랑 바르트를 비롯한 많은 사람들이 영화, 꿈, 몽상 사이의 유사성을 강조한 것은 바로 그 때문이다(프랑시스 바누아, 송지연 옮김, 『영화와 문학의 서술학』, 동문선, 2003, 30면 참고).

[2] 원용진, 『대중문화의 패러다임』, 한나래, 1997, 20면 참고.

점3) 등을 들 수 있다. 모든 지배적인 것들의 전복과 동시 소외된 것들의 제자리 찾기를 꾀하는 오늘날과 같은 포스트모더니즘의 시대, 대중문화를 인정하고 즐기려는 움직임 속에 그에 관한 논의와 연구도 매우 자연스러운 것이 되었다.4)

　영화는 문학 작품을 그 자양분으로 하고 있는 경우가 많다는 점에서 문학 연구의 중요한 한 방편이 될 수 있다. 문학작품과 영화는 이야기를 전개하는 서사예술이라는 점에서 긴밀한 관계를 가지며 그 관계는 상호충돌과 상호의존의 역사로 설명되기도 한다.5) 시각언어인 영화와 오랫동안 언어를 대표해 온 활자언어인 문학은 서로 경멸하거나 존중하기도 하고 서로 구원하기도 하였으며 서로 배우기도 하며 서로 왜곡하기도 하였다는 것이다. 그런데 문학작품이 작품성에 의해 결정된다면 영화는 오락성의 정도에 따라 운명이 좌우되는 경향을 갖는다. 문학에서 영화로 옮겨지는 과정에서 문학기법이나 문체적 아름다움 등의 문학적 작품성은 소거되기 마련이고 그렇게

---

3) 텍스트에 관한 롤랑 바르트의 개념을 빌려 영화를 닫힌 텍스트와 열린 텍스트로 나누고 그중 닫힌 텍스트, 쾌락의 텍스트가 이데올로기적 텍스트이며 관객의 지각에 도전하지 않기 때문에 쉽게 소비되는 것이라고 하였다. 이에 반해 열린 텍스트, 희열 텍스트는 급진적 전위적이어서 관객의 지각을 혼란스럽게 하는 텍스트라는 것이다(조안 홀로우즈 · 마크 얀코비치 엮음, 문재철 옮김, 『왜 대중영화인가』, 한울, 1999, 192면 참고).

4) 정치적 거대담론의 와해는 문화적 미시담론의 등장을 부추기게 되었고 그 결과로 대중문화의 논의도 활발하게 되었던 것이다(윤석진 『한국 멜로드라마의 근대적 상상력』, 푸른사상, 2004, 12면 참고).

5) 문학작품이 영화화할 경우, 원작의 충실한 재현에서부터 완전히 새로운 서사로의 변화까지 다양한 것을 볼 수 있다. 심지어 영화가 소설을 재해석하고 새로 쓰고 있는 경우까지 감안할 때 소설과 영화의 관계는 긴밀한 맥락에서 고찰되지 않으면 안 된다. 분명한 것은 원작에 충실하다고 하여 원작의 의도를 잘 살린다거나 원작에서 벗어났다고 하여 잘못된 영화로만 볼 수는 없다는 사실이다. 킹 비도의 전쟁과 평화의 경우 톨스토이의 작품을 잘 요약하였지만 톨스토이의 본래 의도를 살리고 있지는 못하다는 평을 받는가 하면 구로사와 아키라의 멕베드는 셰익스피어의 글과 달리 시대, 무대와 의상이 일본 중세를 표현하고 있지만 원작자의 정신을 제대로 반영하고 있다고 평가되기 때문이다(송병선 『영화 속의 문학 읽기』, 책이있는 마을, 2001, 6면 참고).

발생한 빈틈이 관객을 동원하기 위한 오락성에 의하여 채워지기 때문이다. 그러다 보니 제목만 따왔다 할 정도로 원작과 영화가 연관성 없어 보이는 경우도 생기게 된다.

우리나라의 경우, 1927년 심훈의 「먼동이 틀 때」, 1937년 이태준의 「오몽녀」, 1938년 정비석의 「성황당」을 비롯하여 무수히 많은 문학작품이 영화화되었다.6) 문학작품이 영화화되는 데는 예술성 · 상업성 등 여러 가지 요인이 작용한다. 특히 문학작품과 영화가 시간적 간격을 두고 있을 경우에는 더욱, 특별한 이데올로기 아래 호출되는 경우가 빈번하다. 시일이 흐른 뒤 영화화되는 문학작품의 목록을 살펴보면 그것은 뚜렷하다. 문학작품과 영화가 동시대일 경우에도 문학과 영화라는 다른 장르에서 반복 강조되어야만 했던 시대적 필요성에 대한 설명이 필요하다.

---

6) 문학이 영화된 리스트는 매우 많다(참고). 근래의 몇 작품만 예를 들어보아도 「공동경비구역 JSA」(박상연 작 「DMZ」), 「실미도」(백동호 작), 「밀애」(전경린 작 「내 생애 꼭 하루뿐인 특별한 날」), 「결혼은 미친 짓이다」(유하 작) 등이 있다.

2. 소설과 영화의 제휴의 역사[7] - 이데올로기와의 관계로 살펴보기

영화는 모순 간의 협상이 담겨 있는 또 다른 협상을 불러일으킬 소지가 많은 작품이라고 한다. 그것은 영화라는 장르 자체의 다성성과 확산 가능성 때문이다. 영화는 대량복제가 가능하다. 불특정 다수가 한자리에 모여서 함께 경험할 수 있기도 하지만 대량복제로 인해 빠른 속도로 많은 대중에게 전파될 수 있다는 점에서 그 확산의 힘은 가공할 만한 수준이다. 그런 이유로 하여 영화가 특정 지역의 특정 가치관과 맺는 관계는 예민할 수밖에 없다. 영화적 창조 욕구는 항상 당시대의 사회적 가치관과 첨예한 갈등을 빚어냈고 이러한 갈등구조가 그대로 그 시대의 도덕적 속성을 드러내 주었다고 할 수 있다.[8]

---

7) 영화와 문학의 관계에 관한 논의의 역사는 비교적 짧은 편이다(S. 채트먼 지음, 한용환·강덕화 [공]역 『영화와 소설의 수사학』, 동국대학교 출판부, 2001/권택영 지음, 『영화와 소설 속의 욕망이론』, 민음사, 1995/김동규·임선애·심지현 [공]편저, 『문학과 영화 이야기』, 학문사, 2002/김성곤, 『문학과 영화』, 민음사, 1997/김중철, 『소설과 영화』, 푸른사상사, 2000/로버트 리처드슨, 이형식 옮김, 『영화와 문학』, 동문선, 2000/문학과 영화 연구회, 『우리 영화 속 문학 읽기』, 월인, 2003/박종희·이미식·최용성 공저, 『영화와 문학으로 열어가는 인성교육』, 학지사, 2003/변재길 엮음, 『문학과 영화』, 금정, 2000/시모어 채트먼, 김경수 옮김, 『영화와 소설의 서사구조』, 민음사, 1990/요아힘 패히, 임정택 옮김, 『영화와 문학에 대하여』, 민음사, 1997/이일범 편역, 『소설과 영화의 시점』, 신아사, 2005/최만산, 『소설과 영화』, 신아출판사, 2005/프랑시스 바누아, 송지연 옮김, 『영화와 문학의 서술학: 문자의 서술 영화의 서술』, 동문선, 2003). 소설, 문학과 영화의 관계에 주목한 학위논문도 다음과 같이 발견되었다(방재석, 「소설과 영화의 관계양상 연구」, 중앙대학교, 2003, 박사학위논문/최명숙, 「소설과 영화의 시점 비교 연구」, 충남대학교, 2001, 박사학위논문/설연희, 「소설과 영화의 표현 양식 비교 연구」, 한양대학교, 1997, 석사학위논문/신숙경, 「소설과 영화의 서술 방식 연구」, 홍익대학교, 1998, 석사학위논문/남소영, 「문학과 영화의 서사성 연구」, 한남대학교, 2002, 석사학위논문).

8) 박명진, 『욕망하는 영화기계』, 연극과 인간, 2001, 109면 참고.

소설이 영화화한 목록을 살펴보면, 이데올로기가 강조되던 시절의 영화들에서 분명한 선택과 배제의 양상이 있음을 주목해야 할 것이다. 지배이데올로기를 비교적 노골적인 방식으로 구현하는 경우도 있지만 원작의 섹슈얼리티를 전경화함으로써 혹은 계몽소설이나 성장소설을 영화화하는 과정에서 성장이데올로기라는 지배이데올로기를 내면화, 학습하게 하는 경우도 있다. 소설의 영화화 양상을 간략하게 고찰하여 보기로 하겠다.

1) 이데올로기에 대한 동일성 구현으로서의 영화

표현의 자유가 억제되었던 일제 강점기를 지나 해방 후 전쟁을 겪고 난 뒤 우리 영화가 제 모습을 추스르는 데는 많은 시간이 소요되었다. 따라서 50년대의 영화는 문학작품에 크게 빚지게 되었는데, 이광수나 김동인 등의 식민지시대 유명작가들이나 새로 등장한 작가들의 작품이 영화의 좋은 자양분으로 사용되었다. 그 뒤를 이어 60년대와 70년대는 군사정권이라는 파시즘의 시대이면서 경제개발계획으로 상징되는 산업화시대였다. 정치적으로 억누르던 군사정권은 국민들에게 경제적 발전이라는 미명 아래 모든 것을 억압하는 면죄부를 받은 듯 행동하였다. 이때 일제 강점기의 계몽소설들이 많이 영화화한 것은 바로 그러한 배경을 갖는다. 특히 1960년대 초에 이광수의 『흙』(1960, 권녕순/1967, 장일호)이나 『재생』(1960, 홍성기), 심훈의 『상록수』(1961, 신상옥) 같은 계몽적 내용의 작품들이 새삼 영화화되었던 것은 감독들이 당시 지배층의 이데올로기를 내면화하고 있었다는 반증이다. 이러한 양상은 군사정권하에서 더욱 두드러진다. 당시 대중매체와 대중문화는 지배계급의 지배를 공고히 하는 제도로 사용될 수밖에 없었다. 60년도에 이범선의 오발탄을 영화화하여 많은 인기를 얻었던 유현목이 새삼 황순원의 「카인의 후예」(1968), 선우휘의 「불꽃」(1975)을 호출한 것이나, 그 외 여러 감독들이 모윤숙의 「렌의 애가」(1969, 김기영), 이어령의 「장군의 수염」(1968, 이성구), 선우휘의 「깃발 없는 기수」(1979, 임권택) 같은 강한 이데올로기를 담고 있는 작품들을 선택하여 영화화한 배경에는 지배층의 반공 이데올로기9)가 크게 작용한 결과로 보인다. 또 하나의 양상은 주요섭의 「사랑 손님과 어머니」, 황순원의 「소나기」 같은 작품들이 호출되었다는 것이다. 동심을 표현한다는 미명 아래 관객들로 하여금 미성숙한 주인공과 동일시함으로써 은연중 지배층에게 가르쳐지는 것을 수용하게끔 하거나 순수 추구의 방식으로 살아가게끔 종용하였던 것이다. 이 시대 유행한 청소년 하이틴물이 유신독재의 강력한 정치적 억압과 폐쇄성을 명랑과 순정의 비정치적 이미지로 대치하고 그리하여 국민을 억압하는 부당한 정치권력을 은폐하고 순화시키는 역할을 하였던 것과 같은 맥락으로 말이다.10)

영화에만 국한되는 것이 아니라 당시 모든 문화는 반공 이데올로

---

9) 한국의 반공주의는 "공산주의에 대하여 적대적이고 배타적인 논리와 정서"를 의미한다. 특히 "북한공산주의 체제 및 정권을 절대적인 '악'과 위협으로 규정, 그것의 철저한 제거 혹은 붕괴를 전제하며 아울러 한국(남한) 내부의 좌파적 경향에 대한 적대적 억압을 내포하고 있는 개념"이라고 할 수 있다. 반공주의란 공산주의에 대한 비판적 태도나 부정적 반응 수준이 아니라 그것에 대한 이성적 토론을 완전히 "압도하는 감각(the sense of overriding)"으로서 "모든 좌파사상에 대한 부정적 반응이나 객관적 비판을 적대적 감정으로 치환시키는 격렬한 정서의 이념적 표현"인 것이다(권혁범, 「반공주의 회로판 읽기: 한국 반공주의의 의미체계와 정치사회적 기능, 통일연구」, 연세대학교 통일연구원, 2권 2호(1998), 7~42면 참고.

10) 문학과 영화 연구회, 「우리 영화 속 문학 읽기」, 도서출판 월인, 2003, 217면 참고.

기와 직접 간접으로 연관을 가지고 있다. 오늘날까지도 우리 사회가 색깔 논쟁에서 자유롭지 못하다는 것은 국민 만들기 시대 정부의 교육이 얼마나 치밀했던가를 보여 주는 현상이다. 당시 정권은 그들의 지배이데올로기를 국민들의 의식에 깊이 각인시킴으로써 그들로 하여금 체제 이데올로기로 무장하도록 하는 데에까지 미쳤다. 반공 이데올로기는 국가보안법과 경찰, 정보기관의 물리적 폭력이 뒷받침되어 있었기에 더욱 강력한 힘을 가졌고 반공은 남한의 독재정권이 자신의 권력을 유지하는 힘의 원천이 되었다. 이 시대 반공 이데올로기는 신성불가침의 이념이었던 것이다.[11]

2) 이데올로기에 대한 반동일성, 결과적 찬동으로서의 영화

70 · 80년대는 자명한 이데올로기의 시대였으며 문화 전반은 이데올로기의 자장 안에서 유통되고 소비되었다. 당시 '3S정책(스크린, 스포츠, 섹스)'은 지배이데올로기의 은폐를 위한 정책이 바로 섹슈얼리티의 강조에 있었음을 보여 준다.

영화도 이에 적극 호응했다. 70년대 중반으로 접어들어 소설의 성공에 힘입어 영화화한 호스티스물들은 현실의 눈을 가리거나 도피하는 역할을 충실히 하였다. 인기를 끈 문학작품들을 동시대에 다시 영화화하면서 호스티스물들은 한국 사회의 문화를 대표하는 흐름이 되어갔다. 최인호의 『별들의 고향』(1974, 이장호)을 신호탄으로 조선작의 「영자의 전성시대」(1975, 김호선), 조해일의 『겨울여자』(1977,

---

김호선) 등의 작품들이 속속 등장하였다. 급격한 산업화와 도시화 속
에서 무분별한 소비와 향락의 대리물이었던 호스티스 여주인공들은
가족을 위해 희생된 혹은 도시적 삶의 환상을 좇다가 결국 그 도시
의 배설물로 전락하게 된 피해자들이지만 그러한 사회적 의미는 실
종된 채 섹슈얼리티만 강조되어 영화화되었다. 호스티스가 될 수밖
에 없었던 여성들의 삶의 질곡과 그것을 떠받치는 사회적 의미를 적
극적으로 담아내지 못하고 여성적 육체를 대상화하는 통속적 시선과
과장된 신파를 강조하였던 것이다.

  뿐만 아니라 과거에 등장하였던 작품들이 섹슈얼리티를 과장하며
호출되는 경우도 나타났다. 이를테면 1938년 영화화되었던 정비석의
「성황당」이 1980년 「뻐꾸기는 밤에 우는가」라는 영화로 호출된다든
가, 김동인의 「감자」가 당시 섹스어필의 대명사였던 강수연을 내세
워 변장호에 의해 1987년 영화화하고, 김유정의 「소낙비」와 「땡볕」
의 내용을 합한 「땡볕」이 당대 최고의 여배우 조용원을 주연으로 하
여 하명중에 의하여 영화화하고, 나도향의 「뽕」이 이미숙이라는 배
우를 내세워 이두용이 영화화했던 일련의 현상들이 그것이다. 과거
의 작품에 섹시 코드를 더욱 강화하여, 곧 검증된 작품에 상업성만
더욱 가미하여 영화화하는 이러한 현상은 당대가 요구하는 것에 대
한 영화적 응답과정을 보여 준다. 이런 작업들은 군사정권시대의 문
화적 키워드가 섹슈얼리티의 강조라는 것을 증명하기 때문이다. 이
러한 일련의 작품들은 군부 독재의 강력한 철권통치와 정치권력의
폭력성에 대한 불만을 말초적 감각에의 집중으로 돌려놓는 일시적
숨통의 역할을 함으로써 불만과 저항이 정당하게 표출되는 것을 우
회적으로 억압하였던 것이다.[12]

3. 「저기 소리 없이 한 점 꽃잎이 지고」와 「꽃잎」을 통해 본 영화와 문학의 상호작용

90년대에 와서 대중문화는 사회의 적이 아니라 자세히 들여다볼 만한 가치가 있는 것으로 인식되며 국제화 세계화 등과 맞물린 신세대 문화의 진취적 성향으로 그 사회적 의미를 인식하게 된다.[13] 앞에서도 이야기한 바와 같이 이와 같은 영화담론의 고조에는 동구권의 몰락, 좌우 이데올로기의 종말로 지식인 사회에 위기의식이 형성된 점, 포스트모더니즘으로 상징되는 허무주의적 존재론이 퍼지면서 가벼운 표면의 미학이 융성하게 되었다는 점, 더 이상 대중문화가 지배층에 의하여 장악되지 않게 되었다는 점 등이 요인이 된다. 대중문화에 대한 지식인들의 학술적 관심을 끌게 되었던 것도 바로 이 때문이다.[14]

이 시대 들어 문학작품의 영화화에 있어 뚜렷한 변화는 「단지 그대가 여자라는 이유만으로」로 대표되는 여성 문제에의 조명이 한 흐름으로 형성되었다는 것과 『남부군』, 『태백산맥』으로 대표되는 일련의 작품들의 영화화이다. 이런 작업들은 이념의 쇠퇴와 그간 알아왔던 북한과 '적'들에 대한 새로운 조명을 보여 주고 있다.

1992년 최윤의 「저기 소리 없이 한 점 꽃잎이 지고」를 영화화한 장선우 감독의 「꽃잎」은 여성 문제에 대한 관심과 이념에 대한 새로

---

12) 위의 책, 218면 참고.

13) 원용진, 앞의 책, 23면 참고.

14) 문학과 영화 연구회, 앞의 책, 15면 참고.

운 조명화의 시대적 흐름 속에서 나타났다. 이 작품들에서 여성의
문제는 어떻게 그려지는가.

1) 소설 「저기 소리 없이 한 점 꽃잎이 지고」의 서사구조

소설은 서두 부분과 10개의 장면으로 분절되어 있다. 분절된 장들
은 각각 전지적 작가 시점(①, ⑤, ⑧), 소녀의 내면 시점(②, ④,
⑦, ⑨), 우리들의 시점(③, ⑥, ⑩)으로 다각화되어 어떠한 사건에
대한 다각적인 접근을 시도하는 것이다.

① – 소녀와 장의 첫 만남과 관계 시작
② – 자꾸 졸리는 '나', 엄마 몸에 구멍이 나는 순간 '나'는 머리에 검은 휘장이
　　생겼음
③ – 우리들은 소녀를 찾아 옥포에 와서 옥포댁을 만남
④ – '나'의 악몽과 죄책감. 돌아다니던 도중 많은 강간의 경험
⑤ – 장, 막연하게 소녀를 아파하게 됨. 그녀에게 잘해 주고자 함
⑥ – 우리들, 서천 옥포 간 용달차 부리는 임씨를 만나 서천으로 가서 김상태를
　　만남
⑦ – 기차. 차창으로 자신을 바라보는 소녀. 자신을 직시하게 됨. 검열의 휘장을
　　벗고 자책을 느끼는 상태에서 자살을 시도
⑧ – 소녀 몸단장함. 소녀의 제의를 목격하게 된 장. 그녀의 절망을 눈치 채고
　　그녀를 그녀로서 되돌려 놓기 위해 심인광고를 냄
⑨ – 소녀, 자신의 행위를 곱씹어 생각함. 그리고 그것에 대한 속죄의식을 결심
⑩ – 우리들, 대천에서 소녀를 기다리다가 다시 서울로 감. 기차 안에서 소녀를
　　보는 공동의 착시현상을 경험. 심인광고를 보고 장을 찾아갔다가 돌아와 친
　　구 제사를 준비

전지적 작가 시점을 보이는 부분에 관하여 보겠다. 서두에서 작가

는 독자 모두에게 광기를 보이는 소녀에 대한 관용과 이해를 독려하고 있다. 아울러 그러한 소녀는 수많은 존재이며 여전히 언젠가는 만나게 될 우리 모두의 역사임을 강조한다. 5와 8은 장과 소녀의 이야기이다. 소녀가 오빠라고 부르며 무작정 따라다니는 장은 어떤 사람이었는가.

> 그는 모든 느낌을 육체적인 반응으로 번역해 내는 사람이었고 모든 종류의 육체적인 공포를 공격으로 해소하는 데 습관화된 사람이었을지도 모른다.[15]

장은 소녀의 '따라옴'의 행동을 육체적으로 읽어내었고 그녀에게 육체적 공격을 가한다. 그것은 잔인한 학대와 성폭력이다. 일단 육체적 공격으로 소녀에 대한 반응을 보인 장은 한참 시일이 흘러서야 소녀에 대하여 살피기 시작한다. 그것은 소녀의 '청춘을 다 살아버린 것 같은 망연한 표정'이었고 "무엇이 저 어린애를 저 꼴로 만들었을까?" 하는 질문이었으며 "그 꼴을 만든 데 자신도 한몫 낀 것만 같다."는 반성이었다. 그다음부터 장은 소녀로 인해 열병처럼 앓기 시작한다. 그녀에게 옷가지를 사주려고 하고 밥을 해먹이려고 한다. 그리고 난 뒤 소녀를 그렇게 만든 것들에 대한 소문을 듣는다. 그 소문의 한 중간에 소녀를 끼워 넣게 되는 것이다. 장은 소녀가 제자리를 찾았으면 하고 바란다. 그러나 소녀의 낮 외출을 미행하고 소녀의 광기의 바닥을 발견하고는 절망한다. 그리하여 소녀의 사진을 찍고 심인광고를 낸다. 소녀가 장을 떠나는 부분은 텍스트에서는 생략되어 있다.

---

15) 최윤, 「저기 소리 없이 한 점 꽃잎이 지고」, 최윤·하 일지, 『회색 눈사람/ 경마장의 오리나무』, 동아출판사, 1995, 15면(본문 인용은 모두 이 책).

다음은 '우리들' 시점의 서사이다. 소녀를 찾게 된 구체적인 계기 등은 생략된 채 옥포까지 와서 소녀를 찾는 부분에서 시작된다. 결국 전지적 작가 시점으로 이야기가 진행되는 것과 나란하게 우리들은 그녀의 뒤를 한 박자 늦게 따르고 있다는 이야기이다. 옥포댁에 의하면 소녀는 그곳에서 일주일간 지내다가[16] 장거리의 무엇인가를 보고 도망쳤다. 우리들은 그녀를 찾아 장항으로 갔다가 다시 옥포로 돌아와 서천에서의 소녀 이야기를 전해 주는 임 씨를 만난다. 버스를 타고 서천으로 가면서 광주 악몽에 우리들 중의 하나가 격렬히 울지만 승객들은 무관심하다. 그들은 김상태를 만난다. 그에 의하면 소녀는 서천에서 집단에 의해 강간당하고 죽을 지경에 이르렀는데 김상태는 자신에게 연루된 소문을 해소하기 위하여 지극정성으로 그녀를 간호하였었다는 것이다. 소녀는 마치 자신의 상처 같았다는 김상태의 말은 소녀가 소녀 한 개인의 상처가 아니라 우리 모두의 상처임을 강조하는 부분이다. 엄마가 구멍이 뚫려 죽어 오빠를 찾아 서울 간다는 말만 반복하는 소녀는 자신의 어깨와 넓적다리를 자꾸 꼬집었다고 한다. 그러한 행위는 죽은 어머니를 떼어놓던 손, 도망치던 다리에 대한 소녀의 자학을 외면화하는 것이었다. 우리들은 병원이 있던 대천에서 김상태와 같이 그녀를 찾는다. 그리고 김상태를 떠나 기차를 타고 올라오던 도중 기차 안에서 웃고 있는 소녀의 환상을 우리들은 다 같이 보게 된다. 그리고 자문한다.

그 미소가 그녀를 찾아 떠난 우리의 동기들이 모두 경솔한 것이라고 비웃기라도

---

16) 소녀는 스스로 기억을 하지 않으려 하지만 죽어가는 엄마를 놓아 버린 죄에 대한 속죄의 욕구는 필사적으로 옥포댁의 치마 끝을 놓지 않으려는 행동으로 나타난다.

하는 것 같아 우리는 말짱하게 잠이 깬 채, 새벽까지 남은 시간을 왜 우리가 그녀를 찾고자 여행을 떠났었던지에 대해 곰곰이 생각하는 데 보냈다. 이미 가버린 친구의 누이를 찾아 위안해 주려고? 그리고 그의 어머니의 죽은 혼을 안심시키려고? 그날, 그 도시, 그 이후 무언가를 했어야 했기 때문에? 우리의 미성숙한 고통을 섣불리 치유하기 위해서? 그녀의 모습에서 끔찍함의 구체적인 흔적을 찾고자 하는 자학심리? 아니면 이미 피폐될 대로 피폐된 그녀를 보호해 주겠다는 경박한 인도주의? 어딘가를 돌아다니고 있을 그녀처럼 잠을 두려워하면서 깨어 있기 위해서? 악몽을 암처럼 세포 속에 품고 그러고도 앞으로 나가기 위해서?[17]

관찰자는 단수 '나'가 아니라 '우리들'이다. 또한 소녀를 찾는 이들의 작업은 개인의 행방을 찾는 것이 아니라 우리들 상처를 내면에서부터 생생하게 곱씹고 되살리는 과정이었다. 역사적 비극을 바라보고 그것을 추적하는 것은 한 개인이 아니라 복수, 모두여야 하며 그 의미를 곱씹어야 한다는 소설적 장치라고 판단할 수 있다. 아프게 그 의미를 반추한 후 우리는 심인광고를 낸 장을 만나기는 하지만 더 이상은 소녀를 찾지 않는다. 소녀는 한두 사람이 아닐 것이며 죽음은 이제 한 개인의 문제로 해결될 수준을 넘어선 것이기 때문이다.[18]

소설의 숨은 의미는 소녀의 개인사를 추적하면서 풀릴 것이므로 광인이 된 소녀의 시점을 분석해 보아야 할 것이다. 어떤 사람의 광기에는 원인이 있으며 그 심연을 들여다보는 일에 우리들은 너무 인색한 것이 아닌가, 이 소설은 질문한다. 소녀의 눈앞에서 어머니는

---

17) 최윤, 「저기 소리 없이 한 점 꽃잎이 지고」, 83면.

18) "이 지역에 꼭 그녀와 동일한 이유는 아니더라도, 그렇게 많은 사람들이 그녀처럼 무엇엔가 홀린 채 떠돌아다니고 있다는 사실은 놀라운 일이었다." "죽음은 죽은 자에게는 사건이 아니다. 그 죽음은 남아 있는 사람에게만 혹독하게 생생한 사건이 된다. 죽음은 대답이 없기 때문에, 모든 죽음은 완성되어야 할 것의 미완성이기 때문에"(83면) 등의 부분은 이것이 개인적 체험을 넘어서는 것이며 산 자가 해결해야 하는 물음을 보여 준다.

총을 맞고 죽었는데 소녀는 두려움에 어머니의 손을 빼내느라 정신이 없었다. 그러한 자신의 행동에 스스로 책임질 수 없는 어린 소녀는 미치는 수밖에 도리가 없었다. 소녀는 딱정벌레에게 포위되는 꿈을 꾼다. 딱정벌레가 되어 버릴지도 모른다는 강박증은 소녀 스스로 사람답지 못하다는 자책에 의해 스스로를 벌레로 자학한 결과이다. 소녀의 '검은 휘장'은 자신의 부끄러운 행위에 대한 기억을 나중으로 미루려는 방어기제였다. 부끄러운 행위에 대한 기억을 미루면서도 스스로 속죄의식을 가지고 있던 소녀는 사람들의 온갖 학대를 다 받아들인다. 벙어리를 비롯한 모든 남자들의 성적 욕구 해소책이 되기도 하고 동네 꼬마들의 놀림감이 되도록 무방비하다. 마치 종교적 제의의 속죄물인 양 스스로를 학대하는 소녀는 마침내 자신이 자학하고 광기에 사로잡히게 된 원인, 그간 도피하여 왔던 문제에 정면으로 맞닥뜨리게 된다. 차창 밖 흔들리는 자신 얼굴에 겹치는 수많은 얼굴들의 발견이 그것이다.

> 그래 그 순간 내가 뭣을 했는지 가르쳐 주지. 자 잘 봐. 내가 세세하게 말해 주지. 너는 눈을 똑바로 뜨고 엄마 복부의 구멍에서 흘러나오는 검은 액체를 바라보았어. 갑자기 주위의 아우성 소리가 선명하게 가락가락 귓속으로 쏟아져 들어왔지. 그리고 소리로 되어 나오지 않는 고통 때문에 너를 더욱 움켜쥐고 있는 엄마 손, 돌처럼 순식간에 굳어져 버린 것만 같은 엄마 손, 뜨거운 손, 달아오른 돌, 내 손을 까맣게 태워 버릴 것만 같은 엄마 손아귀에서 손을 빼려고 너는 미친 듯이 팔을 휘둘렀지. (……) 너는 급기야 한 발로 엄마의 내팽겨쳐진 팔을 힘껏 누르고 네 손을 빼어냈어. 엄마의 근육살이 발밑에서 미끈거렸지. (……) 몇 얼굴을 밟았는지도 모르는 채, 몇 얼굴이나 네 다급한 발길로 차 던졌는지도 모르면서 뒤도 돌아보지 않고 골목으로 뛰어들어 갔어.[19]

---

[19] 「저기 소리 없이 한 점 꽃잎이 지고」, 80면.

　이러한 발견 앞에 소녀는 차창에 머리를 부딪쳐 자살을 기도하지만 '저주스럽게도' 다시 살아나고 이제는 나름대로 속죄의 방편을 마련한다.

　　모든 사람이 다 볼 수 있도록 내일 다시 곰팡이난 내 몸을 햇볕에 말려야지. 그리고 오빠에게 모두를 말해야지. 사방에서 서성거리는 무수한 오빠들, 무덤 속에서 기지개를 켜고 일어나 앉아 그들이 다른 행사에 몰두하기 전에.[20)]

　소녀에 의해 알려지는 이 소설의 의미는 우리 민족의 원상이 되어버린 한 도시의 소문의 정체와 그것에 대한 우리의 자세일 것이라 생각된다. 소녀가 떠난 뒤 장은 "그녀와 동거한 몇 달이 바로 지옥이었고 그녀가 눈앞에서 사라진 이후에는 또 다른 방식으로 지옥은 계속되었다."고 말한다. 민족의 비극적 역사의 구체적 증거가 눈앞에 있다는 사실이 고통이었으며 그것이 치유되지 못한 채 여전히 거리를 떠돌고 있다는 사실은 민중에게 더 큰 아픔일 수밖에 없다는 것이다. 장은 아무런 행동성을 갖지 못하고 역사적 가치관도 뚜렷하지 않는 그저 그런 민초 중 하나이다. 역사란 거창한 것이 아니며 우리 스스로 깨달아 가야 한다는 작가의 논리는 장이라는 밑바닥 인생을 통하여 민족의 비극을, 그 역사적 의미를 탐색하도록 하였던 것이라 판단된다.

---

20) 「저기 소리 없이 한 점 꽃잎이 지고」, 82면.

2) 영화 「꽃잎」의 서사구조

강간당한 여성의 서사라는 것은 마찬가지지만 소설이 여성성의 상처에 집중하고 있다면 영화에서는 그를 통한 민족사의 아픔에까지 나아가는 것을 볼 수 있다. 소설에서 그리고 있는 여성성의 훼손이 단지 성의 문제거나 개인의 차원이 아니라 상처 입은 민중, 상처 입은 민족의 모습이라는 영화적 해석의 결과라고 할 것이다.

영화의 시작은 광주의 기록사진들로 이루어진다. 다큐멘터리 필름들 속에 가벼이 웃는 전경들의 모습과 끌려가는 젊은이들의 모습이 안타깝게 교차되는데 신중현 작곡 김추자 노래 「꽃잎」이 흐른다. 이것은 이 영화를 지배하는 광주항쟁의 순간과 소녀의 밝았던 순간에 불렀던 노래, 비극과 행복함이라는 어울릴 수 없는 두 가지를 묘하게 융합시킨 부분이다.

소설의 세 가지 시점처럼 영화의 서사구조도 다음의 세 가지로 되어 있다.[21]

① 장 씨와 소녀의 서사(ㄱ)
② 우리들의 서사(ㄴ)
③ 숨겨져 있는 소녀의 개인적인 문제(ㄷ)[22]

(ㄱ)과 (ㄴ)이 번갈아 제시되고 (ㄷ)은 순간순간 겹치면서 영화 전체를 압도하는 큰 원인 혹은 원상으로 작용하게 된다.

---

21) 괄호 안의 숫자는 그 서사 안의 시간적 순서를 의미함.
22) 주로 광주항쟁과 관련된 역사적 진술. 이 부분에서 미장센은 뽀얀 먼지 내려앉은 앨범처럼 덧칠되어 불안함과 사실성의 강조 장치로 활용된다.

앞부분에서 꽃잎과 검은 휘장의 이미지가 대두되고 장 씨와 소녀의 장면이 시작된다. (ㄱ-1)거지꼴로 장 씨를 따르는 소녀와 (ㄷ-1)밝은 모습으로 오빠들 앞에서 「꽃잎」 노래를 부르던 발랄한 장면이 대조적으로 겹친다. (ㄴ-1)그리고 소녀의 사진을 들고 있는 우리들의 장면이 이어져 세 가지 서사가 이루어질 것을 알려 준다.

(ㄱ-2)장은 소녀를 강간하고는 따라와 창고 한구석에 누워 자는 그녀를 학대한다. 장의 구타와 학대 장면은 (ㄷ-3)소녀의 광주에서의 원상과 겹친다. 버려도 따라오는 소녀와 장은 함께 살게 된다. 밥을 먹는 소녀, (ㄷ-1)오빠 친구들과 놀던 기억이 겹친다. 소녀는 그 기억을 떠올리며 미소를 짓고 장은 소녀의 미소를 마주 대하지 못하고 외면한다. 다음 공사장 장면에서 노름하는 인부들의 모습이 나오는데 장의 술 먹는 모습과 「창밖의 여자」를 부르는 텔레비전 속 조용필의 모습이 나란히 배치된다. 정말 소녀는 '창밖의 여자'였으며 우리는 술을 먹으며 그 문제에 감상적이었어도 되는가 질문하게 하는 부분이다. 술 취해 들어온 장은 소녀에게 난동을 부린다. 자고 있는 소녀에게 물을 끼얹고 옷을 벗긴다. 알몸이 된 소녀는 자신의 몸에 자해하는데 장은 그런 소녀를 다시 성폭행하고 술을 마시게 한다. (ㄱ-3)장이 학대와 광주에서의 쫓기던 장면이 교차되면서 성적 폭력과 사회적 폭력은 등가의 위치에 있음을 보여 준다.

(ㄴ-2)우리들의 서사 부분. 우리들은 옥포에서 그녀를 찾고 있다. 옥포댁은 소녀와 처음 만나게 된 부분부터 이야기해 준다. 소녀가 어린애들에게 몰려 물에 잠기고 있을 때 한 남자가 나타나 경운기에 태운다. 겁을 먹은 소녀는 그에게서 도망치려 하지만 다시금 잡히고 강간당한다. 이 장면에서 경운기 탄 남자의 예비군복이 클로즈업된다. 소녀는 그 후 옥포댁에게 맡겨지고 소녀는 옥포댁의 치마꼬리를 잡고 다닌다. 그러던 어느 날 그녀는 갑자기 떠났다고 한다.

(ㄱ-3)장이 자는데 소녀가 자꾸 다가온다. 다음 날 보니 장의 신발이 나란히 놓여 있다. 장이 면도하는 모습을 보고 소녀는 오빠를 바라보듯 행복하게 웃는다. (ㄴ-3)우리들이 사람을 찾는 모습이 보이는데 이 외중에 벙어리를 만나기도 한다. 소설 속에서 음식을 주고 소녀의 성을 농락했던 벙어리 청년은 가벼이 지나가는 사람으로 처리된다. (ㄷ-1)김추자 노래를 하는 소녀의 발랄한 모습이 겹치고 소녀를 찾아 장항에 갔던 우리들은 다시 옥포로 돌아온다.

(ㄱ-4)공사장, 노름판이 벌어지고 장은 술을 마시고 있다. 술을 마신 장, 다시 소녀를 학대하고 소녀는 뒹굴면서 (ㄷ-3)시체더미에 실려 가던 기억과 겹친다. 계속해서 성적 학대의 외중에 소녀는 악몽을 꾼다. 다음 날 장은 일을 끝내고 돌아오면서 시장에 들러 소녀의 옷을 사려 하고 음식을 하여 소녀에게 먹이려고

하지만 소녀는 손을 긁으며 짐승소리를 낸다.

(ㄴ-4)우리는 트럭을 타고 김상태에게 간다. 조용필의 「창밖의 여자」가 흐르고 김상태에게 소녀와의 이야기를 듣는다.

(ㄱ-5)장은 소녀를 보살핀다. 다음 날 장은 소녀의 옷가지와 구두를 사서 소녀에게 주고 목욕을 시킨다. 소설에서 소녀를 제자리로 돌려 놓고 싶다는 바람이 구현된 것이다. 이때 우리의 굿가락이 흐른다. 감독은 씻김굿의 형식으로 소녀의 아픔을 씻어내고 싶었던 듯. 새로 단장한 소녀, 밥을 먹다가 실성한 듯 웃는다.

(ㄷ-4)기차 안. 거지꼴의 소녀, 차창에 비친 자신을 바라보다 하얀 혼령을 만난다. 소설에서는 자신의 모습인데 영화에서는 죽어간 사람인, 오싹한 혼령의 모습이다. 혼령은 "말해 봐, 니가 날 어떻게 했어."라고 소녀에게 다그치고 소녀는 광란한다. 소녀가 광인이 되지 않을 수 없는 상황을 강조하는 부분이다.

(ㄱ-6)소녀를 재우던 장이 소녀를 보며 낮에 들었던 광주사태 소문을 떠올린다. "설마…… 지네 나라 군인들이…… 그랬을까."라거나 광주의 시민들을 고정간첩들로 선전했던 부분을 상기한다.

(ㄴ-5)소녀를 찾는 우리들의 장면. 우리들은 대천역에서 피켓을 들고 소녀를 찾다가 여인숙으로 돌아온다. 대조적으로 여인숙 텔레비전으로 5공화국 헌법 공포식이 중계 방송된다. 높은 투표율로 통과된 헌법이며 이는 이 헌법의 제정에 전국민이 한마음 한뜻이었음이 강조되고 있다.

(ㄱ-7)장은 소녀의 광란을 보면서 낮에 들었던 광주에 대한 소문을 상기한다. 소녀와 광주의 연관성을 인식하면서 장은 소녀를 제자리로 돌려놓고 싶어 한다.

(ㄷ-3)광주 폐허 위의 소녀가 다시 오버랩된다. 소녀가 겉치장에 신경을 쓰는 듯하자 장은 소녀가 평범하게 되는 과정이라 여기고 큰 거울을 사다 준다. 그러던 어느 날 장은 시장에서 쭈그리고 앉아 걸인 취급받는 소녀를 발견하고 집으로 끌고 온다.

(ㄴ-6)우리들은 소녀를 찾다가 지쳐간다. 김상태는 울면서 변사체 중에 소녀를 찾아야 할 것 같다고 비관하지만 우리들은 소녀를 기다리고 있다. (ㄷ-1)소녀의 노래 부르는 장면.

(ㄱ-8)장은 소녀의 외출을 미행한다. 무덤가로 간 소녀, 마른 꽃을 집어 무덤마다 놓으며 "오빠 나야……." 하며 이야기를 꺼낸다. (ㄷ-2)소녀의 오빠가 죽은 작년(1979년) 가을이면 박정희가 권총에 죽고 정국은 혼란에 빠져 있었던 무렵이다. 소녀의 오빠는 그 상황에서 대학생으로서 시위에 참여했다가 잡혀 군대에 갔고 군대에서 의문사한 것으로 보인다. (ㄷ-3)소녀의 어머니는 '옷을 곱게 입고 외출'하여 탄원하고는 그에 대한 정부의 무반응에 망연자실하며 살아간다. 그

러던 어느 날 보통 때처럼 시청으로 탄원서를 제출하러 가는 어머니와 그를 따라나선 소녀가 시위대에 합류되었다. 광주의 항쟁 장면을 이야기한다. 계엄령 해제 요구 대열에 섞인 엄마와 소녀, 뒷골목에서 소녀와 엄마의 옥신각신과 그래도 엄마를 따라나서던 일을 되새긴다. (ㄱ-8)+(ㄷ-6)소녀는 사격이 시작되고 어머니에게도 총탄이 박히던, 결정적인 장면을 아프게 떠올린다. 광주의 비참함은 흑백화면 기법으로 다큐멘터리처럼 그려지고 소녀는 그 장면을 아프게 떠올리며 머리를 좌우로 흔들고 마침내 실신한다.

(ㄷ-5)시체들이 즐비한 거리에서 소녀는 죽은 어머니가 꼭 잡은 자신의 손을 빼내고 시체더미를 밟으면서 도망쳤다. 소녀는 그것이 무서움 때문이라고 오빠에게 고백한다.

(ㄱ-8)무덤가에서 일어난 소녀는 다시 시장에 나가 앉아 사람들을 본다. 장은 그런 소녀를 지켜본다. 국기하강식이 시작되어 모든 사람들이 멈춰 섰을 때 소녀만 뚜벅뚜벅 어디론가 향한다. 장은 돌아와 다시 쓰러져 있는 소녀에게 나가라고 소리친다.

(ㄴ-7)우리들은 기차를 타고 가다가 쓰러져 자는 소녀의 모습을 본다. 그것은 공동의 환시였다. 하숙방으로 돌아온 우리는 한 달 전에 심인광고를 낸 신문을 들고 장을 찾는다.

마침내 (ㄱ)의 서사와 (ㄴ)의 서사가 만난다. (ㄱ-9)+(ㄴ-8)장의 창고로 우리들이 찾아간다. 그러나 장은 소녀를 그리워하며 소녀에게 사줬던 옷가지를 앞에 놓고 술을 마시고 있다. 장은 자학하고 있었고 그를 본 우리들은 냉정히 돌아선다. 떠나는 우리들에게 장은 "찾아주면 잘할게요."라 말한다.

(ㄱ-10)무덤가 서성이는 장의 모습에 우리들 중 한 사람의 보이스오버가 겹친다. 소설에서 맨 앞에 던져졌던 소녀에 대한 우리들의 자세가 영화 마지막을 장식하며 관객에게 강하게 강조된다. 소녀에게 관심을 보여 달라고.

영화는 소설의 서사구조를 크게 위반하지 않는 범위 내에서 영화적 장치(미장센)를 통하여 주제를 보다 더 직접적인 방식으로 부각하고 있다. 장선우는 시점 쇼트가 강조되는 경우에 환유적으로 개입하거나 모든 내러티브의 논리적 층위를 무시하고 개입하는 방식으로 광주체험을 영상화한다. 감독은 자신의 내면에 왜곡되고 짓눌린 기억들에 대한 부채를 씻어내기 위하여 영화의 내러티브와 미장센을 씻김굿의 구도로 만들려 하였으며 신음하는 소녀와 '장', 그리고 '우리들'을 위해 경쾌하면서도 슬픈 난장의 이미지를 틈입시키고 있다.[23]

3) 소설 「저기 소리 없이 한 점 꽃잎이 지고」와 영화 「꽃잎」

새로운 폭력기계, 군사정권은 선의지를 표방하고 헌법으로 그 작동을 보장받고 있으며 그 스스로 원해서가 아니라 대중의 갈망에 의해 마지못해 폭력을 행사하는 수호천사처럼 행세했던 것이 군사정권하의 형편이었다. 군사정권하에서 그러한 폭력은 교묘하게 은폐되어 있었고 대중문화는 그 은폐에 동참하고 있었다. 그런데 영화 「꽃잎」에서는 그 폭력성이 매우 사실적으로 그려진다. 소설에서 자제하고 있는 광주 관련 발언을 미장센으로 구현해 나가면서 보다 구체적으로 역사를 묘사하고 있다. 소설에서는 '광주사태'라는 말이 한 번도 나타나지 않는다. 그것은 오히려 소설을 난해하게 하는 요인이 될 수도 있다. '광주'라는 시니피에는 상처 입은 소녀라는 시니피앙 안에 은폐되어 있기 때문이다. 소설은 영화와 달리 분명히 말하지 않는 경향을 갖는데, 특히 이 소설은 광주항쟁이라는 역사적 사실에 관한 지식을 전제로 하는 인텔리적 경향을 갖는다고 할 수 있다.[24]

---

23) 박명진, 앞의 책, 212면 참고.

24) 피에르 부르디외는 취향을 ① 본격적인 것(엘리트적인 것) ② 어느 정도 교양이 있는 것 ③ 대중적인 것으로 나누면서 그것이 계급과 밀접한 연관을 맺는다고 하였다. 그는 사회의 각기 다른 계층은 서로 다른 능력과 성향을 지니고 있어서 서로 다르게 "인지하고 분류하고 기억한다."고 주장하였다. 그에 의하면 취향의 구별은 개인 특유의 선택이나 자명한 것 혹은 사소한 것이 아니라 오히려 사회경제적 맥락에서 대두하는 것이며 타인에 비해 얼마만큼의 교육적 전통을 지니고 있는가, 특별한 미학적 전통을 얼마나 일찍 습득했는가를 보여 주는 것이

소녀의 광기는 폭력기계들의 폭력에 의한 것이었다. 영화에서(ㄴ
-2) 소녀가 강간당하는 순간, 그 남자의 예비군복이 클로즈업되는
것은 군사적 폭력에 대한 강한 거부감이 전경화되는 부분이다. 옥포
에서 그녀는 밖을 지나가던 인부들의 낫을 보고 광주에서의 매장 기
억을 되살려 다시 광기가 심해져 다시 방황의 길을 떠나게 된다. (ㄱ
-6)에서 "설마…… 지네 나라 군인들이…… 그랬을까?"라고 하는
데, 그것이 폭력기계에 대한 은폐의 결과를 잘 알게 하는 부분이 된
다. 광주의 시민들을 고정간첩들로 선전하는 뉴스를 이야기하고 빨
갱이 콤플렉스를 언급하는 원작에 생략된 부분을 첨가하며 영화는
주제를 뚜렷하게 한다. (ㄱ-8)에서 장은 '간첩신고소' 옆에서 소녀
를 바라본다. 그때 국기 하강식이 시작되고 모든 사람들이 제자리에
정지한다. 이런 장면은 당시 사회가 거대한 통제 시스템에 의해 철
저한 방식으로 지배되고 있는 사회임을 보여 준다. 주체를 호명하여
돌아볼 것을 강요하는 국기 하강식은 군복, 계급장, 거수 경례 등과
함께 철의 규율로서 중앙집권적 당을 통해서 국민에게 다가오는 파
시즘적 행위의 하나이다. 그런데 그러한 규율을 거부하고 소녀는 일
어나 앞으로 걸어 나간다. 살기등등한 얼굴로 군중들 사이를 헤쳐
걷는 소녀의 행위는 애국가를 부르던 민중에게 총을 쏘는 권력에 대
한 저항감의 표현이다. 장의 고뇌는 아슬아슬하게 빨갱이 콤플렉스
와 휴머니즘 사이에서 줄타기를 한다는 데 있다. 소녀가 일어나 걸

어 나갈 때 그녀를 따라가지 못하고 소녀의 아픔에 공감하면서도 돌아와 다시 쓰러져 있는 소녀에게 나가라고 욕설을 퍼붓는 장의 행동이 그것을 증명한다.

소설의 8과 영화 (ㄱ－8)에서 소녀의 제의가 나타나게 된다. 소녀는 무덤마다 마른 꽃을 놓아준다. '수많은 오빠들'이라는 이야기이다. 개인의 차원을 넘어 민족의 아픈 역사이기도 한 광주를 생생히 떠올리며 소녀는 접신한 듯 무언가를 외우며 머리를 좌우로 흔들다 기진한다. 그리고 '오빠'에게 모든 것을 고해성사한 뒤 다시 일어나 시장으로 향한다. 그것은 자신의 곰팡이 난 몸을 햇볕에 말리고 싶다는 것과 다 말려졌음을 모두에게 확인받고자 하는 소녀의 제의적 행위이다. 소녀가 시장에 나가 앉자 전장과 시장바닥이 대비된다. 전장의 처참함을 시장의 건강함으로 보상받고자 하는 소녀의 욕망은 오가는 이들의 건강한 발걸음이 고맙기만 하다. 그래서 소녀는 미소 띤 얼굴로 행인들을 바라본다. 소녀의 미소의 의미는 무엇일까. 소녀의 미소는 김추자의 「꽃잎」을 부르는 장면과 겹치는 '소녀의 행복'을 의미한다. 소녀의 행복을 빼앗은 것은 광주사태라는 역사적 사건이다. 영화는 줄곧 두 장면을 반복 대조함으로써 개인의 행복이란 기득권의 무력 앞에 얼마나 무기력한지를 보여 주고 있다. 어머니－가정－일상을 빼앗긴 소녀의 바람은 영화 속에서 두 번의 애니메이션으로 표현된다. 자신의 집에 가 보는 상상과 자신이 되어 버릴지 모르는 딱정벌레에의 공포를 오빠가 구원해 주기를 바라는 부분이다. 이 두 장면이 애니메이션으로 표현되었다는 것은 그것이 결코 이루어질 수 없는 환상임을 강조하는 장치이다.

주목해야 할 것은 이러한 소녀의 체험이 개인의 체험으로 끝나는 것이 아니라는 것이다. 소녀의 개인적 아픔에서 나아가 우리 민족 모두의 원상임을 영화는 강조하고 있다. 예술작품들이 사회적 의미를 가지려면 그 작품을 통하여 사회적 현실을 보여 주고 또 그 의미를 밝히려는 의도를 가지고 있어야 한다. 개인이 단지 개인으로만 머물지 않고 그 개인이 속한 사회의 진상과 의미를 드러내고 있을 때 개별적 인물들이 사회적이 되는 것이다.[25] 영화는 특히 사회적인, 대중문화의 선봉이라는 사실을 상기할 때, 그 사회적 성격을 깊이 인식해 보아야 할 것이다.

4. 결론: 사고하는 문학, 상상하는 영화

이 글에서는 소설을 영화화한 작품들을 개관하고 여성의 문제를 다루고 있다고 볼 수 있는 최윤과 장선우의 작업을 예로 들면서 소설과 영화가 어떤 방식으로 보완될 수 있는가 하는 가능성을 짚어 보았다. 영화화 작업은 사적 영역인 소설을 공적 영역으로 끄집어내는 행위이다. 그만큼 영화감독의 성실성이 중요할 수밖에 없다. 문학 연구가들이 영화에 관심을 가져야 하는 이유는 이 지점에서 비롯된다. 본론에서 살펴본 바에 의하면 사적 영역인 강간당한 여성이라는 모티브를 그려낸 소설을 민족적인 메타포로 다시 읽고 있는 것이 영화였음을 알 수 있었다.

오늘날은 전자, 영상시대에 맞춰 활자세대의 변화가 요구되는 시

---

25) 문학과 영화 연구회, 앞의 책, 216면 참고

대라고 한다. 강단에서도 영상적 이미지를 적극적으로 활용하게 된다. 그러나 영상매체에 대한 선호에도 불구하고 소설의 인기가 소멸되는 것은 아니다. 드라마가 소설로 된 예가 있는가 하면 영화가 소설로 된 예도 있기 때문이다. 『가을동화』(오수연, 생각의나무, 2001)는 드라마가 먼저 인기를 끌게 되자 소설로 출판된 경우이다. 『쉬리』(정석화, 다른세상, 1999)는 한석규와 송강호, 최민식이 주연한 영화를 소설화한 것이고 『이중간첩』(구본한, 열린책들, 2003)은 '책으로 만나보는 영화'라는 타이틀 아래 소설과 시나리오, 영화 스틸로 만들어 낸 소설이다. 『봄 여름 가을 겨울 그리고 봄』(김문영, 샘터사, 2003)은 김기덕 감독의 동명 영화를 소설화한 것이고 『똥개』(곽경택, 다리미디어, 2003) 역시 곽경택 감독의 동명 영화를 소설화한 것이다. 이러한 예들은 영상이 압도하는 시대임에도 불구하고 아직도 활자매체로서의 문학의 역할이 충분히 남아 있음을 증명하는 현상이다.

소설과 영화의 관계선상에서 생각해 볼 때, 소설은 상상하게 하고 영화는 사고하게 한다. 소설 작품을 읽으며 묘사된 대로 우리는 머리에 그려 본다. 영화작품을 보며 우리는 그 의미가 무엇인지 곱씹게 된다. 이것은 영화나 문학이 결국 서로 보완의 관계라는 말이다. 그렇다면 상상력의 재현을 위하여 영화와 문학은 계속 긴밀한 관계를 잃지 않아야 할 것이다. 이때, 여성과 여성 문제에 관한 상상력 역시 계속적으로 이루어져야 할 과제임은 물론이다.

여성의 눈으로, 입장으로 문학하기

　지난 기간 연구자가 썼던 논문과 평론 중에서 특별히 여성을 다룬 작품들, 여성의 입장으로 쓴 글들을 모았다. 의도하지 않았음에도 불구하고 여성에 관한 연구들이 많았던 것을 알 수 있다. 여성 문제를 다룬 작품뿐 아니라 여성 작가들의 문제의식의 문학화에 절로 관심이 놓였던 것이다. 문학을 하는 이상, 부조리에 관한 연구를 피할 수 없었으므로 어쩌면 자연스럽게 여성에 대한 관심에 초점이 놓였는지 모르겠다. 학부 시절 수업 시간 전투적이며 저항적인 이미지로만 슬쩍 들었던 페미니즘이 의도와는 상관없이 연구자의 영역으로 들어온 것은 그 때문일 것이다. 보수적 교육에 의하여 형성된 페미니즘에 관한 좋지 않은 이미지가 오래도록 연구자를 사로잡았음에도 말이다. 문제는 오늘날이다. 많은 여성문제가 도마 위에 오르고 해결되어 가고 있는 와중이며 여성들의 권리에 대한 인식이 확실히 예전과는 다른 오늘날임에도 문제가 남아 있음을 볼 수 있다. 어쩌다 학생들과 의견을 나누다 보면 "저는 페미니즘 싫어요." "저는 결코 페미니스트는 아니지만"이라는 말로 페미니즘에 대한 편견을 표현하는 학생들을 만나게 된다. 연구자부터도 그런 인식으로 살아왔으나 요즘 학생들은 다르기를 기대했다가 흠칫 놀라게 되는 부분이다.

오늘날까지도 그러한 말을 하는 학생의 존재는 아직도 교육의 어느 부분에선가는 '페미니즘에 대한 잘못된 고정관념 심어주기'가 진행되고 있다는 것을 웅변으로 보여 주는 것이다.

이 책의 기획은 그에 대한 충격으로부터 시작되었다. 「현대문학 초창기부터 시작된 여성의 부정, 신여성에 관한 글쓰기」가 페미니즘에 대한 막연한 부정적 이미지를 해소할 수 있으면 하고 바라본다. 현대문학 초창기, 여성의 교육과 배움이 자연스러울 수 없었던 시기에 밖을 나와 기웃거리던 일부 여성들에 대한 재단에서 비롯된 것이 한국문학상의 마녀사냥이었던 것이다. 그리고 그것이 이어져 내려온 것이 한국문학의 역사였으며 그것을 지우려고 하는 움직임이 페미니즘 운동에 다름 아닐 것이다. 일제 강점기 모든 조선인이 무산자였던 시절, 날개 꺾인 남성들을 대신해 집 밖으로 나와 돈을 벌어야 했던 여성들이나 배움을 접했던 우리 초창기 신여성에 대한 왜곡된 시선에서 예외적인 것은 박태원과 김남천 등의 작품에서 볼 수 있다. 「일제 강점기 여성상의 의미 – 1930년대 박태원 소설의 여인상」은 박태원이 보인 집 밖으로 나간 여성에 대한 시선에 관한 연구인 셈이다. 이를 통하여 일제 강점기 나약한 남성들을 대신해 집 밖에서 활동하고 살며 몸으로 부딪혔던 여성들의 면모를 볼 수 있었다. 남성들이 때로는 부적응으로, 때로는 폭력으로, 때로는 여성 편력으로 시대를 외면하였다면 여성들은 생계와 가정 유지를 위해 그 척박한 강점기를 온몸으로 살며 부딪쳤던 것이다. 「김남천과 여성 - 전향소설에 나타난 여성 자각의 과정」에서 볼 수 있었던 것은 여성의 지식 습득 과정이다. 대부분 지식인들이 감옥에 갈 수밖에 없었던 일제 강점기, 여성들은 현실에서 격리 수용된 남성들 대신 일선에서 삶을 경영해야 했다. 남성들의 빈자리를 채우며 생계라는 명제에 정면으로 부딪치는 한편 사색하고 철학하고 책을 읽으며 남성과 동등해지려 하였다. 이들은 신여성의 초창기에 보였던 시행착오를 만회하는 수준에까지 나아가려 하였던 것이다. 「여성 작가들의 지식인 여성상 사적 고찰」은 신여성을 비롯한 이후 지식인 여성들에 대한 여성 작가들의 고찰을 사적으로 정리한 것이다. 지식인 여성에 대한 여성 작가들의 시선도 남성 작가들의 시선과 같은 경우가 많았다. 여성은 수동적이고 나약하며 모성이 가장 중요한 것이라는 편견이 그것이다. 특히 강경애는 당시 지식인 여성을 가장 부정적으로 그리고 있는 작가이다. 이는 강경애로 대표되는 당대 여성 작가의 여성에 대한 안목이 남성 작가들의 것을 그대로 답습했기 때문이다. 페미니즘이라는 단어 그대로 가르치기보다 그에 대한 교육자의 편견을 첨가해 가르치는 경우 야기되는 문제처럼 남성 지식인들에 의해 배워진 여성 작가들은 같은 지식인 여성들을 남성 작가의 시선으로 보았던 것이다. 나혜석, 김명순과 같이 단기간 작업했던 작가들은 조금은 과격한 방식으로 여성문제 해결을 부르짖었다면 최정희와 같이 강점기부터 광복 이후까지 오랫동안 작품 활동을 했던 작가들은 그 고민을 여성의 모성으로 해결하는 온건성을 보이면서 페미니즘으로서는 일종의 후퇴를 보인다. 그러나 이는 결과적으로 ‘앞으로 나아가려는 운동’과 ‘전통적인 것과 타협하려는 운동’이라는, 두 힘이 여성문학에 형성되는 계기가 되었다고 볼 수 있다. 이를 통하여 여성문학의 지향점은 보다 폭넓은 안목과 다양성을 소유하게 된 것이다. 식민과 타율적 광복으로 인한 왜곡이라는 한국의 역사적 특수성을 그대로 문학에 반영한 것은 최정희를 비롯한 여성 작가들이었다. 『끝없는 낭만』에서 최정희가 날카로이 경고했던 여성의 성 상품화가 마침내 광복 이후 ‘양공주’ 문제로 대두되었고 그것을 다룬 작품들은 「‘위안부’로 상상된 여성의 문제」에서와 마찬가지로 문학의 주요 연구대상이 되었다. ‘양공주’라는 시니피앙을 가진, 지독하게도 착취된 여성 인물들의 의미를 파악하는 이 연구를 통해 한국문학이 얼마나 여성문제를 위해 일해 왔으며 앞으로도 해야 할 일이 얼마나 많이 남아 있는가를 알 수 있었다. 광복과 전쟁이라는 격변기 여성의 생존방식을 다룬 손소희에 관한 연구인 「여성 작가가 포착한 격변기 여성의 삶의 방식」은 여성 작가의 문학적 변모 양상을 알아보는 작업이다. 전쟁을 계기로 크게 변화한 작가 손소희의 면모는 지배이데올로기와의 연관선상에서 파악 가능한 것이다. 손소희는 북쪽 출신 여성이라는 출신성분 때문에 문학 장에서 헤게모니를 얻기는 용이하지 않았다. 그가 배제되지 않고 면죄부를 받기 위해 한 일은 광복 전의 다소 강한 어조의 작품들을, 지배이데올로기 안으로 포섭되는 작품들을 쓰는 일이었다. 이러한 작업은 손소희와 맞지 않는 것이었는지 모른다. 솔직할 수 없었기에 그녀의 작품이 소위 말하는 대로 잘 짜인 작품이 되지 못한 감이 많았고 작품성에 의문을 품게 하였으리라 본다. 어쩌면 그 때문에 그는 문학보다 다른 예술로 심취하여 들어간 것인지도 모를 일이다. 여성의 제 문제를 보다 적극적으로 문학화하는 것은 최근의 일이라고 볼 수 있다. 여성의 행복에 대한 문제, 여성이 사랑을 하게 되는 방식, 여성과 결혼 그리고 일이라는 문제들을 천착하여 들어간 작품들에 관한 연구가 「여성적 글쓰기, 여성과 행복 – ‘모순’의 인식」, 「여성과 사랑 – 여성고백체와 「제부도」」, 「여성과 결혼, 일 – 무소의 뿔처럼 혼자서 간다는 것은」, 「여성과 성욕의 긍정」 등이다. 양귀자의 『모순』, 서하진의 「제부도」, 공지영의 『무소의 뿔처럼 혼자서 가라』, 신경숙의 「배드민턴 치는 여자」 등을 기화로 한국문학에는 여성의 문제를 보다 뚜렷이 드러내고 고찰하려는 시도가 이어졌던 것이다. 마지막의 두 논문은 여성 주인공 소설이 드라마화하고 영화화한 경우를 예로들어 소설의 담론과 대중매체의 담론이 어떻게 달라지는가를 살펴본 경우이다. 「여성 주인공 소설의 드라마화 연구」는 박완서의 『그대 아직도 꿈꾸고 있는가』와 박경리의 『성녀와 마녀』를 중심으로, 「여성 주인공 소설의 영화화 연구」는 최윤의 「저기 소리 없이 한 점 꽃잎이 지고」를 중심으로 하여 소설과 대중매체의 차이점을 알아본 것이다. 특히 아침드라마의 경우, 여성문제는 빈번한 주제가 되는데 이는 주 시청자가 여성이기 때문이며 이것은 보다 여성문제를 예각화하기 용이한 장치가 되었다. 여성문제를 다룬 소설을 원작으로 선택한 것도 이와 무관하지 않을 것으로 보인다. 여성 주인공 소설을 원작으로 한 영화 「꽃잎」에서는 역사 속 희생되어 가는 여성의 문제를 다루고 있다. 여성문제는 점차 보편적 문제의식이 되어 가고 있다. 여성의 문제가 인간에 관한 보편적 문제의식의 시작이라 할 수 있으므로……

조미숙

▋약력

건국대학교 국어국문학과 및 동 대학원 졸업
문학박사, 문학평론가, 소설가
건국대학교 교양학부 강의교수 역임
현) 유한대학 교양학과 강의교수로 재직 중

▋주요 논저

『한국현대소설의 인물묘사방법론』
『페미니즘문학론』(공저)
『현대작가론』(공저)
『반공주의와 한국문학의 근대적 동학』(공저)
『사이버소설의 미적구조와 세계관』(공저)
「문화콘텐츠로서의 역사드라마와 신화 – 드라마 <태왕사신기>의 가능성」
「독서를 위한 기반형성과 독서교육」
외 다수

여성의 문학,
문학의 여성

초판인쇄 | 2010년 6월 24일
초판발행 | 2010년 6월 24일

지은이 | 조미숙
펴낸이 | 채종준
펴낸곳 | 한국학술정보㈜
주　소 | 경기도 파주시 교하읍 문발리 파주출판문화정보산업단지 513-5
전　화 | 031) 908-3181(대표)
팩　스 | 031) 908-3189
홈페이지 | http://ebook.kstudy.com
E-mail | 출판사업부　publish@kstudy.com
등　록 | 제일산-115호(2000. 6. 19)

ISBN　978-89-268-1111-5 93810 (Paper Book)
　　　　978-89-268-1112-2 98810 (e-Book)

은 시대와 시대의 지식을 이어 갑니다.